MICHELLE WILLINGHAM

El silencio del vikingo

Editado por Harlequin Ibérica.
Una división de HarperCollins Ibérica, S.A.
Avenida de Burgos, 8B - Planta 18
28036 Madrid

© 2024 Harlequin Ibérica, una división de HarperCollins Ibérica, S.A.
N.º 81 - 5.7.24

© 2013 Michelle Willingham
El silencio del vikingo
Título original: To Sin with a Viking
Publicada originalmente por Harlequin Enterprises, Ltd.

© 2014 Michelle Willingham
La tentación del vikingo
Título original: To Tempt a Viking
Publicada originalmente por Harlequin Enterprises, Ltd.
Estos títulos fueron publicados originalmente en español en 2013 y 2014

I.S.B.N.: 978-84-1074-062-4
Depósito legal: M-11868-2024
Impreso en España por: BLACK PRINT
Fecha impresión Argentina: 1.1.25
Distribuidor exclusivo para España: LOGISTA
Distribuidor para México: Distibuidora Intermex, S.A. de C.V.
Distribuidores para Argentina: Interior, DGP, S.A. Alvarado 2118. Cap. Fed./
Buenos Aires y Gran Buenos Aires, VACCARO HNOS.

Uno

Irlanda, año 875 d.C.

Se morían de hambre.

Caragh Ó Brannon contempló el saco, casi vacío, de grano. Solo quedaba un puñado de avena, apenas suficiente para una persona. Cerró los ojos sin saber qué hacer. Sus hermanos mayores, Terence y Ronan, se habían marchado hacía quince días en busca de alimentos. Ella les había dado el broche dorado, herencia de su madre, con la esperanza de que pudieran cambiarlo por alguna oveja o vaca. Sin embargo, la hambruna era generalizada y la gente se mostraba reticente a desprenderse de sus animales.

—¿Hay algo para comer, Caragh? —preguntó su hermano pequeño, Brendan. Con diecisiete años, su apetito triplicaba el de su hermana mayor que hacía todo lo posible por evitar que pasara hambre. Pero era evidente que la comida se iba a agotar antes de lo previsto.

En lugar de contestar, Caragh le mostró el contenido del saco. A Brendan se le escapó un sollozo. Sus mejillas estaban hundidas.

—Tampoco tenemos pescado. Volveré a intentar pescar algo esta mañana.

—Puedo preparar un potaje —sugirió ella—. Buscaré cebollas o zanahorias silvestres —a pesar del tono optimista con el que intentaba impregnar sus palabras, ambos sabían que los campos y bosques habían sido esquilmados hacía tiempo. No quedaba nada.

—Nuestros hermanos volverán —Brendan le dio un apretón en el hombro—. Y tendremos comida en abundancia.

—Eso espero —Caragh consiguió sonreír. En el rostro de su hermano vio reflejada la necesidad de creérselo.

Brendan partió con la red para pescar y Caragh contempló la choza vacía. Sus padres habían muerto el invierno anterior. Su padre, ahogado mientras intentaba pescar, su madre de pena por la pérdida de su amado. En numerosas ocasiones le había entregado su ración de comida a Brendan, mintiéndole al asegurarle que ya había comido. Para cuando habían descubierto la verdad, ya era demasiado tarde para evitar su muerte.

Muchos habían muerto de hambre y le dolía en el alma pensar que sus padres habían fallecido por intentar alimentar a sus hijos.

Unas ardientes lágrimas rodaron por sus mejillas mientras contemplaba la forja de su padre. Había sido herrero y ella había crecido acostumbrada al sonido del martillo y las chispas del metal ardiente que moldeaba hasta convertir en herramientas. Sentía un enorme peso en el corazón al pensar que jamás volvería a oír su risa.

A pesar de que seguían conservando su barco, y de que sus hermanos sabían navegar, ninguno se había aventurado a salir al mar tras la muerte de su padre. Era como si el navío que había regresado sin él hubiera sido hechizado por los espíritus malignos.

Ojalá pudieran abandonar Gall Tír, una tierra desolada en la que no quedaba nada. Sin embargo, no disponían de los recursos suficientes para alejarse a pie. Deberían haberse marchado el verano anterior, tras la infructuosa cosecha. Al menos entonces aún les habrían quedado víveres para un largo viaje. Pero en esos momentos, aunque se atrevieran a zarpar en el barco, carecían de la comida suficiente para sobrevivir más de un día.

La mano de la muerte se extendía sobre todos ellos y Caragh sentía su propia debilidad. Apenas era capaz de caminar largas distancias sin desfallecer, y cualquier tarea se le antojaba inmensa. Había adelgazado tanto que el *léine* colgaba sobre su cuerpo como un saco y se le marcaban los huesos de las rodillas y las muñecas.

Pero a pesar de todo no estaba dispuesta a rendirse. Como todos los demás, estaba luchando por sobrevivir.

Caragh tomó la cesta y salió al exterior. El asentamiento estaba en silencio, pocas personas perdían energía en hablar cuando tenían la necesidad mucho más acuciante de encontrar comida. Sus hermanos mayores no eran los únicos que habían partido en busca de suministros. La mayoría de los hombres capaces había marchado, sobre todo los que tenían hijos. No se esperaba el regreso de ninguno de ellos.

Unas cuantas mujeres mayores, provistas también de cestas, la saludaron con una inclinación de cabeza. Caragh recordó la promesa que había hecho de encontrar algunas verduras, pero sabía que ya no quedaban. Y de haberlas, las demás las encontrarían antes. Así pues, se dirigió hacia la playa con la esperanza de encontrar algún molusco o algunas algas.

En varias ocasiones tuvo que pararse, aquejada de mareos y visión borrosa. El agua estaba casi negra aquella mañana y muy calmada. Su hermano se encontraba junto a la orilla lanzando la red hacia las olas. Al verla, la saludó con una mano.

Un barco vikingo que asomaba por el horizonte despertó el miedo en ambos. El navío, capaz de albergar una docena de hombres, exhibía una enorme vela a rayas y una fila de escudos blancos y rojos colgados de un lado del barco. Bajo el sol de la mañana, una veleta de bronce brillaba sobre el tope y la cabeza de un dragón descansaba sobre la proa. El corazón de Caragh se aceleró ante su visión.

—¿Son los *Lochlannach*? —gritó angustiada a su hermano.

Había oído numerosos relatos sobre los bárbaros vikingos de las tierras escandinavas, que arrasaban las casas de la gente inocente. Teniendo en cuenta la situación del barco, quedaba menos de una hora para que comenzara la pesadilla. Con la piel de gallina se imaginó a sí misma raptada por uno de ellos. O peor aún, quemada viva si asaltaban su casa.

—Vuelve a casa —ordenó Brendan—. Quédate dentro, Caragh y, por el amor de Dios, no dejes entrar a nadie —recogiendo las redes de pesca, corrió él mismo hacia el asentamiento.

—¿Qué vas a hacer? —preguntó ella, temerosa de que fuera a cometer alguna estupidez.

—Traerán suministros ¿no? —los ojos grises de su hermano la miraron fríos—. Y víveres.

—No —contestó ella horrorizada—. No puedes intentar robarles —los escandinavos eran guerreros despiadados, que matarían a su hermano sin pensárselo dos veces.

—Intentarán asaltar el poblado. Mientras estén fuera del barco, me llevaré lo que pueda.

—¿Y qué pasa con nosotros? —preguntó Caragh—. Podríamos estar todos muertos para cuando regreses. Suponiendo que regreses —añadió—. No puedes hacerlo.

—Puedes esconderte en el bosque si lo prefieres —exclamó su hermano mientras entraba en la choza familiar y buscaba alguna espada entre las herramientas de su padre—. Súbete a uno de esos árboles y espera a que todo haya terminado.

—No puedo abandonar el poblado —había muchos ancianos demasiado débiles para luchar. A pesar de que no le quedaban muchas fuerzas, no podía darles la espalda.

—Sin esos víveres, moriremos de todos modos —Brendan apretó las temblorosas manos de su hermana—. Será hoy o dentro de quince días. Ambos lo sabemos.

Caragh sabía que su hermano tenía razón, pero no le gustaba robar. A pesar de haberlo perdido casi todo, seguía conservando el honor. Y era muy importante para ella.

—Podríamos pedírselo —sugirió—. Cuando vean lo poco que tenemos, quizás estén dispuestos a compartir lo suyo.

—¿Desde cuándo son famosos los *Lochlannach* por su misericordia? —preguntó él con gesto sombrío mientras se ajustaba la espada a la cintura—. Reúne a los demás y llévatelos de aquí si quieres. Si encuentran el asentamiento abandonado, quizá se lleven lo que quieran sin hacer daño a nadie.

—No vayas, Brendan —le suplicó Caragh—. El riesgo es demasiado elevado.

—No tengas miedo, *a deirfiúr* —Brendan se inclinó y besó la frente de su hermana—. Prefiero morir luchando que como lo hicieron nuestros padres.

No había argumento capaz de hacerle cambiar de idea. Quizá podría hablar con sus amigos, a ellos a lo mejor sí los escucharía.

No perdía nada por intentarlo.

A ningún hombre le gustaba admitir el fracaso de su matrimonio.

Styr Hardrata contempló a su esposa, Elena, apoyada sobre la barandilla, sus cabellos de fuego ondeando al viento. Era una mujer hermosa y fuerte, y siempre lo había fascinado.

Pero esa misma fuerza se había tornado en frialdad entre ellos, un muro invisible que los separaba. Ella se culpaba por no tener hijos y él no sabía qué decir. Lo había intentado todo, pero ella se mostraba cada vez más triste cuando intentaba tocarla. Hacer el amor se había convertido en una obligación y no en un acto de pasión.

Aunque había intentado ignorar su creciente reticencia, Styr estaba harto de verla dar un respingo cada vez que se acercaba a ella. O peor aún, fingir placer cuando era evidente que no quería que la tocara.

Una ardiente frustración creció en su interior. Era una guerra que no sabía cómo librar, una batalla que no podía ganar. Styr se acercó a la proa y se colocó detrás de ella. Sin decir una palabra, contempló las grises aguas que golpeaban el barco.

—Sé que estás aquí —observó ella al fin, aunque sin volverse. No hubo una sonrisa de bienvenida, nada salvo la callada aceptación que lucía a modo de escudo.

—No tardaremos mucho en llegar —sin saber cómo responder ante la frialdad de su esposa, Styr dijo lo único que se le ocurrió.

El viaje había estado plagado de tormentas y nadie a bordo del navío había podido dormir en tres días ante los fuertes vientos que habían amenazado con hundirlos. En esos momentos solo podía pensar en encontrar un camastro y dejarse llevar por el sueño.

Si por él fuera, en cuanto pisara tierra, se tumbaría a dormir durante dos días.

—Me alegrará pisar tierra —admitió Elena—. Estoy harta de viajar.

Styr alargó una mano y le tocó el hombro, pero ella no se volvió para abrazarlo. Seguía inmóvil, con la vista fija en el mar. Al cabo de unos segundos, él bajó la mano, conteniendo su frustración.

Lo cierto era que Elena le había sorprendido al aceptar abandonar Hordafylke para acompañarlo en el viaje hasta el Eire en busca de un nuevo comienzo. Aunque sus problemas matrimoniales habían empeorado en el último año, quiso creer que ella aún no estaba dispuesta a rendirse y se aferró a la esperanza de poder reavivar el fuego perdido.

Styr aguardó a que ella compartiera sus pensamientos con él, pero no hubo nada. Pensó en un millar de preguntas que podría hacerle: qué clase de casa quería que le construyera, si deseaba una nueva rueca, o quizás un perro que le hiciera compañía cuando él se ausentara para ir a pescar. A Elena le encantaban los animales.

—¿Te gustaría…?

—Ahora mismo no me apetece hablar —le interrumpió ella—. No me encuentro muy bien.

—Como desees —cualquier posibilidad de conversación había quedado cercenada por las palabras de Elena.

Styr se dirigió al extremo opuesto del barco. Necesitaba alejarse de ella antes de contestar algo que más tarde podría lamentar haber dicho.

La desilusión se tornó rápidamente en ira. En el nombre de Thor ¿qué quería esa mujer que hiciera? No estaba dispuesto a rebajarse y suplicarle su afecto. Había hecho todo lo posible para que fuera feliz, pero nunca era suficiente.

Su enfado era injustificado. Elena estaba cansada del viaje, eso era todo. En cuanto se hubieran construido un hogar donde empezar de nuevo, las cosas cambiarían.

Las costas de Eire surgieron en el horizonte y Styr contempló las yermas tierras quemadas por el sol. Había oído hablar de lo verde que era aquella región, pero, a todas luces parecían estar atravesando una sequía.

—Sigo sin entender por qué elegiste este lugar y no Dubh Linn —observó su amigo, Ragnar, mientras señalaba hacia el este—. Los asentamientos allí tienen cien años. Encontraríamos más gente como nosotros.

—No quiero que Elena esté rodeada de tanta gente —admitió él—. Prefiero que empecemos de nuevo en un lugar menos poblado —a medida que se acercaban, le pareció divisar un pequeño asentamiento tierra adentro.

Ragnar se sentó frente a él y tomó un remo. Styr se unió a su amigo. Remar le servía para aliviar la frustración física. Se alegraba de que Ragnar hubiera decidido acompañarlos en el viaje, junto con una docena de amigos más y otros conocidos de Hordafylke. Tenerlos a su lado le había ayudado a abandonar su hogar. Ragnar y él se conocían desde niños y lo consideraba como a un hermano.

—¿Te ha dicho algo sobre el viaje? —inquirió mientras señalaba hacia Elena con la cabeza. Ella también conocía a Ragnar desde que era una niña. Quizás le hubiera confiado sus pensamientos.

—Elena no ha dicho gran cosa —Ragnar se puso serio—. Pero te aseguro que tiene miedo.

Styr tiró con fuerza del remo. ¿Miedo de qué? Él la protegería de cualquier peligro, y estaba más que capacitado para cuidarla.

—¿Qué más sabes? —insistió.

—Los hombres están cansados. Necesitan comida y descanso —le informó su amigo. Ambos reflejaban el mismo agotamiento, producto de la falta de sueño.

—No me refería a los hombres.

—Habla con Elena, amigo mío —Ragnar lo miró con simpatía—. Está sufriendo.

Eso era evidente, pero Elena hacía tiempo que apenas le confiaba sus reflexiones. Era incapaz de adivinar lo que encerraba su mente, pero cuando le hacía alguna pregunta, ella se encerraba en sí misma.

Styr no conseguía entender a las mujeres. Estaba hablando con ella y de repente rompía a llorar sin que él supiera por qué. Le hacía sentir impotente.

—Tengo un regalo para ella —confesó a su amigo—. Algo que le hará sonreír.

El peine de marfil que había comprado en Hordafylke tenía la imagen de Freya tallada en él. Se la mostró a Ragnar, quien se encogió de hombros.

—Es bonito, pero no es lo que ella más ansía.

—¿Y crees que no lo sé? —Ragnar había sido sincero, pero sus palabras no eran las que había deseado oír—. ¿Crees que no tenemos hijos porque no hemos querido tenerlos? —rugió furioso y en un tono mucho más alto del que le hubiera gustado emplear.

Elena no se volvió, aunque no le cabía duda de que había oído su estallido. Mujer fría, jamás se enfrentaba a él.

—He realizado ofrendas a los dioses —admitió en voz más baja—. He sido un buen esposo. Pero esta maldición nos está destrozando y debe llegar a su fin.

—¿Y si no lo hace? —Ragnar se puso en pie, dispuesto a arriar la vela.

Styr no supo qué contestar. En el fondo sospechaba que no había nada que pudiera hacer para devolverle la felicidad a su esposa. Le lanzó una última mirada furtiva, en el preciso instante en que ella se volvía. El pálido rostro se veía ojeroso y la mirada reflejaba un profundo dolor. Un dolor que él no sabía cómo mitigar.

Incapaz de acortar la creciente distancia que los separaba cada vez más, optó por concentrarse en el navío.

Los *Lochlannach* habían llegado. El corazón de Caragh latía con tanta fuerza que apenas podía respirar. Una docena de hombres caminaba por el agua hacia la orilla. Su imponente estatura hacía que los suyos parecieran enanos. De las cinturas colgaban hachas y espadas, y se protegían con escudos de madera. Varios de ellos portaban cotas de malla y yelmos. Uno de ellos destacaba en altura sobre los demás, sin duda el jefe. Escudriñó el asentamiento con los ojos entornados y Caragh se escondió tras un montón de turba.

Había conseguido evacuar a la mayoría del poblado, a excepción de Brendan y sus amigos. Los jóvenes le preocupaban, pues parecían deseosos de atacar a los Lochlannach. Y no le cabía duda de que si lo hacían serían masacrados.

No sabía qué hacer. ¿Debería acercarse a los forasteros para interesarse por sus intenciones? El jefe, mucho más alto que su hermano Brendan, se acercó más. Los cabellos rubios estaban recogidos a la espalda, una espalda de anchos hombros, propia de un hombre acostumbrado a abrirse paso en el campo de batalla. Llevaba una capa negra recogida a un lado con un broche dorado. Bajo la capa se divisaba una cota de malla, pero no llevaba yelmo. Su rostro estaba desprovisto de toda compasión, como si tuviera la intención de arrasar el poblado y llevarse cualquier cosa de valor.

Caragh intentó calmar el atropellado ritmo de su corazón, cuando vio a su hermano acercarse por detrás a aquellos hombres. Otros cuatro jóvenes avanzaban desde distintos puntos, en lo que parecía un intento de ataque por sorpresa.

¿Por qué no se dirigía Brendan hacia el barco?

Horrorizada, comprendió que había modificado sus planes. Ya no tenía la intención de robar las provisiones de esa gente.

Al parecer, su hermano pequeño había planeado junto con sus amigos un ataque. Caragh tragó nerviosamente mientras pronunciaba una breve plegaria para que se produjera el milagro. Si sus hermanos mayores, o cualquiera de los hombres, estuvieran allí, podrían impedírselo. Tenía que hacer algo para proteger a Brendan, pero ¿qué?

Se incorporó ligeramente tras su escondite y, de repente, divisó a una mujer que caminaba detrás de los hombres. Tenía la falda empapada y miraba el asentamiento con nerviosismo.

Si esos hombres tuvieran la intención de asaltarlos, no habrían llevado a una mujer con ellos. ¿Quién era esa mujer?

Sin embargo, no tuvo tiempo de reflexionar más sobre ello, pues su hermano y sus amigos decidieron atacar. En pocos segundos rodearon a la mujer y la arrastraron lejos de los suyos.

El agudo chillido cortó el aire y el jefe vikingo corrió tras los jóvenes. Los demás *Lochlannach* lo siguieron, aunque evidenciando cierta falta de energía, como si hiciera mucho tiempo que no combatieran. El jefe, sin embargo, no mostró ninguna debilidad y, emitiendo un terrible rugido, corrió hacia ellos con el hacha en la mano.

Iba a matarlos a todos.

Caragh se mordió el labio hasta sentir el sabor de la sangre. El vikingo, viéndose rodeado, blandió el hacha, mostrando unos impresionantes músculos abrazados por la cota de malla. El arma se hundió en el cuerpo de uno de los jóvenes que intentaba detenerlo.

Caragh cerró los ojos presa de la debilidad. Aunque los vikingos fueran inferiores en número, el esfuerzo de esos valerosos jóvenes sería en vano. Iban a morir, incluyendo a Brendan.

No podía quedarse mirando. Regresando a la choza, buscó un arma que fuera capaz de empuñar. No había tiempo que perder. Infructuosamente, intentó levantar el mazo de su padre.

Tenía que encontrar algo. Lo que fuera. Se giró sobre sí misma y vio un bastón de madera en una esquina. Era grueso y pesado, pero al menos podía con él.

Corrió fuera de la cabaña y descubrió a varios de los suyos que habían abandonado el escondite y rodeaban a los Lochlannach. Los hombres más mayores cargaban con sus propias armas, y varios yacían muertos. Otros habían conseguido someter a algunos de los enemigos y los retenían atados.

Pero fue el jefe de los vikingos el que logró toda su atención. Se había librado del asedio de los jóvenes y corría tras la mujer, con los ojos inyectados en sangre.

Iba directo hacia su hermano.

Sin pensárselo dos veces, Caragh corrió tras él. No sabía cómo iba a poder detener al guerrero, pero blandió el bastón y rezó para que se le concediera una fuerza de la que carecía. El terror que sentía quedó ensombrecido por la necesidad de salvar a Brendan. Su hermano tenía sujeta a la mujer con ambas manos y sería incapaz de defenderse.

—¡Brendan, suéltala! —gritó ella, pero Brendan desoyó su súplica.

El vikingo alzó el hacha sobre su cabeza, dispuesto a atacar.

Sin saber de dónde había sacado la fuerza, Caragh arremetió contra él. El gigante se volvió en el último segundo y el bastón le golpeó en la oreja. Soltando el hacha, cayó desplomado sobre el suelo. La mujer soltó un gritó y se abalanzó sobre él pronunciando extrañas palabras.

Caragh sentía el dolor de aquella mujer. Sus miradas se fundieron y quiso explicarle sin palabras que no había tenido elección.

Dos

Styr despertó con la sensación de que le hubieran aplastado la cabeza y, al intentar incorporarse, lo atravesó una punzada de intenso dolor.

Reinaba un sorprendente silencio y necesitó varios minutos para recordar lo sucedido. Había una pequeña hoguera encendida y, al intentar sentarse comprendió que tenía las muñecas encadenadas a la espalda en torno a un grueso poste. Era un prisionero.

¿Dónde estaba Elena? ¿También la habían apresado a ella? Sus ojos se acostumbraron poco a poco a la oscuridad y luchó por ponerse en pie. Al otro extremo de la habitación había una mujer que lo observaba recelosa. Aguzó el oído para intentar captar voces conocidas, intentar averiguar si alguno de sus compatriotas estaba vivo, pero no oyó nada.

Su padre le había enseñado varias lenguas extranjeras y conocía bien el idioma irlandés. Como viajero, Styr era consciente de lo importante que era dominar idiomas. Sin embargo, decidió no formular ninguna pregunta a aquella mujer para que su conocimiento de la lengua que hablaba no quedara al descubierto. Si fingía no entender nada, quizás averiguaría más cosas sobre Elena y Ragnar.

—¿Adónde habéis llevado a los otros? —rugió en un dialecto escandinavo que era imposible que ella conociera.

La mujer dio un respingo y permaneció donde estaba. Mejor así. En la penumbra no podía distinguir bien sus rasgos, pero le extrañaba que su gente la hubiera dejado sola con él. ¿Dónde estaban los demás hombres? ¿Por qué no había nadie más vigilándole?

Examinó las ataduras más de cerca. Tenía las muñecas encadenadas a la espalda alrededor de un grueso travesaño. Supuso que el grosor del travesaño era el de su propio muslo, pues al inclinarse contra él con todo el peso, ni siquiera se movió.

—Soltadme —exigió en el mismo dialecto escandinavo mientras daba un tirón a las cadenas.

La mujer se acercó y, bajo la luz, Styr se sintió impactado ante lo que vio. Poseía un rostro tremendamente delgado y los ojos hundidos por la falta de alimento. Los huesos de las muñecas eran muy finos y, aunque la reconoció como la mujer que lo había golpeado, no se imaginaba cómo lo había podido conseguir.

Tampoco creía posible que tuviera la fuerza suficiente para haberlo arrastrado hasta allí y encadenado al poste. Daba la sensación de que un golpe de viento pudiera derribarla.

Sus ojos eran de un extraño color azul, tan intenso que parecían casi violetas. Los cabellos castaños le llegaban a la cintura y los llevaba sueltos salvo por una pequeña trenza en las sienes.

Podría haber resultado hermosa si estuviera bien alimentada.

Sin poderlo evitar, se descubrió comparándola con Elena. Su esposa era casi tan alta como él mismo, sus cabellos largos y rojizos y los ojos del color del mar. Sus familias habían acordado la unión para fusionar los dos clanes. A pesar de ser una mujer callada, los primeros años habían sido buenos.

Un escalofrío recorrió su columna. ¿Seguiría viva?

De poco le iba a servir exigir respuestas a ese esqueleto viviente que tenía enfrente. Lo mejor sería ganarse su confianza. Quizás podría convencerla para que le soltara las cadenas y poder escabullirse en medio de la noche.

—No entiendo vuestra lengua —admitió ella acercándose un poco más. De estatura muy inferior a Elena, le llegaba a los hombros—. Lo siento mucho. Yo solo quería proteger a mi hermano.

Styr no contestó. La voz de la joven revelaba el miedo que sentía, pero también había cierta dulzura en ella, como si intentara calmar a una bestia herida.

—Me llamo Caragh O' Brannon —le informó mientras se golpeaba el pecho con un dedo—. Caragh.

Él continuó silencioso. Si quería averiguar su nombre, tendría que soltarlo primero.

—Si me lo permitís, os curaré la herida —se ofreció ella—. Siento muchísimo haberos golpeado. Temí haberos matado —bajó la mirada y se retorció los dedos de las manos—. Yo no soy así —apretó los labios y suspiró—. Ni siquiera sé por qué os estoy hablando, puesto que no entendéis ni una palabra.

Sin embargo, aquello no le impidió continuar. Caragh hablaba sin parar y Styr se sintió tan abrumado por la incesante charla que le costaba trabajo seguir sus palabras. Armada de una palangana con agua y un plato de sopa continuó disculpándose. Al fin Styr comprendió su táctica para ocultar el miedo: agotar al enemigo hasta la muerte con su parloteo.

Caragh se interrumpió a mitad de una frase y lo contempló con un gesto de arrepentimiento mientras depositaba el cuenco de sopa a sus pies, junto a otra palangana, presumiblemente para sus necesidades.

—Siento manteneros así —continuó—, pero si os suelto mataréis a mi familia —de nuevo bajó la mirada al suelo—. Probablemente a mí también —mojó un trozo de tela en el agua y se detuvo—. Seguramente no debería haberos hecho prisionero, pero si no lo hubiera hecho, habríais corrido tras mi hermano nuevamente.

A Styr lo que más le desconcertaba era haber sido capturado siquiera. Si él y sus hombres no hubiesen estado debilitados por la falta de sueño, aquello jamás habría sucedido. Sus reflejos se habían aletargado dificultando su respuesta ante el ataque sorpresa.

Caragh acercó el paño mojado a su sien para limpiarle la sangre seca. El tierno gesto resultó tan inesperado que él la miró boquiabierto. La mujer se aplicó concienzudamente a la tarea, si bien el temblor en sus manos delataba el miedo que sentía. El agua fría alivió la hinchazón, pero él se mantuvo en silencio.

¿Por qué se molestaba en curarle la herida? Era su enemigo, no su amigo. Nadie lo había tratado así jamás y no entendía el motivo que pudiera tener esa frágil criatura. O bien era más valiente de lo que parecía, o era demasiado estúpida para comprender que un hombre como él no merecía ninguna compasión.

—Ojalá me entendierais —murmuró Caragh mientras una gota de agua se deslizaba por la mejilla del guerrero.

Ella lo miró con tal intensidad en sus ojos violetas que él se sintió hechizado. Y cuando los finos dedos secaron la gota de agua de su mejilla, una inesperada reacción nació en su interior. Styr dio un fuerte tirón a las cadenas.

Y la obligó a sentir miedo.

—Lo… lo lamento —balbuceó Caragh—. Debo haberos lastimado nuevamente —señaló el cuenco de sopa—. No poseo gran cosa con la que alimentaros, es todo lo que tengo —se encogió de hombros y se alejó de su lado mientras hacía un gesto con la cabeza para animarlo a comer.

Styr contempló la sopa y luego a ella. ¿Cómo esperaba esa mujer que comiera con las manos atadas a la espalda?

—¿No os apetece…? —Caragh aguardó unos segundos mientras se servía ella misma un cuenco de sopa. Tomó una cuchara y empezó a comer lentamente, como si saboreara el caldo.

De repente comprendió que iba a tener que alimentarlo ella misma.

—Debería haberlo tenido en cuenta —suspiró mientras se levantaba en busca de otra cuchara. Tras estudiarlo durante unos instantes, hizo un gesto de preocupación y tomó el cuenco del guerrero.

Styr apenas daba crédito. No solo le había curado la herida, le había ofrecido comida y estaba a punto de alimentarlo ella misma.

Para ser su captora, demostraba una excesiva

misericordia y le enfurecía saberse atrapado en aquel lugar con esa dulce mujer que intentaba suavizar al máximo la situación, mientras Elena se encontraba por ahí fuera. Tenía que soltarse y encontrar a su esposa.

Había fracasado en su obligación de proteger a Elena. Ni siquiera sabía si estaba viva o muerta y la sensación de culpabilidad resultaba insoportable. ¿Y si la habían violado? ¿Y si estaba herida y sufriendo dolor?

—¡Elena! —haciendo caso omiso de la sopa, llamó a su esposa con voz ronca.

No hubo respuesta. De nuevo gritó su nombre, una y otra vez, con la esperanza de que ella lo oyera si se encontraba dentro del recinto amurallado. Después llamó a Ragnar y a cada uno de sus hombres, mientras intentaba determinar si era el único rehén. El único vivo.

—Se han marchado —le interrumpió Caragh—. No sé adónde, pero el navío ya no está allí —se sonrojó violentamente—. Brendan tomó a la mujer como rehén. Vuestros hombres rindieron las armas, pero desconozco qué sucedió después.

De nuevo fijó la mirada en el suelo y Styr sospechó que estaba reteniendo información. Con el fin de que ella no comprendiera que había entendido sus palabras, desvió la mirada.

Inquietantes pensamientos surcaron su mente, prendiendo una nueva llamarada de ira. ¿Dónde estaba su esposa? ¿Seguía viva? ¿Qué les había sucedido a sus hombres?

Caragh se animó a acercar una cucharada de sopa a sus labios, pero de una fuerte sacudida de la cabeza, él envió el cuenco por los aires. Caragh palideció y recogió el cuenco y la sopa derramada.

Furioso, Styr golpeó la pared de adobe con los pies hasta romper el marco de mimbre. Rugiendo su frustración, tiró de las cadenas en un desesperado intento de romperlas para liberarse.

Fracasado su intento, contempló a Caragh, que había recogido la sopa derramada y la había añadido a su propio plato de sopa. En su rostro no vio miedo alguno. Si acaso, una mirada desafiante, como si le reprendiera por lo que acababa de hacer.

Caragh durmió mal, despertando varias veces durante la noche. Por el amor de Dios ¿qué había hecho? La idea de retener prisionero al vikingo le había parecido buena al principio, pero en esos momentos lo lamentaba. No debería haberle salvado la vida. Iba a matar a Brendan, y ya había matado a otros dos. No merecía vivir.

Todavía faltaban varias horas para el amanecer, pero aun así Caragh se levantó del camastro y se acercó de puntillas al fuego, añadiendo un nuevo ladrillo de turba. Después atizó las llamas para calentar la estancia. Bajo la débil luz ambarina contempló el rostro del *Lochlannach* tumbado en el suelo.

Había tomado la precaución de quitarle la capa y el broche, que podría haber utilizado como arma. Llevaba una túnica de lino bajo la cota de malla que le protegía el pecho y los cabellos rubios estaban atados en una coleta. El rostro, incluso dormido, resultaba extrañamente fascinante. Caragh se sentó en un taburete y lo estudió detenidamente.

A pesar de la rudeza de un cuerpo torneado por años de batallas, no podía negarle su atractivo, comparable al de un ángel. Ninguno de los hombres que había conocido podía compararse a ese.

Era la clase de hombre que tomaría a la mujer deseada reclamándola para sí. Y sin previo aviso, se imaginó cómo sería besarlo. Sin duda sería un beso apasionado, salvaje. Era la primera vez que se imaginaba tal cosa y un escalofrío recorrió su cuerpo. La simple idea de pensar en ello era una locura.

Recordó la ira que había destilado su rostro cuando la mujer había sido apresada. Había luchado a muerte por ella, atacando a todo hombre que la había amenazado.

Caragh estudió su perfil a la luz de las llamas y se preguntó qué clase de hombre sería. ¿Un feroz bárbaro que la mataría en cuanto lo liberara? ¿Un hombre de honor?

El vikingo se movió inquieto en sueños y ella

comprendió que había quedado expuesto al frío por el hueco que había abierto a patadas en la pared. Aunque era verano, las noches eran a menudo frías y sin duda lo debía notar. Su lado más práctico decidió que se lo tenía merecido por haber roto la pared.

«¿No habrías hecho tú lo mismo si te hubieran apresado?», protestó su subconsciente. «¿No habrías hecho cualquier cosa por escapar?».

Seguramente. Pero ese hombre había matado a los suyos y merecía sufrir por ello.

«Se llevaron a la mujer. Intentaba protegerla».

La había llamado Elena. Probablemente se trataba de su esposa o hermana.

De haber sido ella la capturada, sus hermanos hubieran matado a cualquiera que se hubiera atrevido a lastimarla. No podía culpar a ese hombre por intentar proteger a un miembro de su familia.

Pero si no hubiera intervenido, habría matado a Brendan. Y si decidía liberar a ese hombre, sin duda perseguiría a su hermano para ejercer su venganza sobre él.

La preocupación formó un nudo en su estómago, pues desconocía el paradero de Brendan. La última imagen que tenía de él era una en la que sujetaba la espada sobre la garganta de la mujer y la arrastraba marcha atrás hacia el barco. Caragh había estado ocupada inmovilizando a su prisionero y solo había registrado fugaces imágenes de lo que sucedía a su alrededor.

Uno de los mayores le había ayudado a arrastrar al vikingo lejos de los demás, pues ella sola no habría podido. Tras encadenarlo, había regresado al exterior y encontrado a ese hombre partido en dos por una espada. El estómago le daba un vuelco cada vez que pensaba que había muerto por intentar ayudarla.

En su mente recompuso las piezas de lo que recordaba. Brendan con su rehén, los *Lochlannach* rindiendo sus armas antes de adentrarse en el mar.

A pesar de ir acompañado, Brendan y su grupo se encontraban en clara inferioridad numérica y, aunque desarmados, a Caragh no le cabía la menor duda de que el enemigo pretendía atacar a su hermano, reclamando la nave y a la mujer. No les harían falta armas para matar a Brendan.

Ayudarle le habría resultado imposible sin atraer sobre ella misma la atención de los *Lochlannach*.

¿Por qué había alejado Brendan al enemigo de Gall Tír? Era peligroso y temerario.

A no ser que Brendan hubiera intentado alejar al enemigo del asentamiento en un desesperado acto heroico.

Caragh cerró los ojos ante la posibilidad de que su hermano ya estuviera muerto. Las horas pasaban, pero Brendan no regresaba. Solo le quedaba rezar para que estuviera vivo.

El miedo y la incredulidad la invadieron. Todos sus hermanos la habían abandonado. No había protestado cuando Terence y Ronan se habían ido, segura de que regresarían con los víveres prometidos. Pero tras casi quince días, seguía sin haber señal de ellos.

¿Qué pasaría si no regresaba ninguno de sus hermanos? ¿Y si todos estaban muertos?

La idea de encontrarse sola, sin nadie que la protegiera, era terrorífica.

Con gran pesadumbre, buscó en su interior la decisión correcta. No podía liberar al prisionero. Si lo hacía, no le cabía duda de que el guerrero la atacaría. La mirada oscura y cruel denotaba una naturaleza despiadada. No había un ápice de mansedumbre en ese hombre y la única alternativa era mantenerlo encadenado hasta que regresaran sus hermanos mayores.

Si regresaban.

Caragh cerró los ojos, negándose a seguir pensando en ello. Terence y Ronan iban a regresar. Tenían que regresar.

Tomó una manta de lana que solía usar para abrigarse en invierno y se acercó al hueco abierto a patadas en la pared por el vikingo, usándola para bloquear la entrada del viento.

Al darse la vuelta lo encontró mirándola e instintivamente retrocedió hasta apoyar la espalda contra la pared cuando el gigante se puso en pie. Tenía los ojos de color marrón oscuro y, aunque no veía bien la expresión de su rostro, no iba a cometer el error de bajar la guardia. El hombre habló en una lengua que ella no comprendía.

—¿Qué deseáis? —preguntó ella.

—Agua —contestó Styr tras una breve pausa.

—¿Habláis irlandés? —Caragh se sobresaltó cuando el vikingo habló en su lengua.

—Agua —repitió él.

Caragh llenó una taza de madera con agua. El guerrero seguía cada uno de sus movimientos y no se atrevió a acercarse demasiado, recordando cómo le había tirado el cuenco de sopa la noche anterior. Sin embargo, con las manos encadenadas a la espalda, no había otra alternativa.

Conteniendo su aprensión, elevó la taza hasta los labios del hombre y la inclinó ligeramente. Mientras él bebía, contempló la incipiente barba, del mismo color rubio que sus cabellos. Los labios eran firmes y finos. Dudaba mucho que esos labios hubieran sonreído alguna vez. En los oscuros ojos se reflejaba una preocupación similar a la suya.

—¿Dónde está? —preguntó él en el idioma de Caragh.

—De modo que habláis irlandés —ella dio un paso atrás. Ese hombre había comprendido cada palabra que ella había pronunciado.

—¿Dónde? —insistió Styr. La gélida voz albergaba una promesa de venganza y ella dio otro paso atrás. Aunque estando encadenado no podía lastimarla, no le cabía ninguna duda de que mataría a cualquiera que amenazara a la mujer a quien llamaba Elena.

—Ya os lo dije —Caragh palideció, pero se mantuvo firme—. No lo sé —intentó calmar el rugido del miedo en su interior—. Brendan se la llevó como rehén y se hizo a la mar.

—Tengo que encontrarla —la frustración tensó el rudo rostro—. Soltadme —ordenó con voz acerada. Estaba acostumbrado a ser obedecido.

—No puedo soltaros —aunque comprendía su necesidad, no podía liberarle de las cadenas—. Si lo hago, me mataréis —en su mente se formó la imagen de esas cadenas alrededor de su cuello.

—No suelo matar a mujeres. Ni siquiera a las que intentan abrirme la cabeza.

—Siento haberos hecho esa herida, pero tenía que proteger a Brendan —protestó ella.

—Y yo tenía que proteger a mi esposa —rugió el vikingo—. Ella es inocente. No os ha hecho nada.

—Los hombres se equivocaron al atacar —admitió Caragh cruzándose de brazos—. Intenté detener a mi hermano, pero no me quiso escuchar —y tampoco habría servido de nada—. Nos morimos de hambre y necesitábamos víveres.

—Y pensasteis en tomarlos sin más —espetó él con amargura—. Habríamos compartido gustosos lo que teníamos si nos lo hubieseis pedido.

—Nunca fue mi idea atacaros —insistió ella. Se

avergonzaba de que ese hombre la contemplara como a una ladrona.

—Soltadme, Caragh.

—Todavía no, *Lochlannach* —contestó ella y añadió con el ceño fruncido—. Ni siquiera conozco vuestro nombre.

—Soy Styr Hardrata. Mi esposa es Elena.

—La vi junto a los demás. Es hermosa —Caragh acercó la marmita de sopa al fuego para calentarla—. Os aseguro que mi hermano no tiene pensado causarle daño alguno. Solo tiene diecisiete años, y me temo que no reflexiona antes de actuar.

—Tiene pensado pedir rescate por los prisioneros o venderlos como esclavos ¿verdad?

—No lo sé —Caragh no había pensado en ello, pero dudaba que su hermano hiciera algo así. Todo había sucedido tan rápido que no creía que Brendan hubiera ideado ningún plan—. Lo único que sé es que no puedo soltaros hasta que regresen mis hermanos mayores. En cuanto vuelvan, podréis iros según os plazca.

—¿Y se supone que debo quedarme aquí sin saber qué le está sucediendo a mi familia? ¿Creéis que puedo esperar sin hacer nada?

—No os permitiré causarle daño a mi hermano —ella se encogió de hombros.

—Si ella ha resultado herida por lo que él haya hecho, lo mataré —los ojos de Styr centellearon en la penumbra—. Os lo aseguro.

Ella lo creyó. Había mucha oscuridad alrededor de ese hombre, un desalmado que no dudaría en vengarse. Poco importaba que Brendan fuera joven y atolondrado. Los ojos del vikingo reflejaban una sed de venganza.

—¿Os apetece comer? —con manos temblorosas llenó un cuenco con sopa.

—Lo que me apetece es que me soltéis —él la miró furioso.

—No tengo casi comida —continuó ella ignorando la amenaza—. Si tenéis hambre, compartiré con vos lo poco que tengo. Pero si vais a derramarla de un golpe, hacédmelo saber, pues la conservaré para mí misma.

—Supongo que deberé conservar mis fuerzas para cuando me liberéis —contestó él tras un largo silencio.

—Siento mucho haberos lastimado, pero no tuve elección —Caragh tomó el humeante cuenco con ambas manos y se acercó al guerrero como quien se aproxima a un dragón.

—Da la impresión de que no habéis comido adecuadamente en semanas —observó Styr cuando ella se detuvo frente a él.

—Hubo una sequía y el verano pasado perdimos la mayor parte de nuestra cosecha. Muchos fallecieron durante el invierno, y es demasiado pronto para plantar otra cosecha.

Caragh alzó el cuenco hasta los labios del guerrero. La sopa no estaba buena, aguada y con unas cuantas algas. Pero no había más.

—¿Y los animales? —preguntó Styr—. ¿No tenéis ovejas o vacas?

—No nos quedan ya —Caragh sacudió la cabeza—. Mis hermanos partieron en busca de víveres—quizás el vikingo opinaba que no estaban haciendo gran cosa, pero lo cierto era que se habían desprendido de casi todas sus posesiones para cambiarlas por alimentos—. Creedme si os digo que no hay nada que comer —continuó—. He buscado por todas partes.

—Vivís junto al mar —señaló él—. No hay motivo para pasar hambre.

—Los pescadores se marcharon hace meses, llevándose sus barcos —no era tan sencillo como parecía—. Solo podemos pescar los peces más pequeños junto a la orilla, y no es suficiente —no mencionó que seguían teniendo el barco de su padre, que nadie había osado tocar desde hacía meses.

—Cuando se conoce el mar, no se muere de hambre —insistió Styr mirándola con dureza.

Caragh retiró el cuenco de sopa de los labios del guerrero y se fijó en el rostro hinchado que pronto estaría amoratado. Le preocupaba verlo herido, pues ella era la causante.

Mojó un trapo de lino en agua fría y, sin pedirle permiso, le limpió la herida con la esperanza de que no se le hinchara más.

—¿Tenéis la costumbre de golpear a vuestros enemigos y luego atender sus heridas? —él la miraba incrédulo, desconfiado, como si no estuviese acostumbrado a que lo cuidaran.

—Nunca había hecho ningún prisionero —Caragh se sonrojó y se apartó del hombre, deseando no haberlo tocado.

Todo en él, desde su feroz atractivo hasta su fuerza brutal, resultaba amenazador. Tenía encadenado a un depredador y no debía olvidar que no podía confiar en él.

—¿Cuánto falta para que regresen vuestros hermanos?

—Se fueron hace quince días —ella se encogió de hombros—. No sé cuándo volverán.

—¿Y si no regresan?

Caragh sacudió la cabeza, sin siquiera querer imaginárselo y cubrió sus miedos y frustraciones con una imaginaria venda. Ronan y Terence habían prometido regresar.

Pero quien más le preocupaba era Brendan. Su hermano pequeño no había reflexionado en las consecuencias de sus actos y podría pagar por ello con su vida.

—Si no regresan —contestó mientras lavaba los cuencos al otro lado de la choza—, os soltaré. Prefiero que me matéis vos a morir de hambre.

Styr se sentó y apoyó la espalda contra el poste. A pesar de su inmenso cansancio, Caragh se sentó junto al fuego y pasó un peine por sus oscuros cabellos en un intento de calmarse. Era consciente de la mirada del guerrero sobre ella, pero la ignoró.

—¿Por qué os dejaron aquí? —preguntó él—. ¿Vuestros hermanos no tienen costumbre de proteger a sus mujeres?

—Sé cuidar de mí misma —contestó ella sin dejar de peinarse, y sin mirarlo. Cierto que se sentía inquieta ante su futuro y le dolía que la hubieran dejado atrás, pero jamás lo admitiría ante ese hombre.

—¿En serio? —Styr la observó detenidamente y ella se sintió avergonzada por su extrema delgadez.

—Aún conservo la esperanza. Mis hermanos regresarán y…

—Y mientras tanto os moriréis de hambre —le interrumpió él en tono de reproche—. En mis tierras, las mujeres saldrían a cazar, removerían la tierra en busca de comida, en lugar de quedarse sentadas en casa —se encogió de hombros—. Pero, claro, vos sois irlandesa.

¿Cómo se atrevía a burlarse de ella cuando había renunciado a su propia ración de comida por él?

—¿Qué habéis querido decir con eso?

Styr le dirigió una mirada burlona a modo de contestación que enfureció a Caragh. Aunque no era ninguna guerrera capaz de blandir una espada, tampoco era un alfeñique.

—¿Y qué aconsejáis vos que haga? —lo fulminó con la mirada.

—Marchaos. Encontrad a un hombre que os proteja y os cuide si vuestros hermanos no aceptan esa responsabilidad.

—Queréis decir que me ponga en venta —aunque no le faltara razón al vikingo, a Caragh le repelía la idea de entregar su cuerpo a cambio de comida. Prefería morir.

—No os haría falta venderos —contestó él con voz grave—. La mayoría de los hombres se muestran débiles ante una mujer necesitada. Y vos tenéis un rostro bastante atractivo.

Aunque las palabras no llevaban ninguna intención, Caragh se sonrojó. No era del todo cierto. Los hombres de su clan preferían a las mujeres recatadas, modestas y que apenas abrieran la boca. No les gustaban las que decían lo que pensaban y lo cuestionaban todo.

—Preferiría sobrevivir por mi cuenta —admitió ella al fin—. Y si quiero encontrar algo de comida para los dos, deberíamos dormir un poco antes de que amanezca.

—Si me soltáis ya no tendríais que alimentarme —señaló él.

—No puedo hacerlo —Caragh ignoró la sugerencia.

—¿Porque me tenéis miedo?

—Os hice prisionero ¿no es así? —espetó ella—.

Dudo que ninguna de vuestras mujeres pudiera presumir de lo mismo.

—Estaba inconsciente —protestó Styr—. En mi tierra, muchas quisieron capturarme, pero solo una lo consiguió.

—Pues esa mujer debe tener la paciencia de un santo —sin duda se refería a su esposa. Aguantar a un hombre de tamaña arrogancia era una dura prueba para cualquiera.

—A ella le gusto como soy —contestó él, aunque en su voz había un ligero tono pesaroso, como si no quisiera hablar de Elena.

—Espero que la encontréis —observó Caragh—, y que no haya sufrido ningún daño —lo deseaba de todo corazón. Había visto el gesto de agonía en el rostro de la mujer cuando había abatido al vikingo y no deseaba ser causa de ningún sufrimiento entre ellos.

—Por supuesto que la encontraré —Styr se puso nuevamente en pie y se adelantó todo lo que le permitieron las cadenas—. Pero no pienso quedarme aquí para que vuestros hermanos me asesinen. Una mañana, despertaréis y yo me habré ido.

Tres

Resultaba muy duro pasar tantas horas a solas. Y no solo por el rugido de su estómago reclamando alimento. Caragh llevaba ausente desde el amanecer y ya era de noche. Parecía estar vengándose por el comentario sobre las mujeres de su tierra. Lo había dejado solo todo el día. Styr había aprovechado para inspeccionar las cadenas, para averiguar cómo estaban sujetos los grilletes. Parecían estar fijadas con unos pernos de hierro que solo podrían retirarse con un martillo y una lezna.

Intentó infructuosamente derribar el poste. Y, tras intentar sacar las manos a través de los grilletes, las muñecas terminaron ensangrentadas y, nuevamente, sin resultados positivos.

Jamás en su vida había sido hecho prisionero, y mucho menos por una mujer. Aunque Caragh terminara por liberarlo, siempre sería demasiado tarde. Elena estaba a merced de esos hombres y, aunque tuvieran sus problemas conyugales, seguía siendo su esposa. Tenía la obligación de protegerla y no se detendría hasta haberla liberado.

El recuerdo de la expresión aterrorizada de Elena lo atormentaba ante la posibilidad de que la hubieran deshonrado o lastimado. «Un hombre protege a su mujer», recordó las palabras de su padre. «No debe mostrar piedad ante nadie que la amenace».

Styr alzó el rostro. Había una manera de soltarse, si estaba dispuesto a derruir la morada de Caragh. Observó detenidamente la estructura y el modo en que la viga sujetaba la choza. Era posible.

¿Dónde estaría Caragh? ¿Tenía siquiera pensado regresar? tenía la boca seca por la sed y el cubo de agua al otro extremo de la habitación era una cruel tortura.

De repente, la puerta se abrió de golpe y un hombre joven entró en la choza.

—De modo que este es el nuevo juguetito de Caragh. Me habían dicho que había capturado a un *Lochlannach*.

Styr permaneció en silencio, fingiendo no entender una palabra. Aun así, se posicionó para una eventual pelea.

—¿Por qué os mantiene aquí? ¿Tan necesitada está de un hombre? —el enemigo lo rodeó como si lo estuviera midiendo. Por la postura y el tono posesivo de su voz, Styr sospechó que deseaba a Caragh, pero había sido rechazado.

—No debería haberos mantenido con vida, *Lochlannach* —rojo de ira, el hombre desenfundó un cuchillo—. Matasteis a los nuestros.

Styr no apartaba los ojos de él, pues solo dispondría de una oportunidad para salvarse. Recogió las cadenas hasta que estuvieron tensas contra el poste de madera.

El hombre alzó el cuchillo y lo dirigió al corazón del vikingo. Styr se agarró al poste y extendió las piernas para hacerle tropezar. El filo de la cuchilla le hizo un corte superficial en la pierna.

Después cerró las piernas en torno a su cuello hasta que notó que empezaba a ahogarse. Una fría amargura se instaló en su interior y, resignado, supo que no había alternativa. Se trataba de la vida del joven o de la suya. Los segundos transcurrieron lentamente y los músculos del otro hombre empezaron a aflojarse.

—¡No! —la puerta volvió a abrirse y Caragh entró corriendo—. ¡Soltadle!

—¿Acaso preferís que me mate? —Styr continuó haciendo presión hasta que el hombre perdió el conocimiento, y luego se puso en pie.

Caragh palideció ante la visión de la sangre que corría por la pierna del vikingo y desvió la mirada hacia el otro hombre. Sus ojos reflejaron un ligero arrepentimiento.

Escondió el cuchillo entre sus posesiones, dejándolos a ambos desarmados. Cuando el otro hombre empezó a volver en sí, lo ayudó a ponerse en pie.

—Abandona mi casa, Kelan —le ordenó con calma.

—¿Por qué lo salvaste? —el joven le dedicó una mirada asesina—. No merece vivir, Caragh.

—Márchate —insistió ella—. Es mi prisionero, no el tuyo —a pesar de que conservaba la calma, a Styr no se le escapó cierta inquietud que emanaba de la joven.

—No estás a salvo aquí con él —Kelan la miró de arriba abajo detenidamente.

—Eso ya no es de tu incumbencia —los ojos color violeta se volvieron gélidos.

—Asesinó a los nuestros —el rostro de Kelan enrojeció—. ¿Acaso lo has olvidado?

—Nuestros hermanos los atacaron primero —le recordó ella.

—¿Estás defendiendo a un asesino? —la incredulidad en la voz de Kelan estaba cargada de veneno—. No se merece nada, Caragh.

Ella no respondió, pero sí abrió la puerta en un gesto silencioso para que abandonara su choza. Aunque el hombre obedeció, Styr sabía que solo sería cuestión de tiempo que volviera a atacarlo. En la siguiente ocasión, quizás no podría salvarse. Urgía escapar de allí.

Caragh cerró la puerta y bajó la mirada al suelo. Tenía los hombros hundidos y para Styr era evidente que intentaba no echarse a llorar. El peso del mundo parecía haber descendido sobre ella y se pasó el dorso de la mano por los ojos antes de enfrentarse a él.

—Os ha herido —Caragh posó la mirada en la pierna sangrante.

—No es nada —Styr se encogió de hombros—. Solo un ligero corte.

Pero ella ya se había provisto de un trapo y una palangana con agua.

Era una mujer excesivamente bondadosa, confiada e ingenua, sobre todo con un hombre como él que no sabía perdonar.

—¿Quién era ese hombre?

—Un miembro de nuestro clan. Uno más —ella apretó los labios, pero se encogió de hombros.

—No. Es más que eso —a Styr no se le había escapado la tensión subyacente entre ambos.

—Hubo un tiempo en que quiso desposarme —Caragh suspiró—. Pero lo rechacé —antes de que él pudiera formular otra pregunta, lo miró de frente—. Y no deseo hablar de ello.

Styr dio un respingo al sentir la húmeda tela contra el muslo.

—Lo siento. Procuraré tener más cuidado —le aseguró ella.

Sin embargo, no había sido la sensación de la femenina mano sobre la herida lo que le había provocado el sobresalto, sino la suavidad de esos dedos tan peligrosamente cerca de la ingle. Aunque se dijo que era una respuesta normal para cualquier hombre, se tensó ante la indeseada excitación.

Apretó los dientes y presionó la sien contra el poste para reavivar el intenso dolor de la herida de la cabeza. Necesitaba algo que lo distrajera de las manos de Caragh. Se imaginó esa mano deslizándose por el interior del muslo, atrapando su erección. Elena jamás había hecho algo así. Solía quedarse tumbada debajo de él mientras se consumaba la unión.

En ocasiones le hubiera gustado que lo tocara, sentir que deseaba sus atenciones en lugar de limitarse a soportarlas.

—No hará falta coser —sentenció Caragh cuando hubo terminado de limpiar la herida—. Teníais razón en que no era grave.

Caragh dio un paso atrás y Styr no pudo evitar fijarse en los ojos enrojecidos y recordó que había estado llorando.

—Habéis estado fuera mucho rato —observó—. ¿Tuvisteis algún problema?

—Caminé durante mucho rato —ella se encogió de hombros—, pero no encontré comida —los ojos de color violeta centellearon—. Me enfadé conmigo misma. Encontré un conejo, pero no logré alcanzarlo con la piedra que le lancé y no pude correr tras él porque me quedé sin respiración —el rostro se le crispó—. Esta noche se nos acabará la comida.

La desesperación en la voz de Caragh afectó a

Styr más de lo que le hubiera gustado. Debería alegrarse, pues en cuanto se agotara la comida, tendría que soltarlo.

—Vivís junto al mar —se oyó decir a sí mismo—. No os quedaréis sin comida.

—Nuestras redes llevan mucho tiempo vacías.

—Id más lejos —insistió él—. Los peces grandes se encuentran en aguas más profundas.

—No puedo —ella se estremeció, como si el mar le diera miedo.

Cierto que en las olas más profundas el peligro era mayor, pero a Styr le encantaba navegar. Dominar los vientos era como robarle el poder a los dioses. Incluso durante la salvaje tormenta que habían sufrido en el viaje había disfrutado de la fuerza del mar. Era la libertad en estado puro.

—También necesitaréis un cebo —continuó—. Acercaos a la playa provista de una antorcha. Buscad cangrejos en la costa, en las proximidades de las algas.

—Hace semanas que no he visto ningún cangrejo. No hay…

—Confiad en mí —insistió Styr—. La mayoría sale por la noche. Os harán falta para pescar.

—No debería dejaros a solas. Kelan podría regresar.

—Puedo defenderme, Caragh —Styr la miró con desconfianza—. ¿O acaso habéis olvidado que lo derroté aun estando encadenado?

Caragh ignoró el comentario y suspiró. Abrió la

cesta de mimbre y contempló el manojo de tréboles—. Me temo que no he encontrado nada más. Habrá suficiente grano para esta noche, pero es lo último que queda.

—Entiendo. Preferís morir de hambre sin siquiera intentarlo —Styr se incorporó con la esperanza de enfurecer a la joven. En los ojos violeta leyó desesperación, agotamiento.

—No se trata de intentarlo —ella dejó caer la cesta y lo miró a los ojos—. ¿Acaso creéis que no he rastreado la orilla en busca de comida? ¿Acaso no creéis que lo hemos hecho todos?

—Lo que creo es que preferís esperar a que vuestros hermanos os salven en lugar de intentar salvaros por vuestros propios medios —el guerrero enfureció deliberadamente a Caragh, consciente de que la ira era más fuerte que el miedo, la mejor arma contra las asfixiantes dudas.

—Quizás debería haber permitido que Kelan os matara —murmuró ella—. Al menos así tendría una boca menos que alimentar.

—Hoy no he comido nada —le recordó él—. Y por vuestro aspecto, vos tampoco.

—Hace casi quince días que no he comido nada salvo unas cuantas verduras y esa sopa aguada —al fin Caragh se vio superada por la rabia y unas gruesas lágrimas rodaron por sus mejillas—. Ya no recuerdo la última vez que comí carne y me muero de hambre. Apenas puedo caminar sin agotarme.

Rabiosa, arrancó la manta de lana que cubría el agujero de la pared.

—Y encima vos destruís el único hogar que poseo —se cubrió los hombros y la cabeza con la manta—. Ya no sé qué hacer. Resulta frustrante comprobar que mis esfuerzos no dan fruto.

Styr permaneció en silencio. Esa mujer no era responsabilidad suya. Lo había hecho prisionero y no había razón alguna para ofrecerle sus consejos.

Sin embargo, al contemplar el demacrado rostro recordó a su esposa. ¿Tendría Elena hambre, también? ¿Tendría a alguien para cuidarla? ¿La habrían abandonado a su suerte?

Si Caragh moría, los demás no lo iban a soltar. Ella era su única esperanza para huir de allí. Y la única manera de conseguirlo era ganándose su confianza.

—Soltadme y os ayudaré a conseguir alimento —le ofreció—. Después, me conduciréis hasta donde se encuentra mi esposa y los demás.

—Si os suelto, me abandonaréis de inmediato —ella sacudió la cabeza y sonrió amargamente.

Era lógico que pensara así, pero Styr no podía seguir esperando a que los hermanos de Caragh regresaran. Tenía que intentar escapar por sus propios medios.

—Supongo que podría ir en busca de algún cangrejo —Caragh tomó un palo que prendió con el fuego de la hoguera—. Regresaré en una hora. Esperad aquí.

Como si tuviera otra alternativa.

Styr se apoyó contra el poste, decidido a hacer lo que fuera necesario para escapar.

El vikingo comprobó la solidez las cadenas a su espalda. Alzó los grilletes todo lo que pudo, hasta los hombros, y se apoyó contra el poste con todas sus fuerzas. Aunque las muñecas le ardían del esfuerzo, siguió ascendiendo por el poste, levantando las cadenas a cada paso. Tras caer varias veces, comprendió que debía mantener las cadenas tensadas. Centímetro a centímetro, ascendió por el poste apretando los dientes. El sueño de libertad lo impulsaba a seguir más allá del dolor.

Al fin tocó el techo con los hombros. El sudor bañaba su frente mientras intentaba conservar el equilibrio. Si consiguiera alzar los brazos un poco más, podría sacar las cadenas por la parte superior del poste que, aunque fijado al techo, tenía un extremo más fino.

Cada músculo de su cuerpo gritaba de agonía, pero ignoró el dolor. Soportaría cualquier cosa por Elena.

Casi se dislocó el hombro al pasar las cadenas por encima del poste, y quedó colgado de la parte más fina de la viga.

«Rómpete», suplicó. «Rómpete».

Tomó aire con todas sus fuerzas y se lanzó contra la viga, temiendo que fueran a rompérsele las muñecas. En su mente, la imagen de Elena y su infinita expresión de tristeza.

«Te necesita».

Con un esfuerzo supremo, al fin la viga se partió y Styr cayó de rodillas al suelo.

No podía moverse y, durante varios minutos, permaneció con el rostro apoyado contra la tierra. Le sangraban las muñecas, que palpitaban dolorosamente.

Pero lo había logrado. Era libre y podía marcharse de aquel lugar. Aunque las manos seguían encadenadas, ya no estaba confinado a la choza de Caragh.

Con respiración temblorosa, logró ponerse en pie. Lo mejor sería esperar al día siguiente para partir en busca de Elena. Aquellas eran unas tierras desconocidas para él y debía planear bien su itinerario.

Y eso incluía hacer acopio de alimentos, en caso de que hubiera alguno. Era un experto viajero y sabía que no podía lanzarse a ciegas en busca de Elena y Ragnar. Dado que habían partido en barco, podían estar en cualquier lugar a lo largo de la costa.

Necesitaba hacerse con un navío para poder viajar al mismo ritmo que el enemigo. Y necesitaba liberarse de las cadenas.

Lentamente se acercó a la puerta y la abrió, pudiendo al fin respirar una gran bocanada de libertad. Todo estaba tranquilo y la noche era oscura. A lo lejos vio el relumbrar de una antorcha.

Caragh.

Sujetó las cadenas para no hacer ruido y salió de puntillas al exterior. En silencio se dirigió hacia la playa, donde la encontró mirando fijamente la arena. Estaba sola, no había nadie que pudiera ayudarla.

En el bonito rostro percibió la obstinada determinación de sobrevivir. Se estaba derrumbando, pero seguía buscando. Había conocido a muchos hombres que se hubieran rendido antes que esa mujer.

Caragh caminaba a lo largo de la orilla, alumbrando la arena con la antorcha. Débilmente iluminado, su rostro reflejaba una infinita paciencia. La piel brillaba dorada por la luz de la llama y los cabellos castaños caían en salvajes ondas sobre los hombros.

Era demasiado buena para su propio bien. ¿Qué clase de mujer capturaría a un escandinavo para luego darle parte de su escasa comida? ¿Por qué se había molestado en curarle las heridas mientras él la amenazaba?

¿Y por qué no había ningún hombre a su lado para cuidarla? Ni esposo ni amante… a no ser que Kelan se hubiera ofrecido a protegerla. Pero, por la frialdad con la que lo había tratado, era evidente que no deseaba verlo cerca.

Styr permaneció oculto en las sombras, consciente de que no debería estar allí. Debería estar estudiando el perímetro del asentamiento, buscando algún suministro escondido, o información sobre aquella gente.

Y, sin embargo, se sentía incapaz de apartar los ojos de Caragh, como si se tratara de la aparición de Freya, enviada para tentarlo. Al igual que las mujeres de su tierra, esa joven poseía una admirable fuerza interior. Aunque el destino hubiera sido cruel con ella, se enfrentaba a su aciago futuro.

Tomarlo como prisionero había sido el acto de una mujer desesperada, no de una mujer cruel. Y en su fuero interno supo que, si la abandonaba, ella moriría de hambre.

No debería importarle. Por su culpa se veía obligado a buscar desesperadamente a su esposa y a sus hombres. No le debía nada.

Aun así, no se sentía capaz de dejarla. Quizás fuera por el modo en que le había curado las heridas, o por el feroz deseo de proteger a su hermano. Él comprendía bien la lealtad hacia la familia.

La maldijo por debilitar su determinación, pero no podía marcharse antes de asegurarse de que tuviera comida para sobrevivir algún tiempo más. Así pues, regresó a la choza mientras pensaba en el modo de conseguir un barco.

En cuanto hubiera conseguido algo de pescado,

él también dispondría de víveres. Y entonces marcharía en busca de su esposa.

Sentada en una piedra, Caragh contempló fijamente la arena, atenta a cualquier movimiento. Styr había asegurado que podría encontrar cangrejos durante la noche, pero dudaba que hubiera nada allí.

La había acusado de preferir esperar sentada el regreso de sus hermanos antes que intentar salvarse por ella misma, y eso la había enfurecido. Había hecho todo lo humanamente posible por encontrar alimento.

Cada aliento era una lucha por la supervivencia, y había llegado a acostumbrarse al hambre. El vacío que sentía en su interior era un permanente recordatorio de lo caprichoso que podía ser el destino. No obstante, las palabras del *Lochlannach* habían hecho mella en sus sentimientos.

El habitual mareo nubló su visión y tomó pequeñas bocanadas de aire para evitar desmayarse. Poco a poco, el zumbido en los oídos cesó y pudo concentrarse una vez más en su tarea.

Un ligero movimiento llamó su atención y alzó la antorcha. Sobresaltada, comprobó que Styr había estado en lo cierto. Por la noche, podían encontrarse cangrejos en la orilla. Rápidamente recogió uno y lo metió en la cesta. Aunque era demasiado pequeño para comer, si conseguía atrapar un número suficiente de ellos, podría preparar una buena sopa.

Cada cangrejo que añadía a la cesta le levantaba un poco más el ánimo.

Después de una hora, decidió que ya tenía suficientes. No sumaban más de una docena, pero serviría. Con una sonrisa de alivio, tapó la cesta para proteger su captura.

Era tarde, pero tenía tanta hambre que no le importaba. En esos momentos solo podía pensar en cocer algunos de esos cangrejos. Corrió a la choza y abrió la puerta. El vikingo estaba exactamente donde lo había dejado, mirándola con aire satisfecho.

—Teníais razón —admitió ella, incapaz de dejar de sonreír mientras le mostraba los cangrejos sin importarle lo que pensara—. Prepararé una sopa con ellos.

—No lo hagáis —el *Lochlannach* sacudió la cabeza—. Si preparáis unos anzuelos con esos cangrejos como cebo, mañana podréis pescar peces. Colocad los sedales cuando suba la marea y por la mañana tendréis un róbalo o una platija —Styr continuó dándole instrucciones sobre el tipo de sedal y anzuelos que necesitaba.

—No —Caragh no quería escuchar—. Deberíamos comer ahora. Vos debéis tener tanta hambre como yo.

—Comeremos el grano esta noche —le corrigió él—. Y el pescado por la mañana.

—Suponiendo que haya pescado.

—Lo habrá —le prometió—. Estuve en lo cierto con lo de los cangrejos ¿no?

Caragh contempló la cesta, presa del desaliento. Se moría de ganas de comerse esos cangrejos, pero no abultaban más que la palma de su mano, y la idea de comer pescado le hacía salivar.

—Tengo miedo de perder los cangrejos —admitió—. ¿Qué pasará si no obtengo ninguna recompensa por mis esfuerzos?

—Todo es posible —asintió Styr—. Pero he vivido toda mi vida junto al mar y sé cómo pescar.

Caragh lo miró resignada. De ser cierto, los consejos de ese hombre podrían ser su salvación. Nunca había sido capaz de pescar peces grandes en las aguas poco profundas.

Buscó los sedales de su hermano mientras Styr le repetía las instrucciones y le explicaba cómo atravesar el caparazón del cangrejo con el anzuelo.

—Colocad los sedales —insistió—. Y ya veréis por la mañana.

Parecía tan seguro… pero Caragh no sentía lo mismo. El mar era impredecible y casi nunca había pescado nada.

Metió los sedales junto a los cebos en la cesta y pasó ante el vikingo, que la contemplaba con aire estoico, casi arrogante, seguro de estar en posesión de la verdad. Pero al mirarlo a los ojos descubrió un destello parecido a la empatía.

Styr le sostuvo la mirada y Caragh sintió una opresión en el pecho, pues necesitaba desesperadamente confiar. Se detuvo brevemente en las heridas, la de la pierna ya no sangraba, pero la de la cabeza seguía hinchada.

—Gracias por ayudarme —sonrió—. Rezo para que funcione.

En la penumbra de la choza, percibió un cambio en la postura del guerrero. Había algo extraño en su manera de sentarse. Frunciendo el ceño, se aproximó a él, pero Styr la interrumpió.

—Colocad esos sedales antes de que se apague la antorcha.

—De acuerdo —ella tomó la cesta y la antorcha—. Si pesco algo, os prometo que os soltaré por la mañana.

Styr asintió en silencio. Aunque no estaba seguro de la conveniencia de hacer tal promesa, sabía que era una mujer de palabra. Y las vidas de ambos dependían de esos peces.

Styr salió de la choza y siguió a Caragh. Enseguida vio que la mujer se había equivocado al elegir el emplazamiento de los sedales. Ningún pez nadaría cerca de las pozas en las que había colocado los cebos. Permaneció oculto, observando sus movimientos. En total colocó una docena de sedales, todos en aguas poco profundas. Esperó a que se hubiera alejado lo suficiente y, de rodillas, tomó el primer sedal y se adentró en aguas más profundas.

¡Por la sangre de Thor! No debería estar interviniendo así, pero no tenía elección. Necesitaba alimento antes de poder partir en busca de Elena.

La marea bajaba y Styr buscó el lugar apropiado para atraer a los peces más grandes. Aunque estaba empapado, siguió hasta un banco de arena y buscó el mejor sitio. La suerte lo acompañó cuando el pie topó con una piedra, lo bastante grande para sujetar el sedal. Arrodillado en el agua lo aseguró con la piedra.

Al incorporarse, contempló sobresaltado la silueta de un barco anclado junto a la orilla. Caragh no había mencionado su existencia al asegurar que los pescadores se habían llevado sus barcos con ellos. Daba la sensación de que habían intentado ocultar ese barco.

Al fin había encontrado el medio para huir. Podría seguir los pasos de su esposa y los hombres. Y Styr dio gracias a los dioses.

Una rápida ojeada le alertó sobre el hecho de que Caragh se dirigía de regreso a la choza. Styr se incorporó y corrió hacia la orilla y, oculto en las sombras, volvió a la choza. Aunque de cerca era obvio que ya no estaba amarrado al poste, tenía la esperanza de poder fingir estar dormido. Con suerte, sus ropas estarían secas por la mañana, aunque lo dudaba. Apoyándose contra el poste, retorció el cuerpo para ocultar las cadenas.

—¿Styr? —pocos minutos después, la puerta se abrió con un crujido.

El vikingo no respondió a Caragh. Con suerte, la mujer se iría a dormir. El viento que entraba por el agujero de la pared empeoraba la incomoda sensación de la ropa mojada.

Con los ojos fuertemente cerrados, ignoró las pisadas que se aproximaban, rezando para que lo dejara en paz. Sin embargo, antes de comprender lo que sucedía, sintió la manta de lana cubriéndole el cuerpo, cálida y confortable.

La manta olía a la mujer y Styr fue incapaz de hacer ningún movimiento. Nadie había hecho algo parecido por él jamás y dudó que ella comprendiera el profundo significado del gesto. La amabilidad era para Caragh tan natural como el respirar.

Cerrando los ojos se maldijo por ser tan estúpido. Pues sabía que no podría marcharse de allí sin ella, aunque lograran pescar algo. Si esa mujer moría de hambre, lo atormentaría el resto de sus días.

Lo quisiera ella o no, iba a llevársela con él cuando partiera en busca de su esposa.

Alguien tenía que cuidarla.

Cuatro

No había ni un solo pez. Caragh soltó un juramento y contempló el anzuelo vacío del séptimo sedal que comprobaba. Siete cangrejos desaparecidos. Se sentía al borde de la histeria pues, si no hubiera hecho caso al *Lochlannach*, habría cenado sopa de cangrejo la noche anterior. Unas furiosas lágrimas amenazaron con desbordar sus ojos, pero las contuvo. Llorar no serviría de nada.

El octavo y noveno sedal también estaban vacíos. Al llegar al décimo, se dejó caer sobre una roca, temblorosa ante la certeza de lo que iba a encontrar. O mejor dicho, lo que no iba a encontrar.

—¿Pescaste algo, *a chara*? —la voz de una anciana rompió el silencio. La frágil Iona la contemplaba desde la playa.

—No —Caragh retiró el décimo sedal y vio al cangrejo aún enganchado del anzuelo—. Toma —desenganchó el cangrejo y se lo ofreció a la mujer—. No es gran cosa, pero quizás ayude un poco.

—Eres un encanto, Caragh, pero no —Iona sonrió y sacudió la cabeza—. Sé que mis días están contados. ¿Por qué desperdiciar la comida con una vieja como yo habiendo una mujer joven que la necesita más?

—Hiérvelo y tendrás algo de carne y sopa —Caragh ignoró el comentario de la otra mujer y le puso el cangrejo en la palma de la mano—. Por favor.

—Eres una buena persona —Iona acarició la frente de Caragh. Ojalá te hubieras casado con Kelan.

La sonrisa se congeló en el rostro de Caragh. Tiempo atrás, ese atractivo joven le había hecho reír, le había contado historias y ella había disfrutado de su compañía. Había llegado a pensar que vivirían felices juntos. Pero él había preferido a otra persona.

Iona quería pensar que su hijo era una buena persona, y no sería Caragh quien le convenciera de lo contrario. El día de la boda, la había dejado sola, humillada ante su familia y amigos. Ella había partido en su busca y lo había encontrado con otra mujer. La amargura de ese instante seguía muy viva a pesar del año transcurrido.

—Todavía te desea —insistió Iona—. Deberías perdonarle sus errores.

Caragh permaneció en silencio. Había amado a Kelan y él la había traicionado.

—Te espera una vida muy dura —la anciana contempló las lejanas olas—. Se te partirá el corazón.

El tono de voz de la mujer le provocó un escalofrío en la columna a Caragh. Iona hablaba como una vidente, con una voz que parecía llegar de muy lejos.

—Pero eso te hará más fuerte —entornó los ojos—. El camino desplegado ante ti solo terminará en frustración.

—No me estás haciendo sentir nada mejor —protestó Caragh con una amarga sonrisa—, suponiendo que esa fuera tu intención.

—Yo solo digo lo que veo —contestó la anciana—. Hallarás la felicidad cuando aprendas a apartarte de aquello que nunca pudo ser —y con ese enigmático mensaje, Iona regresó a su casa.

Caragh se frotó los brazos. Tenía frío y hambre, y su estómago se retorcía de dolor ante el vacío que albergaba. Haciendo caso omiso de los dos últimos sedales, regresó a la choza con la intención de explicarle a Styr lo que opinaba de sus consejos. Utilizar cangrejos como cebo no servía de nada.

Al abrir la puerta el corazón casi se le paró cuando vio al vikingo lejos del poste al que lo había atado.

—¿Cómo os habéis soltado? —las manos seguían encadenadas a la espalda, pero ya no estaba confinado al lugar en el que lo había dejado.

—Ya os dije que me liberaría —contestó él—. ¿Encontrasteis pescado?

—No —Caragh estudió el poste y vio la viga rota en la parte superior. No se imaginaba cómo había podido trepar hasta allí—. No había nada.

—No colocasteis los sedales en el sitio adecuado.

—¡Sí lo hice! —exclamó ella—. Los repartí por toda la línea de costa.

—Pero los pusisteis donde el agua no era lo bastante profunda.

—¿Y cómo sabéis que fue así? —la joven sospechó que se había soltado mucho antes de aquella mañana.

—Porque os seguí anoche —Styr avanzó hacia ella, que se sintió intimidad por su elevada estatura. El simple hecho de mirarlo a los ojos le provocaba dolor de cuello.

—Moví uno de los sedales —le explicó él—. ¿Lo comprobasteis?

—Pero, todos los demás… —ella sacudió la cabeza.

—Los otros deben haber sido arrastrados por la marea. O los peces más pequeños se habrán comido los cangrejos —Styr empujó la puerta con el hombro para abrirla.

—¿Por qué seguís aquí si ya os habéis liberado? —Caragh permaneció inmóvil.

—No me he liberado —contestó el vikingo con voz ronca—. Aún no me habéis quitado los grilletes.

Caragh no contestó. Se sentía incapaz de confiar en él. Styr la condujo hacia la playa y tomó un camino rocoso que se extendía más allá de la costa.

—Allí —señaló con la cabeza hacia el mar, pero ella no comprendía a qué se refería—. Si os adentráis en el mar, encontraréis un banco de arena. Sujeté el sedal con una piedra.

—Yo no voy a meterme ahí —le aseguró ella—. La marea está subiendo.

—¿Queréis comer pescado o no?

Caragh miró al guerrero e intentó calibrar si hablaba en serio. La idea de meterse en el agua no le resultaba atractiva, a pesar de las suaves temperaturas de comienzo de verano.

—¿Cómo sé que no me estáis mintiendo?

—Os acompañaré —Styr unió la palabra a la acción y se hundió en el agua hasta las rodillas camino del banco de arena.

—¿Habéis visto algo? —gritó Caragh, aún en la orilla.

—Venid y comprobadlo vos misma —la expresión del hombre era indescifrable y, a pesar de su reticencia a mojarse, Caragh se adentró en las heladas aguas.

—Hundid la mano junto a mi pie —le ordenó Styr cuando estuvo a su lado—. Lo tengo colocado sobre la piedra. Levantadla y tomad el sedal.

Caragh se agachó, rozando la musculosa pantorrilla, hasta tocar la piedra. Palpó hasta encontrar el sedal y, sobresaltada, comprobó que algo se movía al otro lado del anzuelo. Cada vez más excitada, tiró del sedal mientras retrocedía sobre sus pasos.

—¡Styr, hemos pescado algo! —no sabía decir cómo era de grande, pero se sintió exultante de felicidad.

Cuando al fin logró sacarlo del agua, confirmó que no era muy grande. Pero era comida.

Rio imaginándose lo bueno que iba a estar. Tendrían suficiente para sobrevivir unos cuantos días.

El vikingo salió del agua y la encontró abrazada al pez, sin importarle lo ridícula que debía estar. De repente el semblante de la joven se nubló.

—¿Qué sucede? —preguntó Styr mientras caminaban hacia la choza.

—Debería compartirlo con los demás —admitió ella.

—¿Alguna vez compartieron ellos algo con vos? —el vikingo la miró con severidad.

—No está bien tener tanto y no ofrecer nada a nadie —pensó en Iona y en algunos de los demás ancianos que se habían quedado.

—No nos lo comeremos todo —le explicó él—. Quizá la mitad. El resto nos servirá como cebo.

—Anoche perdimos casi todo el cebo —ella lo miró perpleja—. No voy a desperdiciar este pescado.

—Anoche os permití hacerlo a vuestra manera —Styr aguardó junto a la puerta—. Pero es evidente que necesitáis mi consejo.

¿Su consejo? Ese hombre hablaba como si fuera un dios del mar, capaz de controlar los elementos.

—¿Y qué sugerís? —Caragh abrió la puerta con violencia y, tomando un cuchillo, se dispuso a limpiar el pescado.

—Anoche vi un barco anclado junto a la orilla —comenzó él—. Lo utilizaremos para pescar una cantidad suficiente de pescado para poder almacenarla durante los próximos meses. Después zarparemos en ese barco en busca de mi esposa y los hombres.

¿Zarparemos? Caragh sintió un escalofrío. No estaba dispuesta a subirse a un barco con ese hombre. Seguramente la tomaría como rehén y la llevaría lejos de su hogar.

—Yo no voy a acompañaros a ninguna parte.

—Sí que lo haréis —la voz se volvió autoritaria y, colocándose muy cerca de ella, la intimidó con su superioridad física—. Voy a intercambiar vuestra vida por la de mi esposa y compañeros.

—No si sois mi prisionero —ella lo miró fijamente.

—Ya me he soltado una vez —Styr la fulminó con la mirada—. Podré escapar de estas cadenas. Con o sin vuestra ayuda —siseó quemándole la mejilla con su cálido aliento.

Styr al fin mitigó el hambre con la minúscula porción de pescado que Caragh compartió con él. La otra mitad del pescado permanecía sobre la mesa donde lo había limpiado. Tal y como le había ordenado, había conservado las espinas.

No le cabía la menor duda de que se subiría a ese barco con él, a pesar de que era evidente que no deseaba hacer tal cosa. Le había abierto el apetito con el pequeño pez y ella le había sorprendido cocinando una comida deliciosa, aderezando el pescado con hierbas y sal. Sin embargo, ninguno de los dos había quedado satisfecho con la escueta ración y el vikingo decidió presionarla un poco más.

—A varias millas de la costa se encuentran los peces más grandes —le prometió él—. Con el nuevo cebo atraparemos tantos que no conseguiréis saciaros.

Ella contempló el plato vacío con expresión melancólica. En contra de las previsiones de Styr, no se mostró en absoluto ansiosa por partir.

—Volveremos al anochecer —le aseguró—. Os doy mi palabra.

Caragh seguía sin contestar y Styr se sentó frente a ella, aguardando a que hablara.

Pero, al igual que Elena, esa mujer se encerraba en sí misma. Era evidente que no deseaba acompañarlo, y tampoco se fiaba de él, de lo cual no podía culparla a pesar de las dos noches que ya habían pasado juntos. El feroz deseo de encontrar a su mujer y a los hombres estaba por encima de cualquier cosa. Tenía que salvarlos y regresar con ellos.

—Traed el pescado y los aparejos de pesca de vuestra familia —ordenó—. Partiremos ahora mismo.

Caragh se puso en pie y fregó la fuente de madera en la que habían compartido la comida. Después se acercó al fuego para intentar secarse un poco las ropas húmedas.

—Me temo —admitió al fin—, que hace meses que no he subido a un barco.

—Cambiaos de ropa y traed una capa de abrigo —Styr tenía la sensación de que había algo más—. Os esperaré fuera.

—Os acompañaré —ella asintió al fin—, pero solo lo hago porque creo que podéis ayudarme a encontrar el pescado que necesito. Y porque los demás también necesitan vuestra ayuda —alargó una mano y le tocó el musculoso brazo provocándole un escalofrío—. Si pescamos algo, os acompañaré en busca de vuestra esposa.

—Primero quitadme las cadenas —ordenó él con calma—. Me lo prometisteis.

—Todavía no —los ojos de color violeta lo miraron indecisos—. Quizás esta noche —susurró.

—Prometisteis liberarme si pescábamos peces —Styr estaba furioso ante su falta de palabra—. Y eso fue lo que hicimos.

—Solo un pez —Caragh se abrazó a sí misma y bajó la mirada al suelo.

—Ponéis a prueba mi paciencia, mujer —él se acercó tanto que Caragh quedó atrapada entre el corpulento guerrero y la pared de la choza.

—Yo no soy vuestra mujer.

—No, no lo sois —asintió él.

Caragh apoyó las manos en la cota de malla. No era más que un gesto para apartarlo, pero Styr no pudo evitar pensar en esas manos deslizándose hacia abajo…

Maldita fuera esa mujer por conjurar tales imágenes.

—Vuestro hermano se llevó a Elena. Y pagará por ello.

—Prometedme que no le haréis daño a Brendan —Caragh tomó aliento y lo miró con expresión seria—. No es más que un crío.

—Si ella está intacta, podría dejarle ir —Styr dio un paso atrás para permitirle irse—. Pero si ha sufrido algún daño a manos de vuestro hermano, no mantendré tal promesa —alcanzó la puerta y se volvió—. Y tampoco le perdonaré la vida si no me quitáis estas cadenas.

El vikingo salió de la choza sin esperar respuesta. El día era gris y no tardaría en llover. Aun así, no iba a aplazar sus planes. De haber podido marcharse ya en busca de su esposa, lo habría hecho. No soportaba estar a merced de otra persona, aprisionado por unas cadenas que le impedían ir en pos de Elena.

Peor aún, no tenía víveres para el camino. Sin su barco, no tenía ninguna posesión, salvo la ropa que llevaba puesta y el hacha que le habían quitado.

Minutos después, la puerta se abrió. Styr se volvió y vio a Caragh acercarse con una cesta en cada mano. Llevaba puesto un vestido teñido de un bonito color azul. Aunque sencilla, la prenda de manga larga contrastaba con los oscuros cabellos y resaltaba el color violeta de sus ojos.

El guerrero sintió inquietud. Estaba hermosa vestida de ese modo. Asintió a modo de saludó y se cuidó de revelar lo que sentía por dentro.

—Ese vestido es demasiado bonito para pescar —observó—. Deberíais poneros otro.

—Es el único que me queda —Caragh se encogió de hombros y lo miró con expresión de tristeza—. Debería habérselo entregado a mis hermanos para que pudieran venderlo.

Sin darle más explicaciones, condujo a su prisionero hasta la playa frente al pequeño barco. La vela estaba recogida, pero la nave parecía intacta.

—Si no me soltáis, vais a tener que hacer todo el trabajo —observó él—. Yo no podré ayudaros.

—Me las arreglaré —ella lo miró de reojo, como si no se le hubiese ocurrido, pero sacudió la cabeza.

—Subid a mi espalda, así no os mojaréis de nuevo —Styr se adentró en el agua y se volvió.

—Sois muy amable —Caragh parecía sorprendida.

Le rodeó el cuello con los brazos y la cintura con las piernas. A pesar de la incomodidad de tener que llevarla al barco con las manos encadenadas, fue muy consciente de lo poco que pesaba. Estaba excesivamente delgada.

Iban a encontrar más peces, por mucho tiempo que les llevara. Ninguna mujer debería enfrentarse jamás a la hambruna y estaba decidido a que disfrutara de una comida de verdad aquella noche.

Styr se subió a popa y se hizo cargo del timón mientras Caragh levaba el ancla. Se sentaron uno junto al otro, cada uno con un remo y se hicieron a la mar. Aunque las cadenas eran lo bastante largas como para permitirle el movimiento, no resultaba fácil remar con las manos a la espalda. Cambió de postura, sentándose de espaldas a la marcha y acurrucado tiró del remo. Aunque le resultara incómodo, sabía que ella carecía de la fuerza y los conocimientos necesarios para ocuparse ella sola.

Un profundo silencio se hizo entre ambos y cuando ya se hubieron alejado de la costa, Styr le ordenó que desatara la vela mayor. Le indicó cómo debía sujetarla para recoger el viento y Caragh obedeció sin rechistar.

Mientras contemplaba las curvas del delgado cuerpo y las finas caderas, por la mente del vikingo pasaron pensamientos muy peligrosos. Caragh era muy diferente de Elena. Su esposa poseía un cuerpo atlético y firme, mientras que el de Caragh era muy delicado.

Sin embargo, estaba generosamente provista de curvas en lugares en los que no debería estar siquiera mirando. Unas curvas que parecían imposibles dada su delgadez.

Volvió a pensar en Elena y rezó para que estuviera bien. Sentía una gran urgencia por encontrar a su esposa, y también frustración por ser incapaz de ir en pos de sus captores. El viento soplaba en su rostro y la familiar sensación de libertad aligeró su lúgubre estado de ánimo. El navío había tomado velocidad y tuvo que dirigir a Caragh para que ajustara la vela. En sus ojos seguía reflejándose un intenso miedo.

—¿No os gusta el agua? —preguntó él.

—Mi padre se ahogó el invierno pasado —Caragh sacudió la cabeza—. El barco regresó a la costa, pero él no —se frotó los brazos, presa de un repentino frío—. Mis hermanos creen que está maldito.

—Llevo toda la vida navegando —contestó Styr—. No tenéis nada que temer.

—¿Por qué decidisteis venir a estas tierras? —Caragh asintió aunque era evidente que no se había creído las palabras del vikingo.

Había muchos motivos. Por salvar su matrimonio. Por escapar del conflicto que rodeaba el liderazgo como *jarl* de su hermano. Y, sobre todo, por surcar el mar en busca de tierras extranjeras para experimentar una forma de vida diferente a la suya.

Sus miradas se fundieron y Styr se encogió de hombros, sin querer explicarle sus motivos. Con el fin de cambiar de tema, le ordenó que arrojara la red de pesca para que se arrastrara sobre el fondo mientras el barco seguía avanzando.

—No os gusta compartir vuestros pensamientos con nadie ¿verdad?

—¿Y por qué debería hacer tal cosa? —Styr se tensó presa de la frustración—. No se trata de un viaje de placer con amigos. Os estoy ayudando a conseguir comida porque la necesitaré cuando parta en busca de mi esposa y mis hombres.

—Tenéis razón —Caragh escudriñó su rostro—. Este viaje es de necesidad. Y supongo que un *Lochlannach* como vos debe ser incapaz de trabar amistad con alguien como yo.

El vikingo era consciente de haber ofendido a la mujer, pero era necesario trazar una línea entre ellos para que no dejara de contemplarle como lo que era, un enemigo.

—Subid la red —ordenó.

Ella obedeció, pero sus brazos eran demasiado finos para tirar de la pesada red y tampoco lo consiguió cuando se acompañó del peso de su cuerpo.

—Empiezo a pensar que debería haberos soltado —musitó.

—Enganchad mis brazos con los vuestros —Styr se aproximó a ella de espaldas—, y después agarrad la red.

—¿Qué tenéis pensado hacer? —ella dudó un instante—. ¿Lanzarme por la borda?

—Si hubiera querido mataros, lo habría hecho hacía tiempo —le recordó—. Os ayudaré a subir la red.

Con las piernas separadas para conservar el equilibrio, esperó a que ella enganchara los brazos con los suyos. Cuando volvió a agarrar la red, Styr se agachó hasta levantarla en vilo. Muy a su pesar, Caragh se echó a reír.

—Bueno, es una manera original de pescar, supongo.

De ese modo fueron capaces de subir la red de nuevo a bordo. Solo había peces pequeños, pero también unas cuantas ostras, que Caragh reservó.

Durante la hora siguiente, él le indicó a Caragh cómo enganchar el cebo de los anzuelos y colocar el sedal. La actividad pareció disipar un poco el miedo de la joven, sobre todo tras haber atrapado unos cuantos peces pequeños. Cuanto más observaba a esa mujer, más le irritaban a Styr las cadenas. Quería ser él quien controlara las velas, gobernara el barco y atrapara los peces. Quedarse sentado con las manos atadas no hacía más que aumentar su resentimiento.

—¿Creéis que pescaremos algo más? —Caragh pareció repentinamente angustiada.

Styr fijó la mirada en el horizonte y se encogió de hombros.

—Con lo débil que estáis, Caragh, no atraparíais ni a un pececillo de colores —habló Caragh imitando la voz de Styr.

Y luego continuó con su propia voz.

—Lo sé, pero lo intento.

—No es suficiente —de nuevo, imitó la voz del vikingo—. Y si no pescáis nada, arrojaré vuestro inútil cuerpo por la borda.

Styr la miraba perplejo.

—Estáis loca —murmuró.

—Y vos estáis de muy mal humor —espetó ella.

—Porque me tenéis encadenado. ¿Acaso alguien puede ser feliz en este estado? ¿Opináis que debería estar charlando sobre la pesca y el tiempo? Sigo siendo vuestro prisionero porque vos no confiáis en mí.

—No veo motivo alguno para confiar en un hombre que quiere matar a mi hermano.

—Puede que no lo haga.

—¿Puede que no? Si algo le sucediera a Elena, lo que fuera, mi hermano se llevaría la culpa.

—Y la tendría bien merecida —Styr comprendía que Caragh quisiera proteger a ese crío, pero diecisiete años eran suficientes para comprender las consecuencias de sus actos —. No podrá ocultarse bajo vuestras faldas.

—¿Comprendéis ahora por qué me resisto a soltar las cadenas? —ella lo miró furiosa—. En cuanto lo haga, partiréis en busca de Brendan.

—Responderá por lo que hizo, Caragh.

—Entonces, no tengo más elección que acompañaros —Caragh contempló el mar presa del desaliento—. Nada de lo que diga os hará cambiar de parecer.

—Soy un hombre de acción, no de palabras.

—Soy consciente de ello —imitando nuevamente la voz del vikingo, añadió—. Los guerreros no hablan, Caragh. Matan. Y a mí se me da bastante bien matar cosas.

—Sobre todo soy bueno matando cosas que hablan demasiado —contestó él en cierto tono burlón. El sedal se había tensado y Styr se colocó de espaldas a ella para ayudarle a tirar.

—Algo ha picado —exclamó ella mientras agarraba el sedal.

Styr tiró con todas sus fuerzas. El sedal se agitó violentamente y Caragh soltó un respingo cuando le cortó la palma de la mano.

—No lo soltéis —ordenó él—. Mantened la presión.

Él continuó tirando y ella empezó a hablar de nuevo para animarle. Al fin pudo entregarle el sedal y utilizó una pequeña red para subir el pescado a bordo. Era una platija del tamaño de su brazo.

—¡Lo conseguimos, Styr! —exclamó ella al ver el pez—. Tenemos comida —reía y lloraba a la vez e, impulsivamente, lo abrazó con fuerza por los hombros.

Styr permaneció inmóvil, sobresaltado. El espontáneo gesto hubiera sido totalmente imposible en Elena y no supo cómo responder.

Sin embargo, su cuerpo sí sabía. A pesar de la brevedad del abrazo, había sentido sus pechos y las caderas contra el cuerpo. El espontáneo gesto de afecto no significaba nada, pero había despertado una parte de su alma largo tiempo adormecida. No era habitual que alguien lo tocara así y se sentía tan perplejo que regresó al banco de popa junto al timón.

—Lo siento —se disculpó ella—. Es que nunca había atrapado algo tan grande —su rostro estaba sonrojado de la emoción y dejó el pez en un rincón del barco.

Styr gruñó a modo de respuesta y le ordenó que lanzara otro sedal. Ella obedeció con el rostro iluminado de felicidad. El sol brillaba sobre sus cabellos castaños y, al mirar al guerrero, su sonrisa debilitó su resistencia y disminuyó su mal humor.

Styr desvió la mirada hacia el mar. Una sensación de culpa había penetrado en su conciencia. Hacía mucho tiempo que ninguna mujer le sonreía, sobre todo cuando no había hecho nada para merecérselo.

—¿Aún tenéis miedo del mar? —inquirió.

—Supongo que no es tan horrible —Caragh sacudió la cabeza sin perder la sonrisa—. Aquel día hacía muy mal tiempo y mi padre no debería haber zarpado —contempló las aguas y suspiró—. Lo echo muchísimo de menos y aún duele pensar en su pérdida.

Caragh volvió a posar la mirada en Styr y sonrió tímidamente.

—No debería haberos tocado. Fue demasiado impulsivo por mi parte.

Temeroso de que ella se diera cuenta de lo que le había afectado, Styr permaneció en silencio. Si no hubiera estado unido a Elena, podría haber disfrutado con el abrazo, respondiendo a él. Pero el honor le exigía no importunar a esa mujer y ocultar cualquier atracción que pudiera sentir hacia ella.

—Este pescado es la vida —admitió ella arrodillándose sobre la cubierta con el vestido azul empapado—. Puede que para vos no signifique gran cosa, pero lo es todo para mí.

—Bastará para todo el viaje, si lo administramos bien —Styr necesitaba recordar el propósito de todo aquello.

—Los encontraremos, Styr. Y, quizás, cuando regreséis, podremos firmar la paz entre nuestros pueblos, a pesar de lo sucedido.

—No —respondió el vikingo. No podría permanecer en esas tierras, tan cerca de Caragh. El contraste entre esa mujer y su esposa era peligroso y, aunque no hubiera hecho nada malo, tenía la sensación de que no sería buena idea permanecer cerca de ella—. Nos estableceremos en otro lugar.

Caragh devolvió su atención al sedal, pero en su rostro se reflejaba cierta pena.

Cuando regresaron a la orilla habían atrapado cinco peces más. Caragh estaba agotada, pero jamás se había sentido tan feliz. Tenían más comida de la que había visto en meses. No solo había suficiente para ella, también para compartir con los demás. El sol empezaba ponerse y la larga sombra de Styr la cubrió de regreso a la choza. Aunque dudaba que alguien intentara robarles el pescado, era consciente de que muchos de los suyos estaban desesperados, sobre todo Kelan. Esperaba poder aliviar en parte su hambre regalándoles algunos de los peces que tenían de sobra.

Una a una visitó todas las casas, sintiéndose cada vez de mejor humor. El esposo de Iona, Gearoid, le ofreció un pequeño barrilete de hidromiel en agradecimiento. A pesar de las objeciones de Caragh, se negó a aceptar un «no», por respuesta y se lo llevó personalmente a su choza. Styr aguardaba junto al fuego y el hombre parpadeó al verlo.

—¿Estás bien, Caragh? —a Caragh no se le escapó la expresión de preocupación en su mirada. Ninguno de los demás estaba de acuerdo con su decisión de encadenar a Styr. Todos lo deseaban muerto.

—Estoy bien. Y de no haber sido por el *Lochlannach*, esta noche volveríamos a pasar hambre.

A Gearoid no parecía gustarle la idea de dejarla allí, pero Caragh abrió la puerta y lo acompañó fuera.

—No me ha hecho daño —le aseguró—. Te prometo que estaré segura con él.

Aquello era estirar un poco la verdad, pero Caragh no deseaba que los demás tuvieran miedo.

—Regresa junto a Iona y disfrutad del pescado.

—Si nos necesitas no tienes más que llamarnos —insistió el hombre apretándole afectuosamente la mano.

Después de que se hubiera marchado, Caragh se dispuso a limpiar el pescado lo mejor que pudo. No era una tarea que le disgustase y se acordó de reservar las espinas que podría utilizar para sopas o guisos. Se sentía tan feliz que, mientras procedía a cocinar unos cuantos trozos de pescado, regresó al rincón de trabajo de su padre.

Se quedó inmóvil en aquel lugar, aspirando el olor que desprendía la forja. Si cerraba los ojos, casi podía imaginarse a su padre allí, oír su risa.

«Padre ¿me estoy equivocando?», se preguntó en silencio. «¿Debería correr este riesgo?». Tomó una lezna y el martillo de su padre mientras se preguntaba qué hacer. Styr había cumplido su promesa llevándola de pesca. Habían atrapado suficientes peces para sobrevivir un poco más de tiempo, o para viajar en busca de Brendan.

Era consciente de que el vikingo le había salvado la vida. Y por ese motivo, merecía ser libre.

«No permitas que le haga daño a Brendan», rezó en silencio y, respirando hondo, regresó a la choza con el martillo y la lezna.

Styr estaba sentado junto al fuego y en cuanto vio el martillo y la lezna que Caragh portaba en las manos, su mirada se iluminó.

—Os ofrezco mi agradecimiento —empezó ella—, por ayudarme a encontrar pescado hoy. Y, a cambio, cumpliré mi promesa y os quitaré las cadenas —las miradas de ambos se fundieron—. Tan solo os pido a cambio la vida de mi hermano. Un gesto de misericordia.

Styr no respondió y Caragh solo pudo rezar para que respetara la vida de Brendan. Se inclinó sobre él y le tomó las muñecas. En su piel vio sangre seca y profundos moratones. Era evidente que había intentado liberarse, infructuosamente.

Golpeó el perno con el martillo hasta que los grilletes se abrieron y las manos del guerrero quedaron libres.

—Gracias —Styr flexionó los brazos y se frotó las muñecas.

Verlo sin encadenar hizo que repentinamente Caragh fuera más consciente de su presencia. Aunque confiaba en que no le hiciera ningún daño, no pudo evitar sentir un escalofrío de inquietud. Por tanto, se afanó en cocinar el pescado.

—Me sorprende que aún no os hayáis marchado.

—Ya os dije que me llevaré el barco de vuestro padre por la mañana. Y vos me acompañaréis.

—Pero no como vuestro rehén —Caragh deseaba a toda costa proteger a Brendan.

La mirada del vikingo se endureció. La utilizaría del modo que juzgara más necesario.

Caragh le entregó una porción de comida con manos temblorosas, mientras se censuraba a sí misma por ser una estúpida. Ese hombre no era seguro. Cierto que le había ayudado a encontrar comida, pero no era de fiar.

Sin embargo, en cuanto probó el delicado pescado, olvidó todas sus inquietudes.

—¡Cielo santo! —suspiró al tomar el primer bocado, casi atragantándose.

El segundo bocado desapareció tan deprisa como el primero y decidió cocinar un poco más, consciente de que Styr debía tener tanta hambre como ella misma. Mientras el pescado se cocinaba, sirvió dos tazas de hidromiel. Aunque sabía que no era prudente apurar la taza de un trago, no pudo evitarlo.

—Tomáoslo con calma —le ordenó Styr—. De lo contrario os sentará mal.

Ella procuró seguir su consejo. La bebida la hacía sentirse más ligera y despreocupada.

—¿Habéis comido suficiente?

—Si conserváis lo que queda en sal, aguantará varios días —él asintió.

Caragh estuvo de acuerdo y se dispuso a cortar el pescado restante en porciones del tamaño de una mano para luego cubrirlos de sal. Se sentía ligeramente mareada y la habitación parecía haberse expandido. Pero a pesar de todo, tomó otro sorbo de hidromiel.

Cuando terminó de preparar el pescado, caminó con pasos inseguros hacia el fuego.

—¿Cuántas tazas de hidromiel habéis tomado? —el vikingo frunció el ceño.

—Dos. Puede que tres —contestó ella.

—No deberíais beber más —Styr le quitó la taza de las manos—. Ya habéis bebido demasiado.

—¡Está tan bueno! —los labios de Caragh se curvaron en una indolente sonrisa.

Styr apuró la taza de Caragh, quien detuvo la mirada en los labios del vikingo. Eran unos labios preciosos. Firmes y duros. Era una pena que estuviera casado. Sería muy interesante poder besarlo.

—¿Sois tan malvado como los demás *Lochlannach*? —preguntó mientras se calentaba las manos junto al fuego—. ¿Arrasáis los hogares de la gente y tomáis a sus mujeres?

—¿Qué opináis vos? —él la miró con expresión enigmática.

—Creo que seríais capaz… si quisierais —seguía mareada y se descubrió diciendo todo lo que pasaba por su mente. Una carcajada escapó de sus labios—. Pero en esta ocasión, fui yo quien os tomó.

Ante la mirada irritada del vikingo, Caragh continuó.

—No habéis resultado ser tan malo como me temía.

—No lo hagáis —le interrumpió él sujetándole la barbilla. El gesto, que había pretendido resultar amenazador, no le produjo a Caragh ningún dolor—. No intentéis fingir que no soy dañino —la mano se deslizó hasta la nuca y ella se estremeció. Había mucho poder en esa caricia despiadada que la hechizaba por momentos.

Su traicionera mente empezó a imaginarse algo más que un beso. Vio al hombre desnudo y sintió su piel bajo los dedos que lo acariciaban. Con la mano de Styr aún enterrada entre sus cabellos, Caragh apoyó las manos en el fuerte torso.

Cinco

Styr permaneció inmóvil. Era evidente que Caragh no pensaba con claridad, que sus actos estaban gobernados por el hidromiel. Pero cuando ella apoyó la cabeza en su pecho, una parte de él quiso abrazarla. Deseaba sentir los brazos de una mujer a su alrededor, inhalar el delicado aroma de su piel.

El corazón le latía con fuerza y su traicionero cuerpo reaccionó ante la proximidad de esa mujer.

—¿Has comido bastante? —preguntó mientras la soltaba con delicadeza.

—Sí, por primera vez en meses —Caragh sonrió antes de afanarse en lavar los platos. Después, se sentó junto al fuego sin dejar de sonreírle.

A Styr se le ocurrió que Elena nunca se tomaba la molestia de sentarse relajadamente tras una comida. Se pasaba el día limpiando y ordenando su casa.

Caragh encogió las piernas y dirigió el rostro hacia las doradas llamas. Mientras tanto, Styr reproducía en su mente la imagen de las delicadas manos y el bonito rostro apoyado en su pecho. El hambre de comida había sido sustituida por hambre de afecto, y se censuró por sentir algo que no podía controlar.

Hacía mucho tiempo que Elena no lo había tocado. Una y otra vez intentaba tentarla, incluso agarrándola, pero ella se limitaba a apartarlo de un empujón. Su rencor por la falta de hijos era una herida abierta e infectada. Una herida que no podía sanar.

En ocasiones, el vikingo deseaba poder empezar de nuevo. Volver a la época en que eran amigos, sin tensiones. La última vez que aquello había sucedido, apenas habían sido unos adolescentes. Tras el matrimonio, Elena se había vuelto más seria, concentrándose en ser una buena esposa. Y se negaba sistemáticamente a aceptar su fracaso en darle hijos.

—¿Qué os apetece hacer ahora? —preguntó Caragh.

La voz de la joven encerraba cierta energía, cierta despreocupación que a Styr le hizo pensar en cuerpos desnudos, en acariciar a una mujer dispuesta, hundirse en su interior. Se sintió endurecer y se censuró por beber demasiado hidromiel.

¡Por la sangre de Odin!, tenía que mantenerse alejado de ella. No le cabía la menor duda de que la diosa Freya le estaba poniendo deliberadamente a prueba. Pero, por mucho que lo tentara esa joven, no iba a traicionar a Elena.

—Deberíamos dormir antes de partir en viaje mañana por la mañana —contestó él mientras arrojaba otro ladrillo de turba al fuego. Después se dirigió al extremo opuesto de la choza en un intento de apartar a esa mujer de su mente.

—No puedo dormir —protestó Caragh—. Es demasiado pronto —y, sin consultarle, se dirigió a un arcón y regresó con un tablero—. No os acostéis tan pronto —suplicó—. Podríamos jugar.

—Yo no juego —en ocasiones había apostado a los dados, pero hacía años que no.

Caragh se acercó al camastro del vikingo, sin darle ninguna escapatoria. Colocó el tablero en el suelo, entre ambos. Styr reconoció enseguida una variante de *duodecim scripta*, un juego que conocía de su tierra.

—¿De dónde habéis sacado eso?

—Mi hermano se lo ganó a un viajero de Borgoña.

El tablero consistía en dos filas opuestas de triángulos negros y unas fichas de hueso. Los dados estaban esculpidos de asta. Caragh le entregó al guerrero sus fichas mientras le explicaba las reglas del juego, muy parecidas a las que él recordaba.

—Debéis mover las fichas hasta vuestra casa y, después, podéis proceder a retirarlas. El que retire el primero todas sus fichas será el que gane.

Styr tomó un sorbo de hidromiel mientras la observaba colocar sus fichas. Los oscuros cabellos le caían sobre un hombro y tenía las mejillas sonrojadas por la bebida. Los ojos azules reflejaban cierta travesura.

—¿Preparado para perder, *Lochlannach*?

—¿Y qué pasa si sois vos quien pierde? —el fuerte sentido de competitividad del vikingo despertó y tomó el dado que ella le ofrecía, rozando su cálida mano.

—Entonces deberé pagar una prenda. Igual que vos.

Caragh se inclinó hacia delante y el vestido se deslizó ligeramente por un hombro, revelando su piel desnuda. Styr lanzó rápidamente el dado, desviando la mirada.

—¿Y qué podríais vos ofrecerme? —preguntó él con curiosidad.

—Vuestras armas y la túnica —le ofreció ella—. Dado que sois mi prisionero, ahora me pertenecen.

—¿Y cuál será la prenda que deberé pagar yo si, por un milagro de los dioses, ganarais vos?

—Más comida para mí y mi gente —ella sonrió.

La sinceridad de la joven apaciguó en parte la tensión del guerrero, pues comprendió que estaba respetando los límites. Antes, cuando le había tocado el pecho, le había parecido una mujer deseosa de ser besada.

¡Por los dioses que si no estuviera desposado la tomaría allí mismo! Habría gozado de esos labios y, apretándola contra su cuerpo, habría explorado esas curvas con las manos.

La habría tocado y saboreado hasta hacerla gemir.

La abstinencia sexual empezaba a dominar sus sentidos, por Odín. En cuanto encontrara a Elena tenía que intentar conseguir que volviera a desearlo. La sangre le ardía y sus necesidades hacían que resultara imposible pensar con claridad.

—¿Adónde creéis que ha podido llevarse vuestro hermano a Elena y los demás? —con no poco esfuerzo, regresó a la realidad.

—Seguramente a Áth Cliath, o a Dubh Linn —admitió ella mientras movía una ficha—. De niño estuvo allí con mi padre. Lo que no sé es qué tendrá planeado hacer con los prisioneros. Incluso puede que los haya soltado ya en algún punto de la costa.

Styr no compartía su opinión. Si sus hombres se habían dejado capturar había sido únicamente por Elena. Era más probable que hubieran matado a Brendan y a los otros irlandeses. Movió ficha y tomó una de las de Caragh.

—Zarparemos al amanecer en su busca. Ya hemos perdido demasiado tiempo.

—Vuestra esposa está ilesa —Caragh le ganó una ficha al vikingo—. Estoy convencida.

Suspirando lentamente, planeó su siguiente movimiento mientras Styr lanzaba los dados. En todo momento estuvo atenta a llenar la taza del guerrero de hidromiel y él se la bebía de un trago para intentar acallar las voces en su cabeza que lo acusaban de traición.

Caragh estaba ganando la partida y movió ficha con una sonrisa triunfal. Bajo la dorada luz de las llamas, su rostro parecía rodeado de un halo y los ojos azul violeta reflejaban excitación. El vestido que llevaba era de un color casi idéntico al de sus ojos. Styr frunció el ceño.

—Dijisteis que deberíais haber vendido ese vestido. ¿Por qué motivo?

—Era el vestido con el que iba a casarme —ella lanzó los dados pensando en el siguiente movimiento.

—¿Qué sucedió?

—Encontré a Kelan en la cama con otra mujer —Caragh se encogió de hombros. Aunque hablaba con calma, su voz desprendía un tono de ira.

—Opino que estáis mejor sin él —observó el vikingo. No era capaz de imaginarse a Caragh desposada con un hombre como ese. Explicaba el comportamiento celoso de Kelan, pero no entendía el motivo por el que ella hubiera accedido a desposarlo.

—Quizás —ella sacudió la cabeza y apretó los labios con firmeza.

No había «quizás», posible. ¿Por qué iba Caragh a rebajarse con un hombre como ese?

—Mis hermanos estaban furiosos y querían

matar a Kelan —Caragh retiró una de sus fichas del tablero—. Pero yo no se lo permití.

—Todavía no ha renunciado a vos ¿verdad? —la opinión que tenía de los hermanos había subido un entero.

—No. Quiere que lo perdone, pero no soy capaz de olvidar lo que hizo. Él dice que me ama y que todo fue por culpa de un momento de debilidad.

—¡Dice que os ama! —Styr soltó un bufido mientras movía ficha—. Supongo que no creeréis ni una palabra ¿no?

—Hubo un tiempo en que sí lo hice —ella frunció el ceño y ganó otro punto en la partida—. ¿Acaso vos no amáis a vuestra esposa?

—El amor no tiene nada que ver con el matrimonio. Estoy obligado a protegerla, y tengo la firme intención de encontrarla —la noción de amor se la habían arrancado a golpes siendo niño. Sus padres lo habían criado, a él y a sus hermanos, para ser un futuro *jarl*, y el amor no estaba incluido en su educación.

Distraídamente, Styr se frotó la cicatriz de la barbilla, recuerdo de su padre. Había aprendido desde muy pequeño a no llorar ni mostrar emociones. Las emociones eran para los débiles y no ayudaban a un hombre en la batalla.

Styr movió otra ficha. No deseaba hablar más de ello. Lo cierto era que Elena le importaba y que había deseado verla feliz en su matrimonio. Sin embargo, en cuanto fue evidente que era estéril, ella empezó a rechazarlo. Ya no lo amaba, suponiendo que lo hubiera amado alguna vez, y cada vez era más difícil verla sonreír.

El divorcio era una opción, pero Styr no quería tener que admitir su fracaso. Además, ella había accedido a acompañarlo en ese viaje, lo cual indicaba que no estaba totalmente decidida a rendirse. ¿Qué clase de hombre sería si la hubiera arrancado de su tierra para dejarla abandonada?

No. Estaba convencido de que, de algún modo, resolverían los problemas que había entre ellos.

—Elena ha sido una buena esposa —admitió—. Siento respeto por ella.

—¿Vuestro matrimonio fue concertado? —preguntó Caragh con expresión perpleja.

—Estuve de acuerdo con mi padre en que la unión era positiva —él asintió—. Su familia también lo aprobó —Elena había sido la única que había parecido intimidada por el matrimonio y apenas le había dirigido la palabra tras los esponsales.

En esos momentos se preguntaba si habría puesto alguna objeción. Nadie le había mencionado el asunto, pero ¿sería posible que la hubieran obligado a casarse con él?

—Sufrí mucho cuando Kelan buscó a otra —Caragh retiró otra ficha más. Solo le quedaban dos—. Los descubrí abrazados y... —cerró los ojos—, él la acariciaba.

—Tuvisteis suerte de no casaros con él.

—Y sin embargo no puedo evitar pensar que debería haber reaccionado de otra manera —ella sonrió con amargura—. De haberlo hecho, ahora tendría un marido y unos hijos. Quizás si no hubiera abierto tanto la boca, o hubiera cuidado más mi aspecto…

—A vuestro aspecto no le sucede nada malo, Caragh.

—¿Entonces por qué sigo sola? —ella sacudió la cabeza.

Styr volvió a lanzar los dados y tomó otro sorbo de hidromiel. Era evidente que para esa mujer el amor sí importaba. Estuvo tentado de pronunciar palabras de consuelo, de asegurarle que esos hombres que no la deseaban eran unos idiotas, pero se mantuvo en silencio para no revelar sus pensamientos.

Los ojos azules lo miraban como si intentaran arrancarle una respuesta y Styr retiró la última ficha del tablero.

—Habéis ganado —concedió Caragh—. Supongo que tendré que devolveros la capa.

—No, mejor el hacha. Colgad la capa sobre el agujero que hice en la pared.

Si fuera a quedarse en ese lugar, habría considerado la posibilidad de repararlo, pero iban a zarpar a la mañana siguiente y ese agujero pronto carecería de toda importancia.

Caragh bostezó y comenzó a recoger las piezas del juego, ayudada por Styr. Tras guardarlas en el arcón, se volvió con demasiada brusquedad y, de no haber sido por las fuertes manos del vikingo, habría caído al suelo. Sin embargo, esas manos se detuvieron sobre los brazos de la joven más tiempo del necesario.

—Vuestra esposa es una dama afortunada —murmuró ella mirándolo fijamente a los ojos.

Los ojos de color violeta lo miraban con una intensidad que resultaba peligrosa. La calidez de las femeninas manos era más bienvenida de lo que debería. Resultaba casi balsámica, y Styr decidió terminar aquello de inmediato.

—Caragh, no lo hagáis. Habéis bebido demasiado.

—Es verdad —ella asintió frunciendo los labios—. Pero, durante un segundo, me dio la impresión de que os sentíais tan solo como sola me siento yo —cerró los ojos como si intentara hacer acopio de valor—. Y me preguntaba si todo iba bien entre vos y vuestra esposa. Parecíais tan triste.

—Lo que suceda entre Elena y yo no os concierne —Styr apartó las manos de la joven y se hizo a un lado. Le daba igual la dureza de sus palabras. El motivo de su distanciamiento era la incapacidad de Elena para tener hijos, nada más. En cuanto se quedara embarazada, todo volvería a ir bien.

No le gustaba el rumbo que tomaban sus pensamientos. Cuanto más tiempo pasaba junto a Caragh, más necesidad sentía de protegerla, de asegurarse de que tuviera bastante comida. De haber sido unos sentimientos fraternales no le habrían preocupado tanto. Pero no era el caso. Por mucho que le costara admitirlo, y por mucho que se odiara por ello, se sentía atraído hacia esa mujer.

—Lo siento —susurró Caragh—. Tenéis razón, no me concierne —sin pronunciar una palabra más, se tumbó en el catre y se tapó con una manta.

Styr atizó el fuego. El hidromiel le había nublado la razón y le inquietaban las ideas que poblaban su mente.

Se sentía solo.

Y sería un mentiroso si no admitiera que había considerado poner punto final a su matrimonio. Además, quizá fuera él el que estuviera maldito y fuera incapaz de concebir hijos. ¿Qué derecho tenía a obligar a Elena a continuar con un matrimonio en el que jamás podría ser madre sabiendo lo desesperada que estaba por serlo?

La idea lo atormentó mientras se acostaba en su catre y se preguntaba qué sucedería cuando volvieran a encontrarse.

El ruido de la puerta al abrirse lo despertó. Styr aguzó la vista. La única luz era la que proporcionaba el débil resplandor del fuego. El intruso no pronunció palabra alguna y se dirigió directamente a las cestas en las que Caragh había guardado el pescado en sal. El vikingo tenía una fuerte sospecha de quién podría tratarse y observó al hombre tomar una cesta y escabullirse fuera de la choza.

Sin advertir a Caragh, Styr tomó el hacha que había recuperado la noche anterior y siguió al intruso. Al alcanzarlo comprobó que estaba en lo cierto. Se trataba de Kelan.

—Suelta la cesta —le ordenó.

Kelan se dio la vuelta y en la débil luz de la mañana mostró el resplandor de un cuchillo. Dejó caer la cesta y avanzó hacia el guerrero.

—¿Tan poca honra tenéis que le robáis la comida a una mujer hambrienta? —preguntó Styr—. Una mujer que ha compartido lo que tenía con todos los demás.

—También lo ha compartido con vos —lo acusó el intruso—. Y no sois más que un asesino. Eso la convierte en una traidora —Kelan blandió el cuchillo en círculos alrededor de Styr.

El vikingo se agachó para evitar ser alcanzado y agitó su propia arma en el aire. A su espalda oyó el sonido de una puerta y Caragh que lo llamaba.

—Por favor, no os peleéis —suplicó mientras Kelan avanzaba.

—Es un ladrón, Caragh —protestó Styr—. Debería haberlo matado cuando tuve la ocasión.

Caragh corrió hacia la cesta y la recuperó mientras Styr lanzaba un ataque contra el otro hombre y le golpeaba la mandíbula con el puño. En los ojos de Kelan vio desesperación y la marca de un cobarde.

—Parad —suplicó Caragh de nuevo—. No quiero que ninguno de los dos resulte herido.

—Supongo que, además de la comida, compartirás tu cama con él ¿verdad, Caragh? Prostituyéndote con el enemigo.

—No he hecho tal cosa —ella retrocedió con el rostro encendido—. Fue mi prisionero hasta anoche.

—Y supongo que no le importaba estar encadenado para servirte de disfrute —prosiguió Kelan.

Escandalizada, Caragh se tapó la boca con una mano y Kelan aprovechó la oportunidad para abofetearla con el dorso de la mano, enviándola al suelo. Tomó de nuevo la cesta llena de pescado y se dispuso a huir, pero Styr se abalanzó sobre él. Ignorando el peligro que representaba el cuchillo, rodó por el suelo junto al enemigo, decidido a protegerla.

La ira le nublaba la razón. Kelan era un ladrón sin honor y debía ser castigado.

Alzó el hacha, preparado para cortarle la garganta, pero unos brazos lo agarraron por la espalda y lo echaron hacia atrás. Dos hombres, tan fuertes como él lo alejaron de Kelan y, aunque Styr luchaba con todas sus fuerzas para soltarse, no fue capaz.

—Kelan intentaba robar mi comida —les explicó Caragh a los recién llegados.

Por el parecido físico entre la mujer y los dos hombres, Styr se imaginó quiénes eran.

—Toma tus pertenencias y abandona el asentamiento —ordenó el más alto de los dos hombres a Kelan—. Si vuelves a poner un pie en Gall Tír, lo pagarás con tu vida.

El rostro del intruso revelaba ansias asesinas, pero se limitó a ponerse en pie y encaminarse hacia su casa dentro del recinto amurallado. Caragh suspiró aliviada.

—Suelta al *Lochlannach*, Ronan —exclamó mientras se abrazaba al más alto de los recién llegados—. Tú también, Terence. No ha hecho más que defenderme.

Styr supuso que se trataba de los hermanos mayores de Caragh y, por las miradas que le dirigían, era evidente que estaban sopesando si matarlo o no. A sus espaldas vio dos caballos cargados con lo que supuso serían víveres.

—Este es Styr Hardrata —Caragh se colocó a su lado y, aunque hablaba con calma, sus ojos emitían un brillo de advertencia. El vikingo no sabía muy bien qué pretendía, pero se mantuvo en silencio.

—¿Y por qué aloja mi hermana a un *Lochlannach*? —preguntó Ronan—. ¿Os atacaron?

Styr no contestó, pero asintió a Caragh para que

fuera ella quien diera las explicaciones que creyera más oportunas.

—Brendan los atacó cuando llegaron hace unos días —explicó ella—. Su plan era robarles los víveres.

Styr observó atentamente a los dos hombres, el más alto de los cuales le sostuvo la mirada con gesto hosco.

—¿Dónde está Brendan?

—No lo sé —Caragh sacudió la cabeza—. Esta mañana habíamos planeado salir en su busca en el barco de padre.

— «¿Habíamos?» —Ronan soltó un juramento y miró a su hermana. Era evidente lo que estaba pensando.

—Sí —Caragh alzó la barbilla como si pretendiera desafiar a su hermano—. Al principio, Styr fue mi prisionero —admitió—. Pero ahora… —se interrumpió como si buscara la palabra adecuada que lo definiera.

Desesperada, abrazó al vikingo por la cintura mientras dedicaba una sonrisa a sus hermanos, como si pretendiera dar por zanjada la cuestión con ese gesto.

Styr se puso en alerta. Desconocía las intenciones de Caragh, pero el inesperado contacto físico había resultado demasiado agradable. Al parecer intentaba convencer a sus hermanos de que había algo más que amistad entre ellos, y el gesto lo inquietó.

Peor aún, era plenamente consciente del dulce calor que emanaba de la piel de Caragh, del aroma que desprendían sus cabellos. Tensó su cuerpo en un intento de evitar sentir. La frustración lo corroía por dentro, pero no intentó apartarla a ella de su lado. No lo haría hasta comprender qué pretendía hacer.

—¿Y ahora…? —repitió Terence mirando a su hermana con desconfianza, mientras apoyaba la mano en la espada. Aunque hablaba con calma, los ojos grises expresaban una advertencia—. Dame una razón para respetar la vida de un *Lochlannach*.

—Ahora significa mucho para mí —Caragh respiró hondo y eligió las palabras con cuidado. No miró a Styr, pero sí intensificó el abrazo en una silenciosa súplica al vikingo para que no dijera nada—. No le hagas daño, Terence. Tú mismo viste cómo me defendió —su mano se deslizó hasta el corazón de Styr.

No hizo falta más para que el cuerpo del guerrero vikingo reaccionara. Con el corazón acelerado se recriminó la involuntaria reacción y, delicadamente, retiró la mano de Caragh.

—No necesito tu protección, Caragh —observó.

Hubo un destello de aprobación en la mirada de Ronan. Por su pose y la manera de mirarlos, Styr sospechó que debía tratarse del jefe del clan. Era más alto que su hermano y sus cabellos eran oscuros como los de su hermana. Llevaba la barba muy corta y estaba muy delgado, como si él también hubiera sufrido los efectos de la hambruna. Sin embargo, era evidente que Ronan no tendría piedad de nadie que ofendiera a su hermana.

—¿Por qué vinisteis aquí? —preguntó Terence, tan delgado como su hermano, pero de porte muy atlético. Su voz albergaba cierto tono de provocación, como si buscara pelea.

—Vinimos para comerciar y establecernos aquí antes de que vuestro hermano nos atacara.

—Derrotado por unos críos adolescentes —Terence bufó—. Me hubiera gustado verlo.

—Mis hombres no habían dormido hacía días por culpa de las tormentas en el mar —en un movimiento relámpago, Styr agarró al otro hombre por el cuello—. No estaban en posesión de todas sus fuerzas.

—Soltadle, *Lochlannach* —ordenó Ronan con la punta de la espada apoyada en el cuello del vikingo—. Tenemos más preguntas que exigen respuesta.

Styr soltó a Terence aunque le dedicó una mirada asesina y amenazadora. Terence reculó y se frotó la garganta.

—Dijisteis que ibais a buscar a Brendan —continuó Ronan—. ¿Hacia dónde creéis que puso rumbo?

—Caragh cree que puede haber ido a Áth Cliath —no hizo mención de la captura de Elena, pues aún no estaba seguro de las intenciones de Caragh.

Sus hermanos lo miraban con desconfianza y seguramente no se habían creído la historia de que eran más que amigos. Aun así, tras el intento de estrangular a Terence, percibió cierto respeto hacia él. Al igual que él, esos dos hombres eran guerreros. Y se habían dado cuenta de que era capaz de defenderse.

—¿Es eso cierto? —le preguntó Ronan a su hermana—. ¿Cuánto tiempo hace que Brendan se marchó?

—Es cierto —admitió ella—. Lleva fuera unos cuantos días. Íbamos a iniciar la búsqueda hoy.

—¿Y quién más os iba a acompañar? —inquirió Terence—. Supongo que no tenías pensado marcharte con este *Lochlannach* tú sola ¿verdad?

—¿Y qué otra cosa podía hacer? —preguntó ella furiosa—. Ronan y tú me habíais dejado aquí sola. No sabía cuándo, ni siquiera si, regresaríais.

—Se suponía que Brendan iba a defenderte —protestó Terence.

—Y ya veis lo bien que hizo su trabajo —espetó Caragh.

—No teníamos previsto ausentarnos más de dos semanas —Ronan dio un paso al frente con expresión sombría—. Siento que Brendan no cumpliera con su deber de protegerte —su mirada se posó en Styr—. ¿Cuántos hombres murieron en el ataque?

—Dos de los vuestros —contestó Styr, cruzando los brazos sobre el pecho en señal de advertencia—. Si vuestro hermano fue lo bastante estúpido como para llevarse únicamente un puñado de hombres con él, no me sorprendería que los míos hubieran fingido ser capturados y, a estas alturas, ya hayan recuperado el barco. Había más hombres míos que vuestros.

—¿Crees que Brendan seguirá vivo? —Caragh palideció sobresaltada, como si fuera una opción que se hubiera negado a considerar hasta entonces.

Styr no contestó. De haber estado con sus hombres, no habría dudado en castigar a quienes habían osado amenazar a Elena. Quizás sus hombres ya hubieran matado a Brendan.

—Lo sabremos cuando encontremos mi barco —fue lo único que pudo contestar.

—Os acompañaremos —anunció Ronan dando un paso al frente y apoyando una mano en la empuñadura de la daga—. Hemos traído grano y otros víveres que nos servirán para el viaje. También he acordado la entrega para dentro de unos días de más ovejas y vacas —miró a su hermana—. Caragh, tú te quedarás aquí.

—No haré tal cosa —Caragh se colocó entre los hombres, con el rostro encendido—. La última vez que os marchasteis casi muero de hambre. De no haber sido por Styr, se me habría agotado la comida —continuó hablando mientras golpeaba a su hermano en el pecho con un dedo—. Estoy harta de quedarme siempre atrás, y me niego a hacerlo esta vez. Confío en él más de lo que confío en vosotros dos para encontrar comida. Me ayudó a pescar cangrejos y pescado, y…

—Creía que era tu prisionero —interrumpió Terence.

—Y así era. Nos llevó casi una hora encadenarlo. Seon me ayudó, pero ellos lo mataron —la voz de Caragh se quebró y tuvo que respirar hondo para contener la emoción.

Terence soltó un respingo ante la noticia y Caragh recuperó la compostura.

—Ya es suficiente. Ahora lo único que importa es encontrar a Brendan.

—También está el problema de que hayas pasado varias noches a solas con este hombre —señaló Ronan.

Caragh se ruborizó violentamente y Styr se puso tenso, esperando a que en cualquier momento ella confesara ante sus hermanos que era un hombre casado y que no había pasado nada entre ellos. Sin embargo, la joven se puso de puntillas y le acarició el rostro.

—No le hagas daño, Ronan. Es un buen hombre. Me ha defendido y me ha proporcionado comida. Y he llegado a sentir algo por él.

Styr se quedó helado mientras la joven se acercaba a él y, antes de que pudiera protestar, lo besaba dulcemente en la boca. ¿Qué estaba haciendo? No podía…

Todo pensamiento abandonó la mente del vikingo mientras ella aumentaba la intensidad del beso. Styr era consciente de que ese beso era falso y que su única intención era la de asegurar a sus hermanos que no iba a lastimarla. Era un truco, nada más.

La dulzura de los femeninos labios era inocente e inexperta. Sobresaltado, su instinto le urgió a interrumpir la escena. Pero ese dulce beso alcanzó su pétreo corazón y le insufló del aliento vital.

No recordaba la última vez que un beso le hubiera afectado tanto. Su cuerpo y su mente estaban en la guerra, pero su honor había quedado atrapado en la dulzura de los labios de una mujer.

Caragh intentaba engañar a sus hermanos. El beso no era más que su manera de intentar salvarle la vida, aunque él no necesitara su protección.

A medida que ella continuaba besándolo, él se sintió presa de una oscura rabia al sentirse utilizado. ¿Acaso lo creía esa mujer capaz de traicionar a Elena por alguien a quien apenas conocía?

Caragh deseaba que él le devolviera el beso, que lo acompañara en el engaño. Pero si la besaba, sería a su modo, no al de ella.

Caragh no estaba dispuesta a que sus hermanos masacraran al *Lochlannach*. El beso había sido un acto irreflexivo, destinado a engañarlos y que creyeran que Styr y ella se habían enamorado.

Sin embargo, Styr no se movía, y no le devolvía el beso. Sus hermanos iban a darse cuenta de que todo era mentira. Sus manos quedarían manchadas con la sangre de ese hombre. Un hombre que no iba a poder salvar a Elena.

«Esto no significa nada», intentó transmitirle sin palabras. «Devuélveme el beso y ayúdame a engañarlos».

Caragh abrió la boca sin saber si él iba a seguirle el juego. Y, sin previo aviso, Styr le sujetó el rostro entre sus manos y atrapó sus labios. Un intenso calor inundó el cuerpo de la joven cuando la lengua del vikingo se introdujo en su boca. Era tal la intensidad del deseo que la dominaba que apenas podía respirar.

Fue un beso intenso, duro, el beso de un hombre que se negaba a plegarse a la voluntad de una mujer. Y, que Dios la ayudara, pues no tenía más elección que rendirse. Los labios de Styr eran duros y la lengua invadía su boca con un poder que le debilitaba las rodillas.

Y Caragh olvidó a sus hermanos, olvidó el honor y las promesas, completamente cautivada por el beso prohibido.

Se sujetó con fuerza a Styr, pues sabía que las piernas no le aguantarían el peso. El beso era carnal, como si ya fueran amantes. Y cuando la apartó de su lado, vio reflejada una profunda rabia en los ojos del vikingo.

Caragh tenía los labios hinchados y no sabía qué decir. En silencio pidió disculpas, pero los ojos de Styr estaban fijos en sus hermanos.

—Nosotros nos marchamos —anunció—. Si queréis traer vuestros suministros y acompañarnos en la búsqueda de vuestro hermano pequeño, prepararé el barco.

Caragh lo siguió hacia la playa con el corazón desbocado y la respiración entrecortada. Styr debía estar furioso con ella por atreverse a besarlo, por empujarlo a esa situación.

No debería haberlo hecho. Su única intención había sido la de engañar a sus hermanos, darles un motivo para dejar tranquilo a Styr. Y, sin embargo, lo que había hecho era forzar al *Lochlannach* a cometer una traición que no había deseado cometer. Sin duda la despreciaría y, desesperadamente, deseaba suplicarle su perdón.

—Venid con nosotros si os apetece —animó a sus hermanos, sin dejar de correr tras Styr. Solo se paró para recoger la cesta con pescado y un recipiente con agua dulce.

—Está mintiendo —aseguró Terence—. Si nuestra hermana está enamorada de ese *Lochlannach*, a mí me han salido alas.

Ronan observó a Caragh correr tras el vikingo. Era evidente que intentaba protegerle, aunque el motivo se le escapaba por completo. Había pasado casi un año desde que su hermana había dejado de mostrar interés por los hombres. Kelan le había roto el corazón y ella había rechazado a cualquiera que hubiera podido ocupar su lugar.

Hasta ese día. Hubiera o no algo entre ellos, no cabía duda de que ese beso había afectado a Caragh.

—Quiero verlos juntos —musitó Ronan—. Caragh debería casarse. Ha pasado mucho tiempo desde lo de Kelan.

—Pero ¿con un *Lochlannach*? —Terence contempló al vikingo con desconfianza—. No son de fiar. ¿Olvidas que casi me mata hace un momento?

—De haber querido hacerlo, ya estarías muerto —contestó su hermano mayor—. No deberías haberlo provocado —de haber sido él, habría reaccionado igual que el vikingo—. Cuando Kelan trató de robar a nuestra hermana, él luchó por ella. Lo vi correr tras ese hombre.

—¿Y tú quieres ver a nuestra hermana con un hombre que no sabe controlarse?

—Se estaba controlando —contestó Ronan—. Igual que se controlaba mientras te amenazaba —ante el gesto de desagrado de su hermano, continuó—. Lo que quiero es verla con un hombre capaz de protegerla —entregó las riendas de los caballos a Terence—. Trae los víveres y deja a los animales con Iona. Acompañaremos a nuestra hermana a Áth Cliath, tal y como sugirió ella misma.

Ronan echó un vistazo a la pareja, de pie junto al barco. Su hermana había sido infeliz durante demasiado tiempo. Aunque no pensaba que hubiera nada entre ellos, había defendido a ese hombre. Por el motivo que fuera, le importaba su bienestar.

—¿Crees que le haría daño? —Terence caminaba junto a su hermano junto a la orilla.

—Prefiero no juzgarlo hasta haberlos visto juntos —Ronan sacudió la cabeza—. Pero si no es de fiar, le dejaremos en Áth Cliath.

—Estás haciendo de casamentero ¿verdad? —su hermano lo miró de reojo.

—Solo si es merecedor de nuestra hermana —Ronan se detuvo sin dejar de contemplar a Caragh y al *Lochlannach*.

—Pues si no lo es podría sufrir un accidente —sugirió Terence.

Ronan se frotó distraídamente la barba. Ya fuera consciente de ello su hermana o no, el vikingo no le quitaba los ojos de encima. Ese hombre desde luego sentía algo por Caragh, aunque aún no sabía si era pura lujuria o algo más.

—Mañana lo sabremos —predijo—. Les dejaremos un momento a solas antes de unirnos a ellos.

Ronan observó con atención cómo su hermana miraba a Styr. Había pasado casi un año desde que había sollozado en sus brazos la noche de su boda. El día que Kelan la había abandonado por otra. Había visto a su hermana replegarse en sí misma, pasando todo el tiempo con los ancianos. Se había dedicado en cuerpo y alma a servir a los demás, como si intentara escapar de su propia vida.

Y, cuando sus padres murieron, se había negado a sí misma el derecho al duelo y había adoptado la responsabilidad sobre Brendan.

Caragh necesitaba vivir su vida junto a un hombre que le diera un hogar y unos hijos. Y si ese *Lochlannach* era capaz de recuperar a la hermana que tanto amaba, que así fuera.

Pero si osaba romperle el corazón, no dudaría en hacerle trizas.

Seis

—No te atrevas a volver a intentar algo así —le advirtió Styr a Caragh.

Estaba furioso y apenas era capaz de contenerse. Aunque no había sido más que un beso, destinado a engañar a sus hermanos, el deshonroso acto lo había enfurecido.

¿Cómo se atrevía a arrojarse en sus brazos, fingiendo que eran amantes?

—Conozco a mis hermanos —Caragh palideció ante el tono de voz de Styr—. Sacaron las conclusiones equivocadas de las palabras de Kelan. Tenía miedo de que fueran a herirte.

—Soy capaz de defenderme —le recordó él. Imponiéndose con su elevada estatura, la miró desde lo alto—. No tengo por qué justificarme ante ellos. Fuiste tú quien me hizo prisionero. Yo solo intentaba regresar junto a mi esposa.

Caragh dio un respingo ante la mención de Elena y Styr se alegró por ello. No le vendría mal a esa jovencita recordar que no era un hombre al que pudiera utilizar a su antojo.

«Y sin embargo le devolviste el beso», le recordó su conciencia. «Podrías haberla rechazado».

Y esa era la espina que tenía clavada y que espoleaba su furia. De no haber decidido unirse al engaño, jamás habría probado los besos de Caragh. Había actuado impulsivamente, sorprendiéndose ante una reacción física que no había previsto. Y el único culpable era él.

En esos momentos, deseaba hundir la cabeza en las heladas aguas para aclarar sus confusos pensamientos. No era un hombre infiel. En los cinco años que llevaba casado con Elena, jamás había contemplado a otra mujer. La sinceridad y la lealtad lo eran todo para él. Jamás abandonaría a su esposa, por mucho que le hubiera afectado el beso de esa mujer.

—Lo siento —murmuró ella—, pero mis hermanos no son compasivos. Si creen que hay algo entre nosotros, que eres un hombre de honor, no te causarán ningún daño.

—Es que soy un hombre de honor —espetó él. Aunque en esos momentos no se sentía así.

Dándole la espalda, contempló las frías aguas.

Sin embargo, el beso de Caragh, la manera en que sus dulces labios se habían fundido con los suyos, lo atormentaba. Sabía a miel y la había sentido perderse en él cuando le había devuelto el beso.

Si bien Elena había tolerado sus abrazos, siempre se había mostrado reticente a besarlo. Styr procuraba ser delicado con ella, pero jamás podía disfrutar plenamente por miedo a hacerle daño.

En cambio, esa joven se había abierto a él, dispuesta, tocándole con la lengua. Sus pechos se habían apretado contra él y le había rodeado el cuello con los brazos.

Sin duda alguna el culpable de todo era el prolongado celibato. Mientras habían preparado el viaje, había optado por dejar tranquila a Elena. Y durante el trayecto, ella había sufrido unos mareos tan violentos que tampoco se le había acercado. Una y otra vez repasaba en su mente la imagen del rostro de su esposa, de la infinita tristeza que reflejaba su mirada. Y se maldijo a sí mismo por besar a otra.

El vikingo se afanó en la preparación del barco, aprovechando la oportunidad que le brindaba para no dejar vagar su mente. No iba a volver a recordar lo agradable que había sido estar en los brazos de Caragh. Mantendría las distancias e ignoraría los oscuros deseos que había despertado esa mujer.

Caragh subió a bordo con las faldas empapadas. Debería haberse ofrecido a llevarla en brazos, pero se había sentido incapaz de tocarla. Su fuerza de voluntad pendía de un hilo.

La joven dejó la cesta con el pescado y tomó asiento en el extremo opuesto del barco. Los hermanos de Caragh se unieron a ellos y Styr comprobó que Terence tenía experiencia en la navegación. Enseguida se puso al timón y Styr optó por encargarse de los remos. Tirando con todas sus fuerzas, agradeció el agotamiento que le producía esa actividad.

—No me creo que estéis enamorados —Ronan se sentó detrás de él y remó al mismo ritmo.

—Y harías bien —admitió Styr en voz baja. Suponía todo un alivio revelarle la verdad a ese hombre. Miró hacia atrás—. Caragh me pilló desprevenido con ese beso.

—Nuestra hermana es muy bondadosa y pensó que íbamos a matarte por compartir la choza con ella —Ronan tiró con fuerza de los remos—. Y sigue siendo una posibilidad.

Styr no contestó, consciente de que no había respuesta posible.

—Es muy sencillo, *Lochlannach* —continuó el otro hombre—. Haz daño a nuestra hermana y te haremos daño a ti.

—Me parece justo —comprendía muy bien a Ronan, un hombre dispuesto a proteger a su hermana—. Pero Caragh y yo somos poco más que extraños el uno para el otro.

—Y aun así te ha convencido para que la ayudes a buscar al tarugo de nuestro hermano, Brendan ¿no es así?

—Yo busco a mis hombres, que fueron vistos por

última vez con tu hermano —le informó Styr—. Y espero, por su bien, que no hayan sufrido ningún daño —en cuanto llegaran a Áth Cliath, se separaría de Caragh y sus hermanos para buscar a Elena. Ellos podían dedicarse a buscar a Brendan y ese sería el fin de la historia.

—Brendan es un idiota —continuó Ronan—. Si tienes hermanos lo entenderás.

—Tenía cuatro hermanas y un hermano mayor.

—¡Por Dios! —Ronan dejó de remar y contempló al vikingo—. Es increíble que no te hayas vuelto loco. ¿Cuatro hermanas? —miró a Caragh y se estremeció.

—¿Qué pasa con las hermanas? —preguntó ella.

—Nos llevaría años responder a esa pregunta —contestó su hermano mayor—. Lloran por cualquier motivo. Si te equivocas, te guardarán rencor el resto de tu vida.

—Hablan demasiado y le cuentan a tu madre todo lo que haces —añadió Terence—. Por ejemplo, si le atas el rabo al gato o echas ranas en el jardín —ante la mirada furiosa de Caragh, continuó—. Pero te queremos, hermanita.

—Cuatro —repitió Ronan incrédulo—. Yo me habría arrojado de cabeza al mar.

Styr no pudo evitar disfrutar con el buen humor de ese hombre. Había una camaradería entre ellos parecida a la amistad que mantenía con Ragnar.

—A menudo salgo a navegar solo, para alejarme de ellas. Por eso me hice pescador.

—Pues no te comportas como un pescador —observó Terence—. Yo te habría tomado por el jefe de un clan, por tu estatura y tu aire de autoridad.

Styr se encogió de hombros sin responder. Había empezado como pescador, pero, tras la muerte de su padre, muchos lo habían animado a usurpar el lugar de su hermano mayor como *jarl*. Para evitar conflictos, había optado por abandonar Hordafylke y aquellos que habían apostado por su liderazgo lo habían acompañado.

—Siéntate con nuestra hermana —le sugirió Ronan—. Terence puede relevarte hasta que el viento sea favorable.

Styr hubiera preferido permanecer donde estaba, pero vio a Caragh acurrucada en la popa. Se tapaba la cabeza con el *brat* de lana y le castañeteaban los dientes.

—Espero que encuentres a Elena —susurró cuando él se sentó frente a ella.

—No pararé hasta lograrlo —su propósito era claro—. Si la ves...

—No revelaré nada —Caragh se estremeció—. Cometí un error —añadió—. No volverá a ocurrir.

El viaje a Áth Cliath no debería haberles llevado más de un día, pero los vientos arreciaban y las nubes negras barrían el cielo. Caragh permanecía sentada en el suelo del barco con las manos entrelazadas. Aunque el vestido se había secado, no podía dejar de temblar. Y no era solo por el frío, sus temores se habían multiplicado al pensar en su padre ahogado.

Se avecinaba una tormenta y, cerrando los ojos, se negó a imaginarse la muerte en el mar. El barco se escoraba contra las olas y se aferró al banco frente a la popa, rezando para que las aguas se calmaran. A su espalda, Terence agarraba el timón con todas sus fuerzas.

—¿Deberíamos acercarnos más a la costa? —gritó por encima del viento.

Styr contestó, pero Caragh no oyó sus palabras. La lluvia empezó a caer con fuerza.

Estaba empapada y, aunque todavía era de día, una oscura bruma lo ensombrecía todo dificultando la visión de la costa. Oyó a sus hermanos llamar a Styr mientras tiraban con fuerza de la vela. El vikingo se mantenía en equilibrio con todos los músculos en tensión.

Caragh intentó olvidar su miedo recordando esos fuertes brazos abrazándola, las manos en su cintura. El sorprendente ardor de su beso…

De inmediato se sintió invadida por una mezcla de desprecio y de culpa. Styr no había tenido ninguna intención de besarla, pero ella le había obligado. No había pretendido causar ningún mal y solo lo había hecho para desviar las sospechas de sus hermanos.

Y sin embargo aquello se había convertido en algo totalmente inesperado. Quizás se debía al hecho de que estaba prohibido besar a un hombre que ya tenía dueña. Y, equivocadamente, había creído que no significaría nada para él.

Había saboreado la rabia en sus labios. El beso había sido casi brutal. Pero, en cierto momento, había percibido un cambio en él. Su rendición había calmado a la fiera que Styr llevaba dentro y, aunque su corazón no había cesado en su alocado galopar, había conseguido que él reaccionara.

No sabía qué pensar de aquello. Pero sí sabía que no serviría de nada recrearse en esos recuerdos. Pronto desaparecería de su vida, en cuanto se reuniera con su esposa.

Parecía ser su destino. Todos los hombres por los que había sentido algo estaban enamorados de otra.

«No pienses más en ello. Él le pertenece y siempre será así».

Caragh rezó para que un día algún hombre la amara a ella sin abandonarla por otra. Contempló de nuevo al vikingo y desechó cualquier sentimiento, consciente de que jamás podría ser.

Una nueva ola golpeó el barco y Caragh se encontró en medio de un charco de agua helada. Rápidamente se puso en pie para sentarse en uno de los barcos. Sin embargo, una inesperada embestida del mar azotó el navío y la joven perdió el equilibrio.

La fuerza del agua la lanzó de espaldas. Caragh grito e intentó agarrarse a la barandilla del barco, pero cayó al agua y la boca se le llenó de mar. La oscuridad se cernió sobre ella y la gélida corriente la arrastró hacia las profundidades.

En su interior se desató el pánico y agitó los brazos luchando por alcanzar la superficie. El pesado vestido la arrastraba hacia el fondo.

De repente oyó un fuerte chapoteo y vio a Styr nadar hacia ella. Se había quitado la cota de malla y se acercaba a ella con el pecho desnudo. Al alcanzarla, la agarró de la cintura.

—¿Sabes nadar?

—Lo… lo intento —Caragh sentía las piernas entumecidas por el frío y se dejó arrastrar de regreso al barco.

Styr la alzó en el aire y sus hermanos la agarraron. Segundos después, el vikingo se unió a ella.

Caragh temblaba sin control y le castañeteaban los dientes. Todavía estaba conmocionada por lo sucedido. El barco seguía escorándose peligrosamente, pero Styr la sujetaba con fuerza.

Oyó algo sobre acercarse a la costa, pero tenía tanto frío que apenas le importaba. Styr la cubrió con una manta, pero no conseguía dejar de temblar.

—¿Podrías abrazarme un rato? —suplicó ella.

No era solo por el frío. Hundirse bajo el agua, sentirse a merced del mar, la había aterrorizado. Aún tenía el sabor del agua salada en la boca y las gélidas aguas casi le habían congelado la sangre en las venas.

Los fuertes brazos de Styr la rodearon y ella apoyó la cabeza contra su pecho desnudo. Aunque Styr también estaba frío, cuanto más tiempo la abrazaba, más se calentaba. Ella era plenamente consciente de estar sentada en su regazo, pero Styr no la soltó. Le había quitado la manta, cubriéndolos a ambos con ella.

—Gracias por salvarme —susurró ella con voz ronca. El agotamiento de los acontecimientos del día empezaban a pasarle factura. Estaba tan cansada que apenas podía mantener los ojos abiertos.

Styr no contestó, ni ella esperaba que lo hiciera. Caragh cerró los ojos sin poder evitar preguntarse por qué había sido él, y no uno de sus hermanos, el que había saltado al agua.

El vikingo no lo había dudado ni un instante. Y en esos momentos, a medida que su cuerpo empezaba a entrar en calor, era muy consciente de que no la apartaba de su lado, tal y como había temido que hiciera.

«No sigas», se advirtió en silencio. «No significa nada».

Sin embargo, sentía los fuertes latidos del corazón de Styr contra su mejilla y notó que le tocaba los cabellos mojados. Era lo más parecido a una caricia.

—Debería ayudar a mis hermanos —observó ella, aunque odiaba la idea de interrumpir el cálido abrazo.

Le estaba ofreciendo una salida, dándole permiso para que la soltara. Ya le había incomodado aquella mañana al besarlo y esa situación era igual de mala.

—Tus hermanos están bien —contestó él con brusquedad, como si no tuviera la menor intención de soltarla. Sujetó la manta con más fuerza alrededor de los dos y ella se sintió de nuevo culpable. Le había suplicado que la abrazara, y él había accedido.

Caragh dirigió la mirada hacia sus hermanos, que la contemplaban con expresión indescifrable. Ellos no sabían nada del matrimonio de Styr, ni ella quería que lo supieran.

Los vientos habían amainado y, aunque la lluvia continuaba, ya no tenía la sensación de que las olas iban a arrastrarla al fondo del mar. Lentamente se apartó un poco de Styr mientras intentaba calmar los latidos de su corazón.

—¿Estás bien? —preguntó Terence desde su posición en el barco.

—Solo tengo frío —ella asintió.

—Regresamos a tierra. Encenderemos fuego para que te calientes —le anunció Ronan mientras le dirigía una mirada de agradecimiento a Styr—. Gracias por salvar a nuestra hermana.

—Estarás bien por la mañana —el *Lochlannach* se limitó a volver a abrazar a Caragh con más fuerza.

—Pero el viaje a Áth Cliath…

—Podrá esperar unas horas más —le interrumpió su hermano—. Necesitas entrar en calor.

Caragh no discutió. Styr permaneció abrazado a ella unos minutos más, antes de entregarle la manta y levantarse en busca de su capa. Antes de regresar a su lado, intercambió unas cuantas palabras con sus hermanos. Ella no pudo oír lo que decían y la tranquila expresión del vikingo no reveló nada.

—Llegaremos a tierra en menos de una hora —anunció.

—¿Qué te han dicho mis hermanos? —preguntó ella.

Sin embargo, no obtuvo respuesta.

Styr supuso que sería casi medianoche cuando al fin echaron el ancla y montaron un campamento en la playa. Ronan y Terence encendieron un fuego para Caragh, que seguía empapada. El vikingo ayudó a sus hermanos a montar una tienda y ella se trasladó al interior, donde él le proporcionó otra manta seca.

—Enseguida deberías entrar en calor —le aseguró él.

—Styr —susurró ella rozándole el hombro. Aunque el gesto solo había pretendido retenerlo en la tienda, el vikingo le agarró la mano.

—Duerme —susurró.

—Lo siento —murmuró Caragh.

—No fue culpa tuya que te cayeras por la borda —protestó Styr. Estaba tan delgada y tan débil por el hambre que no había tenido ninguna oportunidad.

—No me refería a eso —insistió ella—. No debería haberte besado. Te has comportado honorablemente conmigo y no tenía derecho a hacer lo que hice.

Styr la miró fijamente sin decir nada. No era cierto. Y aunque comprendía que intentaba aligerar el ambiente entre ellos, sus hermanos habían complicado sobremanera la situación.

Tras darle las gracias por salvarle la vida, le habían preguntado si consideraría casarse con Caragh.

—Le salvaste la vida —había dicho Ronan—. Y necesita un hombre fuerte que la proteja.

Su primer instinto había sido exclamar que no, confesarlo todo sobre su esposa. Sin embargo, comprendió que se estaba hablando de alianzas, de unir Escandinavia e Irlanda. Los dos hermanos respetaban sus capacidades para la pesca y la navegación, pero, sobre todo, estaban preocupados por la soledad de Caragh.

Cuanto más tiempo pasaba con él, más le alteraba los nervios. El recuerdo del salvaje beso regresó con fuerza a su mente y sintió un inquietante cosquilleo en la piel. El vikingo estaba en lo cierto, nunca podrían ser amigos, pues no se le había escapado el profundo rencor que albergaba hacia ella, y eso le afectaba porque nunca había pretendido dar a entender que lo deseaba.

Cuanto más pensaba en ello, más se enfurecía.

Caragh se quitó el vestido mojado quedando completamente desnuda. Con cuidado, extendió las prendas mojadas con la esperanza de que se secaran en las siguientes horas. Después se envolvió en la manta del cuello a los tobillos.

A cada minuto que transcurría le costaba más conciliar el sueño. Nunca se había encontrado en una situación como esa, sintiéndose como una mujer deshonrosa que intentaba atraer a un hombre. Styr le había salvado la vida, eso era todo. Y ella lo había besado en un intento de salvarle la suya. De haberles dado la menor oportunidad, sus hermanos lo habrían hecho pedazos allí mismo. ¿Tan difícil era de comprender?

—Caragh —la masculina voz sonaba junto a la tienda. Era Styr.

—¿Qué sucede? —Caragh se mordió el labio y sujetó con fuerza la manta.

—Tus hermanos te mandan comida —sin esperar respuesta, el vikingo entró en la tienda y desplegó un paño ante ella. Durante un fugaz instante su expresión se tensó al ver las ropas extendidas sobre el suelo.

—¿Por qué no me han traído la comida ellos mismos? —susurró ella.

Styr se encogió de hombros, pero Caragh ya conocía la respuesta. Sus entrometidos hermanos empezaban a creerse la historia.

El vikingo hizo ademán de marcharse, pero ella se lo impidió.

—No te vayas. No hasta que no haya dicho lo que pienso.

Styr enarcó una ceja, pero ella se aferró a la manta y alzó la barbilla.

—Seamos amigos o no, quiero dejar bien claro que no te besé porque te deseara. Me salvaste la vida y yo intentaba salvar la tuya con una mentira. No quería que mis hermanos te matasen. Eso es todo.

—No podrían haberme matado —respondió él.

—Ahí te equivocas. Y, aunque me alegro de que me salvaras de morir ahogada, estoy furiosa porque me creas una mujer sin honra —el corazón se le aceleró mientras continuaba explicándole todos los motivos por los que no lo deseaba.

Al llegar al quinto motivo, comprendió que Styr no la escuchaba. Tenía la mirada fija en la parte trasera de la tienda, como si hubiera visto algo fascinante.

Podría haberse marchado sin más, pero permanecía allí, inmóvil y sin decir una palabra.

—¿Y bien? ¿No tienes nada que decir? —lo animó ella.

—Nunca había conocido a una mujer que hablara tanto como tú —contestó él al fin y la expresión impasible de su rostro irritó aún más a Caragh.

—No te burles de mí —ella era muy consciente de lo mucho que hablaba, pero no podía evitarlo. Era consecuencia de la necesidad que tenía de rellenar los huecos vacíos, de borrar la incomodidad que le hacía sentir ese hombre.

—Cómete el pescado —Styr le acercó la comida—. También hay pan que han traído tus hermanos.

—¿Pan? —Caragh no pudo contener la alegría que sintió ante la perspectiva de volver a comer pan y no podía importarle menos que estuviera mohoso, o duro como una piedra.

Al probarlo reprimió un suspiro de satisfacción. Devoró el pan, y estaba a punto de terminarse el último trozo cuando se le ocurrió que Styr a lo mejor tampoco había comido.

—¿Has comido algo esta noche? —preguntó mientras le ofrecía el último trozo de pan.

Styr asintió y se sentó frente a ella mientras terminaba de comer.

—¿Me puedes hablar de tu esposa? —preguntó ella, incapaz de soportar el incómodo silencio.

—¿Para qué? —Styr parecía no desear compartir nada sobre Elena.

«Porque pensé que el tema de conversación te resultaría agradable».

—La echas de menos ¿verdad?

—Quiero saber que está a salvo. Es muy diferente.

—Háblame de ella —Caragh frunció el ceño—. Ya sé que es muy hermosa.

—Sí, lo es —Styr asintió y una parte de la frustración lo abandonó—. Solía meterme con ella por sus cabellos rojos. Siendo más joven no me gustaba el color, y ella se enfadaba mucho conmigo por decírselo.

—No se me ocurre por qué —intervino ella secamente.

—Una vez intentó cortarme el pelo mientras dormía —él hizo una mueca—. Yo tenía nueve años.

Caragh picoteó el pescado, comiendo con mucho cuidado para no mostrar su desnudez.

—¿Y qué hiciste?

—Me desperté y la encontré con un mechón de mis cabellos en la mano. Intenté pegarle, pero mi padre me pilló.

—¿Te pegó por ello?

—Y me cortó el pelo como castigo —Styr asintió—. Así todo el mundo sabría que había intentado pegar a una chica.

—Y sin embargo la perdonaste.

—Cuando me hice mayor —de nuevo Styr asintió.

—¿Tenéis hijos? —continuó preguntando ella, aunque ya sospechaba la respuesta.

—No —la tajante respuesta estaba envuelta en amargura y Caragh comprendió que había sacado un tema de conversación muy delicado.

—Lo siento. No debería haberme mostrado tan curiosa.

—Procura estar preparada para partir con las primeras luces del día —fue la única respuesta del vikingo, antes de marcharse con el paño que había contenido la cena de Caragh.

Siete

Styr pasó toda la noche atormentado por el recuerdo de la imagen de los hombros desnudos de Caragh que le había despertado otros recuerdos.

Pensó en Elena y en el modo en que solía cubrirse, incluso cuando hacían el amor. Su cuerpo siempre le había producido vergüenza y nunca le permitía ver su piel desnuda. Y no era solo el cuerpo, su mente también permanecía cubierta por un velo y jamás revelaba unos pensamientos que se reservaba para sí misma. Llevaban cinco años casados y seguía teniendo la sensación de que eran dos extraños.

Hundió la mano en el bolsillo del cinturón de cuero, rígido y húmedo, y sacó el peine de marfil. Debería habérselo dado a Elena en el barco. Debería haber pronunciado las palabras de tranquilidad que ella necesitaba escuchar.

Claro que, en las ocasiones en que había intentado hablar con ella, lo había rechazado. No se le daban bien las palabras ni intentar explicarse.

Caragh era totalmente opuesta. Era como un pajarillo que no paraba de hablar y contaba todo lo que pasaba por su mente. A veces incluso contaba demasiadas cosas.

Una sensación de peligro lo asaltó al pensar en los bonitos ojos de color violeta y esa dulce boca. Cuanto más tiempo pasaba cerca de Caragh, más la comparaba con Elena, y eso no estaba bien.

Intentó convencerse a sí mismo de que no era más que curiosidad. Ni siquiera eran amigos. ¡Por la sangre de Thor!, esa mujer lo había capturado y encadenado. No le debía absolutamente nada. Además, por culpa de su hermano había perdido a su esposa. Una esposa que necesitaba imperiosamente encontrar.

A medida que fue apartando de su mente a Caragh se sintió más fuerte. Elena era su prioridad y, por difíciles que hubieran sido los últimos años, no le deseaba ningún mal.

Una insidiosa vocecilla en su cabeza le susurró la posibilidad de que Elena estuviera muerta, desatando el pánico en su interior. Su deber era protegerla, pero la falta de sueño durante la travesía le había debilitado. Le enfurecía el hecho de que sus hombres y él mismo hubieran sido derrotados por un clan famélico. Jamás debería haber sucedido.

Por la mañana volvieron a subir a bordo. El mar estaba en calma y era probable que llegaran a su destino sin sufrir mayores contratiempos.

Styr echó una ojeada a Caragh y comprobó que sus cabellos seguían húmedos. Llevaba la parte de arriba recogida en una trenza y el resto suelto sobre los hombros. Se había puesto nuevamente el vestido azul y el sol de la mañana iluminaba su rostro. Un rostro que reflejaba una gran preocupación. Ante el menor movimiento del barco se agarraba con fuerza para no perder el equilibrio.

—Odia el agua —le explicó Terence al vikingo—. Desde que nuestro padre murió no se había vuelto a acercar al mar.

—Me contó que se había ahogado —ambos hombres remaban al unísono.

—En efecto. Salió a navegar durante una tormenta y jamás regresó —Terence miró fijamente al otro hombre—. Es muy bondadosa, nuestra Caragh. Pero no entiendo por qué se molestó en salvarle la vida a alguien como tú.

Styr no contestó y aumentó el ritmo, obligando a Terence a hacer lo mismo. No tardó mucho en respirar con dificultad ante el esfuerzo por seguir al vikingo.

—¿Estás flojo, irlandés? —observó Styr mirándolo de reojo.

—Lo mejor que podrías hacer es quedarte en Áth Cliath, lejos de nuestra hermana —Terence entornó los ojos—. Ronan te ha dado su bendición, pero yo no.

Caragh cruzó la cubierta, situándose frente a los

dos hombres. Era evidente que había oído el comentario de su hermano.

—Él me cuidó en vuestra ausencia —le recriminó—. No tenía a nadie más.

—Pero regresamos —observó Terence.

—Y él se quedó cuando no tenía por qué hacerlo —miró a Styr a los ojos. En la mirada violeta había gratitud, junto con cierta tensión que igualaba su propia incertidumbre—. Cuando le solté, podría haberse marchado. Pero se quedó y me ayudó a conseguir comida.

Ambos sostuvieron la mirada y ella le rozó una mano. Aunque el gesto no era más que una forma de agradecimiento, la frialdad de los delicados dedos provocó un estremecimiento en el vikingo. Esa mujer tenía algo que le afectaba de un modo que no alcanzaba a comprender. Styr le apartó bruscamente la mano.

—De no haber sido por Styr, me habría ahogado —continuó ella.

Styr no contestó. Debería haber permitido a sus hermanos salvarla, pero al verla caer por la borda se había lanzado a las gélidas aguas sin pensárselo. Instintivamente la había arrastrado hasta la seguridad del barco. Y ella se había abrazado con fuerza a él, agradecida por haber sido rescatada. Su cerebro le había gritado que la soltara, que ignorara la sensación de tener a esa mujer en sus brazos y el rostro apoyado contra su corazón. Eran pensamientos prohibidos que no tenían cabida entre ellos.

El vikingo retomó los remos junto a Terence. Caragh intentó atraer su mirada, pero él se negaba a mirarla. Aun así, no le pasó desapercibido el gesto de desilusión en los ojos de color violeta mientras volvía al sitio que había ocupado.

Llegarían a Áth Cliath en el día, de lo cual se alegraba. Tenía pensado registrar toda la ciudad hasta encontrar a Elena. Necesitaba verla de nuevo, abrazarla y borrar de su mente cualquier otro pensamiento.

Suponiendo que la encontrara allí.

Antes de que hubiera pasado una hora, divisó la ciudad en el horizonte mientras navegaban hacia el puerto de Dubh Linn. La visión del asentamiento amurallado con las casas rectangulares le recordó Hordafylke. La familiaridad, y una punzada de lamento, le agarrotaron el estómago. Quizás Ragnar estuviera en lo cierto y deberían haberse dirigido a ese lugar. Al menos allí la gente de su tierra se habían mezclado con los irlandeses y encontrado un lugar para ellos.

Pero, a medida que se acercaban, se sintió más desanimado. La ciudad era enorme, mucho más de lo que se había imaginado. Decenas de barcos salpicaban la costa, algunos anclados en tierra, otros aguas adentro. De inmediato empezó a buscar su barco, pues confirmaría la presencia de Elena y de sus hombres en ese lugar. Pero no tuvo suerte.

—¿Dónde crees que puedan estar? —Ronan se sentó a su lado para remar mientras Terence se unía a su hermana.

—No veo mi barco —Styr sacudió la cabeza—. Puede que estén aquí, pero no estoy seguro. Habrá que preguntar —miró a Ronan—. ¿Habías estado aquí alguna vez?

—No, pero opino que deberíamos separarnos para buscarlos. Terence y yo podemos ir hacia el oeste y el este, mientras que Caragh y tú podéis ir hacia el norte. Nos encontraremos aquí al anochecer.

—Es peligroso llevárnosla con nosotros —protestó el vikingo sabiendo al mismo tiempo que no podía dejarla atrás. Había esperado que Terence o Ronan la llevaran con ellos permitiéndole así buscar a Elena él solo.

—No tenemos elección y lo sabes —Ronan ralentizó el ritmo a medida que se acercaban a la orilla—, pero confío en ti para protegerla.

—¿Por qué? —preguntó él—. Apenas me conoces.

—La salvaste de morir ahogada. Tu forma de actuar me ha indicado lo que necesito saber.

Styr no respondió y se afanó en recoger la vela mayor. Lo último que necesitaba era llevarse a una mujer con él para buscar a Elena.

—Ella no viene conmigo.

—Ten mucho cuidado, *Lochlannach* —le advirtió Ronan—. La única razón por la que te permitimos acompañarnos fue por la insistencia de nuestra hermana.

Las palabras de protesta se agolpaban en la boca del vikingo. No quería tener a Caragh cerca, sobre todo en esos momentos. Pero, en contra de su buen juicio, se descubrió a sí mismo encogiéndose de hombros con indiferencia.

—Protégela de todo peligro —insistió el otro hombre—. Encontraremos a nuestro hermano y a tus hombres.

Styr se preguntó cómo pensaban lograrlo si ni siquiera hablaban su lengua, pero no hizo ningún comentario.

Alcanzaron uno de los muelles cerca de Dubh Linn y Styr le pagó una moneda de cobre a un hombre por cuidar del barco durante los siguientes días.

—¿Por dónde quieres empezar a buscar? —preguntó Caragh.

—Lo mejor sería que te quedaras con tus hermanos —le susurró él al oído—. Diles que prefieres buscar con ellos.

—¿Por qué? —la joven lo miró muy pálida—. ¿Acaso me crees demasiado débil? —se colocó delante de él y lo miró fijamente a los ojos—. ¿O hay algún otro motivo?

Styr no confiaba en sí mismo cuando ella estaba cerca. Aunque jamás cedería a las prohibidas imágenes que esa mujer conjuraba en su mente, estar cerca de Caragh debilitaba su fuerza de voluntad. Había saboreado sus labios y su traicionera mente le recordaba que ese beso le había afectado como no lo había hecho ninguno de los de Elena. Era demasiado inocente para comprenderlo, y cuanto más lejos se mantuviera de él, mejor.

—¿Por qué? —insistió Caragh.

—Porque… —en una silenciosa respuesta, Styr le sujetó la mejilla con una mano ahuecada y, hundiéndose en las profundidades azul violeta deslizó el pulgar por esos labios recordando el beso.

—No hay motivo para que te sientas incómodo en mi presencia —Caragh se sonrojó. Lo había comprendido perfectamente—. Seré como una hermana para ti.

—No quiero que seas nada para mí, Caragh —el vikingo intentó disimular sus sentimientos. Jamás en su vida se imaginaría a una mujer como Caragh siendo su hermana.

—Permíteme arreglar el daño causado por Brendan —susurró ella en un tono casi inaudible—. Prométeme que no lo matarás.

—Es una promesa que no te puedo hacer —el cálido aliento de la joven le provocó un inquietante estremecimiento. Le daba igual que Brendan fuera poco más que un crío. Elena no había hecho nada malo y, si la había herido, pagaría por ello. Sin piedad.

—Entonces te acompaño —Caragh le apretó el hombro—, aunque solo sea para protegerle.

—Quédate con tus hermanos —le suplicó él de nuevo mientras saltaba del barco.

Caragh se quedó atrás mientras Styr hablaba con algunos escandinavos, seguramente preguntándoles por su barco.

Protegiéndose los ojos del sol con el dorso de la mano, buscó algún indicio del navío de Styr. Pronto comprendió la inutilidad de aquello. Casi todos los barcos vikingos eran iguales y no distinguía uno del siguiente.

—¿Crees que Brendan estará aquí? —Terence se acercó a su hermana con expresión de amargura.

—No lo sé —ella se estremeció y su hermano le echó su propia capa por los hombros—. De haberse dirigido a algún otro lugar, habríamos visto el barco vikingo a lo largo de la costa ¿no?

—No me fío de ese *Lochlannach*, Caragh. Me da igual lo que opine Ronan, no deberías quedarte a solas con él. ¿Y si trata de forzarte?

—No me hará daño —le aseguró ella.

Ningún peligro provendría de Styr, gracias a su imperturbable lealtad hacia su esposa. Estaba perfectamente a salvo con él.

Sin embargo, no podía afirmar lo mismo de Brendan. Caragh no lo creía capaz de lastimar a Elena, pero a sus amigos sí los creía capaces de ello. E, independientemente de lo sucedido, tenía que acompañar a Styr en su búsqueda, aunque solo fuera por proteger a su estúpido hermano pequeño.

—Me he fijado en cómo te mira —continuó Terence—. Te desea.

—No significa nada, Terence —insistió ella—. Para él soy como una hermana.

—Eres cualquier cosa menos eso —su hermano la miró de reojo—. Y no me fío de él.

—Pues yo sí. Me ha salvado la vida en más de una ocasión.

Terence le tomó la mano para retenerla y le ofreció un pequeño saquito que sacó del cinturón.

—Llévate esto.

—¿De dónde lo has sacado? —Caragh sopesó el saquito de monedas y frunció el ceño—. ¿Y qué pasa con los animales y los víveres? ¿Conseguiste todo esto con el broche de madre?

—Alquilamos nuestras espadas como mercenarios —contestó él con amargura.

Por el tono de voz, ella comprendió a que, fuera lo que fuera lo que se hubiera visto obligado a hacer, lo había hecho por su familia. Al abrazarlo, percibió una intensa pesadumbre en su hermano.

—Entonces ganaste.

—No estoy orgulloso de lo que hice —contestó él.

Caragh no pudo hacer más preguntas, pues Ronan y Styr se acercaban a ellos. Su hermano señalaba la dirección hacia la que iba a dirigirse.

—Llévate a Caragh y adentraos en la ciudad —le indicó al vikingo—. Nos reuniremos aquí mismo al caer el sol.

A Caragh no se el escapó la reticencia de Styr. Pero, antes de que pudiera protestar, Ronan le entregó un hatillo con víveres.

—Procura que coma algo.

¿Acaso la creía una niña incapaz de cuidar de sí misma? Ignorando el tono paternalista de su hermano, inició el camino hacia el norte.

—Tus hermanos buscarán por aquí —Styr se desvió por otro camino—. Este no es lugar para una mujer —tenía una mano apoyada en el hacha y escudriñaba la multitud en busca de posibles amenazas. La otra mano estaba apoyada sobre la espalda de Caragh.

Era solo un gesto destinado a que todos supieran que esa mujer estaba bajo su protección, pero aun así, Caragh era muy consciente de la enorme mano que presionaba firmemente su espalda. Ese hombre la hacía sentirse segura.

—¿Conoces a alguien en la ciudad a quien poder preguntar? —ella lo miró cautelosa.

—Empezaremos por el mercado —Styr negó con la cabeza.

—Nunca había visto tanta gente —Caragh se sentía agobiada por la multitud.

—¿Nunca habías salido de Gall Tír?

—He vivido allí toda mi vida —ella sacudió la

cabeza. Conocía a cada una de las personas que vivía en el asentamiento, pero había oído que en ciudades como esa se podía vivir años sin conocer los nombres de todos sus habitantes.

Mirando a su alrededor, no le cupo la menor duda de que fuera así. Aunque se encontraban en sus tierras, los irlandeses convivían con escandinavos. Los asentamientos de los *Lochlannach* eran extraños, con casas alargadas y rectangulares dispuestas en cuadrantes. Incluso las mujeres se vestían de manera diferente y llevaban las largas melenas rubias recogidas en trenzas. Sobre los vestidos, recogidos en los hombros con broches, llevaban unos amplios delantales. Además, eran muy altas. Parecían unas exóticas diosas.

Caragh estaba hechizada y se llevó la mano a sus propios cabellos, como si intentara imaginárselos recogidos en trenzas.

Al llegar al mercado abrió desmesuradamente los ojos ante la visión de la comida, el ganado y los mercaderes. Todo el mundo hablaba a la vez en distintas lenguas, pregonando sus mercancías y negociando el mejor precio.

—Deberíamos seguir —Caragh se paraba ante cada puesto y Styr le tomó la mano.

—Espera —ella jamás había visto un lugar como aquel, y era poco probable que regresara—. ¿No podemos echar un vistazo a todo esto? Nunca había visto un lugar así —escondió entre los pliegues del vestido el saquito con monedas que le había entregado Terence.

—No quise que me acompañaras, Caragh —Styr la arrastró lejos de la multitud—. Y no estoy dispuesto a perder el tiempo en el mercado.

—La encontraremos —intentó tranquilizarlo ella—, pero en lugar de buscar a ciegas, deberíamos preguntar.

Styr no quería preguntar, eso era evidente. La impaciencia lo dominaba como una nube de tormenta.

—Si la trajeron aquí, es posible que alguien la viera —insistió Caragh—. Hablaremos con los mercaderes hasta que averigüemos algo.

—Que así sea —aunque no disimuló su disgusto, Styr asintió con gesto de amargura.

Por el momento no podía pedirle más, y Caragh le apretó cálidamente la mano. Sin embargo, él la apartó bruscamente. Ella no comprendía por qué ese gesto le hacía sentirse amenazado, pero se juró a sí misma no volver a tocarlo.

El primer puesto que visitaron fue el de un mercader de especias. El aroma superaba cualquier cosa que ella hubiera experimentado jamás.

—¿Qué es eso? —preguntó señalando artículos y semillas de extraños colores.

—Canela y pimienta de Extremo Oriente, señora —el hombre, de piel oscura y ojos penetrantes, contestó en irlandés mientras le acercaba una muestra—. Os ofreceré un buen precio —continuó dirigiéndose a Styr.

—No, no lo haréis —Styr apartó a Caragh del puesto—. Estamos aquí buscando a una mujer escandinava —describió a Elena con todo detalle y Caragh hizo lo propio con Brendan.

—No recuerdo a nadie así —el hombre se encogió de hombros—. Pero si deseáis adquirir alguna especia, vuestra comida os parecerá más propia de la mesa de un rey.

—No —Styr apoyó una mano en el hombro de Caragh y la condujo lejos del puesto—. No sabe nada —murmuró mientras el mercader seguía ofreciéndoles su mercancía.

La presión de la mano distrajo a Caragh. El contacto resultaba cálido e intentó no pensar en él. Sin embargo, su traviesa mente creó una ensoñación en la que ella caminaba a su lado mientras él la abrazaba por la cintura.

Cerró los ojos ante la prohibida visión y balbuceó algo para romper el silencio.

—¿Alguna vez habías visto tantas cosas juntas? Mira qué brazaletes, y esa tela... Nunca había visto nada tan hermoso.

—Es seda —le informó Styr—. Traída de Oriente —le describió las caravanas que surcaban los mares y tierras donde la arena se extendía más allá de la vista. Le habló de un sol ardiente y de animales tan extraños que tenían una enorme joroba sobre la espalda.

—¿Los has visto tú mismo? —Caragh percibió cierto tono de nostalgia en la voz de Styr. Ese lugar exótico parecía un mundo aparte y lejano.

—No. Elena nunca quiso viajar —el vikingo dejó caer la mano apoyada en el hombro de Caragh y ella percibió una tensión en su voz que le disuadió de seguir preguntando.

Styr la condujo hacia otro puesto en el que se vendían pasteles de carne.

—Cuando era joven, viajé con mi padre al sur, al reino de los visigodos —le confesó sorprendentemente—. Cuanto más te acercas al Mediterráneo, más cálido es el sol. La piel de sus gentes es más oscura y sus inviernos son más cortos.

Nunca le había oído hablar tanto, y el tono de voz reveló a un hombre que soñaba con viajar a tierras lejanas.

—Amas el mar ¿verdad? —preguntó ella.

—De niño quería cruzar el mar más grande —él asintió—. Pero mi madre me advirtió que si me aventuraba demasiado lejos, me atraparía Jörgungand, la serpiente de Midgard.

—Devorado vivo —Caragh ocultó una sonrisa—. ¿Aún crees en ello?

—Hay muchas cosas del mar que ningún hombre comprende —Styr se encogió de hombros, pero sus ojos reflejaban desconfianza—. He visto peces tan grandes que sus colas eran del tamaño de mi casa.

—Me gustaría ver algo así, pero solo si tuviera a mi lado a alguien como tú para matar a la serpiente.

Sus miradas se fundieron un instante y el estómago de Caragh se encogió. La tensión había regresado y era incapaz de descifrar los pensamientos del vikingo.

No debería haber hecho esa observación. Lo cierto era que el único motivo por el que consideraría siquiera embarcarse en un viaje a través del mar sería para disfrutar de su compañía. Sus pensamientos la estaban traicionando, guiándola por un camino que no deseaba recorrer. Y le avergonzaba saber que él se había dado cuenta.

Si pudiera echar el cerrojo a su corazón… Pero cada vez que contemplaba los oscuros ojos, comprendía la futilidad de sus sentimientos. Las cadenas de una indeseada atracción habían inmovilizado su sentido común. Con no pocas dificultades, intentó levantar un muro alrededor de su corazón.

—Nunca había visto tanta comida —observó sin quitarle ojo al hombre que vendía el pastel de carne—. ¿Cómo es posible con esta sequía?

—Muchos hombres vienen a Dubh Linn a mercadear —él asintió hacia los barcos a lo lejos—. El hombre que tenga plata podrá comprar todo lo que necesite.

Caragh volvió a palpar el saquito de monedas de Terence, agradecida por el regalo de su hermano. Impulsivamente, se apartó de Styr y se dirigió al mercader.

—¿Cuánto valen vuestros pasteles?

Aunque habían desayunado, la pequeña ración había sido claramente escasa para un guerrero como Styr.

—Diez monedas de plata —proclamó el mercader.

—¿Por qué clase de estúpida me habéis tomado? —Caragh soltó una carcajada.

—¿Por una hambrienta? —sugirió él.

—No tenemos tiempo para esto —intervino Styr, aunque su mirada se detuvo en la comida. Tenía hambre, por mucho que se negara a admitirlo.

—Quizás podría llevarme dos pasteles por una moneda de plata —Caragh le pidió a Styr que esperara mientras negociaba con el mercader.

—No es suficiente —el hombre sacudió la cabeza.

Defraudada, estaba a punto de empezar a interrogarle sobre Elena y Brendan cuando se vio bruscamente arrastrada por Styr.

—Pero ¿y si sabe algo de…?

—Espera —le ordenó él. En efecto, instantes después el mercader les dio alcance con dos pasteles en las manos.

—¿Vuestra plata? —exigió el hombre.

Styr le pagó una moneda y él le entregó los dos

pasteles a Caragh y, antes de que pudiera formularle ninguna pregunta, desapareció con el resto de su género.

—¿Crees que podría saber algo sobre tu esposa?

—Nos habría dicho cualquier cosa que quisiéramos oír —él sacudió la cabeza y rechazó el pastel que ella le ofrecía.

—Tienes hambre —insistió Caragh—. Lo veo en tus ojos.

—No tengo tanta hambre como tú.

—Disfrutaré más de mi pastel si sé que tú no pasas hambre —ella tomó un trozo de humeante pastel de carne y lo acercó a los labios del vikingo.

Él aceptó el trozo y, finalmente, tomó el resto del pastel. Caragh encontró unos barriles de vino en el extremo opuesto de la plaza y pidió permiso para sentarse un momento.

Sus zapatos estaban tan desgastados que sentía cada piedra del camino. No tardarían mucho en tener agujeros y ya sentía el ardor de las ampollas.

Styr se apoyó sobre un barril mientras ella seguía comiendo. Cuando su estómago no admitió un bocado más, le ofreció el resto.

—¿No quieres guardarlo para más tarde?

—Los últimos días han sido duros —ella sacudió la cabeza—. Y necesitas energía.

Su mirada violeta se deslizó por los atléticos brazos y la expresión de Styr cambió, como si lo hubiera tocado físicamente. Aunque no dijo nada,

147

la miró de arriba abajo con un evidente deseo, que no tenía nada que ver con la comida.

El cuerpo de Caragh era muy consciente de los pensamientos del vikingo, a pesar de que no hubiera pronunciado palabra. Y, en contra de su voluntad, sintió un escalofrío de deseo mientras se imaginaba las fuertes manos sobre ella, las caricias prohibidas derribando los últimos muros.

Que Dios los asistiera a ambos.

—Gra… gracias por dejarme ver el mercado —balbuceó mientras se bajaba del barril—. Deberíamos intentar descubrir algo sobre Elena y Brendan.

Styr asintió y regresaron a la plaza, donde preguntaron a varios mercaderes, pero ninguno pudo informarlos, aunque les sugirieron preguntar a un hombre cuyo puesto estaba junto al mercado de esclavos.

Extrañada, Caragh no reconoció ninguno de los artículos que ese hombre vendía. Contempló perpleja la selección de marfil y madera pulida, junto con unos frasquitos de aceites.

—No nos detendremos aquí —anunció tajante Styr. Los ojos del mercader se iluminaron al verlos. Era escandinavo, más bajo que Styr, pero muy corpulento.

—Para vos, señora —le ofreció un pequeño frasquito en un estuche de madera—. Probadlo con vuestro amante.

—Pero, él no es mi…

—Vámonos —insistió Styr agarrándole la mano.

El mercader sonrió y le habló en su lengua. Styr contestó airadamente y sacudió la cabeza. Fuera lo que fuera que intentara vender, Styr no quería saber nada de ello.

—Pero ¿qué es lo que vende? —preguntó ella—. No reconozco nada de esto.

—Tus hermanos no querrían que estuvieses aquí.

La afirmación no hizo más que aumentar el interés de la joven que, ignorando las órdenes del vikingo, se acercó al puesto. Styr intentaba ocultarle algo.

—Por favor —insistió el mercader—. Tomad el aceite. Pero si preferís adquirir esto, otras mujeres podrán contaros los placeres que obtendréis —le mostró un cilindro de marfil con un extremo redondeado y rugoso.

Caragh lo examinó de cerca y frunció el ceño. Siguiendo las instrucciones del mercader, sostuvo el objeto en la palma de la mano, sin saber aún para qué servía.

—Utilizad el aceite, señora —el otro hombre seguía ofreciéndole explicaciones, aunque su irlandés era muy pobre y pronto se decantó por la lengua escandinava, de la cual ella no comprendía nada.

Caragh sacudió la cabeza y el hombre le tomó la mano y la cerró sobre el cilindro de marfil. Después le mostró cómo deslizar la mano hacia arriba y hacia abajo. Ella miró a Styr, cuyos hombros temblaban, aunque la boca estaba firmemente cerrada.

—¿Qué sucede?

Styr desvió la mirada y ella sintió claramente que se estaba riendo de ella, aunque no se imaginaba por qué. Devolvió el cilindro al mercader y señaló unos fragmentos de seda de distintos colores.

—¿Para qué es eso?

—Para atar a vuestro amante —le explicó él.

Styr soltó un bufido y estalló en una sonora carcajada. El rostro de Caragh se tiñó de un intenso color púrpura al comprender de repente qué tipo de artículos vendía ese hombre, no solo por las cadenas usadas para atar a los amantes, el cilindro de marfil era una perfecta réplica del miembro masculino…

¡Por Dios santo!

Dejándolo caer como si se tratara de brasas ardientes, huyó del puesto seguida de Styr, que no había dejado de reírse.

—¿Todavía no sabes qué es lo que vendía?

—¡Cómo puede alguien vender eso! —exclamó ella horrorizada al recordar que había sujetado esa cosa de marfil en la mano—. ¿Para qué querría comprarlas alguien?

—¿Te gustaría que te comprara una? —Styr continuó riéndose apoyado en un carro de madera.

—¡No! —Caragh no se había sentido tan humillada en su vida—. Y ya puedes dejar de reírte de mí.

—Eres demasiado inocente, Caragh —Styr, en efecto, dejó de reírse, pero una peligrosa sonrisa asomó en su rostro mientras le rodeaba los hombros con un brazo en un gesto claramente amistoso de alguien que ya no se sentía amenazado.

Era la primera vez que ella lo veía reír, incluso sonreír, pues en todo momento se había mostrado enfadado y concentrado en encontrar a Elena. Sin embargo, durante esos breves momentos, esa ira y frustración habían desaparecido y ella se sentía incluso más atraída hacia ese hombre, a pesar de que su buen humor fuera a costa suya.

—Preferiría que olvidásemos todo esto —le pidió ella con calma.

—Algunas mujeres no tienen ningún hombre que comparta su cama —la expresión del vikingo era traviesa y su mirada casi sensual—. Y esos artilugios cumplen su función.

—Para mí no. Y no hacía falta que te echaras a reír.

—Es que la cara que pusiste al darte cuenta de su función valía mil monedas de plata.

El brazo de Styr permaneció alrededor de los hombros de Caragh y, por un instante, la traicionera mente de la joven imaginó que eran algo más que amigos. Lo más lejos que había llegado jamás con un hombre era a besarlo, pero tras descubrir la mercancía que vendía ese hombre, se preguntó qué más cosas pasarían entre un hombre y su esposa. Sabía cómo se hacían los niños, pero ¿había más?

—Hacía mucho que no me reía tanto —Styr la condujo lejos del mercado y apartó el brazo de los hombros.

—¿Ni siquiera con Elena?

—No —la sonrisa desapareció del atractivo rostro.

Caragh no sabía qué decir por temor a provocarle enfado o tristeza. Por tanto le rozó disimuladamente la mano con los dedos y él se la tomó, entrelazando los dedos con los suyos.

Caminaron por el recinto del mercado y, por primera vez, él no se apartó de su lado. La calidez de la mano resultaba reconfortante y, por un instante, ella se imaginó que eran amigos. Cuando no estaba enfadado, ese hombre resultaba una compañía agradable.

Y también resultaba muy fácil bajar la guardia.

«Hallarás la felicidad cuando aprendas a apartarte de aquello que jamás podrá ser», las palabras de Iona resonaron en su cabeza.

¿Se referiría a eso la anciana? ¿Necesitaba apartarse de Styr y proteger su corazón? Cuanto más pensaba en ello, más verdad veía en las palabras de Iona. Si permitía que naciera la amistad entre ella y el vikingo, la peligrosa atracción podría transformarse en otros sentimientos. Sentimientos de celos, sentimientos que podrían recordarle cómo la había deseado Kelan.

Caragh soltó la mano de Styr y se concentró en el dolor de pies causado por las ampollas.

Siguieron su marcha. Styr habló con varios mercaderes más, pero nadie parecía haber visto a su esposa. Caragh se ofreció a hablar con las mujeres, pero él se negó a apartarse de su lado siquiera un segundo.

—No estás segura aquí sola sin protección.

Ella asintió, pues Styr, evidentemente, conocía las costumbres de los escandinavos mejor que ella. Además, varios hombres la habían mirado fijamente, siendo disuadidos únicamente por la presencia del vikingo.

¿Qué hacemos si Elena no está en la ciudad? —preguntó ella cuando hubieron terminado de inspeccionar el mercado.

—No lo sé —él sacudió la cabeza—. Si no encuentro mi barco…

—Hay otro lugar en el que podríamos buscar —Caragh suspiró.

Styr supo, sin necesidad de preguntar, a qué se refería. Se dirigió directamente a un transeúnte y le preguntó por el mercado de esclavos. El hombre señaló en una dirección. La tensión era visible en Styr. Si Elena había sido vendida como esclava, podría estar en cualquier parte, incluso en alguna tierra lejana. Podría no encontrarla jamás.

Caragh sintió un vacío en el estómago que pronto se llenó de un sentimiento de culpa. Pues, si Styr no volvía a ver a su esposa jamás, su matrimonio estaría acabado.

«Podría ser tuyo», susurró la voz del pecado.

Alzó los ojos y miró los cabellos iluminados por el sol y los ojos oscuros. No había otro hombre más fuerte y poderoso que él. Pero cuando la había tocado, había tenido la sensación de necesitar más de lo que él podría ofrecerle.

Sin embargo, no estaba bien siquiera pensar en ello. Caragh cerró los ojos y barrió de su cabeza los indecorosos pensamientos. Un hombre como Styr se merecía a la mujer que amaba. No a ella.

Cuanto más caminaban, más le dolían los pies, pero intentó ocultar su malestar, pues no solo buscaban a Elena, también a Brendan.

No había visto ninguna señal de su hermano y se preguntaba cada vez más si no se habría dirigido a otro lugar.

Atravesaron intrincadas callejuelas, se cruzaron con ganado y mucha gente y, al final, Caragh ya no supo dónde más podrían seguir buscando. Ella estaba acostumbrada a asentamientos pequeños con unas pocas docenas de habitantes. Pero allí se contaban por cientos. Quizás incluso miles.

Apretó los dientes con fuerza por el dolor de las

ampollas. No quería mostrar el menor rastro de debilidad. Al llegar al interior de la ciudad, vio el rincón de las subastas y una fila de hombres y mujeres encadenados. La mayoría era irlandesa, pero también había unos cuantos escandinavos, y también mujeres.

A pesar del frío reinante, los hombres iban desnudos salvo por una tela sujeta alrededor de la cintura que ocultaba sus partes. Supuso que el objeto era revelar su fuerza física. Las mujeres llevaban un informe *léine* marrón y los cabellos sueltos. Ante la visión de unos cuantos niños que aguardaban ser vendidos, a Caragh se le encogió el corazón. ¿Qué habría sucedido con sus familias? ¿Y por qué querría alguien vender a un niño?

Styr interrogó a uno de los escandinavos sobre Elena, pero Caragh era incapaz de apartar la vista de un niño que le recordaba a Brendan hacía unos años, cuando ambos solían jugar juntos como los críos que eran. Aunque su hermano había cometido graves errores en los últimos días, seguía siendo de su sangre. Y su vida dependía de lo que le hubiera sucedido a Elena.

—Estuvieron aquí hace unos días —Styr regresó. Su rostro reflejaba una gran amargura—. Al menos mis hombres. Pero Elena no. No vieron a ninguna mujer.

—Quizás hayan mentido.

—No tenían ningún motivo para mentir sobre ella.

Styr apretó los puños con fuerza, visiblemente frustrado. Aunque su expresión no revelaba sus pensamientos, ella sabía que se temía lo peor.

—No está muerta —le aseguró Caragh.

—No puedes saberlo y yo tampoco —Styr le agarró la mano en una silenciosa orden para que no hablara más del tema y la arrastró fuera del recinto. Caragh echó un último vistazo al crío, deseando poder salvarlo.

Sin embargo, no pudo demorarse, pues el vikingo había acelerado el paso hacia el noroeste.

—¿Adónde vamos? —preguntó ella mordiéndose el labio ante el dolor de pies.

—Sé dónde fue vendido uno de mis hombres. Sigue en la ciudad y voy a hablar con él para descubrir qué le ha sucedido a Elena —Styr la agarraba con fuerza y cruzó con ella el puente sobre el río Liffey.

—¿Está muy lejos? —preguntó Caragh, rezando para que no fuera así.

—A una hora, a no ser que nos demos más prisa —contestó él.

—Tenemos que estar de regreso al anochecer —Caragh echó una ojeada al sol del atardecer—. Mis hermanos…

—No me importan tus hermanos —espetó él—. Tú fuiste la que insistió en acompañarme. Y si se nos hace de noche antes de regresar, que así sea. Voy a encontrar a mi esposa, lleve el tiempo que lleve.

—Espero que los encontremos —aunque Styr

sonaba impaciente, a Caragh no se le escapó la nota de miedo en su voz—. Pero ¿podríamos descansar un poco? —le ardían los pulmones por el esfuerzo y los pies estaban empapados en sangre.

Styr se detuvo, aunque su gesto era de irritación por el retraso. Caragh se acercó al río y se quitó los zapatos. Después, hundió los pies en las gélidas aguas sintiendo un inmediato alivio. Al acercarse a ella, el vikingo vio los pies y su gesto cambió.

—¿Desde cuándo te sangran los pies?

—Hace una hora —ella se lavó la sangre y permitió que el agua fría calmara su piel irritada—. En unos minutos estaré bien. ¿Por qué no comemos algo y luego seguimos? —hacía horas que habían comido el pastel de carne y volvía a tener hambre.

—No vas a seguir caminando con esto —ignorando la sugerencia sobre la comida, Styr recogió los zapatos del suelo y comprobó que la suela estaba agujereada.

—No me queda más remedio —ella sacudió la cabeza.

—Te llevaré a cuestas —el vikingo le devolvió los zapatos y sacó uno de los pies de Caragh del agua. Lo secó con su ropa y examinó las ampollas. Ella dio un respingo de dolor.

—Si queremos estar de regreso al anochecer, tendré que caminar —Caragh le pidió los zapatos y él se los devolvió a regañadientes. A pesar del dolor, consiguió caminar cojeando durante un rato.

De repente, y sin previo aviso, Styr la tomó en sus brazos y continuó la marcha.

—Styr, no lo hagas. Esto no es necesario.

Pero fue como si no hubiera hablado. El vikingo continuó obstinadamente, escudriñando cada calle que atravesaban.

—Está a kilómetro y medio pasado el río.

—Eso es mucha distancia para llevarme en brazos —protestó ella.

—Caragh, mi perro pesaba más que tú.

El comentario hirió visiblemente los sentimientos de Caragh, aunque no dijo nada. Era muy consciente de lo mucho que había adelgazado, de lo cansada que estaba desde hacía meses. Ni siquiera tras capturar el enorme pez había sido capaz de comer más que una pequeña porción.

La hambruna la había cambiado, y no solo físicamente. Era consciente de la comida de una manera en que no lo había sido antes.

—Ya sé cómo estoy —contestó al fin—. Sé que estoy demasiado delgada.

Styr se detuvo y la depositó en el suelo.

—Nunca quise tener este aspecto —Caragh lo miró de frente y extendió los brazos—. Pero, por favor, no lo digas como si hubiese sido idea mía.

—Sé que no lo ha sido —el vikingo suspiró lentamente—. Pero tus hermanos no deberían haberte dejado atrás. Deberían sentirse culpables por lo que has tenido que sufrir.

—Ellos sabían que no podría aguantar el viaje en busca de comida —Caragh se encogió de hombros—. Y quizá fuera culpa mía. En ocasiones le daba a Brendan mi ración de comida —confesó con voz ronca al recordar la intensa hambre que sufría su hermano.

—Entonces él fue un cobarde por aceptar lo que era tuyo.

—No lo sabía —ella caminaba a saltitos para evitar pisar las ampollas, mientras Styr permanecía a su lado, ajustando el paso al suyo—. Le decía que ya había comido. Y a veces le decía que era comida de sobra.

El dolor del hambre se había ido mitigando hasta que había dejado de sentirlo. Ver sufrir a su hermano era demasiado duro, sobre todo si podía hacer algo para evitarlo.

Su madre había hecho lo mismo y, tras presenciar la desesperación de Brendan, había comprendido por qué, incluso aunque estuviera mal dejarse morir de hambre ella misma.

Y en esos momentos estaba pagando las consecuencias de sus actos. Era muy consciente de su extrema delgadez, y le preocupaba que los demás la vieran así.

—Come —Styr se detuvo de nuevo y le ofreció un poco de pescado seco.

—Pero, tú…

—Come —le ordenó—. Te juro por los huesos

159

de Thor que no volverás a pasar hambre. No como en estos últimos meses.

—¿Y cómo vas a lograrlo si mi hermano te robó el barco? Te quedan tantas monedas como a mí.

—Hay otras maneras —contestó él enigmáticamente tomando un poco de comida. Tras asegurarse de que hubiera comido una buena ración de pescado y pan, la tomó nuevamente en brazos.

—Styr, no quiero que me lleves en brazos.

—Cuando caminamos, ralentizas mi ritmo —contestó él.

Así pues, ella se lo permitió. Mientras atravesaban las calles de la ciudad, apoyó la mejilla contra el fuerte pecho. En sus brazos se sentía a salvo, como si pudiera olvidar sus preocupaciones y confiar en él.

Pero el miedo por su hermano no la abandonó. ¿Qué le había sucedido a Brendan? ¿Estaba vivo? ¿Le haría daño Styr? ¿Qué había sido de Elena?

Styr hablaba de Elena como un hombre que jamás cejaría en su búsqueda. Pero había algo más tras la fuerte determinación. Había casi una tristeza, una frustración que ella no alcanzaba a comprender.

—Cuando encuentres a tu esposa, yo me quedaré al margen —se ofreció Caragh—. No quisiera que ella pensara que yo… me he interpuesto entre vosotros.

—Elena sabe que jamás deshonraría nuestro

matrimonio —Styr ralentizó el paso y habló de nuevo con cierto tono de amargura que ella no logró interpretar.

—Bien —Caragh esperó a que él continuara—. Me imagino que se volverá loca de alegría al verte.

Sin embargo, la expresión en el rostro del vikingo, que se limitó a encogerse de hombros, estaba en desacuerdo con las palabras de Caragh.

—Es probable que me culpe por no haberla protegido —él continuó caminando, aunque no tan deprisa—. Y tendría razón.

—No fue culpa tuya —ella le acarició la mejilla, obligándolo a mirarla—. Estoy segura de que, cuando la encuentres, se alegrará tanto de verte que todo cambiará.

Styr no contestó. Tenía la mandíbula apretada, como si no creyese ni una palabra.

—Eres un buen hombre, Styr. Te mereces la felicidad que ella puede proporcionarte.

Aunque seguía sin contestar, el vikingo la sujetó con más fuerza y Caragh se permitió imaginar que era un abrazo y no el cumplimiento de un deber, pues estaba convencida de que, a pesar de sus rudos modales, era un hombre de honor.

En el rostro de Styr apareció la sombra de una culpa. ¿A qué se debía? No había hecho nada malo, incluso el beso había sido en contra de su voluntad.

¿Sería que su matrimonio no era tan sólido

como aparentaba que era? ¿De verdad iba a culparlo su esposa por haber permitido que la capturasen, por no salvarla?

Por el gesto taciturno de Styr, eso parecía posible.

Mientras seguían caminando, Caragh dio rienda suelta a su imaginación. Si estuviera desposada con un hombre como ese, no le echaría la culpa por el ataque.

Era evidente que sentía una gran necesidad de encontrar a Elena. Y esa fuerza que lo movía no hacía más que aumentar la atracción que Caragh sentía hacia él. Sin embargo, se cuidó mucho de revelarlo. Lo mejor sería enterrar los sentimientos inútiles que no conducirían a ninguna parte.

Al recordar sus fracasos en el pasado, sintió un gran remordimiento. Había sido muy confiada al creer en Kelan cuando este le había asegurado que solo la amaría a ella. Al final se había demostrado que no era así.

Le había hecho mucho daño y se había replegado para evitar cualquier avance de ningún hombre. Más introspectiva, jamás hablaba con hombres ni se permitía soñar con un futuro. Y durante la hambruna no quedó ni un segundo libre para pensar en matrimonio o familia.

Sin embargo, en esos momentos se hacía muchas preguntas. Había sobrevivido y no había motivo para abandonar sus sueños. En la ciudad había docenas de hombres. Hombres de cabellos negros y rostro atractivo, escandinavos de cabellos dorados como Styr. Hombres fuertes, hombres jóvenes, hombres que quizás estuvieran buscando esposa. O hijos.

La mente de Caragh se detuvo en el crío del rincón de las subastas. Hubo un tiempo en el que había deseado ser madre, sentir el tirón de unas manitas sobre su falda. Había soñado con besar la regordeta mejilla de un bebé y acunar a su hijo en brazos.

Ese futuro jamás lo tendría en Gall Tír, pero en la ciudad no se le antojaba tan imposible.

Una punzada de temor la atravesó, junto con la plena consciencia de lo delgada que estaba. ¿Conseguiría llamar la atención de algún hombre? ¿Merecía la pena quedarse más tiempo en Áth Cliath con la esperanza de conocer a alguien? Las voces de la duda le advirtieron que pocos hombres iban a querer a una mujer famélica sin nada que aportar al matrimonio.

—Hemos llegado —Styr se detuvo junto a una gran casa rectangular.

—¿Cómo lo sabes?

—Es justo como lo describió ese hombre —el vikingo señaló la puerta. Sobre el quicio se veía un rostro monstruoso y a su alrededor había más grabados en piedra. Unas intrincadas runas salpicaban la fachada.

—¿Qué vas a hacer? —preguntó ella.

—Si mi hombre, Onund, está aquí, estará entre los esclavos. Puede que esté trabajando fuera, o dentro de la casa.

—Deberíamos escondernos —propuso Caragh.

—Los vigilaremos hasta encontrar el momento de entrar —Styr le tomó la mano y la arrastró hasta la esquina de la casa. Ella obedeció y pegó los hombros a la fachada.

Esperó en silencio mientras los minutos avanzaban. Sospechaba que, de haber ido solo, Styr habría intentado saltar el muro para entrar en la vivienda. Pero no podía por culpa del lastre que arrastraba con él.

—Deberías intentar entrar —susurró ella—. Allí hay unos bloques de turba amontonados, puedo esconderme detrás.

—No pienso dejarte sola.

—Estaré bien —tras reflexionar un instante, Caragh insistió—, siempre que permanezca oculta. Y si algo sucede, gritaré.

—Podrían atraparte mientras yo estoy dentro —protestó él—. No te dejaré desprotegida.

—Si hay peligro, ambos seremos capturados —le recordó ella—. Lo mejor sería que uno de los dos se quedara atrás. Dame tu arma y, cuando compruebes que no hay peligro, vuelves a buscarme —sugirió—. Si no vuelves dentro de una hora, iré a buscar ayuda —sonrió con amargura—. Puedo volver cojeando a buscar a mis hermanos. Con suerte, llegaré por la mañana.

Por el gesto de Styr se notaba que se resistía a dejarla. Sin embargo, las palabras de Caragh estaban cargadas de sensatez y, soltando un suspiro, al fin asintió.

—Escóndete bien y no te vayas a ninguna parte.

Era evidente que no le gustaba el plan, pero tampoco veía ninguna alternativa. Caragh esperó hasta estar segura de que nadie miraba y entonces corrió hacia el montón de turba, haciéndose un hueco, agradecida de poder sentarse. Cuando estuvo bien oculta, Styr se acercó a la vivienda.

Caragh solo podía rezar para que el vikingo encontrara lo que había ido a buscar.

Ocho

—He venido a hablar con tu señor —se presentó Styr al esclavo que abrió la puerta, antes de bajar la voz—. ¿Está entre vosotros un esclavo alto llamado Onund?

—Lo está —la expresión del hombre se tornó confusa—, desde hace unos pocos días —parecía querer formular alguna pregunta, pero se contuvo.

—Hazle venir. Es uno de mis hombres. He venido para liberarlo.

—¿En serio? —se oyó una voz grave—. Qué palabras tan valientes de un Hardrata.

Styr vio aparecer a un hombre de entre las sombras. Era un poco más alto que él, de cabello negro y anchos hombros. Llevaba la barba muy recortada y aros dorados en los brazos. Los dedos estaban cubiertos de anillos y un pendiente colgaba de cada oreja.

—Conocí a vuestro hermano, Hakon —prosiguió el hombre—. Estáis muy lejos de Hordafylke.

—¿De qué conocéis a mi hermano?

—Fuimos amigos de niños. Hakon y yo navegamos juntos un tiempo antes de que yo viniera aquí. Soy Ivar Nikolasson —el hombre lo invitó a sentarse, pero Styr se mostró reticente. Aunque aseguraba conocer a su hermano, no estaba seguro de que no supusiera un peligro para ellos.

—Por vuestra expresión comprendo que no me habéis reconocido —Ivar ordenó a un sirviente ir en busca de Onund—. Quizás vuestro hombre os pueda confirmar que no maltrato a mis esclavos.

Styr aguardó varios minutos mientras Ivar insistía en que tomara asiento. El interior de la casa estaba dividido por paneles que ofrecían zonas privadas. El conjunto era calentado por una gran chimenea en el centro de la vivienda. El rico aroma de carne asada llenaba la atmósfera y por todas partes se evidenciaba la riqueza de Nikolasson. Había copas de plata y arcones decorados con marfil y oro. Sedas y pieles cubriendo los pequeños sillones, y el propio Ivar llevaba una túnica bordada con hilo de plata.

Después de una eternidad, Onund entró en la vivienda.

—Loados sean los dioses —exclamó el hombre aliviado al ver a Styr.

—¿Dónde está Elena? —preguntó el vikingo en un susurro.

—Saltó del barco para escapar —el rostro de Onund se tensó—. Ragnar fue tras ella.

—¿Sigue viva? —el estómago de Styr se encogió al imaginarse a su esposa en peligro—. ¿Dónde sucedió eso?

—Fuimos atacados por los daneses a unas pocas horas al sur de la ciudad. Elena y Ragnar intentaron nadar hasta la costa, pero ignoro si lo consiguieron —Onund agarró a Styr por el hombro—. He rezado a los dioses por su seguridad.

Styr asintió aunque estaba aturdido. Apenas oyó las palabras de su hombre.

—Y el resto fuimos apresados como esclavos —concluyó Onund, esperando inútilmente una respuesta por parte de Styr.

Las imágenes de Elena se mezclaban en su mente con las de Caragh. Recordó la noche que había caído al mar y su lucha por nadar. Elena no era muy buena nadadora. Si había saltado del barco sin duda se debía a que temía morir a manos del enemigo.

Se imaginó el fino cuerpo hundiéndose bajo el agua, las extremidades sin vida, y algo saltó en su interior.

—¿Y qué pasó con los otros hombres? —inquirió presa de una sed de venganza. El hermano de Caragh era el culpable de todo aquello y poco le importaba que solo tuviera diecisiete años. Por culpa de Brendan, sus hombres se habían convertido en esclavos y su esposa podría estar muerta.

—Sobrevivieron todos —contestó Onund—.

Nos trajeron aquí para ser vendidos. Conozco el paradero de unos cuantos.

—¿Cómo es posible que fuerais apresados por un puñado de críos irlandeses? —exigió saber Styr—. ¿Acaso no estabais entrenados para someter al enemigo?

—¿Qué querías, que mataran a Elena? —contestó furioso el esclavo cerrando los puños con fuerza—. Íbamos a atacar, pero ese chico amenazó con cortarle el cuello a Elena —hizo una mueca—. Y teníamos miedo de que fuera a hacerlo.

Ese crío se merecía una muerte lenta y dolorosa. Una furia desmedida anuló todo atisbo de piedad que pudiera haber sentido. Había puesto a Elena en peligro y Styr no podría perdonárselo jamás. En cuanto lo encontrara, le atravesaría el corazón con su espada.

Pero primero debía encontrarlo.

—Tu nuevo amo —empezó Styr—, ¿es de fiar?

—Creo que sí —el rostro de Styr se transformó en una mueca—. Pero yo soy un hombre libre, Styr. Me niego a vivir así.

—Me ocuparé de que te suelten —le prometió el vikingo—. En cuanto pueda.

Onund saludó con una inclinación de cabeza y se retiró.

—¿Tenéis un sitio en el que pernoctar? —Ivar se acercó a Styr—. Os ofrezco mi hospitalidad y de paso podríamos discutir sobre vuestros hombres.

De repente Styr se acordó de Caragh escondida tras el montón de turba. Bondadosa e inocente, esa mujer haría cualquier cosa por proteger a su hermano. No debía descubrir sus intenciones hacia él.

—Tenemos un barco —le contestó a Ivar—. Nos bastará.

—Pero tenemos muchas cosas que discutir esta noche. Sobre vuestros hombres y cómo acabaron convertidos en esclavos —insistió Ivar—. Cenad con nosotros y compartid nuestra casa.

—¿Y qué pasa con mis compañeros irlandeses? —se aventuró él.

—Ellos también son bienvenidos —el otro hombre echó una ojeada hacia la puerta—. Supongo que estáis hablando de la mujer que se oculta ahí fuera.

Ante la mirada perpleja de Styr, continuó.

—Tengo hombres apostados en el tejado. Soy un hombre rico y protejo mis bienes.

Styr asintió y salió de la casa sin apartar la mano de su espada. Caragh permanecía oculta y, tras ayudarla a ponerse en pie, lo acompañó cojeando a la casa.

—¿Qué has averiguado? —inquirió ella.

—Algunos de mis hombres están aquí —sin embargo omitió el resto de la información que tenía, sobre todo la concerniente a Elena.

Era poco probable que su esposa hubiera sobrevivido. Sabía de sobra lo peligroso que era nadar hasta la orilla. El intenso frío del mar irlandés, junto con sus escasas dotes para la natación, habrían hecho que se ahogara muy fácilmente.

—¿Y tu esposa? —insistió Caragh—. ¿Saben dónde está?

—Voy a liberar a Onund —el vikingo sacudió la cabeza—, y espero que pueda mostrarme el lugar donde Elena… desapareció —se negaba a hablar de su muerte, como si admitirlo lo volviera más cierto. Sin embargo, internamente estaba hecho un amasijo de rabia y dudas.

—Espero que esté a salvo —ella lo miró preocupada.

—Por el bien de tu hermano, yo también lo espero —a Styr no le importó lo brusco que sonaba. Caragh debía comprender que no mostraría misericordia con quien amenazara a su familia.

—No es más que un niño, Styr —Caragh palideció y entrelazó los dedos.

—No —Styr no estaba dispuesto a aceptar ninguna excusa sobre ese joven—. Planeó atacarnos y, por su culpa, mis hombres han sido vendidos como esclavos —le tomó la mano y la condujo al interior de la casa—. Créeme, si ha ganado algo con la venta de mis hombres, va a perder hasta la última moneda. Y si mi esposa está muerta…

No consideró necesario pronunciar una palabra más, ni se molestó en ocultar la frialdad en su voz.

—Es un crío —insistió ella bajando la mirada.

Styr hizo las presentaciones. Ivar deslizó una apreciativa mirada por el cuerpo de Caragh, que enrojeció, irritando profundamente al vikingo. Ivar era un hombre mucho mayor que Caragh y que, seguramente, había disfrutado de innumerables mujeres. Pero Styr no iba a permitir que esa joven fuera una más. Era evidente lo que pensaba el otro hombre y deseó poder borrar la sonrisa de su rostro.

«La deseas», se burló de él su cuerpo. «Te resulta hermosa y no quieres que otro la tome».

«Mentira», respondió su mente. «Elena conserva toda mi lealtad y siempre lo hará».

Styr ocultó sus emociones con no poco esfuerzo. Caragh era una hermosa doncella sin desposar. ¿Qué le importaba a él que sonriera a otro vikingo? ¿Qué le importaba si había llamado la atención del hombre? Podía hacer lo que quisiera, a él le daba igual.

«Mentiroso», respondió su cuerpo.

—¿Es vuestra mujer? —preguntó Ivar en la lengua irlandesa para que ella pudiera entenderle.

—Yo soy mi propia mujer —contestó ella antes de que Styr pudiera abrir la boca—. No pertenezco a ningún hombre.

—Bien dicho —la sonrisa que curvó los labios del escandinavo estaba cargada de interés y deseo—. Si gustáis, os invito a comer con nosotros.

El ligero énfasis que puso en la palabra «gustáis», hizo que Styr se llevara la mano a la espada. No le cabía la menor duda de que su intención era gustar a Caragh de otra manera.

Su humor empeoró más aún.

—¿Desearíais refrescaros un poco? —le ofreció Ivar, deslizando la mirada por el vestido azul—. Mis esclavos os ofrecerán otra ropa mientras se ocupan de lavar esa. Siempre, claro está, que no os importe probaros la ropa de nuestras mujeres.

—Sois muy amable —sonrió Caragh.

—No hay de qué —en la lengua escandinava ordenó a sus esclavos que calentaran agua para un baño.

—Le gustas —susurró Styr en cuanto Ivar se hubo alejado lo suficiente—. No me agrada.

—¿Y por qué debería molestarte? —Caragh lo miró furiosa.

—No me fío de él —Styr le tomó la barbilla con una mano—. Los escandinavos acostumbran a tomar lo que desean.

—Hasta ahora solo me ha tratado con amabilidad —ella apartó la mano del vikingo—. A diferencia de otros que amenazan a mi hermano.

—Cuidado, Caragh —Styr le agarró la muñeca antes de que pudiera alejarse de él. Tanta inocencia podía acabar por crearle problemas y no quería que le sucediera nada malo.

—Suéltame —ordenó ella con gesto serio.

Le tocó la mano y lo miró como si fuera él la

amenaza. ¿Acaso no comprendía lo vulnerable que era? Cualquier hombre podría abalanzarse sobre ella sin que pudiera hacer nada por resistirse.

El gesto desafiante le hizo querer llevársela de esa casa de inmediato. Intentaba atraer al escandinavo y lo estaba atormentando a él, dejándole claro que no iba a poder evitarlo.

Styr apretó los dientes, pero al fin soltó a Caragh. Ella lo miró como si no lo reconociera.

—¿Es este el hombre en el que te has convertido? —susurró—. Pensaba que tenías más honor.

Sin esperar respuesta siguió a una mujer a la parte trasera de la vivienda.

—¿Estáis seguro de que no es vuestra? —insistió Ivar cuando la joven se hubo marchado.

—Soy su guardián —Styr quiso mentir, simplemente para mantenerla alejada de ese hombre—. Y haréis bien en no olvidar que haré cualquier cosa para que ningún hombre la lastime.

—Es muy hermosa —sonrió el escandinavo—. Aunque parece delicada.

—Durante el último año ha sufrido por la hambruna. Cuando la encontré, estaba casi muerta de hambre.

—Entonces procuraremos que esta noche coma bien —la atención de Ivar se desvió hacia la estancia en la que habían entrado las mujeres. El propio Styr se sintió distraído por las voces femeninas y el sonido del agua.

Aunque delgada, a Caragh no le faltaban curvas. No le habían pasado desapercibidas la suave sinuosidad de los pechos apretados contra él. Era una mujer que muchos hombres desearían poseer.

Sobre todo un hombre como Ivar.

Suprimió un rugido de ira. Caragh tenía razón, no era de su incumbencia. Pero la mirada reflejada en los ojos de Ivar lo llevaba al límite de la paciencia, y no sabía por qué. Apenas oía lo que le estaba diciendo, aunque sí captó el nombre de su hermano.

—¿Cuándo abandonasteis Hordafylke? —preguntó Styr.

—Hace seis años. Vinimos a mercadear, pero yo decidí quedarme —asintió a su alrededor—. Vine a hacer fortuna, y así ha sido. Ya es hora de que elija una esposa y empiece a tener hijos —los ojos de Ivar se desviaron de nuevo hacia el panel tras el que se encontraba Caragh—. Para no reclamarla como vuestra, parecéis mostrar un gran interés.

—Ella toma sus propias decisiones —Styr desenfundó el puñal y lo examinó—. Pero eso no significa que no intente impedir que tome las decisiones equivocadas.

—Que así sea —Ivar asintió.

—Hace unos días comprasteis algunos esclavos —Styr probó un sorbo del vino que Ivar le había servido—. Eran miembros del *hird*, hombres libres capturados y vendidos por los daneses.

—Hemos tenido problemas con ellos —admitió el otro hombre—. Han sido vistos a lo largo de la costa atacando nuestros navíos. Algunos creen que habrá otra invasión —observó a Styr detenidamente—. Supongo que deseáis recuperar a vuestros hombres.

—Sí —aunque sobre todo lo que deseaba era encontrar a Elena. Y también ejercer su venganza sobre quienes se la habían llevado.

—Y creeréis que los liberaré sin más, a pesar de la plata que pagué —Ivar sonrió.

—Podría retaros a cambio de su libertad —ofreció Styr. La idea de blandir la espada contra Ivar se le antojaba un medio para liberar la frustración física que sentía. No le importaría en absoluto pelearse.

—Hay otras cosas que poseéis y que podríais utilizar como moneda de cambio por vuestros hombres —observó el otro hombre.

—No —Styr supo exactamente a qué se refería.

—Dejad a la mujer a mi cuidado —continuó Ivar con calma—. Si ella accediera a concederme sus atenciones, le daría todo lo que me pidiera. Y vuestros hombres quedarían libres.

—No dejaría ni a un perro a vuestro cuidado, Nikolasson —respondió Styr. Antes de que pudiera pronunciar otra palabra, Caragh apareció de nuevo.

Las mujeres le habían puesto un vestido rojo brillante con unos broches dorados que sujetaban los tirantes de un sobrevestido blanco. Su cabello seguía mojado, pero lo habían recogido en una trenza y sujetado con unos peines de plata. El cuello estaba adornado con un cordón dorado. Se movía lentamente para ocultar la cojera.

Ivar se puso en pie sin disimular una sonrisa complacida. Caragh mantenía una pose digna, pero se notaba que estaba nerviosa.

—Estáis impresionante, *kjære* —observó el escandinavo ofreciéndole su brazo. La condujo hasta una mesa baja y le ofreció asiento sobre un cojín de seda. Styr no sabía qué le pasaba, pero de inmediato se sentó junto a ella.

—Vuestro protector es como un hermano mayor ¿verdad? —observó Ivar divertido.

—No es mi hermano —contestó ella con glacial ira.

Styr se preguntó hasta qué punto comprendía la joven el juego al que jugaba Ivar. Nikolasson no era de los que permitían a una mujer coquetear con él sin responder.

El vikingo le tomó una mano bajo la mesa y la apretó en señal de advertencia. Sin embargo, Caragh se soltó a la vez que lo fulminaba con la mirada.

—Me gustáis, Caragh Ó Brannon —admitió Ivar—. Sois muy parecida a las mujeres de mi tierra.

—No soy tan alta como ellas —Caragh aceptó el vino que le ofreció y tomó un sorbo.

—Pero sois hermosa y valiente —el otro hombre cortó una porción de cordero y se lo ofreció—. Estoy ansioso por saber más de vos.

—Estábamos hablando de mis hombres —Styr no tenía dudas acerca de las ansias de Ivar, pero no estaba dispuesto a dejar a Caragh en sus manos—. Negociábamos su libertad.

—¿Qué otra cosa podéis ofrecerme? —aunque la pregunta iba dirigida a Styr, Ivar no apartó los ojos del cuerpo de Caragh.

—Ella no forma parte de nuestra negociación —insistió el vikingo, apretando con más fuerza la mano de Caragh.

Ivar se encogió de hombros y ofreció su mano a la joven.

—Habéis despertado mi interés, mi dama. Si desearais que fuésemos… amigos, no tenéis más que decirlo. Y si me pedís que libere a esos hombres, os concederé el deseo.

—A ella no le interesa —bufó Styr.

—Me gustaría que liberarais a sus hombres —Caragh bajó la mirada—. Pero porque se trata de lo correcto, no porque os lo pida yo.

—Si lo hiciera, estaríais en deuda conmigo —el escandinavo la contempló de nuevo y retiró la mano.

—No soy la clase de mujer que ofrece sus favores a cambio de la vida de ningún hombre —Caragh se cruzó de brazos mostrando su insatisfacción ante la propuesta.

Bien dicho. Nikolasson se merecía una respuesta como esa. Styr se alegró de oírle rechazar los avances del hombre.

—No quise decir eso. Simplemente me gustaría conoceros mejor. Quizás haceros algún regalo que complementara vuestra hermosura.

—No soy hermosa —contestó ella.

Aunque muchas mujeres habrían contestado lo mismo, Styr comprendió que Caragh lo creía realmente. Era como si alguien se lo hubiera dicho repetidamente y la idea lo irritó.

—Entonces estáis ciega —respondió Ivar mientras le ofrecía nuevamente la mano, que Caragh aceptó tras unos instantes de titubeo. La confusión le nubló la mirada y, cuando la dirigió hacia Styr, este apartó la suya.

Era una mujer hermosa, pero, sobre todo, fuerte. Había peleado para sobrevivir, y su valentía era mayor que la de ninguna mujer que hubiera conocido. Tras la frágil belleza se escondía una mujer que había soportado más que la mayoría.

Aun así, lo que la hacía destacar por encima de los demás era su bondad. No tenía la menor duda de que los irlandeses no le habrían hecho prisionero. Los hombres como Kelan habrían disfrutado matándolo.

Styr estaba vivo gracias a ella.

«Y a pesar de ello quieres matar a su hermano», le recordó su conciencia.

—¿Qué os ha traído a nuestra ciudad? —inquirió Ivar—. ¿Fue vuestro… protector?

—Vine en busca de mi hermano —Caragh sacudió la cabeza y, antes de que el otro hombre pudiera formular más preguntas, procedió a describir a Brendan—. ¿Lo habéis visto entre los demás? —su rostro revelaba la preocupación que sentía—. Solo tiene diecisiete años.

—Entonces ya no es un niño.

Eso era justo lo que opinaba Styr, aunque era evidente que su hermana sí le consideraba un crío.

—Tengo que encontrarle —insistió ella—. Por eso he viajado hasta aquí.

—Mañana por la mañana se celebra una asamblea —le informó Ivar—. Puedo preguntar entre mis amigos.

—¿Lo haríais? —el rostro de Caragh se iluminó de alivio—. No tengo ni idea de por dónde empezar, y si pudieseis ayudarme…

—Lo haría, desde luego —sonrió Ivar.

—Gracias —susurró ella sonriendo a su vez.

¿Acaso no comprendía lo que estaba sucediendo allí?, pensó Styr irritado, pues él sí sabía lo que buscaba Ivar. Sin embargo, Caragh parecía ignorante ante el interés de ese hombre. Incluso parecía alentarlo. Una gran tensión lo invadió. No quería que nadie la persiguiera o la tocara.

Desterró los pensamientos de su mente como si alguien le hubiera propinado un puñetazo en el estómago. No debería importarle. Caragh era libre para tomar sus propias decisiones, y él no tenía derecho a cuestionarlas.

Aun así, los celos se abrieron paso en su interior. Rechazó el indeseado sentimiento y redobló sus esfuerzos por controlarse. No había motivo alguno para estar enfadado con Ivar. El hombre no le había hecho nada a Caragh y, si ella mostraba interés por sus avances ¿por qué, en el nombre de Thor, debía importarle?

«Déjalo estar», se advirtió a sí mismo—. «Piensa en Elena. Tu esposa».

Sin embargo, al apartar las imágenes de Caragh de su mente, los recuerdos que resurgieron de su esposa no fueron felices:

Le había hecho el amor a Elena e intentaba atraer su cálido cuerpo hacia sí. Deseaba que ella lo abrazara, que yaciera junto a él hasta dormirse. Sin embargo, ella se había deslizado hasta el extremo opuesto de la cama, sin mirarlo siquiera. Casi como si se avergonzara de lo que acababan de hacer. O peor aún, como si no hubiera disfrutado.

Un oscuro escalofrío le había congelado el corazón y se había apartado de ella.

—Eres infeliz ¿verdad?

La ausencia de respuesta había sido suficientemente elocuente.

—Le haré una ofrenda a Freya…

—No te molestes —le había interrumpido ella—.

No servirá de nada y lo sabes. Jamás tendremos un hijo.

—No digas eso —Styr se había abrazado a ella—. Lo seguiremos intentando.

—Ya lo intentamos. Todas las noches —se había quejado ella—. Estoy harta, Styr. No quiero seguir intentándolo más.

Al fin ella se había vuelto hacia él. A la luz de la luna se adivinaban las lágrimas que corrían por sus mejillas.

—¿Tienes idea de lo que es ser la única mujer casada que no tiene hijos? Año tras año los veo mirarme con lástima.

—Entonces nos marcharemos de aquí, si es eso lo que quieres.

—Yo ya no sé lo que quiero —había concluido ella.

Sin embargo, a Styr no le cabía duda de que había una cosa que ella sí sabía que quería, o mejor dicho no quería: a él. Enfrentado al rechazo, había esperado que la distancia y el tiempo redujeran la brecha que se había abierto entre ellos.

Quizá cuando la encontrara se alegaría tanto de verlo que podría ser la solución a sus problemas, ofreciéndoles un nuevo comienzo. Necesitaba creerlo.

Styr miró nuevamente a Caragh. En sus ojos reconoció el reflejo de lo que una vez había sido su esposa. Hermosa y seductora, con la esperanza reflejada en su mirada.

Deseaba volver a ver así a Elena. Ya no quería vivir una vida en la que ella estuviera atormentada por su esterilidad. Quería verla sonreír, verla feliz.

—¿Podría utilizar a uno de vuestros esclavos para transmitir un mensaje? —le preguntó a Ivar. Se había hecho tarde y necesitaba contactar con los hermanos de Caragh—. Alguien que esté familiarizado con esta ciudad y que sea capaz de encontrar a los hermanos de Caragh.

—Podríais acompañarle vos mismo —sugirió Ivar.

En otras palabras, dejarle solo con Caragh.

—¿Qué clase de guardián sería?

—Ella sabe que no le causaré ningún daño —el escandinavo se encogió de hombros y adoptó un aire de desconcierto—. ¿Verdad, *kjære*?

—Os conozco solo desde hace una hora —contestó ella—. Es demasiado pronto para saberlo.

—Que así sea —Ivar parecía divertido por la respuesta—. Tendré que seguir demostrándolo ante vos —por la expresión de sus ojos, parecía ansioso por hacerlo.

—Styr permanecerá como mi guardián mientras enviáis a un hombre al puerto de Dubh Linn. Prometí reunirme con ellos al caer la noche —Caragh describió a sus hermanos al esclavo elegido—. Por favor, corre y pídeles que vengan aquí. ¿Podríamos cobijarnos en vuestra casa esta noche? —añadió volviéndose a Ivar.

—Me encantará ofreceros cobijo —el escandinavo concluyó la frase llevándose la mano de Caragh a los labios para besarla.

Styr se levantó, incapaz de soportar la escena ni un segundo más.

Caragh se sonrojó al sentir los labios de ese hombre sobre su piel. Era mayor, pero poseía un carisma que resultaba muy atractivo. Su rostro aparecía surcado por varias cicatrices que le hacían parecer más interesante, menos peligroso.

Caragh miró a Styr, que parecía estar muy lejos de allí. Tenía la mirada fija en la puerta por la que había salido el esclavo, como si deseara acompañarlo y dejarla sola allí. Su esposa aún no había aparecido y no había manera de saber si estaba viva o no.

Pronunció una silenciosa plegaria para que Elena siguiera viva. No solo por el bien de su hermano, sino también por Styr. Por la pose del vikingo, era evidente que estaba tenso y preocupado, un hombre atormentado por un destino que escapaba a su control.

Mientras Ivar hablaba con uno de sus esclavos, Caragh se acercó a él, pues era evidente su necesidad de consuelo.

—Aún hay esperanzas para Elena. Después de encontrar a Brendan, recorreremos la costa. Haré todo lo posible por ayudarte.

El rostro de Styr era indescifrable y su silencio aumentaba la distancia entre ellos. Caragh le tocó el brazo con la esperanza de tranquilizarlo. La mano de Styr cubrió la suya, apretando con fuerza.

—Tu hermano deberá pagar por lo que hizo.

—Lo que hizo estuvo equivocado, cierto, pero ¿ni siquiera por mí serías capaz de perdonarlo?

—No soy un hombre que sepa perdonar —las emociones reprimidas daban a Styr un aspecto lúgubre—. No está en mi naturaleza.

Un millar de súplicas ascendieron a los labios de Caragh, pero dudaba mucho que él quisiera escucharla. La mano del vikingo seguía sobre la suya y decidió tomarle la otra. Las grandes y cálidas manos cubrieron las suyas y ella lo miró a los ojos, suplicándole en silencio para que se ablandara.

Pero, en lugar de suavizar sus ansias de venganza, el contacto físico ejerció un efecto totalmente diferente sobre él.

—No te fíes del escandinavo, Caragh —Styr la agarró por sorpresa y la atrajo hacia sí—. Puede parecer amable, pero te desea en su lecho.

Las palabras le provocaron un estremecimiento conjurando múltiples imágenes en su mente. Una inesperada visión surgió en su cabeza, una imagen de cómo sería yacer con un escandinavo como Styr.

Era un hombre que tomaría lo que deseara, apretando su ardiente cuerpo contra ella. Su boca la tomaría sin piedad, sus manos arrasarían su piel desnuda.

Ante la simple idea, Caragh sintió un profundo dolor entre las piernas y sus pechos se irguieron sensibles contra el vestido rojo.

«No es para ti y nunca lo será».

Styr mantuvo la mirada fija sobre ella unos instantes más, como si pudiera leerle la mente. Caragh no fue consciente de que estaba conteniendo la respiración hasta que se apartó de ella para acercarse a Ivar.

El otro hombre llevaba con él unos dados, fabricados en hueso. Aunque no era la primera vez que veía jugar a los hombres, entre esos dos había algo que no alcanzaba a comprender.

Tras lanzar los dados varias veces, Styr iba ganando. El montón de monedas que tenía junto a él aumentaba progresivamente, al igual que el mal humor de Ivar. Caragh se acercó un poco más y su presencia pareció aumentar la tensión de la partida.

—¿Os gustaría aumentar la apuesta? —sugirió Ivar, sin apartar la mirada de Caragh, quien no estaba segura de si le hablaba a Styr o a ella.

—¿Qué apuesta? —contestó Styr.

—Una tirada más. El ganador recibe un beso de la dama —la expresión de Ivar se volvió tórrida y Caragh tuvo que hacer un gran esfuerzo para no desviar la mirada.

Le estaba ofreciendo una oportunidad para negarse, pero ella se sentía incapaz de hablar.

Lo cierto era que se moría de ganas de besar de nuevo a Styr, por equivocado que estuviera. Su piel se tensó al pensarlo, aunque era consciente de que él no lo aceptaría de buen grado. Incluso el simple hecho de sugerirlo estaba mal.

Sin embargo, la tentación era demasiado fuerte para rechazarla.

—No —contestó Styr en el preciso instante en que ella asentía en señal de aceptación.

La sonrisa de satisfacción de Ivar revelaba que había buscado un motivo para besarla y que ella le había ofrecido la oportunidad para intentarlo.

Por el rabillo del ojo percibió la ira de Styr. Una ira palpable, como si acabara de cometer un pecado imperdonable.

Pero no estaba preparada para la oscura mirada que apareció en sus ojos cuando Ivar ganó la partida. Ni estaba preparada para el inesperado ardor del otro hombre al capturar sus labios. No dudó en revelarle su deseo acariciándole la espalda y atrayéndola hacia sí mientras la besaba. Sin embargo, cuando intentó deslizar la lengua dentro de su boca, ella lo rechazó.

Con el rostro ardiendo de vergüenza por lo que acababa de hacer murmuró algo sobre sus hermanos y se alejó de ambos. Su mente estaba envuelta en una tormenta de incertidumbre.

¿Había intentado demostrarle algo a Styr? ¿Con qué propósito?

Styr pertenecía a otra mujer y mostraba devoción hacia ella. Pedirle que traicionara a Elena había estado mal, pues él jamás haría tal cosa y, aunque no hubiera estado casado, jamás buscaría a una mujer como ella.

Caragh apoyó la frente contra la pared, oculta entre las sombras. Si alguno de los esclavos la vio, la evitó. Deseó poder ser engullida por esa pared, y lamentaba profundamente el impulso. Había hecho pensar a Ivar que recibía de buen grado su interés, y había enfurecido a Styr.

Empezaba a cuestionar sus decisiones, pues se estaba comportando como una mujer desesperada. Nada que ver con ella misma.

Un momento más tarde, una corpulenta presencia invadió su espacio, presionándola contra la pared. Desde el momento en que la tocó, supo que no era Ivar.

Styr la inmovilizó, atrapándola contra la pared. El ardor de su cuerpo y la sensación de impotencia atraían y asustaban a Caragh a partes iguales.

—Suéltame —le exigió.

—¿Tienes la menor idea de lo que estás haciendo? Acabas de darle un motivo para deslizarse en tu lecho esta noche —la agarró con fuerza por las muñecas.

—¿Y por qué iba a importarte? —furiosa ante los evidentes celos de Styr, se enfrentó a él—. Ambos sabemos que no hay nada entre nosotros.

—No me apartes, Caragh —él no la soltó—. Si no estuviera aquí para defenderte, te forzaría —deslizó las manos hasta la cintura de la joven—. Te sometería en segundos.

—¿Igual que estás haciendo tú ahora mismo? —lo desafió ella hablando en poco más que un susurro. Poniéndose de puntillas, posó las manos sobre las mejillas de Styr—. Puede que creas que intentas protegerme al demostrarme lo fácil que sería someter a alguien tan frágil como yo.

Y con un fuerte empujón, Caragh se soltó.

—Pero lo único que consigues es hacerme sospechar que no estás tan unido a tu esposa como afirmas.

—No tienes ningún derecho a decir algo así —Styr la miró intensamente.

—Y tú no tienes ningún derecho a tratarme así —concluyó ella—. Espero que mis hermanos regresen pronto, porque no me siento muy segura contigo tampoco.

Nueve

Un cuchillo acarició la nuca de Styr.

—Empiezo a no sentirme tan inclinado a ofreceros mi hospitalidad, Hardrata —Ivar mantenía el pulso firme—. Sobre todo cuando amenazáis a uno de mis invitados.

Styr no contestó, pero sí alzó los brazos, permitiéndole así a Caragh escapar. No intentó negar lo que había hecho, aunque su intención había sido de advertencia, no de amenaza. Un ser inocente como Caragh no comprendía lo que había desatado al besar al escandinavo.

¿De verdad deseaba a ese hombre o tenía otros motivos?

El cuchillo abandonó su cuello y Styr se volvió lentamente.

Caragh permaneció entre ambos.

—No me estaba amenazando —explicó—. Styr me advertía sobre el peligro de colocarme en una posición potencialmente peligrosa.

Hablaba con tranquilidad, como si nada hubiera sucedido. Como si no hubieran discutido.

—Soy consciente de que tenía razón —lentamente, ella le quitó el cuchillo a Ivar—. Como mujer que soy, no debería haberme marchado de la estancia sola.

—Nadie en esta casa os haría ningún daño —contestó el otro hombre—. ¿Os ha… molestado? —por la amargura en su voz, parecía que a Ivar no le hubiera importado tener que matarlo.

El sentimiento era mutuo, pues ver a Caragh sonreír a ese escandinavo, relajarse ante su beso, había despertado en Styr un salvaje sentimiento posesivo, aunque no comprendía por qué lo irritaba tanto.

—Estoy bien —Caragh apoyó una mano en el brazo de Ivar y contempló a Styr como si le advirtiera de que se mantuviera alejado.

Durante la siguiente hora, Styr permaneció en silencio mientras Ivar le contaba a Caragh historias sobre su tierra. Contó historias sobre aventuras y le mostró tesoros de plata y oro. Los ojos de Caragh brillaban y una sonrisa permanecía fija en sus labios.

Pero cada vez que miraba a Styr, él percibía cierta inquietud en los ojos de color violeta. Sin duda tenía miedo de lo que pudiera hacer cuando encontrara a su hermano. Lo cierto era que ni siquiera él lo sabía. El instinto lo empujaba hacia el camino de la venganza, pero cuando pensaba en el dolor que le iba a causar a ella, se le encogía el estómago.

Los sentimientos de una mujer no deberían importar. Y sin embargo, se sentía dolorosamente consciente de cada movimiento de la joven, de cada palabra que pronunciaba.

Y eso podía ser más peligroso que cualquier otra cosa.

Cuando sus hermanos llegaron más tarde aquella noche, Styr se apartó de ellos hasta que Ronan lo abordó.

—¿Qué habéis averiguado? —le preguntó Styr.

—Tu barco fue tomado por los daneses —contestó Ronan, confirmando lo que le había contado Onund—. Mi hermano y tus hombres fueron vendidos como esclavos —asintió hacia Ivar—. Tengo entendido que has encontrado a alguno de ellos.

—Seguimos buscando a tu hermano —Styr le ofreció la información que tenía.

—¿Y qué pasa con ese? —Ronan asintió con la mirada fija en Ivar y Caragh—. Pareces permitir que pase mucho tiempo con nuestra hermana.

—Es elección suya —Styr se volvió hacia Ronan, considerando si debía contarle la verdad sobre Elena. Le había permitido llegar a conclusiones falsas sobre

Caragh y él y, aunque seguía deseando poder disponer del barco, quizás hubiera llegado el momento de romper su alianza.

Pero antes de que pudiera decir nada más, Onund se acercó a ellos con otros tres hombres de Styr.

—Mañana se celebrará una ceremonia —les informó el esclavo—. Se han avistado muchas naves aproximándose a la costa y los hombres pretenden invocar a Volva con el fin de que prediga si los daneses van a atacar o no.

—Las mujeres han empezado a moler cebada —intervino otro de los hombres—. Ivar va a celebrar una fiesta y a ofrecer sus propios sacrificios.

—¿Tiene intención de sacrificar a algún esclavo?

Aunque los animales solían ser el objeto más habitual de sacrificios a los dioses, en ocasiones también se celebraban sacrificios humanos.

—No lo ha mencionado —Onund miró a sus compañeros con gesto indescifrable.

Lo cual significaba que era una posibilidad.

Styr sabía que en momentos de gran peligro, se exigían grandes sacrificios, pero sus hombres no deberían estar entre los sacrificados. Habían perdido su libertad porque él había sido incapaz de proteger a Elena.

—Mañana por la mañana seréis liberados —le aseguró a Onund apoyando una mano en su hombro y apretándolo afectuosamente—. Te lo juro por la sangre de Odín —sostuvo la mirada de su hombre, a pesar de que no tenía ni idea de cómo iba a llevar a cabo su liberación. Tenía que negociar con Ivar, pero antes entregó a cada uno de ellos una de las monedas de plata que había ganado jugando a los dados.

—¿Tienes algún plan? —cuando los hombres se hubieron marchado, Ronan se acercó a él.

—Tengo planeado liberarlos —Styr no dio ningún detalle más, sabedor de que Ronan desconocía la lengua escandinava.

—¿Y qué pasa con nuestra hermana? ¿Has cambiado de opinión sobre ser su protector?

—Hay docenas de hombres, irlandeses incluso, que la protegerían mejor —Styr evitó la verdadera respuesta. «Hombres solteros que le ofrecerían la clase de vida que se merece».

—He visto cómo te mira —Ronan lo miró a los ojos—. No ha mirado así a ningún hombre desde hace más de un año.

El vikingo no tenía respuesta. Sería mucho mejor si Caragh lo viera tal y como era en realidad: un hombre cuyo único objetivo era la venganza.

—Y tú la miras igual —insistió Ronan—. Dada la inminente invasión, creo que sería buena idea establecer alianzas. Podrías vivir en Gall Tír, y uniríamos nuestras fuerzas.

—No puede haber unión posible entre Caragh y

yo —no podía seguir dándole falsas esperanzas. Ese hombre se merecía la verdad—. Te ayudaré a buscar a tu hermano, mientras yo busco al resto de mis hombres. Después me marcharé.

—Entonces le romperás el corazón —el hermano de Caragh lo miró con frialdad.

—Ella siempre ha sabido que no podía haber nada entre nosotros. Yo fui su prisionero. Pagué mi deuda al salvarle la vida. Estamos en paz.

—No eres más que un *Lochlannach* bastardo —contestó el otro hombre agarrándole del cuello.

Styr atrapó la mano de Ronan y lo empujó contra la pared. Ya estaba de bastante mal humor y no necesitaba que ningún hombre le dijera lo que debía hacer.

—No sigas —intervino Caragh colocándose entre ellos y empujando a Styr con un gesto que denotaba cierto temor.

Quizás haría bien en tener miedo. El vikingo suspiró. No lamentaba las palabras que había dirigido a Ronan. Lo mejor sería dejarla en paz para que pudiera proseguir su vida.

Los cabellos de Caragh estaban recogidos a un lado, revelando parte de su pálida piel. A la luz de las llamas vio que tenía la carne de gallina. Que fuera por el frío o por la incomodidad que le generaba su presencia, lo desconocía. Sin embargo, le entregó su capa y regresó al fondo de la estancia. Caragh le dirigió una última mirada y se ajustó la capa.

Styr buscó un rincón donde dormir, sin soltar el hacha, pues no se sentía seguro en esa casa.

Caragh estaba sentada en la oscuridad con las piernas encogidas. La preocupación le impedía dormir. Desde el otro lado de la estancia oyó pisadas que se aproximaban.

—Mi señor os pide que lo acompañéis —susurró una esclava en un buen irlandés.

—¿Por qué? —Caragh se sintió inquieta.

—Sabe que no podéis dormir. Desea haceros una oferta e invitaros a un poco de vino especiado que os ayudará a conciliar el sueño.

No se fiaba de ese hombre. Si bebía vino, le nublaría la razón. Lo vio sentado al otro lado de la habitación. Aunque oculto en las sombras, se adivinaban sus intenciones.

Caragh aún llevaba la capa de Styr sobre los hombros. Esa capa desprendía el aroma del vikingo y le hacía sentirse más segura. Sujetándola con fuerza sobre su cuerpo, supo que no iba a aceptar la invitación de Ivar.

Se levantó del camastro con una profunda sensación de inquietud y optó por no seguir a la sirvienta, que susurró una protesta que ella ignoró. De puntillas, pasó junto a sus hermanos y se dirigió hacia el único hombre que le hacía sentirse segura.

Styr dormía en el rincón más alejado de la casa

con el hacha en una mano. En cuanto ella se arrodilló a su lado abrió los ojos.

Caragh le tapó los labios con un dedo, en una silenciosa súplica para que no hablara y, sin pedir permiso, se tumbó a su lado sobre el frío suelo, desabrochó la túnica y tapó al vikingo con ella.

—¿Qué haces aquí, Caragh? —Styr se apretó contra ella.

—Tenías razón sobre Ivar —le susurró ella al oído—. Ha intentado que acuda a su lado esta noche.

—¿Te ha hecho daño? —Styr se sentó y agarró el hacha con más fuerza.

—No. Pero no creo que esté a salvo si me quedo allí sola.

—Tampoco lo estarás aquí —le recordó él—. Deberías haber acudido a tus hermanos.

Tenía razón. No había sido buena idea acudir a él, pero lo había hecho movida por un inexplicable impulso. No entendía la razón de los prohibidos sentimientos que despertaba en ella ese hombre, ni por qué deseaba tanto estar a su lado, pero no le cabía la menor duda que la única manera de conciliar el sueño sería junto a él.

—¿Quieres que me vaya?

Styr no contestó, pero se tumbó de nuevo y la atrajo hacia sí. El corazón de Caragh palpitaba ante la cercanía de su cuerpo y los posibles motivos por los que no la había rechazado. Sus cuerpos no se tocaban y sentía el frío suelo bajo el suyo.

—Quédate la capa —ordenó él—. Tienes frío.

—Y tú también —susurró ella.

—Qué tonta —segundos después, Styr la atrajo hacia sí, apoyando la espalda de Caragh contra su pecho mientras los cubría a ambos con la capa.

Caragh cerró los ojos, aunque no consiguió dejar fuera los sentimientos que el vikingo despertaba en ella. Bajo la capa, sentía cómo Styr se calentaba contra ella y no supo si apartarse o hundirse en el calor del fornido cuerpo.

«Duérmete», se ordenó a sí misma. Había acudido a él en busca de protección, no para dar rienda suelta a unos peligrosos y prohibidos sentimientos.

Tumbada contra él, revivió el beso de Ivar. Había resultado muy sensual, desde luego, pero no la había transportado como el de Styr. Con él había perdido la cabeza, incapaz de pensar o respirar.

Dándose la vuelta, comprobó que él tampoco dormía. Los oscuros ojos la miraban con una expresión que le resultaba indescifrable.

—Esto ha sido un error ¿verdad? —susurró ella con voz dulce.

El vikingo no contestó. Se levantó y, tapándola con la capa, se quedó de pie apoyado contra la pared, vigilándola como un silencioso centinela.

La reunión congregó a escandinavos e irlandeses y estaba dirigida por un consejo de hombres.

Caragh permanecía junto a sus hermanos, aunque sentía la mirada de Styr sobre ella.

Había velado su sueño durante el resto de la noche. Un sueño agitado que la había despertado tras sufrir la visión de su hermano muerto, manando sangre de la garganta. Styr había apoyado una mano en su hombro para tranquilizarla, y ella había optado por no describir su pesadilla.

Estaba dividida. Por un lado deseaba desesperadamente encontrar a Brendan, pero, por otro, temía que llegara ese momento y descubrir qué había sido de él.

Por el rabillo del ojo vio a un hombre que ocultaba una armadura bajo una capa y frunció el ceño. ¿Para qué querría alguien ocultar su armadura? Styr llevaba su cota de malla a la vista de todos, y sus armas colgadas del cinturón.

Un mercader vendía hogazas de pan cebada y Styr compró una, que acto seguido le entregó. Lo quisiera reconocer o no, lo cierto era que estaba continuamente proporcionándole comida. No fue más que un pequeño gesto, pero el estúpido corazón de Caragh se sintió reconfortado.

Caragh partió el humeante pan y entregó la mitad al vikingo. Comieron en silencio, antes de que Ivar se acercara a ellos. Su rostro no revelaba emoción alguna.

—¿Os importaría acompañarme un momento, Caragh?

Ella miró a sus hermanos, que preguntaban a un mercader sobre Brendan. Styr no contestó, pero la siguió con la mirada cuando ella accedió.

—¿Qué sucede?

—Soy un hombre de gran fortuna —Ivar la condujo hasta un puesto que vendía hermosas telas—. Si desearais poseer cualquier cosa de este mercado, yo os lo podría comprar.

El hincapié en la riqueza no impresionó a la joven, que asintió en señal de haber comprendido sus palabras. Ivar le tomó una mano y la posó sobre una suave seda.

—Tampoco soy un hombre que se deje utilizar —prosiguió—. Y veo que me estáis utilizando para despertar los celos de Styr.

—Él no está interesado en mí —contestó ella.

—Pero vos lo deseáis —la contradijo él—. Os vi dormir a su lado. Estáis intentando enfrentarnos —le apretó la mano con fuerza y la miró con gesto serio—. No me prestaré a ese juego.

Caragh intentó soltarse, pero él se lo impidió.

—Los hombres de Hardrata son ahora mis esclavos. Sus vidas me pertenecen —dejó la amenaza latente mientras le acariciaba el cuello con un pulgar—. Quedaos en Áth Cliath y les concederé la libertad. Permitid que podamos llegar a conocernos.

—Yo ya sé la clase de hombre que sois —contestó ella apartando bruscamente la mano.

Styr apareció de repente a su lado y, por la expresión en su mirada, había escuchado la conversación.

—Dejadla en paz, Nikolasson —le advirtió con una calma no exenta de amenaza—. Os pagaré por la libertad de mis hombres.

—¿Con qué? —contestó Ivar—. Las únicas monedas de plata que poseéis son las que me ganasteis anoche.

Styr no contestó, pero mientras la conducía de regreso junto a sus hermanos, era evidente la tensión que lo dominaba.

—¿Qué vas a hacer? —preguntó ella.

—Encontrar el modo.

—Necesito hablar contigo —Ronan los interrumpió.

Condujo a su hermana hacia la parte delantera de la multitud, mientras Styr permanecía pegado a su espalda.

—Brendan está aquí. Dos de los mercaderes me han confirmado que lo vieron entre los esclavos.

Caragh sintió una mezcla de alivio y temor. Quería que su hermano estuviera a salvo, pero ¿cómo ayudarle a escapar de la esclavitud?

Una mujer de mediana edad estaba sentada ante la multitud. Su pelo era tan rubio que parecía casi blanco y los ojos, de un color azul glacial, miraban al frente. Llevaba puesta una capa de pieles de animales y en su mano izquierda portaba un bastón con un pomo de bronce con forma de pájaro.

—¿Quién es esa? —susurró Caragh al oído de su hermano.

—Es Volva —contestó Styr—. Una profetisa que responderá las preguntas de las personas a quien ella elija.

El vikingo empujó a Caragh hacia delante, llamando la atención de la otra mujer. Un hombre le ofreció a la profetisa una bandeja y el estómago de la joven se revolvió al comprobar que el contenido de la bandeja eran los corazones de los animales sacrificados. Volva dio buena cuenta de ellos, pero sin apartar en ningún momento los ojos de Caragh. Cuando hubo terminado, una joven entonó un cántico.

Aunque Caragh no entendía las palabras, el aura que rodeaba a la multitud cambió. Alguien empezó a tocar un tambor y Volva señaló al frente.

—Te ha elegido a ti —anunció Styr—. Debes acercarte a ella.

—No quiero —susurró la joven. Todo lo relacionado con la profetisa la ponía muy nerviosa.

—Ella contestará a tus preguntas —insistió él—. Es un gran honor —sin permitirle negarse, Styr la empujó ligeramente y la muchedumbre le abrió paso.

El corazón de Caragh latía desenfrenado, pero avanzó hacia la otra mujer. Intentaba no cojear a pesar de que sus pies seguían doloridos por culpa de las ampollas.

La profetisa parecía tener el don de ver en su interior. La joven esperó y la mujer extendió una mano.

—Pregunta —ordenó en la lengua irlandesa.

Varios hombres a su alrededor empezaron a trasladarle sus preguntas a Caragh, y Styr tradujo sus dudas sobre si era el momento oportuno para atacar a los daneses.

—¿Está viva Elena? —preguntó Caragh ignorando las peticiones de los demás.

La vidente fijó su mirada en Styr y asintió.

—¿Dónde está?

—Una piedra verde surge del mar —la mujer cerró los ojos antes de hablar.

Caragh se volvió hacia Styr y lo miró inquisitiva, pero el vikingo no apartaba su atención de la vidente.

—Conozco ese lugar —asintió él—. Pasamos por allí camino del norte.

Más importante aún, parecía creer a esa mujer. Caragh no estaba segura, pero el rostro de Styr era el reflejo de la impaciencia, como si no pudiera esperar para recuperar su barco y partir en su busca.

Si la esposa de Styr seguía viva, no había ninguna esperanza para ella. En cuanto encontrara a Elena, no volvería a verlo jamás.

Y quizás fuera lo mejor.

Los hombres se arremolinaban impacientes y Caragh comprendió que debía formular alguna pregunta de parte de ellos. La mayoría iba vestida para combatir, con cotas de malla y yelmos de acero. Algunos llevaban espadas de doble filo y otros preferían hachas.

—Preguntadle por los daneses —pidió un irlandés—. Nuestros barcos están preparados para la guerra.

—¿Son favorables los signos? —inquirió Caragh.

—No lo son —la profetisa negó con la cabeza y señaló al cielo, donde una bandada de cuervos volaba sobre sus cabezas—. La sangre será derramada en este día.

—Eso es —asintió el irlandés—. Hoy se celebrarán sacrificios. Sangre a cambio de la sangre de nuestros enemigos.

Caragh se quedó helada ante la mención de los sacrificios. Aunque conocía los rituales para matar animales, no le apetecía ser testigo.

—Tienes otra pregunta más ¿verdad? —Volva la miraba fijamente.

—Mi hermano, Brendan —se aventuró ella al fin—. ¿Dónde se encuentra?

La vidente señaló hacia una enorme jaula de madera que era transportada en un carro. En su interior había un grupo hacinado de esclavos encadenados de diferentes procedencias.

Pero no logró descubrir a su hermano.

—¿Qué pasa? —le preguntó a Styr mientras el carro se detenía frente a una gran pila de ramas y turba amontonada. Algunos hombres arrojaban aceite sobre la pila y los prisioneros encerrados en la jaula empezaron a gritar.

—Forman parte del sacrificio. Serán quemados como ofrenda a los dioses, para protegernos de los daneses.

Las manos de Caragh empezaron a temblar descontroladamente mientras el miedo convertía en hielo sus venas. «Dios santo, no».

Pues entre quienes iban a ser sacrificados se encontraba su hermano pequeño.

Diez

—No te muevas —le ordenó Styr, agarrándola antes de que pudiera correr hacia la jaula. Sus hermanos ya habían visto a Brendan y habían acudido al consejo para suplicar por su vida.

—¡Suéltame! —Caragh se negaba a ceder y luchaba contra la fuerza del vikingo.

—Tus hermanos conseguirán que lo suelten —insistió él—. Deja que se ocupen ellos de esto —se negaba a permitirle acercarse al lugar del sacrificio y empleó su elevada estatura para bloquearle la visión.

—Es demasiado joven —susurró ella—. No puede morir. Así no —gruesas lágrimas inundaron sus ojos—. Tienes que salvarle.

Styr permaneció en silencio mientras sopesaba las posibilidades. Volva había predicho que Elena seguía viva y la piedra verde que había descrito era una isla al sur de allí, muy cerca de la costa. Aunque no estaba seguro del todo, era una posibilidad.

Echó una ojeada a los esclavos antes de enfrentarse a la suplicante mirada de Caragh, que apoyaba la cabeza contra su torso.

—Por favor. Hazlo por mí, te lo suplico, salva su vida —las manos de Caragh se hundieron en la capa del vikingo—. Ya sé que le odias por lo que hizo, pero es mi hermano.

—Elena saltó del barco por su culpa —Styr no hizo ningún esfuerzo por ocultar su ira y frustración. Ese chico había llevado el dolor a sus seres queridos. No se merecía nada.

—Pero escapó —protestó ella—. No sabemos qué sucedió aquel día. Puede que Brendan intentara ayudarla —tomó el rostro de Styr entre sus manos—. No se merece morir así —las manos estaban frías contra las ardientes mejillas, y los ojos de color violeta anegados en lágrimas—. Si significo algo para ti, si hemos llegado a convertirnos en amigos, te pido que lo salves.

La súplica de misericordia se deslizó ante el férreo deseo de venganza. La mirada de Styr se detuvo en los labios de Caragh, recordando lo que nunca debió haber sucedido.

—Hazlo por mí —susurró ella.

El vikingo no contestó. Los deseos de una mujer no deberían tener la menor importancia. Sin embargo, Caragh había sufrido más que la mayoría de las mujeres. Se había quedado sola y se había mostrado fuerte en las peores circunstancias. Después de todo lo que había soportado, no deseaba que ella lo mirara con ojos impregnados de odio.

Sus hermanos discutían con el consejo, pero era evidente que no hacían muchos progresos. Cada minuto que pasaba acercaba más a Brendan a la muerte.

Tomando la mano de Caragh la condujo hasta Ivar. El hombre los estudió a ambos. Era evidente que había oído la conversación.

—¿Queréis que interceda por ella? —preguntó.

—Quiero que la cuidéis mientras hablo con ellos —le corrigió Styr.

Ivar dio su palabra, pero antes de que Styr pudiera marcharse de su lado, Caragh se arrojó en sus brazos.

—Gracias —sollozó abrazada a su cintura—. No lo olvidaré.

Styr la contempló. Aquel no era un acto de misericordia y no pudo reprimir la tentación de acariciarle los cabellos.

La deslumbrante sonrisa que ella le dedicó bastó para paralizarle el corazón.

—¿Soltarán a mi hermano? —preguntó Caragh a Ivar.

—Es poco probable —el escandinavo le rodeó los hombros en un gesto protector—. Hacen falta nueve esclavos para el sacrificio. Gustosamente cedería a uno de los míos, pero…

—Pero los esclavos más nuevos que tenéis son los hombres de Styr —Caragh concluyó la frase.

Comprendió que Styr no solo negociaba la liberación de su hermano, también luchaba por salvar la vida de los suyos.

—Quiero acercarme más.

—No es seguro. Deberíais permanecer aquí, lejos del sacrificio.

—Es mi hermano —ella apoyó las manos en el pecho de Ivar—. No me pidáis que me haga a un lado y le vea morir. Si Styr no puede salvarlo…

—Haremos lo que podamos —contestó él—, pero puede que sea demasiado tarde.

En efecto, el primer esclavo ya había sido arrojado al fuego y sus agonizantes alaridos resonaban entre la multitud que observaba en silencio. Una plegaria de misericordia surgió en los labios de Caragh.

—A los demás les cortarán el cuello —explicó el escandinavo—. Ese esclavo intentó escapar para evitar su destino. Los que acceden a morir sacrificados tendrán una muerte digna, rápida. Y esta noche cenarán con los dioses en el Valhalla por su valentía.

El pánico casi asfixió a Caragh al ver el terror reflejado en los ojos de Brendan cuando fue llevado junto a los demás hombres. Había cometido unas cuantas estupideces, pero no merecía morir por ellas.

La muerte del segundo esclavo le arrancó nuevas lágrimas. Styr hablaba con los hombres, acompañado de sus hermanos. No oía sus palabras, pero al verle despojarse de la armadura y entregársela a Ronan, su corazón se aceleró salvajemente.

¿Estaría planeando ocupar el lugar de Brendan? La garganta de Caragh se inundó de bilis al pensar en Styr sucumbiendo bajo el cuchillo o, peor aún, devorado por las llamas.

Cerró los ojos sin querer creer que pudiera ser posible. Tenía que salvar a su esposa y a sus hombres. No iba a sacrificarse él mismo ¿o sí?

—Llevadme más cerca —insistió y, antes de que Ivar pudiera protestar, se enfrentó a él—. A no ser que os consideréis incapaz de protegerme.

—Por supuesto que os protegeré —el hombre la miró con dureza.

—Entonces llevadme adonde pueda observar lo que sucede —sentenció ella mientras le tomaba la mano.

Ivar la agarró con fuerza y la guio entre la multitud. A lo lejos se oía un tambor. Sin cota de malla ni capa, Styr estaba de pie con el hacha en una mano y un escudo en la otra. Frente a él había otro escandinavo.

—¿Qué hace?

—Se ha ofrecido a pelear —le explicó Ivar—. Si derrota a su oponente, ese hombre ocupará su lugar en el sacrificio.

—¿Y si pierde?

—Ya conocéis la respuesta, Caragh —Ivar la miró a los ojos.

El corazón de la joven latía tan fuerte que apenas podía respirar.

—¿Qué significa ese hombre para vos, Caragh? —preguntó Ivar—. ¿Tiene derecho sobre vos?

La mente de Caragh gritaba en silencio. No, no tenía ningún derecho y no debería sentir nada por él. Sobre todo porque jamás sería suyo. Amaba a su esposa y la honraba. Cada caricia entre ellos había sido por iniciativa de ella.

—Me importa mucho —asintió.

—No es digno de vos, *kjære* —Ivar le tomó el rostro con las manos—. Deberíais tener un hombre que os adorase.

—No hay ningún hombre que sienta eso por mí —ante la penetrante mirada del escandinavo, se aventuró—. Ni siquiera vos.

—¿Habéis considerado mi oferta? —él se encogió de hombros y le tomó la mano con ternura—. Tenéis el poder de liberar a sus hombres.

—Ahora mismo solo puedo pensar en mi hermano —contestó ella con sinceridad, aunque la propuesta de Ivar le hizo tomar consciencia de que quedaría eternamente en deuda con Styr. Estaba arriesgando su vida por un chico al que despreciaba.

Sus miradas se fundieron durante un segundo y

211

en los ojos de Styr vio que no era su batalla, no era su elección.

Lo estaba haciendo por ella, porque se lo había pedido. Y en sus ojos vio la fuerza y la determinación para ganar.

Y en ese preciso instante, su corazón dejó de ser suyo. Ya no podía negar que estaba enamorada de un hombre que jamás sería suyo. Las lágrimas le quemaban los ojos, pero las contuvo mientras estudiaba el hermoso rostro, intentando recordar cada rasgo, cada detalle.

Apretando las manos, se obligó a mirarlo por última vez.

—Ese hombre es un estúpido, *kjære*, si no ve a la mujer que tiene delante, —con una amarga sonrisa, Ivar se inclinó y besó suavemente los labios de Caragh—. Un día aprenderéis que yo puedo ofreceros mucho más de lo que Hardrata podrá jamás. Y quizás ese día sea merecedor de vuestra sonrisa.

Caragh no contestó, pues toda su atención estaba puesta en la batalla. Bajo el sol de la mañana, el fornido cuerpo de Styr revelaba sus habilidades para la lucha. En su torso estaban esculpidas las profundas líneas de sus músculos. No solo en los fuertes brazos, también en el abdomen.

Se movía como un depredador, atacando a su oponente con una habilidad que ella jamás pensó posible. Sus largos cabellos rubios caían sobre sus hombros y en uno de los brazos lucía un brazalete dorado.

El oponente de Styr lanzó un ataque que fue parado por el escudo mientras el vikingo blandía el hacha hacia la cabeza del otro hombre.

Ronan y Terence se mantenían junto a su hermano, Brendan, que seguía encadenado. Sus cabellos estaban pegajosos con sangre y se le marcaban los huesos bajo la pálida piel. Caragh intentó correr hacia él, pero Ivar la sujetó con fuerza por la cintura con un brazo mientras que posaba el otro justo encima del pecho.

—No os acerquéis más —le advirtió.

En sus brazos presenció cómo Styr se arrojaba al suelo para evitar la espada del enemigo. Sin embargo, la punta del arma le alcanzó un brazo produciéndole un corte. La muchedumbre rugió enfervorizada, pidiendo más sangre.

Caragh sofocó un grito. No entendía por qué terrible destino había llegado a amar a ese hombre. Pero la idea de Styr muerto le provocó un intenso dolor físico.

El ritmo de los tambores aumentó en intensidad, igualando los latidos de su corazón. Era incapaz de apartar la vista del vikingo y, cuando su oponente soltó un fuerte rugido y atacó con la espada, no pudo evitar agarrarse con fuerza al brazo de Ivar, clavándole las uñas.

Styr levantó el escudo y la espada quedó clavada

en la madera. Al retirar el escudo, el enemigo quedó desarmado y en unos escasos segundos se encontró caído en el suelo.

Caragh sentía las rodillas débiles y, cuando Ivar la soltó, corrió, pero no hacia su hermano, ya liberado de las cadenas y custodiado por Ronan.

Corrió hacia Styr.

Le sangraba un brazo y la piel relucía de sudor, pero ella no prestó atención a nada de eso mientras lo abrazaba con fuerza, sin importarle llorar ante él.

—Gracias por salvarlo —susurró.

En una inesperada reacción, Styr la rodeó con sus brazos y la abrazó con fuerza. Ella había esperado rechazo, frialdad. Apoyó el rostro contra el fuerte pecho y, durante un instante, el mundo entero quedó al margen de ellos dos.

«Suéltalo», le ordenó una vocecilla. «No te pertenece».

Fue débilmente consciente de ser arrastrada de allí por él, de su hermano que hablaba y del silencioso reproche de Ivar.

—Gracias —susurró de nuevo—. No sé cómo podré pagarte lo que has hecho por nosotros.

—Ve junto a tus hermanos —contestó él mientras la conducía en esa dirección.

—¿Y tú?

Styr se mantuvo en silencio. En sus ojos marrones ella vio una despedida y se armó de valor, negándose a suplicarle más de lo que podía ofrecerle. Sus caminos pronto se separarían.

Su mirada se dirigió a Ivar, y supo que había un modo de saldar la deuda contraída con Styr. Con un movimiento afirmativo de la cabeza, el escandinavo comprendió que había accedido. Le ofrecería su cuerpo a cambio de la libertad de los hombres de Styr. El brillo en la mirada de Ivar reflejaba su profunda satisfacción.

—¿Cómo está tu brazo? —Caragh intentó desesperadamente prolongar el momento de la despedida.

—Márchate —fue la única respuesta de Styr.

Y con una última mirada, ella obedeció.

Era tarde, cuando Styr regresó a la casa de Ivar. Aunque había encontrado su nave, no tenía hombres para recuperarla. Y todavía tenía asuntos que negociar con el escandinavo.

Al pasar frente a las viviendas lo asaltó una extraña sensación de peligro. Aunque no veía nada fuera de lo normal, mantuvo la mano sobre el hacha mientras miraba con atención a cada persona con la que se cruzaba.

Una mujer vestida con la ropa tradicional de su tierra le provocó una punzada de nostalgia. Echaba de menos las montañas nevadas y los fiordos de un profundo color azul y se preguntó si alguna vez regresaría a su hogar. Y si Elena estaría a su lado.

Intentó recordar el rostro de su esposa, pero el que aparecía insistentemente era el de Caragh. Se había arrojado en sus brazos dándole las gracias y, como un estúpido, él la había abrazado.

Qué débil se había mostrado. Como un hombre ávido de afecto, había rodeado el frágil cuerpo sujetándolo contra sí. Estaba mal, lo mirase como lo mirase, y de no ser por sus hombres y por Brendan, se cuidaría mucho de mantenerse alejado de la casa de Ivar Nikolasson. Tras aquellos muros solo podía aguardarle la tentación.

Necesitaba encontrar a Elena y arreglar su maltrecho matrimonio. Quizás la distancia de los últimos días le animaría a arrojarse en sus brazos como había hecho Caragh.

Sin embargo, era incapaz siquiera de imaginárselo. Elena se mostraba fría con él, en absoluto afectuosa. Si la encontraba se mostraría sin duda agradecida, incluso le sonreiría, pero no podía engañarse y creer que iba a desear sus caricias.

Styr soltó un suspiro y se dirigió hacia la puerta de la casa de Ivar. Al entrar vio a media docena de sus hombres que lo aguardaban. Aunque había prometido liberarlos en cuanto hubieran encontrado al hermano de Caragh, había sido incapaz de mantener su promesa.

—Reunid vuestras pertenencias —ordenó, decidido a que las cosas cambiaran—. Nos vamos esta noche —se dirigió a Onund.

Aún no sabía cómo iba a convencer a Ivar, pero tenía que haber algún modo.

—Ya nos han concedido la libertad —Onund asintió—. Gracias a ella —señaló hacia una mesa en el extremo opuesto de la estancia.

Varias mujeres esclavas rodeaban a Caragh ofreciéndole telas de seda y brazaletes dorados. Sin duda regalos de Ivar.

Styr sintió un nudo en el pecho. Llevaba un vestido que nunca le había visto, de un color tan verde que rivalizaba con las colinas de Hordafylke. Las esclavas habían trenzado sus cabellos castaños y en sus dedos lucía anillos de plata. También le habían perforado las orejas para colocarle más joyas.

Caragh levantó la vista y lo miró con una profunda tristeza.

Sabía, al igual que él, que faltaba poco para que no volvieran a verse jamás. Si llevaba puestos los presentes de Ivar significaba que había accedido a las pretensiones de ese hombre.

Styr comprendió la razón de la liberación de sus hombres y sintió una terrible ira al pensar en el precio que debía haber pagado Caragh. En dos zancadas atravesó la estancia y se colocó ante ella, pronunciando una única palabra.

—¿Por qué?

—Porque es la única manera de pagarte por salvar a Brendan.

—¿Entregándote a ese hombre? ¿Qué le has

prometido? ¿Una noche en el lecho por cada uno de los hombres?

Caragh palideció ante el insulto, pero se mantuvo firme. Ivar cruzó la habitación dirigiéndose a Styr.

—Debería cortaros la lengua por pronunciar palabras como esas.

Styr sujetó a Ivar antes de que pudiera golpearlo. Sin embargo, el otro hombre hizo gala de una fuerza que igualaba la suya propia.

—Parad —ordenó Caragh con calma—. Ivar, suéltalo.

—Ella se queda conmigo, Hardrata. Pero vos no permaneceréis esta noche bajo mi techo.

—Ni querría hacer tal cosa —Styr soltó al otro hombre y dio un paso atrás mientras Caragh se interponía entre ellos con los brazos alzados.

—Necesito hablar con él un momento a solas —ella se dirigió a Ivar—. Por favor.

Aunque Nikolasson tenía aspecto de preferir estrangular al vikingo antes que permitirle pasar siquiera un segundo con Caragh, cedió a su súplica.

—Se marcha con mis hermanos —añadió ella en un intento de calmar a Ivar.

Después se dirigió al extremo opuesto de la estancia. Con cada paso que daba, las joyas tintineaban como cascabeles. Cuando estuvieron a solas, entrelazó sus manos.

—Ya has recuperado a tus hombres. Y mis hermanos te acompañarán en tu búsqueda. Dado que salvaste la vida de Brendan, están en deuda contigo.

—¿Saben lo de Elena?

—Debería habérselo dicho —Caragh sacudió la cabeza—. Pero te lo dejaré a ti —había cierta inseguridad en sus palabras, como si lamentara algo.

—Tus hermanos no permitirán que te quedes aquí sola —insistió Styr—. Ni yo tampoco.

—Ya he tomado mi decisión, Styr —ella lo miró con una profunda tristeza y resignación—. Sé que deseas encontrar a Elena y volver con ella.

Sin embargo, aquello ya no era verdad. Styr era plenamente consciente de los sacrificios que Caragh hacía por él. Se embebió de su imagen, de los cabellos castaños del color de la madera pulida. Y de esos ojos de color violeta que lo miraban como si desearan mucho más.

El vikingo no se movió. Ni siquiera respiró. En su fuero interno, admitió la verdad: echaría de menos a Caragh. El tierno abrazo sería un recuerdo que atesoraría para siempre, al igual que cada instante que había disfrutado junto a ella.

Eran unos pensamientos inquietantes y optó por no verbalizarlos.

—Te echaré de menos —admitió ella y, antes de que él pudiera contestar, se marchó de su lado y volvió junto a sus hermanos.

El vikingo la siguió con la mirada. Brendan estaba sentado junto a Ronan y Terence. La visión del joven bastó para recordarle el propósito de todo aquello. Tenía que interrogar a Brendan, comprender qué había sucedido a bordo del barco antes de ser asaltados por los daneses. La familiar ira fue bienvenida, pues le permitía dejar de lado los pensamientos sobre Caragh a los que no deseaba enfrentarse.

El joven debía compensarle por haber puesto a Elena en peligro. Y, por los huesos de Odín, que averiguaría la verdad.

Cruzó la estancia y se detuvo ante Brendan. En cuanto el joven lo vio, su rostro palideció.

Styr lo agarró del cuello y lo empujó contra la pared.

—Tienes mucho por lo que responder —rugió casi sin aliento mientras apretaba la garganta del joven al que le resultaría muy sencillo matar.

—Styr, no —Terence y Ronan sujetaron al vikingo y Caragh se colocó entre ellos.

Con todas sus fuerzas, Styr se deshizo de los hermanos de Caragh, desenvainó el cuchillo y lo sujetó junto al cuello de Brendan.

—Me debes la verdad.

—Por favor —suplicó el chico.

—¿Qué le hiciste a Elena? —susurró Styr al oído de Brendan para que nadie más pudiera oírlo—. ¿Te suplicó misericordia, tal y como me la estás suplicando tú ahora?

—Suéltalo, Styr —Caragh posó una mano en su hombro—. Te contará todo lo que sabe.

El joven, por fin liberado, se sentó en un banco con las manos temblorosas y sin apenas poder respirar.

Por el rabillo del ojo, Styr apreció movimiento y se volvió justo a tiempo para esquivar el golpe de Terence.

—No harás nada para evitar mis preguntas. Podría haber dejado morir a tu hermano hoy —miró a Terence con dureza—. Puede que sea tu hermano, pero es el culpable del sufrimiento de mi gente.

—Podrás interrogarle —interrumpió Ronan colocándose al lado de su hermano—, pero sin tocarlo. Ya está herido y…

—Contestarás a todas mis preguntas —advirtió Styr a Brendan—. Y si descubro que me has mentido, sufrirás por todo lo que han sufrido los míos —la ira y la frustración al saber que ese crío era el culpable de todo lo dominaban.

—Entrégame tus armas —le ordenó Terence—, antes de hacer ninguna pregunta.

Styr le entregó el hacha y el cuchillo, pero apretó la mandíbula con fuerza.

—No me hacen falta armas para matarlo —quería que Brendan sintiera terror, que comprendiera que debía confesar la verdad.

El joven asintió y se sentó de nuevo, como si no se sintiera capaz de permanecer de pie.

Pero antes de que Styr pudiera formular la primera pregunta, Caragh se le adelantó.

—¿Por qué te marchaste de Gall Tír con tus amigos? Sabías que no teníamos comida y aun así me dejaste atrás —el dolor y la rabia impregnaban sus palabras mientras se sentaba junto a su hermano.

—Mis amigos pensaron que debíamos capturar a los *Lochlannach* y llevarlos a alta mar —empezó Brendan—. Pensamos que así el resto de vosotros estaríais a salvo.

—¿Cómo los atrapasteis? —preguntó Styr—. Había una docena de hombres, todos avezados guerreros —él había permanecido inconsciente y no recordaba nada de lo sucedido.

—No lo sé —admitió Brendan sacudiendo la cabeza—. Al principio lucharon con fuerza, y cuando llevé a la mujer de regreso al barco, uno de ellos me siguió. No tenía ninguna intención de lastimarla.

Styr supuso que ese hombre debía haber sido Ragnar. Su amigo haría lo que fuera por proteger a Elena.

—¿Y los demás? —insistió.

—Lucharon contra los irlandeses. Pero el hombre que me seguía pronunció unas palabras en una lengua que no entendí y todos depusieron las armas y se dirigieron hacia el barco. Mis amigos los siguieron porque sabían que, en sus manos, yo moriría.

Brendan sacudió la cabeza confuso.

—Querían que entregara a la mujer, pero sabía que, si lo hacía, nos matarían a todos —el joven palideció mientras Styr cerraba los puños con fuerza—. Ellos se convirtieron en nuestros prisioneros —continuó—. No sé por qué. Ni siquiera forcejearon cuando los atamos.

Styr empezaba a comprender. Ragnar debía haber ordenado a sus hombres que fingieran rendirse hasta llegar a mar abierto. No les habría costado mucho recuperar el control de la nave, sobre todo si los irlandeses los creían incapaces de pelear.

—Teníamos pensado soltarlos a todos, abandonar el barco por la noche y nadar hasta la orilla —admitió Brendan—. Pero al llegar a la costa fuimos atacados por otro barco.

El joven miró al vikingo a los ojos y continuó con voz temblorosa.

—Yo no quería que los daneses atraparan a la mujer, y por eso la solté. El otro hombre saltó por la borda con ella, y el resto fuimos apresados.

—¿Consiguieron llegar a la orilla?

—No lo sé —confesó Brendan.

Styr permaneció en silencio mientras recuperaba las armas. Después, salió de la casa, aún confuso por lo que acababa de oír. Aunque sabía por dónde empezar a buscar, no podía estar seguro de que Elena siguiera allí. Por otro lado, no quería dejar allí a Caragh, pero tampoco tenía derecho a llevársela con él.

Atento a los sonidos de la ciudad, sin saber muy bien qué hacer, sintió que había alguien a su espalda.

—No lo voy a matar —anunció sin siquiera volverse.

—Gracias —contestó Caragh tras emitir un audible suspiro de alivio.

Styr no añadió ningún comentario más. Brendan había tomado malas decisiones, pero también había sufrido las consecuencias. En caso de que hubiera acontecido lo peor, en caso de que Elena estuviera muerta, la muerte de ese joven no lograría hacerla regresar. La incertidumbre era como una losa posada sobre sus hombros.

—Estoy segura de que la vas a encontrar —habló ella mirando al frente—. La profetisa dijo que estaba viva.

—Eso espero —deseaba que su esposa estuviera bien, pero a cada minuto que pasaba con Caragh las diferencias entre ambas mujeres se hacían más evidentes. Según dictaba la lógica, lo mejor para ambos sería que él se marchara y no volviera a verla jamás.

Pero cuando Caragh le tomó la mano, no hizo nada por soltarse. Simplemente le apretó los cálidos dedos mientras soñaba durante un instante que otra vida era posible.

—¿Por qué te quedas con Ivar? —preguntó—. No es necesario.

—Lo sé —murmuró ella—. Pero quería hacer algo por ti. Necesitas a tus hombres.

—¿Y qué pasa con tus necesidades? —Styr se volvió hacia ella. Los ojos de color violeta destilaban preocupación y estaba muy pálida—. ¿Tienes intención de compartir su lecho?

—Ignoro qué va a suceder —Caragh bajó la mirada—. Parece que le importo, aunque también se muestra orgulloso y terco. Igual que otra persona que conozco —en su rostro se dibujó una melancólica sonrisa.

—No te quedes con él si no lo deseas —el vikingo sintió una dolorosa opresión en el estómago al imaginarse a la joven en brazos de Ivar.

—¿Y qué otra opción hay si jamás podré tener al hombre que deseo? —Caragh deslizó una mano hasta el corazón de su amado.

Impactado por la declaración, a Styr no le cabía la menor duda de que le había confesado la verdad. La joven se sonrojó y, dándose media vuelta, regresó al interior de la casa.

Caragh lo deseaba y, que Dios lo ayudase, él la deseaba a ella también, por deshonroso que fuera.

Sin embargo, no podía olvidar a Elena. Después de todo lo que había pasado, no podía abandonarla.

Las últimas luces del atardecer desaparecieron por el horizonte y una extraña sensación se apoderó repentinamente de Styr. A lo lejos se veía el destello de algunas antorchas. Algo malo sucedía.

Unos gritos de advertencia resonaron en el aire y, en pocos segundos, captó un olor acre.

Humo.

El fuego empezó a saltar de casa en casa. Abriendo de golpe la puerta de la vivienda de Ivar, ordenó a sus hombres que se armaran.

—¡Están incendiando las casas! —le gritó a Ivar mientras los hombres se situaban, prestos a la defensa. En medio del pánico, vio claramente a los daneses atacando.

—Llevaos a Caragh al barco —ordenó Styr a Ronan y a Terence—. Marchaos de aquí.

—Bastará con que se la lleve uno —protestó Ronan—. Necesitarás ayuda para luchar.

—Yo me quedaré para luchar —insistió el vikingo—. Vosotros, llevadla a un lugar seguro. Si los daneses están en la ciudad, sus barcos estarán vacíos.

Ronan asintió ante la lógica que encerraban las palabras de Styr. Terence le gritó algo a Ivar, pero el escandinavo ya había desenvainado la espada y cargaba junto a los demás.

—¡Marchaos! —gritó.

Styr aún pudo ver a Caragh por última vez, antes de que desapareciera en la noche.

Once

El suelo estaba cubierto de cadáveres, pero la casa de Ivar permanecía intacta. Styr limpió su espada y dio gracias porque ninguno de sus hombres hubiera muerto.

—Llevaos a vuestros hombres y seguidlos —ordenó Ivar. Tenía una herida en un brazo, pero no parecía grave.

Ante la mirada inquisitiva de Styr, continuó.

—Caragh os desea, siempre os ha deseado —asintió hacia Onund y los demás hombres—. Vuestros hombres ayudaron a defender mi casa. Son libres, a condición de que cuidéis de ella.

El vikingo sonrió con amargura y el otro hombre empezó a impacientarse.

—La única razón por la que accedió a quedarse conmigo sois vos. Y, a no ser que seáis un completo estúpido, deberíais reclamar a la mujer que os ama, antes de que lo hagan los daneses.

—Ella no....

—Abrid los malditos ojos, Hardrata. Porque si no vais tras ella, lo haré yo.

Styr observó a Ivar. No estaba muy seguro de a qué estaba accediendo. En cualquier caso, era evidente que ya no quería tener a Caragh en su casa. Aquello resultaba peligroso.

—Ambos conocemos a los daneses —continuó Ivar—. Prenderán una hoguera sobre los cuerpos de sus enemigos. Y sus hermanos no bastarán para protegerla. Marchaos —insistió.

Styr desenvainó la espada y ordenó a sus hombres que lo siguieran. Avanzaron por las calles, matando a cualquiera que osara atacarlos.

Mientras caminaban junto a la orilla del río Liffey, Styr mantenía el hacha en la mano escudriñando la oscuridad en busca de Caragh. Cuanto más se adentraba en la ciudad, más razón le daba a Ivar. Los daneses habían masacrado a escandinavos e irlandeses por igual, y la batalla aún no había concluido.

Su único propósito era asegurarse de que ella estuviera a salvo.

Los sonidos de la muerte, mezclados con el humo y el fuego, lo llenaban todo.

Caragh mantenía la cabeza baja mientras sus hermanos la empujaban entre la multitud. Vio a mujeres apuñaladas en la calle y vio a los daneses masacrando a cualquiera que se interpusiera en su camino.

—No mires —Terence la empujó hacia un estrecho callejón entre casas—. No pienses. Limítate a correr —ordenó.

Y ella obedeció. Le ardían los pulmones y le dolían los costados mientras seguía a sus hermanos hacia el puerto. Y justo cuando empezaba a ver el resplandor del agua, una mano la agarró por la cintura y la retuvo.

Al oír el grito, Ronan se volvió y atacó al hombre. Su espada se clavó en el escudo de madera. Terence intentó ayudar a su hermano, pero en pocos segundos fueron rodeados por los invasores. Los *Gallaibh*, de oscuros cabellos, eran feroces luchadores, hombres barbudos cuya despiadada mirada revelaba su deseo de conquista.

El terror latía con fuerza en las venas de Caragh mientras sus hermanos peleaban, espalda contra espalda, contra unos hombres que los superaban en número. Luchó por liberarse de su captor, pero, aunque había recuperado algo de fuerza, no era suficiente.

Las palabras que pronunciaba en su lengua no tenían sentido para ella, pero cuando la empujó contra una pared y le levantó la falda, sus intenciones fueron evidentes.

¡No! Se negaba a quedarse allí sin luchar. El hombre intentó inmovilizarla y ella relajó el cuerpo.

Agachándose, tomó un puñado de tierra y, cuando el danés tiró de ella hacia arriba, se lo arrojó a los ojos.

Rugiendo rabioso, el danés extendió los brazos hacia ella, pero Caragh esquivó el golpe. Sin embargo, segundos después, la agarró del cuello.

—Debería partírtelo —rugió en irlandés echándole el aliento cargado de cerveza. Ella intentó apartarlo, pero solo consiguió que la sujetara con más fuerza, impidiéndole respirar.

El mundo se volvió borroso mientras Caragh intentaba defenderse del hombre que la estaba estrangulando lentamente. Ya no veía a sus hermanos, ni a nadie más, y empezaba a perder el conocimiento.

Tuvo una fugaz visión del rostro de la muerte mientras sus pulmones se vaciaban de aire. Una parte de ella lamentó no haber tenido la oportunidad de hablar con Styr y confesarle sus sentimientos.

Iba a morir.

Styr golpeó la espalda del danés con su hacha y agarró a Caragh antes de que cayera al suelo.

¡Por la sangre de Thor!, casi había muerto. Su piel estaba apagada, pero gracias a los dioses la vio boquear en busca de aire. Styr la tomó en sus brazos mientras sus hombres ayudaban a Ronan y Terence en la lucha contra el enemigo.

Estaban rodeados de los cuerpos de los caídos, pero Styr mantenía el hacha en una mano, mientras sujetaba a Caragh con el otro brazo. Tenía la cabeza inane sobre su hombro, pero él continuó en dirección al barco. Un hombre se atrevió a atacar y recibió un hachazo de su parte.

«Nadie va a lastimarla». La necesidad de protegerla, de mantenerla a salvo, estaba anclada profundamente en su interior.

Alcanzaron el barco y la llevó al interior para esperar a los hermanos de Caragh y a sus propios hombres. En ningún momento la soltó y, por fin, sus ojos de color violeta se abrieron.

—Caragh —murmuró él—. ¿Estás bien?

Ella tosió y Styr le frotó la espalda mientras, poco a poco, recuperaba la consciencia.

—¿Dónde estoy?

—En el barco de tus hermanos —respondió él—. Los estamos esperando.

Caragh le rodeó el cuello con los brazos y él respondió con un fuerte abrazo.

—Viniste a buscarme —susurró ella—. Pensaba que iba a morir —lo miró con sus intensos ojos azules—. Y lo único que podía pensar era que jamás te lo había dicho —susurró.

—¿Jamás me dijiste el qué? —en realidad no hubo necesidad de palabras, pues en los ojos de Caragh halló su corazón.

—Soy una idiota, Styr —ella sonrió con timidez—. En casa de Ivar me enfureciste. Él me ofrecía todo lo que pudiera desear, pero yo me he enamorado de un hombre que jamás será mío —le acarició la mejilla con gesto triste—. Lo siento, pero necesitaba que lo supieras.

Styr no sabía qué contestar. Las palabras de Caragh deberían haberle producido un sentimiento de culpa y, sin embargo, valoró su amor por lo que era, un regalo.

—Sé que regresarás con tu esposa —continuó ella—. Sé que la amas a ella y no a mí. Pero cuando me sentí a punto de morir, deseé habértelo confesado antes.

Styr se llevó la mano de Caragh a los labios y la besó. No hubo palabras para explicar lo mucho que le importaba, mucho más de lo que debería. Al descubrir al danés intentando matarla, un miedo visceral se había apoderado de él. No podía permitir que sucediera.

—Me honras —fue todo lo que pudo contestar.

El vikingo la mantuvo abrazada sin revelarle sus inquietudes. El afecto de Caragh era una bondad que jamás había esperado y, por un momento, se permitió soñar con lo que podría haber sido su vida de haber desposado a una mujer como ella.

—¿Me permites? —preguntó Caragh al ver acercarse a sus hermanos.

Él asintió, sin tener ni idea de qué se trataba. Sin embargo, cuando las manos de Caragh le sujetaron el rostro, adivinó qué le había pedido. Los ojos de color violeta lo miraron con un deseo que lo dejó sin respiración. Y cuando atrajo su rostro hacia ella, no dudó en devolverle el beso.

Era una mujer hermosa, cariñosa y cálida. Aun así, supo muy bien que se trataba de un beso de despedida.

Pero no estuvo preparado para la oleada de calor que llenó los huecos de su corazón. La lengua de Caragh encontró la suya y el beso se convirtió en una reacción carnal que lo dejó estupefacto.

Los besos de Elena habían sido buenos, pero ninguno le había hecho sentir un deseo tan visceral. No comprendía por qué le afectaba tanto el contacto con esa mujer, pero no hizo intención de detener el momento. Pues sentía que lo correcto era besarla, estar con ella.

—Lo siento —susurró ella antes de apartarse—, pero después de lo que ha sucedido hoy, te necesitaba. Siquiera un momento.

A Styr no se le escaparon las miradas de los hermanos de Caragh, testigos del beso. La expresión de Terence era de una profunda insatisfacción. El resto de los hombres subieron al barco y ellos también lo miraron con gesto de recelo.

Ronan dio las órdenes para levar ancla y soltar amarras. Los hombres se situaron en sus puestos y empezaron a remar mientras, a lo lejos, la ciudad ardía.

—Te llevaremos a tu barco, *Lochlannach* —Terence se sentó junto a Styr, que remaba con los demás—. Después, te marcharás con tus hombres.

«Y dejarás a nuestra hermana tranquila», fueron las palabras no pronunciadas.

Styr se limitó a seguir remando. Caragh había tomado prestada una capa de sus hermanos y se había sentado a un lado del barco.

No tardó mucho en descubrir la silueta de su nave. La veleta de bronce la identificaba como suya. Únicamente permanecía a bordo un puñado de daneses. Styr dio la orden de disparar las flechas y en pocos minutos el barco volvía a ser suyo.

Se había hecho de noche y hacían falta antorchas para ver con claridad, pero sus hombres tomaron posiciones en los remos. Styr se hizo cargo del timón y los irlandeses soltaron amarras, liberando el barco.

—Gracias por cuidar de nuestra hermana —se despidió Ronan—, pero nos la llevamos a casa.

—Os deseo un buen viaje —contestó Styr. Buscó a Caragh, pero, en la oscuridad, no se veía nada. Tuvo la sensación de que ya se habían despedido y que jamás volvería a verla.

Seguramente sería lo mejor. Por el momento, necesitaba llevar el barco a alta mar, donde poder izar las velas y ganar velocidad. La noche estaba despejada y la luna llena brillaba con todo su esplendor. Les llevaría varias horas llegar a la isla verde. Si la luna seguía iluminando la costa, podrían acampar en el lugar en el que habían desaparecido Elena y Ragnar.

Era una sensación maravillosa volver a estar al mando de la nave. Sus hombres remaban con todas sus fuerzas y el barco avanzaba entre las olas.

Al situarse junto al timón, Styr vio una figura envuelta en una capa.

Y lo supo.

—¿Qué haces aquí? —sus sospechas se confirmaron al arrancarle la capa. Sus hermanos debían pensar que la había secuestrado. Tenía que llevarla de regreso, y…

—Voy contigo —Caragh tomó una de las antorchas y, sujetándola en alto, envió señales hacia el barco de sus hermanos—. Ellos saben que elegí venir.

—Vendrán a por ti.

—No, no lo harán. Hablé con Brendan. Él sabía lo que planeaba hacer.

—¿Por qué? —preguntó el vikingo mientras le arrancaba la antorcha de la mano—. No hay lugar para ti entre nosotros.

—¿En serio? —ella lo miró con calma sentándose cerca del timón—. Durante toda mi vida he hecho lo que los demás me decían que hiciera. Obedecí a mis padres y a mis hermanos. Me quedé en casa y cuidé de Brendan. Jamás he hecho nada que quisiera hacer realmente. Hasta ahora.

El tono de voz descendió hasta un susurro para que solo él pudiese oír sus palabras.

—Me devolviste el beso.

—Sí —no había manera de negarlo, pues no había excusa alguna.

—Yo solo quería permanecer junto a ti hasta el final —continuó susurrando Caragh.

Y de repente, Styr lo comprendió. Caragh necesitaba asegurarse de que Elena estuviera viva, averiguar si regresaría junto a su esposa. Pero, sobre todo, necesitaba saber si él la amaba.

Sintió una enorme opresión en el pecho y evitó pronunciar palabras de deshonra. El espíritu de Caragh, y su fascinación hacia los lugares nuevos hacía que resultara fácil disfrutar de su presencia. Junto a ella podía mostrarse tal y como era. No necesitaba pensar en cómo lo deseaba ella, ni si la luna era propicia para concebir un hijo.

Podía ser él mismo.

—Quédate —cedió. Se negaba a pensar en las implicaciones, ni preocuparse por lo que la mañana les llevaría si encontraba a Elena. Sin embargo, la idea de encontrar a su esposa ya no le producía la misma sensación de alivio o alegría. Era una obligación con la que debía cumplir. Nada más.

Junto a Elena siempre estaba muy presente la desilusión que sentía ante la imposibilidad de poder darle un hijo y eso le hacía sentirse receloso. Era muy consciente de que su matrimonio había alcanzado un punto de inflexión, y ya no estaba seguro de lo que quería. Lo cierto era que Elena no había sido feliz esos años.

Pero si daba por finalizada su unión, ella tendría otra oportunidad. Podría encontrar a otro hombre con el que desposarse, y quizás conseguir tener el hijo que tanto deseaba. No tenía derecho a retenerla en un matrimonio repleto de resentimiento y esperanzas perdidas.

Ambos podrían ser libres. Lo único que tenía que hacer era pronunciar las palabras de divorcio en presencia de algún testigo.

Y, por la sangre de Thor, que resultaba muy tentador hacerlo. Cerró los ojos y aspiró el aroma de Caragh. Y deseó que fuera ella quien le perteneciera.

—Qué bonito ¿verdad? —ella le tomó una mano y alzó la vista hacia las estrellas.

—Sí —Styr deslizó una mano hasta la nuca de la joven, sin apartar la mirada de sus ojos.

No supo cuánto tiempo estuvieron sentados juntos, con las manos entrelazadas, pero sí supo lo agradecido que se sentía ante su presencia.

Los vientos los ayudaron en la travesía, acercándolos a la piedra verde en unas pocas horas. El fragmento de roca, cubierta de musgo y hierba, sobresalía del mar. La visión iluminada por la luz de la luna hizo que a Caragh se le agarrotara el estómago. Desde el instante en que la habían avistado, Styr se había empezado a mostrar más distante, como si estuviera atormentado por pensamientos que no se atrevía a verbalizar. Los hombres llevaron la nave tan cerca como se atrevieron y Styr la llevó en brazos hasta la orilla, sin importarle que sus ropas quedaran empapadas.

Montaron un campamento y encendieron un fuego, tras lo cual dieron buena cuenta de la comida que los hombres habían llevado con ellos. Aunque debería estar cansada, Caragh sentía crecer la inquietud en su interior. Y, al montar el campamento, Styr le colocó la tienda lejos de las demás.

Lejos de él.

Caragh se cobijó en el interior, envuelta en la oscuridad. No se había imaginado el efecto que produciría en su corazón la osadía con la que había hecho frente al vikingo. Estar apartada de él le producía un dolor físico. Y, en esos momentos, lo que deseaba era yacer junto a él, sentir el fuerte y cálido cuerpo contra el suyo. Lo necesitaba de un modo que no alcanzaba a comprender.

Cruzó el campamento vikingo y entró en la tienda de Styr, sin saber si le permitiría quedarse o no.

—Soy yo —lo tranquilizó cuando Styr se incorporó de un salto al oír un ruido.

—¿Sucede algo? —Styr suspiró y envainó la espada de nuevo.

—Esta noche no me apetecía estar sola —admitió la joven—. Solo quiero dormir a tu lado, si me lo permites. Necesito…

«Te necesito a ti», quiso confesar. Sin embargo, no terminó la frase, temerosa de que la echara de su lado.

Durante unos eternos segundos solo se oyó la respiración de Styr. Era evidente que luchaba contra una fuerte tensión, como si estuviera tomando una decisión.

—Me marcharé si así lo deseas —susurró ella, frustrada por la ocurrencia que había tenido.

Sin embargo, la mano del vikingo atrapó la suya y tiró de ella hasta tumbarla sobre su cuerpo, al mismo tiempo que tomaba sus labios.

No llevaba armadura y el contacto con el fuerte torso desnudo resultaba embriagador. Tenía una piel cálida y Caragh fue incapaz de evitar que sus manos se deslizaran por el pecho, explorando su cuerpo.

Podría estar acariciándolo eternamente.

—No deberías estar aquí, Caragh —observó él.

—Lo sé —Styr tenía razón. El simple hecho de estar en la misma tienda estaba mal—. Pero no vine por esto —admitió—. Yo solo quería tumbarme a tu lado por última vez.

Styr la atrajo hacia sí, apoyando la espalda de Caragh contra su pecho y rodeándola con sus brazos. Sin embargo, en lugar de proporcionarle consuelo, el corazón de la joven empezó a latir con mayor rapidez. Cada átomo de su cuerpo deseaba más. Y no lo comprendía.

Sintió la palpitante erección contra su cadera y supo que él no permanecía impasible. Era una amarga tortura, pues lo deseaba de un modo que no debería.

—Tenía la edad de Brendan cuando me casé con Elena —empezó Styr—. Nuestros padres concertaron el matrimonio.

Era la primera vez que ella le oía hablar abiertamente de su matrimonio y, sin decir palabra, le tomó una mano.

—Elena era preciosa, y yo sabía que la alianza uniría a nuestros dos clanes —el vikingo le soltó la mano y la abrazó con más fuerza—. Era una mujer callada, pero fuerte a su manera.

—¿Qué quieres decir?

—Tenía planeado cada minuto del día, desde que se levantaba hasta que se dormía por la noche. Trabajaba cada mañana en nuestro jardín, tejía o cosía por la tarde y limpiaba la casa cada noche. Todos los días. Exactamente igual. Jamás hubo ningún cambio, pero ella tampoco quería que nada cambiara. Era su manera de controlar, de ejercer un poder.

Deslizó una mano hasta la de Caragh.

—Durante un tiempo fuimos felices, pero ella deseaba un hijo. Y yo no pude dárselo.

Su voz reflejaba una profunda frustración.

—Lo intentamos durante años —admitió—. Y ni una sola vez se redondeó su vientre con mi semilla. Elena estaba convencida de que los dioses nos castigaban por algo que habíamos hecho. O que no habíamos hecho.

—No fue culpa tuya —Caragh se volvió hacia él—. Algunas parejas no son bendecidas con un hijo.

—Los dos primeros años seguimos intentándolo —continuó él—. Durante la luna llena, o la creciente. De noche y por la mañana, hasta que no soportamos más el vernos el uno al otro —acarició el rostro de Caragh—. Complacerla era imposible.

—¿Por qué seguiste con ella? —se aventuró Caragh sin saber si recibiría respuesta. Una frágil llama prendió en su corazón. Quizás hubiera esperanza para ellos dos.

—Porque me negaba a rendirme. Un guerrero no se rinde. No es mi estilo.

—¿Y ahora qué? —preguntó Caragh apoyando una mano en el pecho de Styr. Sus piernas permanecían entrelazadas y, aunque su excitación era evidente, no se sentía amenazada.

—Pensé en hacerme al mar, darle espacio —la mano entrelazada con la de Caragh se deslizó hasta la cintura de la joven—. Pero cuando le ofrecí acompañarme, ella accedió.

Styr soltó un sonoro suspiro.

—Y eso, viniendo de una mujer que jamás altera su rutina…

—Eso significa que ella tampoco quería rendirse —sugirió Caragh con un nudo en la garganta.

Lo entendía perfectamente. Si ella estuviera desposada con un hombre como Styr, lo seguiría a cualquier parte.

Pero oír la verdad de sus labios solo le confirmaba que para ellos dos la felicidad no sería posible. No si Elena y él deseaban permanecer juntos.

—Cada día que he pasado contigo ha sido como traicionarla —las palabras de Styr eran como una daga que se retorciera en el corazón de Caragh—. No olvidaré ni uno solo de esos días, Caragh. Ni te olvidaré a ti.

El abrazo no hizo más que aumentar el dolor, pero si se marchaba solo lograría acentuar su soledad.

—No debería haber venido —admitió con los ojos anegados en lágrimas.

—¿Por qué no?

—Porque solo he conseguido desearte más —Caragh se incorporó, pero Styr la sujetó por la muñeca.

—No puedo darte una respuesta —admitió él—. No hasta haberla visto.

—Eres su esposo. Lo entiendo —aunque intentaba que sus palabras no reflejaran dolor, se quedaron atrapadas en su garganta—. Debes ir con ella.

—Debo asegurarme de que tenga todo lo que necesita —el vikingo la atrajo de nuevo hacia sí y le acarició el costado—. Y si ella quiere regresar a Hordafylke, dispondré todo lo necesario.

—¿Sin ti? —se aventuró Caragh.

—¿Tú qué crees? —Styr la tumbó de espaldas y se incorporó lentamente, colocándose sobre ella.

Caragh apenas podía respirar por la intensidad del calor que la invadía. Sintió la fuerte erección entre los muslos y no pudo resistirse a abrirse para él. Todo su cuerpo reaccionó al peso del vikingo sobre ella.

—Elena merece ser feliz —continuó él—. Y quizás conmigo no sea posible.

Caragh intentó proteger su corazón de la salvaje esperanza que latía en su interior. Aunque deseaba desesperadamente creer que el divorcio entre Styr y su esposa era posible, y que él se quedaría con ella, el vikingo no le había hecho ninguna promesa.

—Tú también te mereces ser feliz —susurró ella mientras lo abrazaba.

—Los dioses me han lanzado una maldición —él sacudió la cabeza—. Pues no tengo hijos que lleven mi sangre —se hizo a un lado.

—Podrías… conmigo —Caragh apenas podía creerse la osadía que había manifestado al decirle algo así. No cuando habían evitado tocarse con tanto cuidado.

—¿Te gustaría saber cómo sería? —el susurro de Styr fue mitad gemido y ella no estuvo segura de qué había querido decir.

—Sí —susurró ella—, pero estaría mal.

—No pondré una mano sobre ti.

—Pero yo no…

—Vas a tocarte tú misma.

Doce

Jamás en su vida había deseado tanto a una mujer. Las manos de Caragh se cerraron en torno a él e intensificaron su erección en lugar de proporcionarse alivio ella misma. Deseaba saborear la delicada piel. Averiguar cómo darle placer.

Pero era virgen. Pedirle tal grado de intimidad le provocaría humillación antes que placer.

—Si quieres puedes regresar a tu tienda —Styr le ofreció una escapatoria.

No hubo la menor respuesta de Caragh y el aire de la tienda se tornó más cálido. Styr se puso tenso al pensar en lo que estaba a punto de suceder entre ellos.

Al principio había creído que ella saldría huyendo. Y, sin embargo, había aceptado su desafío, dejándole sin otra opción que continuar.

—Quiero disfrutar de cada instante que nos queda juntos —murmuró ella—. Aunque sea un tiempo robado.

Sin llegar a tocarla, Styr se acercó tanto a ella que sintió su aliento contra la mejilla.

—Si te quedas, obedecerás mis órdenes. Sin discutir.

Ella tomó las manos de Styr y las deslizó por debajo del vestido y sobre el corazón. El vikingo sintió el brusco latido de sus miedos e inhibiciones. Pero retiró la mano.

—Quítate toda la ropa —ordenó—. Y túmbate sobre ella.

En la oscuridad de la tienda, él no podía verla. Pero sí pudo imaginarse la delicada piel, las suaves curvas de sus pechos. Los rosados pezones, la fina cintura que se ensanchaba en unas caderas que desearía sujetar mientras se hundía en su interior.

—Estoy preparada —susurró ella.

En su voz se reflejaban nervios, incertidumbre. Daría hasta la última pieza de plata por aquella noche. Por dar rienda suelta a sus deseos, a los sueños prohibidos. Y, si los dioses se mostraban favorables, se liberaría de Elena y, algún día podría hacerle el amor a Caragh tal y como ella deseaba.

—¿Sientes el aire frío sobre tu piel? —Styr se desnudó también.

—Sí.

—Voy a explicarte dónde te tocaría si pudiera hacerlo. Y vas a tocarte tú donde yo te ordene.

Caragh no respondió, pero su respiración seguía agitada.

—Coloca tus manos sobre los pechos —comenzó él—. Acaricia tus pezones hasta que se endurezcan —se movió a su lado, apretando los dientes con fuerza ante la fuerte erección. Explicarle todos los lugares donde le gustaría tocarla era una tortura.

Aun así no iba a deshonrar a Elena yaciendo con otra mujer, por mucho que lo deseara, aunque su conciencia le advirtiera que lo que estaba haciendo era casi lo mismo.

Además, su esposa ya no lo deseaba, y Caragh sí.

—Duele —admitió ella—. Lo siento hasta abajo, entre las piernas.

—No pares —ordenó Styr—. Utiliza los dedos para acariciarte los pezones e imagínate que soy yo el que te está tocando.

Caragh dio un respingo y su cuerpo se arqueó sobre la ropa apilada.

—Lámete los dedos y luego tócate los pezones —le ordenó él—. Como si fuera mi boca la que los chupara, primero uno y después el otro, e imagínate mi lengua sobre ellos.

De los labios de la joven escapó un gemido y Styr no pudo reprimirse, cerrando la mano sobre la erección y apretando mientras se imaginaba impulsándose dentro de ella.

—Ahora, desliza una mano hacia abajo —ordenó—. Sobre tu estómago y entre las piernas.

—Estoy… estoy mojada —exclamó ella como si no comprendiese lo que le estaba sucediendo.

—Es tu cuerpo que se prepara para la unión —le explicó él—. Desliza un dedo en tu interior.

Caragh jadeó y él continuó.

—No dejes de tocarte un pecho mientras deslizas el dedo dentro y fuera.

—¡Styr! —suplicó ella—. No puedo. Te necesito.

—No —gruñó él—. No discutas conmigo. Esta noche eres mi prisionera. Y no abandonarás esta tienda sin gritar de satisfacción.

Las palabras de Styr resultaban casi tan eróticas como las caricias que se proporcionaba ella misma con las manos. Caragh jamás había imaginado que su cuerpo pudiera responder de esa manera. Y, aunque era algo perverso, deseaba saber qué se sentía al tener un amante. Él la estaba guiando, enseñándole unos misterios que jamás había conocido.

Y ella obedecía porque confiaba plenamente en él.

—Ahora con dos dedos —ordenó él—. Estírate y mueve los dedos adentro y afuera mientras te acaricias el otro pecho.

La presión añadida sobre el pecho imitó el ritmo que producía más abajo. Debería haberla avergonzado tocarse tan descaradamente, pero se imaginó que eran las manos de Styr, no las suyas. Se imaginó que era la palpitante masculinidad la que entraba y se hundía en la profunda humedad antes de salir.

El cuerpo entero se estremecía y su respiración se había reducido a pequeños jadeos. Algo le estaba sucediendo, pero no sabía qué era.

—Saca los dedos —le ordenó él.

—No quiero —murmuró Caragh deleitándose en una sensación tan íntima.

—Obedéceme —el vikingo la agarró por la muñeca y tiró de la mano, guiándola hasta la pequeña protuberancia que escondía su sexo—. Acarícialo en círculos —la instruyó—. No dejes de acariciarte hasta que te estremezcas. E imagina que es mi lengua sobre ti.

Las palabras de Styr anularon todas sus inhibiciones y Caragh disfrutó experimentando con la presión, aprendiendo a tocarse y a aumentar la excitación que había iniciado.

—¿Esto es lo que hacen los hombres? —jadeó ella arqueando la espalda ante una nueva y cálida oleada—. ¿Utilizan sus lenguas sobre…?

—A veces —contestó él.

—¿Y las mujeres también saborean la piel de los hombres? —preguntó.

Styr permaneció largo rato en silencio y Caragh temió haberle ofendido.

—Mi esposa nunca lo hizo —admitió al fin.

—¿Nunca te tocó? —la idea se le antojaba imposible. Incluso en esos intensos momentos, ardía en deseos de explorar el cuerpo del vikingo con sus manos, de besarlo y descubrir cómo darle placer.

—No quiero hablar de Elena —sentenció él.

Continuó dirigiendo la mano de Caragh para que se tocara y arrancara de su cuerpo el placer hasta que empezó a estremecerse. Caragh sentía la tensión aumentar en su interior y era incapaz de controlar la respiración acelerada, ni los gemidos a medida que se acercaba más y más.

—Styr —suplicó sin saber muy bien qué quería.

—No pares —le ordenó él—. Sigue.

La necesidad era tan fuerte que, instintivamente, aceleró el ritmo, gritando cuando su cuerpo se tensó en una oleada tan intensa que la lanzó al borde del desmayo.

Pero cuando la cálida boca de Styr se cerró sobre uno de los pezones, perdió el control por completo. La sensación de la lengua chupándola mientras ella seguía acariciando su humedad era demasiado intensa. Alzó las caderas y agarró la cabeza del vikingo mientras una frenética tormenta de ardiente placer bullía por su cuerpo, mojándola de tal manera que no pudo resistir el deseo de hundir dos dedos en su interior. El ritmo de la liberación casi la destrozó y, alargando una mano, cerró los dedos en torno a la sedosa erección. Estaba caliente y húmeda y bastaron unas pocas caricias sobre la punta para que el vikingo soltara un gemido y liberara su semilla.

Murmuró unas palabras en su propia lengua, palabras que sonaban entre disculpa y juramento.

—Ponte el vestido y márchate de la tienda. Ahora mismo —ordenó.

—¿Estás seguro…?

—Si no te marchas, voy a romper todos los juramentos que he hecho.

Con manos temblorosas, Caragh se puso el vestido sobre el sensible cuerpo. La sensación de desear a Styr aún prevalecía entre las piernas, pero era consciente de haberlo empujado demasiado lejos, pues había estado a punto de hacer lo que ella deseaba.

Caragh abandonó la tienda de Styr y salió a la fría noche. Los carbones de las hogueras brillaban rojos y las llamas lamían los últimos trozos de madera que quedaban.

La revelación de que a Elena no le gustaba tocarlo le había mostrado una faceta de su matrimonio que no entendía.

Más aún, Styr le había proporcionado una esperanza que no sabía que existiera. Primero iba a asegurarse de que Elena estuviera bien, pero después, las cosas podrían cambiar.

No solo no la había rechazado esa noche sino que le había dado un placer que jamás se habría imaginado. La única manera de mejorarlo sería teniéndolo dentro de su cuerpo.

El inesperado beso sobre el pecho, la sensación

de la lengua bailando alrededor del pezón había sido tan intensa que solo podía pensar en cómo sería compartir su lecho.

Se acurrucó para dormir, su cuerpo tan caliente aún que apenas necesitó cubrirse.

Sin embargo, el miedo y la preocupación hicieron mella en su sentido del honor. Styr no le había hecho ninguna promesa. Todo dependía de Elena y de cómo reaccionara.

Aunque deseaba creer que él daría por concluido su matrimonio para quedarse con ella, no podía tener la seguridad de lo que iba a ocurrir. Jamás hablaba de sus propios sentimientos, en caso de que tuviera alguno.

Los ojos se le llenaron de lágrimas. Al día siguiente el destino los uniría, o los separaría, para siempre.

Styr despertó al amanecer, sorprendido de haber dormido tanto.

El agotamiento de las últimas semanas parecía haberlo atrapado. La noche anterior no había tenido ningún sueño y había disfrutado de un pacífico descanso.

Pero por la mañana sintió la fragancia de Caragh, como si aún estuviera allí.

Jamás debería haberse inclinado sobre su pecho, pero había sido incapaz de contenerse. La había sentido tan cerca, sufriendo tanto en su necesidad... Y cuando había llegado tan violentamente ante el contacto de sus labios, se había deleitado en la sensación. Si hubiera podido pasar el resto de la noche viéndola deshacerse de deseo, habría saboreado cada instante.

El simple recuerdo de lo sucedido la noche anterior despertó en él un dolor físico y tuvo que ocultar la erección bajo la ropa. Atravesó el campamento en el que todos dormían y se preguntó si ese sería el día en que encontrara a Elena.

Entró en la tienda de Caragh y la encontró durmiendo con la mano extendida, como si esperara que él la tomara. Pero lo que Styr colocó en la mano abierta fue el peine de marfil.

La joven despertó. Tenía el rostro sonrojado, como si se avergonzara de lo sucedido la noche anterior.

—¿Qué es esto? —preguntó cerrando la mano sobre el peine.

—Un regalo para ti.

—Tiene un rostro de mujer —ella examinó el peine con detenimiento.

—Es la diosa Freya —explicó él.

—Este regalo era para ella ¿verdad? —los ojos de color violeta lo miraron con tristeza.

—Quiero que lo tengas tú —contestó Styr sin negarlo.

Caragh se sentó y el vestido se deslizó por un

hombro, dejándolo al descubierto. Al contemplar la delicada piel, Styr sintió crecer de nuevo el deseo. Sin embargo, la expresión en el rostro de la joven era de arrepentimiento.

—Yo no quiero un regalo por el que recordarte —admitió ella—. Prefiero tenerte a ti. Sentada sobre sus rodillas parecía una niña inocente—. La vas a encontrar hoy. Lo sé.

—Tengo que hablar con ella —él asintió.

—Me gustaría creer que podremos estar juntos —continuó ella—. Que podré amarte.

Las palabras estaban cargadas de una emoción que él jamás creyó posible y se acercó para tocarla. Necesitaba tocarla. Sin embargo, ella se apartó y volvió el rostro.

—Tengo miedo, Styr. Llevas tanto tiempo con ella. Cuando vuelvas a verla…

—No sigas —Styr la interrumpió con un abrazo. Era incapaz de decir lo que iba a suceder y decidió que sus actos hablaran por él, así que la atrajo hacia sí—. Espérame aquí mientras buscamos. Cuando regrese, volveremos a Gall Tír y empezaremos de nuevo —tomó el peine de marfil y lo deslizó por los oscuros cabellos. El marfil resaltaba sobre el castaño oscuro y al fijarse en el rostro de Freya comprendió por qué jamás había concebido un hijo con Elena. No estaba en su destino.

—Dame el peine —Caragh lo tomó de su mano y se lo devolvió—. Regálale el peine, tal y como era tu intención. Y no me lo devuelvas hasta que seas libre.

—Mis hombres te protegerán.

—No —ella sacudió la cabeza—. Mis hermanos me esperan. Regresaré a casa con ellos.

Styr frunció el ceño. No se había molestado en mirar hacia la costa. Saliendo de la tienda, se protegió los ojos del sol y, tal y como se había figurado Caragh, vio un pequeño barco de pesca anclado a una corta distancia.

—Sabía que no me dejarían sola —admitió ella a su espalda—. Mis hermanos son demasiado protectores. Y supongo que hicieron bien en seguirnos. Lo mejor será que no conozca a tu esposa —se echó un *brat* sobre la cabeza y los hombros protegiéndose del frío con la prenda de lana.

Styr no había pensado en ello, pero sin duda sería un desastre que Elena y Caragh compartieran el mismo barco para viajar. Lo mejor sería entregarle el mando de su barco a Ragnar y ordenarle que regresara a su hogar con Elena y los hombres. O a dondequiera que les apeteciera ir. Él regresaría con Caragh y sus hermanos.

—Voy a buscarlos —anunció—. Quédate aquí y no te marches hasta que yo regrese.

Ella asintió, aunque con gesto de preocupación.

—Todo saldrá bien —el vikingo se inclinó para besarle la mejilla—. Te lo prometo.

Sin embargo, al soltarla se sintió invadido por

una sensación de pánico al pensar en qué le diría a Elena.

—Suéltame —exigió Caragh.

—Tienes que quedarte hasta que él regrese —Onund la sujetaba del brazo—. No puedes ir tras ellos —su expresión era la del granito y su rostro barbudo ocultaba cualquier rastro de simpatía.

—No voy a interferir en nada —a Caragh le disgustaba el tono imperioso del hombre—. Ni siquiera se enterarán de que estoy allí —alzó la vista y lo miró a los ojos con la esperanza de lograr hacerle comprender—. Necesito verlos juntos.

Necesitaba ver la expresión en los ojos de Styr al encontrarse de nuevo con su esposa. Allí hallaría la respuesta que buscaba. Lo sabría.

—He visto cómo te mira —Onund la soltó—. Y esta mañana le he visto acudir a tu tienda.

—No hizo nada que deshonrase su matrimonio —ella le ocultó sus sentimientos.

La afirmación no era del todo cierta, pues lo había visto jadear de deseo por ella y la había hecho retorcerse al saborear su pecho desnudo.

—Su matrimonio no es más que un espejismo —admitió Onund mirándola con los ojos entornados—. Lo que le mantenía junto a Elena era el sentido del deber. Hace mucho que debería haberla dejado y elegido otra mujer que pudiera darle hijos.

La respuesta sobresaltó a Caragh, pues no sabía que los demás estuvieran al corriente de los problemas matrimoniales de Styr y Elena. Tampoco se había dado cuenta de lo importante que era para el *Lochlannach* tener hijos.

—Decida lo que decida, le deseo toda la felicidad del mundo —le aseguró ella.

Onund se cruzó de brazos y Caragh dudó que fuera a permitirle dar siquiera un paso tierra adentro.

—Styr necesita hijos —insistió él, tomándole la mano y guiándola hacia las colinas—. Permanecerás oculta —añadió—. No puedes dejarte ver. Pase lo que pase.

—No lo haré —le aseguró ella mientras caminaba a su lado, agradecida por su ayuda. Styr se había marchado poco antes con un puñado de hombres tras el rastro de Ragnar y Elena. No había manera de saber hasta dónde habían llegado o si los habían encontrado o no.

Pero con cada pisada que daban, el temor de Caragh aumentaba. En el fondo sabía que Styr no abandonaría a Elena jamás.

Onund la guio hacia un río. Los restos de humo provenientes de una hoguera revelaron la existencia de un campamento.

—Quédate aquí —el vikingo la condujo hasta un pequeño grupo de árboles, apenas una docena—. No digas ni una palabra o nos descubrirás y Styr me cortará la cabeza.

Ella se agachó y asintió. Vio a Styr hablando con otro hombre, seguramente Ragnar. Tenían unos rasgos parecidos aunque el cabello de Ragnar era más oscuro y su estatura inferior.

Entre ambos hombres se respiraba cierta tensión aunque ella no podía saber lo que hablaban, pero Styr miraba al otro hombre con gesto de sospecha y tenía los brazos cruzados sobre el pecho.

Y, de repente, la mujer salió de un refugio hecho con ramas. Al ver a Styr, su rostro reflejó alivio y dio la sensación de querer abrazarlo.

Las feas garras de los celos se clavaron en Caragh a pesar de que era muy consciente de que el vikingo estaba unido a Elena y que había compartido su lecho. La imagen de ambos juntos le provocó una tremenda congoja.

—¿Quieres marcharte? —susurró Onund, que parecía haber leído sus pensamientos.

Caragh no se movió. Quería ver si Styr iba a rechazar a Elena, si iba a contarle la verdad de lo sucedido entre ellos. Sin embargo, lo que vio fue a la mujer sonriendo tímidamente mientras se acariciaba significativamente el vientre.

Y también vio la conmoción de la incredulidad dibujada en el rostro de Styr.

Y lo supo. Sin necesidad de oír ni una palabra de ninguno de los dos, supo que, después de tantos años intentándolo, había sucedido. Styr jamás abandonaría a la madre de su bebé, ni a su hijo una vez naciera. Y menos por una mujer a la que acababa de conocer.

El dolor era físico y Caragh sintió que se ahogaba. Asintió, respondiendo a la pregunta de Onund. No quería oír ninguna excusa. En esos momentos, lo único que quería era que sus hermanos la llevaran a casa. A algún lugar donde no volviera a ver a Styr ni a su esposa.

Qué estúpida había sido al dejarse atrapar en el sueño de una vida en común con él. La noche anterior había ido a buscarlo, y él le había aconsejado que se marchara.

Debería haberse marchado.

Caragh corrió en campo abierto sin importarle que alguien pudiera verla, seguida de cerca por Onund. Cuando llegaron a la costa, le ardían los pulmones y su cuerpo entero se resentía por el esfuerzo.

—¿Me ayudarás a llegar hasta el barco de mis hermanos? —suplicó—. Está muy cerca.

—Mis órdenes son mantenerte aquí —sin embargo, el rostro del hombre reflejaba simpatía hacia ella, como si supiera la humillación que estaba sufriendo.

—No me obligues a quedarme —las lágrimas le quemaban las mejillas y se arremangó las faldas, dispuesta a nadar si era preciso—. Styr ya ha elegido. Y la elegida no soy yo.

—Podrías convertirte en su concubina —sugirió

Onund—. Y si concibieras un hijo, él podría abandonarla.

—Esa no es la vida que deseo vivir —Caragh se secó las lágrimas del rostro.

Unas pisadas se acercaron y vio a Styr en lo alto de la colina, mirándola fijamente. También vio el lamento reflejado en sus ojos.

Caragh corrió hasta el extremo más lejano de la playa mientras agitaba una mano hacia sus hermanos. Alguno la vería y acercaría el barco hasta la orilla. La desesperada necesidad de marcharse de allí estaba por encima de cualquier cosa.

Pero Styr ya le estaba dando alcance.

—Caragh —llamó, aunque ella no se volvió para no mostrarle el gesto de desolación en su rostro.

—Lleva a tu hijo en su seno ¿verdad?

—Sí —no había alegría en la voz del vikingo, únicamente una amarga resignación—. Sucedió antes de que emprendiéramos el viaje. Yo no sabía nada.

—No importa cuándo sucediera. Debes permanecer junto a ella.

El silencio de Styr fue la respuesta temida por Caragh.

—Soy un hombre maldito —el vikingo se adelantó y apoyó las manos sobre los hombros de la joven—. Debería sentirme exultante de alegría, pero no es más que otra cadena.

Caragh al fin se volvió y él no pudo reprimir la necesidad de abrazarla.

—No puedo darles la espalda.

—Lo sé —debería hallar consuelo al saber que él tampoco se sentía feliz, pero no había manera de cambiar lo sucedido. Su hijo había sido concebido antes de partir de sus tierras. No tenía derecho a pedirle que abandonara a Elena, y no lo haría.

—No puedo decir las palabras que deseo pronunciar —el barco de los hermanos de Caragh se aproximaba y Styr le tomó el rostro entre las manos.

—Vuelve con ella —le pidió Caragh—. No la has deshonrado en ningún momento.

—La he deshonrado mil veces en mi mente —contestó él—. Y los dioses me han castigado por ello.

—Te deseo un hijo fuerte y sano —susurró ella cuando Styr la volvió a envolver en su abrazo—. Un luchador como su padre.

Caragh se apartó de él y caminó hacia el barco sin mirar atrás.

Trece

—Ya había visto antes a esa mujer —aquella noche, Elena y su esposo caminaban juntos, tomados de la mano.

Aunque el tono de voz era neutro, el vikingo sabía que lo había visto abrazarla.

—Caragh O'Brannon —asintió—. Brendan es su hermano pequeño.

—Ella te apresó ¿verdad?

Él volvió a asentir sin importarle lo que Elena pudiera estar sospechando. En esos momentos se sentía atormentado por la mirada que vio en los ojos de Caragh al descubrir la existencia del bebé. Le enfurecía haber llegado a lamentarse de la existencia de ese hijo. No estaba bien, y no era justo.

—¿Albergas… sentimientos hacia ella? —preguntó su esposa en tono acusador.

¿Qué podía contestar? ¿Que había caído bajo el hechizo de Caragh hasta que no pudo pensar en otra mujer que no fuera ella? ¿Que no deseaba permanecer en ese lugar por más tiempo y que lo mataba no poder ir tras ella?

—¿Por qué me lo preguntas? —Styr evitó contestar—. Solo hace una semana que la conozco.

—Tengo ojos, Styr. Te vi con ella.

—Se marchó con sus hermanos. Simplemente me despedí de ella —Styr se encogió de hombros quitándole importancia. Como si el enorme agujero que lo devoraba desde dentro no existiera.

—La estabas abrazando.

—No sucedió nada entre nosotros —el vikingo se volvió hacia Elena.

«Mentiroso», acusó su conciencia, pues la había engañado de innumerables formas, sobre todo la noche anterior.

Suprimió la furia que amenazaba con desatarse en su interior. Muchos hombres habrían tomado a Caragh como concubina, pero él había permanecido fiel a su esposa.

—Entonces ¿por qué estás tan enfadado? —espetó ella mirándolo fijamente—. Si ella no significara nada para ti, no te comportarías de esta manera.

La familiar frialdad cubrió su rostro mientras recuperaba la compostura. Styr no tenía ninguna respuesta que ofrecerle, pues cualquier cosa que dijera revelaría su frustración. Y optó por cambiar de tema.

—Onund me contó que saltaste por la borda para escapar.

—Fuimos atacados por los daneses y solo teníamos una oportunidad para escapar —ella inclinó la cabeza—. Ragnar me ayudó a alcanzar la orilla.

—Podríais haber muerto los dos —observó él.

—No estaba dispuesta a permitir que me vendieran como esclava —los ojos verdes se llenaron de lágrimas—. Esta podría ser mi única oportunidad de ser madre.

Styr suspiró. Durante largo rato permaneció en silencio, contemplando el barco de Caragh desaparecer entre la niebla. Un sentimiento de culpa lo asaltó. Se merecía el dolor de su pérdida. Al fin habló.

—¿Tienes idea de cuánto tiempo llevo buscándote? Pensaba que habías muerto.

—Yo tampoco pensé que ellos te dejarían vivir, pero me alegra que hayas regresado.

—¿Cuánto tiempo lleváis aquí?

—Varios días. Los daneses hirieron a Ragnar, pero consiguió mantenerme a salvo —las mejillas de Elena se encendieron al mencionar al otro hombre—. Encontramos comida y construimos ese refugio.

Styr recordó la lucha de Caragh por sobrevivir. Casi había muerto de hambre al encontrarse sola sin sus hermanos, y se preguntó si tendrían suficientes suministros para aguantar hasta la cosecha. Aún no había olvidado su alegría al pescar el primer pez. Ni el abrazo de agradecimiento que le había dado.

Se le ocurrió que no había saludado convenientemente a su esposa. En ningún momento la había recibido con un abrazo y sentía que se lo debía.

Volviéndose hacia ella hizo amago de tomarla en sus brazos, pero Elena retrocedió instintivamente.

—¿Qué haces? —de repente, ella pareció comprender sus intenciones y se disculpó—. Me pillaste desprevenida —se inclinó hacia él y le permitió un tímido abrazo antes de darle un beso en la mejilla. Sin embargo, el gesto resultaba falso, como si se hubiese sentido obligada.

—¿Cómo te encuentras? —preguntó él, prefiriendo cambiar de tema.

—Como siempre —admitió ella—. De no ser por las dos lunas que llevo sin sangrar, jamás me habría imaginado lo del bebé —deslizó una mano sobre su vientre, aún plano—. Resulta extraño pensar que hay un bebé creciendo ahí dentro.

Mientras continuaba hablando del embarazo, Styr tenía la mente muy lejos de allí. No abandonaría a Elena mientras ella lo necesitara. Quizá cuando naciera el niño, su maltrecho matrimonio sanaría y ella podría volver a quererlo.

Pero, mientras caminaba junto a Elena, no pudo evitar desear que fuera Caragh quien estuviera embarazada de su hijo.

Tres semanas después

Elena no era estúpida. Sabía que su marido albergaba sentimientos hacia esa irlandesa. Desde luego, se había mostrado de lo más correcto y amable con ella, atendiendo cada una de sus necesidades. Pero le hubiera dado lo mismo que no estuviera allí. Por las noches se tumbaba junto a ella, pero jamás intentaba tocarla. Siempre mantenía cierta distancia entre ellos, y cuanto más tiempo pasaba, más sola se sentía.

Al menos tenía el consuelo del bebé. Un tercer mes había pasado sin sangrado y eso solo podía significar que albergaba a un hijo en su seno. Sin embargo, le preocupaba la delgadez de su cuerpo y sus pechos, que permanecían del mismo tamaño. ¿No debería estar experimentando algún cambio? Lo cierto era que no sentía nada.

Se habían instalado al sur de Dubh Linn, cerca de unos amigos de su madre, pero la amenaza de los daneses seguía latente. Elena no se sentía segura en ese lugar y se alegraba de la presencia de Ragnar cuando Styr se ausentaba. Al menos él la escuchaba y contestaba con algo más que monosílabos.

Aquella mañana, Styr había acudido al mercado, dejándola en casa. Ella había limpiado hasta el último rincón, barriendo cuatro veces. La mesa y las sillas estaban recogidas y había empezado a plantar un jardín, asegurándose de que cada bancal estuviera perfectamente recto y con la misma distancia entre uno y otro: la anchura de su mano.

Había preparado la comida preferida de Styr, llevado la armadura a limpiar y hecho todo lo posible por hacerle la vida más cómoda. Pero él no parecía haberlo notado.

Ragnar estaba ocupado en la construcción de su propia casa y Elena decidió acercarse a hablar con él. Sabía muy poco sobre lo que los hombres buscaban en una esposa y quizás él podría ayudarla.

Pero a medida que se acercaba, los martillazos del vikingo arreciaron.

—¿Te molesto? —preguntó ella, sentándose junto a él.

Ragnar no contestó, pero, por la manera de golpear con el martillo era evidente que estaba de peor humor que Styr. Le ofreció un poco de agua, pero él arrojó el martillo al suelo y rechazó la bebida.

—Aléjate de mí, Elena.

Elena se sorprendió tanto que no supo qué contestar. Pero antes de que pudiera marcharse, el vikingo se secó el sudor de la frente con una manga y se disculpó.

—No estoy de humor para hablar con nadie.

—Vine en busca de consejo, pero si no es buen momento me marcharé —ella no comprendía qué podía sucederle, pero sabía que lo mejor sería no presionarlo.

Ragnar apoyó las manos sobre la pared y se tomó unos minutos para calmarse. Cuando al fin se volvió hacia ella, sus oscuros ojos reflejaban nerviosismo.

—¿Qué sucede? —el vikingo suspiró y se acercó a ella.

—Es Styr —admitió Elena—. Desde que ha regresado, no sé cómo complacerle.

—No estamos manteniendo esta conversación —la expresión de Ragnar se tensó.

—No, yo no quise decir... —ella se sonrojó—. Desde lo del bebé no hemos... —¿por qué le estaba contando esas cosas?

Sin embargo, las palabras salían a borbotones de su boca, en contra de su voluntad.

—Ni siquiera me habla. Se muestra tan distante que no sé qué hacer.

—¿Por qué sigues casada con él? —preguntó Ragnar—. Si ya no sentís nada el uno por el otro, y ya ni siquiera habláis ¿qué sentido tiene?

—Siempre ha sido bueno conmigo —protestó ella—. Además, está el bebé.

—Tú no estás embarazada, Elena.

—¡Sí, lo estoy! —Elena deslizó las manos hasta el vientre—. Ya llevo unos meses.

—Tengo hermanas que han tenido hijos. Si estuvieras encinta, estarías mucho más gorda a estas alturas —Ragnar volvió a su martillo—. Habla con la partera. Ella te lo dirá.

—Si no hay ningún bebé... —los ojos de Elena se inundaron de lágrimas.

—Entonces no tendrías ningún motivo para permanecer unida a él. Déjalo marchar, Elena. A la larga seréis más felices.

Elena se levantó para marcharse, con la sensación de que la hubieran partido en dos. Le ardían los ojos y se dirigió hacia la puerta, pero él la detuvo.

—Ven aquí —le ordenó Ragnar atrayéndola hacia sí para abrazarla.

La dulzura del gesto bastó para que las lágrimas brotaran como un torrente de los ojos de Elena. Ese hombre siempre había estado a su lado, incluso en los peores momentos.

—Ya le he perdido ¿verdad? —sollozó ella.

—A mí no me has perdido —él le acarició los hombros.

Elena se sentía agradecida por la amistad de Ragnar, pero la idea de divorciarse de Styr le parecía equivocada. Aún no estaba dispuesta a rendirse.

Al regresar a su casa aquella noche, Styr encontró a su esposa acurrucada en la cama. No sabría decir si dormía o si no se encontraba bien, pero aún era temprano para acostarse.

Sin embargo, al acercarse, vio los ojos inyectados en sangre y supo que había llorado.

—¿Qué sucede? —preguntó.

—El bebé —Elena sacudió la cabeza y retiró la manta.

El terror ante la posibilidad de un aborto paralizó a Styr, pero ella se lo aclaró enseguida.

—Estaba equivocada —comenzó—. Nunca

hubo un bebé. Empecé a sangrar hoy —un sollozo la interrumpió—. La partera dijo que, a veces, cuando está sometida a algún peligro o emoción fuerte, una mujer puede no tener el periodo.

No había palabras para consolarla y Styr solo pudo abrazarla. Sorprendentemente, la pérdida del bebé le dolía más de lo que habría imaginado. Elena se abrazó a él con fuerza y lloró desconsoladamente.

—Deseaba tanto ese bebé.

—Lo sé.

—Además, no he sido una buena esposa para ti, no del modo en que debería haberlo sido —se apartó de él y señaló a su alrededor—. Todo está muy ordenado, pero no es suficiente.

—Nunca me importó la casa —él no la soltó, pues comprendía que las lágrimas no eran solo por el bebé.

—Tú querías viajar a ultramar —continuó ella—. Y yo nunca te dejé marchar.

—Sabía que no deseabas viajar conmigo. Y si no estaba en casa, jamás concebiríamos un hijo —Styr se encogió de hombros quitándole importancia.

—Era tu sueño, no el mío —admitió Elena—. Debería haberte dado mis bendiciones, pero tenía demasiado miedo de quedarme sola —le acarició la mejilla—. Aún te amo, Styr.

Después de tantos años, lo menos que se merecía

Elena era que le contestara con las mismas palabras. Sin embargo, antes de que él pudiera pronunciarlas, ella le tapó la boca con una mano.

—No digas nada. Te conozco desde hace mucho tiempo y sé que no sientes lo mismo por mí. Ya no —otra lágrima rodó por su mejilla a pesar de lo cual sonrió—. Hemos vivido buenos momentos.

—Cierto —Styr le acarició los cabellos—. Y volveremos a vivirlos —era una promesa hueca, pero no podía hacer nada más. Se sentía extraño al llorar la pérdida de un hijo que jamás había sido concebido.

Aunque quizá penaba por la pérdida de lo que una vez habían compartido.

Elena le tomó la mano y se levantó de la cama. Tenía el corazón roto y se reflejaba en su mirada y Styr reconoció brevemente a la mujer que había amado.

—¿Me acompañas? —le pidió ella con cierta inseguridad, como si se sintiera repentinamente nerviosa.

Él asintió sin soltarle la mano.

Elena llevaba un bonito vestido que se ajustaba a su delgada figura, cubierto de un sobrevestido sujeto en los hombros. Los cabellos rojizos estaban recogidos en trenzas y varios mechones colgaban sueltos alrededor del rostro.

Styr le sostuvo la puerta abierta y ella lo guio hacia la casa de Ragnar.

—La terminará en unos pocos días —predijo Styr.

Su amigo había construido la casa que compartía con varios de sus hombres. Le sorprendía que Elena lo estuviera llevando de la mano hasta allí, a una casa llena de hombres.

Su estado de ánimo invitaba más a quedarse sola y llorar su pena.

Al entrar, encontraron a todos sentados a una mesa llena de cerveza y carne. Styr saludó a Onund, a Ragnar y a los demás. Pero Elena alzó una mano, reclamando la atención de todos.

—Os quiero pedir una cosa —empezó.

Los hombres se volvieron expectantes, incluyendo Styr, que no tenía la menor idea de cuáles eran sus intenciones.

—Quiero que seáis testigos —los ojos verdes estaban fijos en los de su marido—. Llevo cinco años casada con Styr. En todo ese tiempo he sido estéril y no es justo obligar a este hombre a seguir unido a mí en matrimonio.

Elena soltó la mano de su esposo, que se sintió invadido de espanto al escuchar las palabras.

—Yo me divorcio de ti, Styr Hardrata, en presencia de estos testigos —tal y como exigía la fórmula, lo repitió tres veces.

Styr no era el único que se mostraba estupefacto. Los demás hombres lucían expresiones parejas en sus rostros, y ninguno sabía qué hacer. Elena no había hablado con nadie de sus intenciones y se encontraban sin argumentos para discutir.

Sin pronunciar una palabra más, la mujer abandonó la casa de Ragnar y regresó a la que había compartido con su esposo.

—¿Vas a divorciarte de mí? —Styr la siguió—. ¿Así, sin más, sin una explicación? —estaba furioso, y avergonzado de que lo hubiera hecho ante tantos testigos, sin dejar lugar a dudas sobre sus intenciones—. ¿Por qué? ¡Yo creía que querías volver a intentarlo!

Elena dejó la puerta abierta y esperó a que Styr entrara. El vikingo cerró de un sonoro portazo mientras ella se sentaba con calma en un taburete.

—Ya no somos pareja, Styr. Nunca lo fuimos y por eso los dioses nos negaron los hijos.

—¿Tan mal te he hecho sentir? —preguntó él.

—¡Sí! —Elena se puso de pie—. Y no me digas que yo no te he hecho lo mismo a ti —le temblaban las manos, pero los ojos verdes emitían furiosos destellos—. Lo intentaste. Ambos lo intentamos, pero tú nunca fuiste feliz. Y las cosas no deberían ser así.

Desvió la mirada momentáneamente.

—Me fijé en cómo la mirabas, Styr. Vi cómo se abrazaba a ti. Ella te ama. Y tú la amas como jamás me has amado a mí.

Styr no podía negarlo, pero la angustia reflejada en el rostro de Elena se transformó en culpabilidad en su propio corazón. Sin pronunciar palabra alguna, la sujetó por los hombros, abrazándola por la espalda.

—Quiero que vayas a buscarla —continuó ella—. Cásate con ella si es la mujer que amas. Y quizás así podrás tener los hijos que yo jamás podría darte.

—¿Y tú qué harás? —él ni siquiera era capaz de imaginarse el coraje que hacía falta para que esa mujer le diera sus bendiciones después de todo lo que había sufrido.

—De momento me quedaré aquí —Elena se volvió hacia él—. Después ya veré —sacudió la cabeza y se secó las lágrimas.

Styr la condujo hacia la cama y la animó a sentarse, pero Elena prefirió el suelo y él la acompañó.

—Siento no haber sido el marido que necesitabas —admitió al fin.

—Tampoco fue tan malo —contestó ella—. Vivimos algunos momentos buenos.

—¿Estás segura de que es esto lo que deseas? —insistió Styr—. ¿Quieres el divorcio?

—Ya lo he hecho, Styr —a pesar de las lágrimas, Elena consiguió sonreír—. No necesito tu permiso para declararlo ante testigos.

Apoyó la cabeza sobre el hombro del que había sido su esposo y permanecieron sentados unos minutos. Era evidente lo mucho que le costaba decir adiós a tantos años juntos.

De repente, Styr recordó el regalo que le había comprado.

—Te compré esto antes de abandonar Hordafylke.

—Es precioso —ella estudió atentamente la imagen de Freya y probó el peine sobre sus cabellos mientras recordaba el día de sus esponsales y el miedo que había sentido.

Durante las horas que siguieron, recordaron su matrimonio. Hablaron hasta bien entrada la noche, hasta que sus voces se volvieron roncas y los párpados pesados.

Y cuando Styr despertó por la mañana, Elena se había marchado.

Catorce

Caragh arrancó unas cuantas malas hierbas del pulcro campo de cebada. Sus hermanos habían salido de pesca y ella estaba ocupada inspeccionando la cosecha. Aún faltaban unos meses para recogerla, pero al menos tenían la promesa del grano con el que alimentarse. El clan había plantado las semillas que habían llevado Terence y Ronan. Con suerte, el sol y la lluvia serían amables con ellos y les permitirían recuperarse de las pérdidas del año anterior.

A pesar de las incontables horas dedicadas al trabajo, no había conseguido mitigar el dolor de su corazón. Se había permitido amar a Styr y, de nuevo, había comprobado que el hombre al que amaba había elegido a otra.

Aceleró el paso al atravesar el campo. No le serviría de nada darle vueltas a lo mismo. Desde el principio había sabido que ese hombre no estaba libre. Al salir a campo abierto, se cubrió los ojos para protegerse del sol de la mañana. Vio el barco de sus hermanos haciéndose a la mar. Y al este… otro barco.

Frunció el ceño, no reconociéndolo al principio. ¿Eran los pescadores que regresaban a Gall Tír?

Pero al divisar la vela a rayas, el estómago le dio un vuelco. Los *Lochlannach* habían regresado, pero ¿con qué propósito? ¿Era el barco de Styr o eran unos invasores? Ninguna de las dos opciones era especialmente bienvenida.

Caragh corrió hacia la playa, sujetándose las faldas. Algunos de los O'Brannon de más edad se afanaban en raspar pieles mientras otros preparaban la carne para secarla. La joven se aventuró todo lo que pudo en el mar, forzando la vista. Y cuando distinguió la veleta de bronce, característica del barco de Styr, su tensión aumentó considerablemente.

¿Para qué había regresado? ¿Tenía la intención de instalarse allí con su esposa y su hijo? La idea de verlo a diario con Elena le produjo un insoportable dolor físico. Una parte de ella deseaba huir, esconderse donde no pudiera encontrarla. Pero, por otro lado, ella no era ninguna cobarde. Quizá no supiera por qué había regresado, pero se quedaría allí y le haría frente.

Sentada sobre una piedra esperó mientras el barco vikingo se acercaba cada vez más, hasta que pudo distinguir al propio Styr plegando la vela.

Seguía tan atractivo como lo recordaba, con los

cabellos dorados atados en una coleta. El verano se aproximaba y no llevaba armadura.

De repente Styr la descubrió y sus miradas se fundieron, como si ambos estuvieran recordando la noche que habían compartido.

Caragh escudriñó el barco, pero solo vio a dos hombres más. Elena no iba con ellos.

De haber podido forrar su corazón de piedra, lo habría hecho. Styr la había abandonado, eligiendo a la mujer que había desposado y a su hijo no nacido. Nada podría cambiar eso.

El vikingo caminó hacia ella, las olas estrellándose contra sus muslos mientras él hacía caso omiso de las heladas aguas.

—Tenemos que hablar —anunció a modo de saludo.

—No tengo nada que decirte, ni a tu esposa —Caragh se puso en pie, ignorándolo.

—Elena ya no es mi esposa —gritó él a su espalda.

El rostro de Caragh se tiñó de rubí, pero siguió caminando en dirección opuesta a Styr. Estaba hecha un lío y poco importaba que fuera cierto o no. Al alcanzar la colina de hierba, se paró, pero no se volvió.

¿Esperaba que se lanzara a sus brazos, regocijándose por ser su segunda opción? ¿Les había sucedido algo a Elena y a su hijo?

La ira y la tristeza la ahogaban, pero Caragh no

consiguió avanzar más antes de ser alcanzada por Styr, que la tomó en sus brazos.

—Como te he dicho, tenemos que hablar.

—Suéltame —le exigió ella mientras intentaba apartarlo, pero lo único que consiguió fue que él la sujetara con más fuerza—. De acuerdo, hablaré contigo, pero aquí no.

No donde los demás pudieran verla llevada en brazos por un *Lochlannach*. Styr no parecía confiar en ella, pues no la soltó.

—Han pasado demasiadas semanas —él la abrazó como si quisiera fundirse con ella.

Y con ella aún en brazos, pasó por delante de sus hombres, que habían empezado a descargar el barco. También pasó por delante del asentamiento amurallado y se dirigió a campo abierto.

—Styr, por favor —insistió ella—. Puedo andar.

—No quiero que te escapes —fue la respuesta del vikingo—. Tienes derecho a estar enfadada, pero hablaremos en privado.

—¿Qué pasará con tu hijo? —preguntó Caragh—. Si ya no estás casado con Elena… —interrumpió la frase al imaginarse lo que debía haber sucedido. Incluso el mero hecho de mencionarlo era una crueldad.

—Jamás hubo un bebé —confesó él—. Ella pensaba que sí, pero estaba equivocada.

—Por favor, suéltame —Caragh percibió un tono de lástima en la voz de Styr, casi como si hubiese deseado que ese bebé existiese.

Pero Styr no la soltó.

—¿Qué quieres de mí? —preguntó ella con calma—. ¿Por qué has vuelto?

Styr tomó su rostro entre las manos y la besó con pasión. Hundió las manos en sus cabellos y la atrajo hacia sí. La familiar oleada inundó a Caragh, que sintió despertar su deseo. Pero, aunque aceptó el beso, no lo devolvió.

—Estás enfadada —murmuró él sin despegar los labios de su boca.

—No pretenderás que te deje pasar del lecho de otra mujer al mío —Caragh miró hacia otro lado para ocultarle su dolor.

—No yací con ella. Ni siquiera la toqué.

—Es demasiado pronto, Styr —ella sacudió la cabeza y, para su vergüenza, las semanas de dolor se desbordaron en su interior y empezó a balbucear—. No tenías elección, lo sé. Pero no quiero que mi corazón vuelva a sangrar por segunda vez.

—No lo hará —le juró él—. No tengo intención de volver a dejarte.

La intensidad de la mirada de Styr empujaba las barreras que rodeaban su corazón.

—Ya no sé qué es lo correcto —admitió ella—. Quizás deberíamos ser amigos durante un tiempo —le ofreció—. Podríamos llegar a conocernos sin…

—Sin que Elena se interponga entre nosotros —concluyó él la frase.

Caragh asintió.

Un oscuro velo cayó sobre el rostro de Styr, como si no le gustara la idea de esperar. Deslizó las manos por la espalda de Caragh.

—No pienso regalarte flores ni intentar ganarme tu corazón, Caragh.

El vikingo la sujetó con fuerza por la cintura y la apretó contra su cuerpo.

—Soy un *Lochlannach*. Y tomo lo que deseo —para acentuar sus palabras, la besó, invadiendo su boca con la lengua, asolándola como el guerrero que era, reclamándola y consumiéndola hasta dejarla sin aliento. Contra sí, ella sintió la fuerte erección y su cuerpo reaccionó con una intensa oleada de deseo concentrado entre las piernas.

—Quizás en esta ocasión seas tú mi prisionera —murmuró él mientras dibujaba un camino de besos desde la boca de Caragh hasta su cuello.

La mente de la joven se llenó de imágenes en las que aparecía encadenada y a merced del rudo vikingo, y un suspiro escapó de sus labios.

—No —reaccionó a tiempo mientras le apuntaba al pecho con un dedo—. Apenas te conozco. Y tú sabes muy poco de mí.

—Te gusta comer —empezó él—. Y no te gusta navegar.

—Lo que no me gusta es ahogarme —puntualizó ella.

Había conseguido superar su aversión al agua,

sobre todo tras salir habitualmente de pesca con sus hermanos. Jamás volvería a permitir que el miedo le impidiera conseguir comida.

—Te gusta el color azul y tienes un gran sentido de la aventura. Te gusta probar cosas nuevas —le tomó las manos entre las suyas y añadió—. Y haces trampas cuando juegas.

—¡No es verdad!

—Te vi mover varias fichas cuando creías que estaba distraído.

¿Cómo se había dado cuenta? Caragh frunció el ceño.

—Y te gusta besarme.

—A veces —admitió ella.

Styr la condujo al prado donde las ovejas pastaban en la verde hierba.

—Te he traído regalos de Dubh Linn

Caragh intentó disimular el interés que sentía. No podía dejarse convencer por unos cuantos regalos.

—Ven conmigo al barco —continuó él—, y te los daré.

—Si me subo contigo a ese barco, me secuestrarás —ella tuvo una sensación de peligro.

—¿Y tan malo sería pasar la noche conmigo en el barco, contemplando las estrellas?

Era evidente que la idea le resultaba tentadora y él continuó.

—Te llevaría al sur, hacia las tierras bañadas por

el sol, donde el calor oscurecería el color de tu piel —deslizó un dedo por su cuello, incendiando su piel—. Probarías comidas que jamás habías conocido. Especias y vinos cuyo gusto permanecerá en tu paladar.

—¿Volvería a ver a mis hermanos? —se aventuró ella, permitiéndose ceder a la ensoñación.

—Cuando quisieras regresar —él asintió—. Yo te traería de vuelta.

—¿Qué pasó con tu esposa? —Caragh se detuvo—. Quiero que me lo cuentes.

—Ya te lo he contado. Elena descubrió que no estaba encinta y se divorció de mí.

¿Elena se había divorciado de él? Ante la expresión de perplejidad de Caragh, él continuó.

—Nos vio abrazarnos antes de que te marcharas con tus hermanos.

—Nunca pretendí interponerme entre vosotros, Styr —ella lo miró con gesto de arrepentimiento—. Y no debería haber acudido a tu tienda aquella noche. Estuvo mal.

—No he dejado de pensar en ello, Caragh —Styr le acarició la cintura—. Y la próxima vez quiero tocarte.

Un fogonazo de deseo estalló dentro de Caragh. Pero no podía ceder sin más.

—Quiero un hombre que me proteja y me ame —alzó los ojos y lo miró con aprensión—, pero necesito tiempo.

Había otra barrera que se interponía entre ellos y Caragh dudó si mencionarlo o no. El primer matrimonio de Styr se había deshecho porque no había habido hijos. Y, aunque ella no quería herirlo, tampoco quería ignorar la verdad. Si lo elegía como esposo, existía la posibilidad de que no pudiera darle hijos.

—Tenemos tiempo de sobra —asintió él—. He venido para quedarme, Caragh —la mano se deslizó por su espalda, haciéndole más difícil pronunciar palabra alguna.

—No negaré que te he echado de menos —empezó ella, intentando elegir bien las palabras—. Y mis sentimientos no han cambiado —respiró hondo y lo miró a los ojos—. Pero tú la abandonaste porque no podía darte un hijo. ¿Y si nos pasara lo mismo a nosotros?

Las palabras de Caragh fueron como una puñalada, pues él tampoco sabía si podría sembrar un hijo en ella. Aunque era posible que fuera Elena la estéril, Styr había conocido a hombres que se habían casado una y otra vez sin lograr engendrar hijos. Si no podía darle un hijo a Caragh ¿estarían abocados al mismo destino que su primer matrimonio? ¿Terminaría ella por odiarlo, apartándolo de su lado sin querer compartir su lecho?

Era una certeza a la que no deseaba enfrentarse. La realidad de las palabras de Caragh terminó con cualquier posibilidad de conversación. Styr la condujo de regreso al asentamiento. Onund había trasladado los víveres que habían transportado en el barco que permanecía anclado a cierta distancia de la playa.

Caragh murmuró alguna excusa sobre tener que preparar la cena, pero él le sujetó la mano.

—Esto aún no ha terminado, Caragh.

—No —ella sacudió la cabeza—. Pero ahora mismo no sé qué decirte, ni qué siento.

Styr la soltó y ella desapareció en el interior de su casa. Los hermanos de Caragh se acercaban al asentamiento, y ninguno parecía complacido de ver a Styr. Ronan se mantenía a cierta distancia, mirando de reojo el barco y la escasa tripulación, pero Terence no hizo ningún esfuerzo por contener su ira. Se acercó a Styr y, cuando lo alcanzó, se abalanzó contra él blandiendo los puños.

El vikingo le sujetó la mano antes de que pudiera golpearle la mandíbula.

—No he venido para pelear.

—Mejor así, *Lochlannach*. Así podré matarte con mayor rapidez —Terence lanzó el otro puño, que aterrizó en el rostro de Styr.

El dolor lo paralizó, pero aun así sonrió al otro hombre, sin importarle que fuera el hermano de Caragh.

—No lo conseguirás —si Terence quería pelea, le permitiría liberar su frustración e ira.

—Le hiciste llorar —le acusó su hermano—. ¿Y ahora te atreves a volver a aparecer por aquí?

—Voy a desposarla. Será mejor que te acostumbres a mi cara —Styr giró alrededor él, sabiendo que no pelearía limpio, no cuando se trataba de proteger a su hermana.

—¿Y tu esposa no tiene algo que opinar al respecto? —preguntó Terence con ironía—. Brendan nos lo contó. ¿Cuándo tenías pensado decírselo a Caragh?

—Ella lo supo desde el principio. Y Elena ya no es mi esposa.

Terence golpeó a Styr en las costillas. Sobreponiéndose al dolor, consiguió parar un tercer golpe.

—No eres más que un bastardo que no se merece respirar el mismo aire que ella. Debería haberte dejado encadenado hasta que te pudrieras.

Sin previo aviso, Terence desenvainó una daga y se lanzó contra el vikingo. Styr vio un trozo de madera en el suelo y lo recogió justo a tiempo para bloquear el ataque del otro hombre.

Con un ágil movimiento, dirigió la madera contra la cabeza de Terence, con la intención de dejarlo inconsciente. Pero en el último segundo, oyó el grito de Caragh y se detuvo.

Ella salió corriendo de su casa y la distracción tuvo como consecuencia un corte en el brazo.

—¡Terence, no! —exclamó ella corriendo hacia delante.

Aunque el brazo de Styr sangraba, no parecía una herida profunda y él contempló divertido a la joven, que estrellaba el puño en el hombro de su hermano.

—Ya basta, dejadle en paz —insistió.

Terence los taladró con la mirada, pero se contuvo.

—¿Por qué os estabais peleando? —preguntó ella mientras le urgía a Styr a que se sentara para poder atender la herida.

A Styr se le ocurrió que podría aprovecharse de un pequeño corte, sobre todo si gracias a ello conseguía que Caragh se ocupara de él.

—Está enfadado conmigo porque te hice daño. Y cree que te mentí sobre Elena.

—No le hagas daño —Caragh tomó un trozo de tela y lo mojó en agua para limpiar la herida de Styr—. Lo que suceda entre nosotros, debe quedar entre nosotros dos. Tú no tienes nada que ver.

—No vuelvas a hacerle daño —los ojos de Terence reflejaban ansias asesinas—. Si vuelve a derramar una sola lágrima por ti, te juro que…

—Entra en casa a comer —le interrumpió Caragh—. Los dos. Me reuniré con vosotros enseguida.

—Él no come con nosotros —insistió Terence—. Que cene algas y lo que sea que encuentre arrastrándose por el fondo del mar.

Styr no contestó, pues él habría hecho lo mismo por su hermana.

—Entrad —repitió ella.

Ronan empujaba a su hermano pequeño hacia la casa, pero se detuvo.

—No tardes.

Las palabras que quedaron sin pronunciar eran evidentes: «O saldremos a buscarte».

—Entraré cuando me plazca. No antes —furiosa, ella se cruzó de brazos.

—Te mereces algo mejor que ese hombre —espetó Terence.

—Lo que me merezco es el derecho a elegir —Caragh se mantuvo firme y esperó a que hubieran desaparecido antes de volverse hacia Styr—. ¿Estarás bien?

—Puede que se me infecte la herida —contestó él.

—No es más que un arañazo —ella puso los ojos en blanco.

—¿Y qué pasa si empeora? —insistió Styr—. ¿Y si me sube la fiebre y tienes que quedarte toda la noche junto a mi lecho?

—Te cortaría el brazo y problema solucionado —contestó ella secamente—. Además, ya ha dejado de sangrar.

—Me gustaría que te quedaras junto a mi lecho toda la noche —aquello no estaba saliendo como él pretendía—. Como hiciste hace unas semanas.

—Styr, no puedo —Caragh se ruborizó.

—O sea que vas a regresar junto a tus hermanos,

les prepararás la cena y los arroparás por la noche, y jamás te casarás. ¿Así va a ser tu vida?

—No hay nada malo en cuidar de la familia.

—Ya son hombres. Deberían casarse y formar sus propias familias —observó él, deseoso de liberarla de la responsabilidad del cuidado de sus hermanos—. ¿Tienes hambre?

—Tengo preparada la cena —contestó ella—. Será suficiente.

—Mete algo de comida en una cesta —insistió Styr—. Te llevaré al barco, navegaremos y comeremos.

—¿Y cómo sé yo que me traerás de vuelta? —ella miró recelosa hacia su casa.

—Mis hombres están aquí —señaló él—. No voy a abandonarlos —ante la falta de respuesta, continuó—. Y así podrás ver los regalos que te he comprado.

En los ojos de color violeta se reflejó un ligero interés y Styr le tomó la mano, conduciéndola hacia la playa.

—¿Vendrás conmigo?

Caragh no estaba segura de por qué había decidido partir en barco con Styr, pero la idea de dejarlo todo atrás y sentir el viento en el rostro le resultó de repente muy atractiva. Cerró los ojos y aspiró el aire salado dejándose calentar por el sol. Al abrir los ojos vio a Styr, los músculos en tensión, luchando contra la fuerza del viento.

Al darse cuenta de que ella lo miraba, los ojos del vikingo destilaron una tórrida pasión, como si en el mundo solo existieran ellos dos.

Nunca la había abordado abiertamente y Caragh tuvo que esforzarse por proteger su corazón. Durante mucho tiempo, Elena se había interpuesto entre ellos. Pero al final la había elegido a ella.

¿Y si resultaba ser estéril también? Lo que había destrozado su primer matrimonio había sido la falta de un hijo y tenía miedo de que volviera a suceder. Se había mostrado sincera con él. Deseaba tener un hijo, sentir el cálido cuerpo de un bebé contra su pecho, acariciar los diminutos pies y manitas. Pero cabía la posibilidad de que no llegara a producirse y entonces ¿se interpondría entre ellos?

—Si sigues mirándome así, no te llevaré de regreso a tu casa.

Caragh sonrió y Styr se sentó a su lado.

—¿Quieres ver los regalos que te he comprado?

—No hacía falta que me trajeras nada —protestó ella, apenas capaz de disimular su curiosidad.

Styr hundió la mano en la bolsa y sacó un trozo de seda de color carmesí. Ella lo tocó, maravillada ante su suavidad.

—Nunca había tocado algo tan suave.

—Puedes hacerte un vestido. Y ponértelo el día de nuestra boda.

Caragh se acarició la mejilla con la tela y sintió que el estómago se le agarrotaba. Aunque deseaba casarse con él, los temores y los nervios se acumulaban en su interior.

—Deberíamos venderla —sugirió—. A lo mejor la cosecha es mala y…

—No lo será —Styr dobló la tela y la dejó a un lado—. Caragh, no hay nada malo en aceptar regalos caros.

—Tenemos tan poco —admitió ella—. No puedo olvidar que casi morimos de hambre y no quiero volver a vivir algo así.

—Como esposa de un *jarl* te tendrás que acostumbrar a vestir prendas finas.

—Pero mi hermano, Ronan, ya es el jefe —protestó ella.

—Mis hombres no seguirán a un líder irlandés —Styr contempló el horizonte y señaló una franja de campos verdes—. Nos instalaremos allí, cerca del río, y tú serás la señora.

Caragh jamás se había atrevido a soñar con una vida como esa, ni con tantas responsabilidades. Pero era evidente que para Styr significaba mucho.

—Mis hermanos son los dueños de esas tierras —le recordó.

—Negociaré con ellos —el vikingo inclinó la cabeza como si ya lo hubiese previsto—, a cambio de grano, ganado y plata —a modo de ejemplo, le mostró un saquito de cuero repleto de plata y oro.

—Cuando regresé a Áth Cliath, liberé a los escandinavos de su riqueza —admitió él—. Deberían saber que no se puede apostar contra mí.

—Yo creía que soñabas con surcar el mar y viajar a tierras lejanas —Caragh cerró el saquito y se lo devolvió.

—Algún día, quizá —Styr la miró sorprendido de que se hubiera acordado y le entregó un trozo de cuero doblado—. Estas vienen de esas tierras lejanas.

En el interior, Caragh descubrió dos nueces ovaladas y pegajosas al tacto.

—Son almendras cubiertas con miel —le explicó él—. Los comerciantes las llevaron a la ciudad.

Caragh saboreó la dulce miel antes de morder la almendra. Después le ofreció la segunda almendra a Styr, pero él le tomó la mano y se la llevó a la boca, besándole la punta de los dedos mientras aceptaba la almendra. Luego la abrazó por la cintura y, sentado a su lado, recorrieron la costa. El viento había amainado, pero disfrutaron de la travesía.

—¿Adónde vamos? —preguntó Caragh.

—¿Acaso importa? —Styr deslizó la mano por la espalda de Caragh, sin dejar de mirarla a los ojos.

No, no importaba. Estar junto a él, saber que había navegado cientos de millas para regresar junto a ella, era una fuerte tentación. Pero la vocecilla en su cabeza le advertía que debía tener cuidado, proteger su corazón.

«Él no te eligió», le recordó esa vocecilla. «Eligió primero a Elena».

Caragh cerró los ojos haciendo oídos sordos a una realidad a la que no deseaba enfrentarse.

—Me alegra que regresaras —admitió al fin con la vista fija en el mar. Las caricias de Styr la hacían flojear, pero consiguió recuperar la compostura para continuar—. Pero tengo mucho miedo.

—¿De qué?

—¿Y si yo tampoco puedo tener hijos? —aunque no deseaba apartarlo de su lado, sentía la necesidad de enfrentarse al obstáculo que había separado a Elena y a Styr. Amaba a ese hombre, pero su matrimonio había fracasado por falta de hijos.

—Ya hablaremos de eso más adelante, Caragh —él la interrumpió—. Por ahora solo quiero disfrutar de tu compañía.

Caragh no respondió, pues Styr tenía razón. Llevaban casi un mes separados y lo había echado desesperadamente de menos.

Deslizó una mano bajo la túnica del vikingo y la apoyó en el fuerte pecho. La piel era cálida y firme, los músculos duros. Styr respiró hondo ante la caricia y apartó la mano para quitarse la túnica mostrándose desnudo ante ella, mostrándole años de fuerza y dolor que le habían dejado el torso surcado de cicatrices.

—Te he echado mucho de menos —repitió ella deslizando de nuevo las manos sobre él. Le acarició los pezones, que se pusieron duros de inmediato. Y cuando se inclinó para saborear esa piel, Styr soltó un gemido y le sujetó la cabeza contra su cuerpo.

—Muéstrame cuánto me has echado de menos —exigió tumbándola sobre el suelo del navío y acomodándose junto a ella.

Las bocas de ambos se fundieron, besándose con avidez hasta que ella le rodeó con los brazos.

«Te he echado muchísimo de menos», quiso susurrar ella. Su cuerpo dolía de deseo mientras la lengua de Styr se enredaba con la suya.

Caragh le acarició la cabeza y deslizó una mano por su nuca, pero Styr se puso rígido.

—No hace falta que me toques —le aclaró—. Prefiero ocuparme de ti.

—Pero ¿por qué? —ella frunció el ceño, perpleja—. ¿Hay algún problema?

Styr la miró como si no entendiera que ella lo deseara.

—Styr —continuó Caragh—. Yo no soy Elena. Y quiero tocarte. Lo necesito.

La brisa marina le provocó a Styr un escalofrío y Caragh apoyó las manos en los fuertes hombros, explorando su cuerpo con las manos. Él se tensó ante el contacto, pero ella continuó acariciándole.

Las manos fueron sustituidas por los labios y ella lo besó tal y como siempre había deseado hacer. Parecía casi prohibido, pero deslizó los labios y la lengua por los firmes hombros, acariciándole el torso con las manos. Y cuando siguió descendiendo, él emitió un siseo.

Caragh se detuvo en el estómago, demasiado nerviosa para atreverse a continuar.

—Me toca —gruñó él mirándola con pasión.

—Quizás aún no deberíamos —sugirió ella a modo de evasiva.

—¿Y crees que tienes alguna elección? —Styr se sentó detrás de ella y la acomodó entre sus piernas. Caragh sentía la inconfundible presión de la erección contra su espalda.

El vikingo empezó acariciándole la cabeza, tal y como había hecho ella. Sus manos continuaron por el cuello, en el que se detuvo para relajar la tensión con un masaje. Caragh agachó la cabeza, relajada, pero cuando lo sintió desatarle el vestido, se tensó.

—No tengas miedo de mí —susurró él mientras le deslizaba el vestido hasta la cintura.

El viento le acariciaba los pezones, que se pusieron duros de inmediato mientras él seguía acariciándole la espalda, calentándole la piel, hechizándola.

Cuando esas manos cubrieron sus pechos, Caragh soltó un grito y se apretó contra sus piernas. Styr le pellizcaba los pezones, provocándole una oleada de deseo entre las piernas. Estaba mojada, deseosa de recibirlo. Con cada caricia sobre los pechos, sentía una palpitación entre las piernas y su cuerpo temblaba, excitada simplemente por el contacto con sus manos.

Recordó el ardor de su boca sobre esos pezones y cómo la había hecho alcanzar el placer. Lo deseaba desesperantemente, pero no se fiaba de sí misma. Cuando estaba junto a Styr, el mundo desaparecía a su alrededor y solo existían sensaciones con las que antes solo se había atrevido a soñar. Caragh le agarró las manos y las apartó.

El vikingo le habló en su lengua, sujetándola por la cintura y haciendo que volviera el rostro para mirarlo. Cuando intentó taparse, él le sujetó las muñecas.

—No me ocultes tu hermosura.

—Yo no soy hermosa —susurró ella—. Estoy demasiado delgada.

—Has pasado hambre —le corrigió él—. Pero eso empieza a cambiar —Styr deslizó las manos hasta los pechos de Caragh—. No voy a dejarte de nuevo, Caragh. Si tengo que raptarte de tus tierras, lo haré.

Caragh se estremeció al sentir la fría brisa sobre su piel desnuda. Styr la atrajo hacia sí hasta que los pechos desnudos se aplastaron contra el fuerte torso. Ambos estaban fríos, pero el contacto con el cuerpo del vikingo le aceleró a ella la respiración.

—Eres mía —afirmó él.

«Y yo quiero serlo». Sin embargo, los temores y las incertidumbres superaban a su valor. Sería muy fácil abrir sus brazos a Styr, regocijarse en su reacción. Aun así, no podía olvidar las incontables noches en las que había llorado hasta dormirse, penando por su pérdida. Se había transformado en una mujer hueca, odiando a la persona en la que se había convertido.

Caragh se soltó del abrazo y se colocó de nuevo el vestido. Respirando hondo, pronunció las palabras que debían ser dichas.

—Pero tenemos que hablar de lo que nos sucederá si no puedo tener hijos.

—No lo sabremos hasta que lo intentemos.

—¿Darías por terminado nuestro matrimonio? —ella respiró hondo.

El vikingo la miró fijamente, como si no supiera qué contestar. Sus dudas acrecentaron el temor de Caragh.

—Sí —admitió él al fin.

En su interior se acumuló un intenso dolor que le cerró la garganta. No podría casarse con un hombre que deseara un hijo más que a ella.

—Sería lo correcto —continuó Styr con calma—. Si no pudiera darte un hijo, entonces te dejaría marchar.

Las palabras fueron como navajazos para Caragh. ¿De verdad creía que los hijos eran lo más importante? ¿De verdad pensaba que ella preferiría a otro hombre solo por poder acunar a un bebé en sus brazos?

—Si Elena estuviera embarazada, jamás la habrías abandonado —Caragh intentó protegerse del dolor manifestando la otra certeza que la atormentaba.

—¿Y qué quieres que diga? —la mirada de Styr se tornó fría—. Jamás le daría la espalda a un hijo mío.

Caragh no tenía nada que decir al respecto, pero necesitaba mucho más de Styr. Quería que la amara, que la acompañara, incluso si no había ningún hijo.

¿Merecía la pena poner en peligro el corazón sabiendo que podía rompérselo por segunda vez?

Un pesado velo de silencio se extendió entre ambos y Caragh esperó a que él hablara. Necesitaba que la tranquilizara.

—Te amo —se decidió ella al fin—. Y no te mentiré. Quiero tener hijos. Un hijo que tenga tus ojos, o una hija con tu sonrisa.

Extendió una mano y la posó sobre la de Styr.

—Pero me niego a vivir mes a mes preguntándome si habrá llegado el día en que me abandonarás. Prefiero vivir sola a soportar de nuevo ese dolor.

Quince

Styr pasó el resto de la noche malhumorado, en compañía de sus hombres. Había llevado a Caragh de regreso a su casa con todos los regalos que le había comprado, pero seguía de mal humor.

¡Por Thor!, las mujeres eran imposibles de entender. Había regresado junto a ella ¿no? Aun así, lo que debía haber sido una tarde en sus brazos se había convertido en una discusión. Le había ofrecido la verdad, aunque no fuera lo que ella deseara oír.

Si quería un hijo y él no podía ofrecérselo, preferiría dejarla libre del matrimonio antes que soportar sus miradas de odio. Le importaba demasiado esa mujer y solo deseaba su felicidad.

Deseó poder encontrar las palabras acertadas para hablar con ella, para explicarle todas las razones por las que quería estar con ella. Las malditas palabras no le eran de ninguna utilidad. No sabía qué decir, no sabía qué quería oír ella.

Styr se frotó la cicatriz de la nuca sin saber qué

hacer. Lo único que sabía era que no iba a abandonar. Aún no.

Montaron el campamento y Onund salió a cazar mientras Styr cocinaba una trucha que había pescado.

—¿Puedo sentarme contigo? —la voz de una anciana lo sobresaltó. Ya la había visto antes, pero desconocía su nombre.

Styr le hizo un gesto para que se sentara frente a él y la mujer sonrió.

—No puedo, hijo mío. Si estas viejas rodillas se doblan no volverán a enderezarse jamás.

—¿Tienes hambre? —preguntó él, aunque sospechaba que no era ese el motivo de su presencia allí.

—No —contestó la anciana—. He venido para ofrecerte mi consejo, dado que estás fracasando en tu propósito.

—¿Y cuál es ese propósito? —Styr avivó el fuego.

—Intentas ganarte el corazón de nuestra Caragh. Ella lloró por ti, eso ya lo sabes. Intentó que no nos diésemos cuenta, pero le hiciste daño. Tendrás que expiar ese pecado.

Styr no contestó, pues no estaba dispuesto a suplicar. Deseaba a Caragh, pero ¿qué más deseaba ella?

—Dale tiempo —sugirió la mujer—. Construye una casa para ella y demuéstrale que no te vas a marchar.

—No tengo ninguna intención de renunciar a

ella —Styr contempló el rostro sombrío de la anciana. Tampoco deseaba esperar semanas, dándole a Caragh la posibilidad de rechazarlo.

—Creo que ya sabes qué hacer, *Lochlannach* — la mujer sonrió y, apoyándose en su bastón, regresó junto a su esposo.

Una idea surgió en la mente de Styr, una que encajaba con sus propósitos.

Durante los días que siguieron, Caragh apenas vio a Styr. Había firmado una tregua con sus hermanos y ella se preguntaba si no sería a cambio de mantenerse alejado de ella.

Pero la noche en la que Terence y Ronan llevaron a Brendan de visita a un clan vecino, encontró a Styr esperándola dentro de su casa. Estaba sentado sobre un taburete, las manos sujetas con grilletes de los que partían una larga cadena que rodeaba el poste junto al que una vez ella lo había mantenido cautivo. Sin embargo, en aquella ocasión, tenía las manos al frente y separadas, dándole mayor libertad de movimientos.

Y no llevaba nada más que unas calzas.

La visión del atlético torso la dejó sin palabras. Era un hombre magnífico, de piel dorada por el sol. Los hombros eran robustos, fibrosos y fuertes, mientras que su estómago era plano y surcado por ondulados músculos.

Caragh no lograba imaginarse qué había podido sucederle, pero sí percibió la pasión en su mirada a medida que se acercaba a él.

—¿Qué haces aquí? —preguntó ella, desechando unos inesperados sentimientos—. ¿Quién te ha encadenado? —¿había sido decisión de Ronan o de Terence? De ser así, ellos jamás lo habrían encadenado allí, en su casa.

—Cierra la puerta —contestó Styr—. Fue decisión mía y me ayudó Onund.

—¿Por qué? —balbuceó Caragh sin comprender el sentido de su proceder. Le recordaba la primera noche que habían pasado juntos, cuando ella lo mantenía cautivo.

—Porque no se me dan bien las palabras.

Caragh se mordió el labio para evitar que se le desencajara la mandíbula. ¿Se había encadenado él mismo? ¿Con qué propósito?

Observándolo atentamente, dio otro paso más hacia él. Styr estaba anclado a ella, encadenado sin poderse marchar.

Y al fin comprendió lo que intentaba decirle.

—Prométeme —susurró—, que pase lo que pase entre nosotros —posó una mano sobre el corazón del vikingo—, nuestro matrimonio no dependerá de que tengamos hijos o no.

—Deseo darte hijos —él inclinó la cabeza y apoyó la mejilla contra la de ella mientras las manos le sujetaban la cintura—. Quiero verte engordar con mi hijo dentro, que tus pechos rebosen leche.

Las palabras la paralizaron, como si fuera ella la que tuviera las manos sujetas por grilletes. Y sintió la erección de Styr contra su cuerpo.

—Tus hermanos se han marchado por esta noche —le recordó él mientras le mordisqueaba la mejilla—. Estamos solos.

El cuerpo de Caragh reaccionó a la sensual promesa y sus pechos se tensaron bajo el vestido.

—¿Qué quieres de mí? —susurró ella.

—Todo —la voz ronca derrumbó sus defensas—. ¿Acaso creías que iba a dejarte marchar?

—Esto no era exactamente lo que tenía en mente —observó ella contemplando las cadenas.

—Así resulta más interesante.

Caragh abrió los ojos desmesuradamente y su piel aumentó instantáneamente de temperatura. Sin embargo, no pudo resistirse a la tentación de acariciar sus hombros, de sentir la fuerza de ese cuerpo desnudo. Tener a un hombre encadenado para su disfrute era perverso. Y delicioso.

—Esto no es justo para ti —susurró ella.

—Bueno —Styr sonrió—, no hay hombre vivo que no soñara con esto.

Y entonces ella comprendió que era su forma de desagraviarla. La primera vez que la había abandonado, casi se había desmoronado bajo el peso del dolor. Styr había elegido quedarse con su esposa, movido por el sentido del honor y el deber hacia el hijo que creían esperar. Lo había entendido, aunque le había destrozado.

—Si te casas conmigo, no quiero que te marches —insistió ella—. Quiero un hijo, sí, pero te quiero más a ti —para subrayar sus palabras, le acarició la mejilla y deslizó la mano hasta el corazón del vikingo—. Con hijo o sin él, es a ti a quien necesito.

Styr se mantuvo inmóvil y cuando Caragh se agachó bajo las cadenas y lo besó, atrapó sus labios como si no pudiese creer lo que acababa de decirle.

—Mírame —Caragh se apartó de él y lo miró a los ojos.

Styr obedeció y ella le tomó el rostro entre las manos.

—No te amo por el hijo que puedas o no darme. Amo al hombre que tengo ante mí —le besó el pecho, a la altura del corazón.

—No quiero que dentro de unos años me odies —reconoció él, abrazándola lo mejor que pudo.

—Solo te odiaré si te marchas —Caragh le rodeó el cuello con los brazos y se apretó contra él.

En los ojos del vikingo se reflejaban la incertidumbre y la convicción de sentirse indigno.

—Cuando te marchaste, fue como si una parte de mí se hubiera ido —continuó ella intentando contener la emoción que le llenaba los ojos de lágrimas—. Jamás debería haberte hecho prisionero. Ahora comprendo lo que sufriste sin saber si Elena estaba viva o muerta. Fue un error por mi parte.

Styr la abrazó con fuerza. Caragh sentía el deseo del hombre y lo recibió con avidez.

—Te amo, Styr. Y aunque no me acerque a lo que es Elena…

—Ella no puede compararse a ti —la interrumpió él—. De ninguna manera —de nuevo atrapó su boca y la besó con pasión.

Caragh aceptó su lengua con igual pasión.

—Desde la primera vez que te vi, Caragh, me cautivaste.

El deseo de tocarlo, de sentir su piel desnuda contra la suya, le producía un anhelo que no podía negar. Las palabras de Styr la animaron a soltarse el vestido hasta deslizarlo por sus hombros, dejando los desnudos pechos al descubierto.

Styr deseaba tocar ese cuerpo desnudo. Había engordado un poco y los pechos le pedían a gritos que los acariciara. Ya no se le adivinaban los huesos, sino una suave piel que cubría el cuerpo que tanto adoraba.

—Soy tuyo. Ordena y obedeceré —el vikingo elevó una plegaria silenciosa para que ella se aprovechara de la situación. Las calzas le apretaban y temía perder el control en el instante en que ella lo tocara.

Caragh se apretó más contra él. Sus cabellos sueltos caían sobre los desnudos hombros. Styr levantó los brazos para que ella, con suma timidez, pudiera pasar por debajo de las cadenas. Los grilletes le arañaron los pezones y ella dio un respingo.

—Qué fríos están.

—¿En serio? —Styr cubrió uno de los pezones con la palma de su mano, jugueteando con la cadena sobre el otro pezón.

Ella dio otro respingo y él saboreó la suave piel mientras las manos se deslizaban hasta las caderas y le levantaba una pierna.

Caragh se sentía tan transportada por la atención que le otorgaba a sus pechos que apenas sintió la cadena hasta que él la deslizó entre sus muslos, alzándola lentamente hasta que presionó su feminidad.

—¿Qué…? —ella soltó un pequeño grito cuando le frotó con ella.

Sin dejar de chupar sus pezones, le acarició la cintura con una mano mientras le seguía infringiendo un severo tormento con la cadena.

—Quítame la ropa —le ordenó él.

Sin embargo, ella apenas le oyó.

—Caragh, mírame —insistió Styr.

Los ojos de color violeta estaban cubiertos de un turbio velo de placer. Sujetándola por los hombros, el vikingo repitió la orden y ella al fin empezó a soltarle las calzas hasta deslizarlas por las caderas.

Los delicados dedos de Caragh acariciaron la rígida erección y fue como si hubiera acercado una llama a su piel. Styr estuvo a punto de llegar en ese instante y se quedó helado intentando recuperar el maltrecho control.

—Lo siento —se disculpó ella mientras retiraba la mano—. No pretendía hacerte daño.

Era el placer más dulce que él hubiera experimentado en su vida, pero el momento no estaba destinado únicamente a su placer. Para distraerla, movió un poco más la cadena entre sus muslos. El rubor de la excitación se acentuó y la respiración se le aceleró, pero eso no le impidió a Caragh continuar con su tormento, acariciándolo desde la base hasta la punta.

El vikingo perdía el control. Era su prisionero.

—Me encanta tocarte —admitió ella, explorando la rígida protuberancia con las manos—. Pareces una piedra caliente.

—Si sigues así, no podré darte placer —jadeó él.

Soltó las cadenas y cayó de rodillas. El sexo de Caragh estaba húmedo y sus piernas separadas. Sin previo aviso, Styr acarició el núcleo femenino con la lengua y sintió cómo a ella se le doblaban las rodillas.

—Agárrate al poste —le ordenó mientras le sujetaba el trasero con las manos y seguía pasando la lengua sobre ella, deleitándose en el salado sabor de su excitación.

Caragh se ahogaba en las sensaciones. Hundió las manos en el cabello de Styr, intentando guiarlo de nuevo hacia arriba. Apenas soportaba el salvaje placer que la sacudía íntimamente y, cuando la penetró con la lengua, no pudo controlar el estremecimiento que la invadió.

—Llega para mí —le pidió él—. No pararé hasta que te dejes ir.

¡Por el amor del cielo!, Caragh no aguantaba más. Su cuerpo estaba en llamas y su mente era esclava de ese hombre. Recordó la noche en que la había animado para que se tocara, y el recuerdo de ese placer se hizo vivo una vez más.

Styr también parecía recordarlo pues, instantes después, se puso de pie y, tomándole la mano, la guio hasta la humedad entre las piernas. Sin soltarle la mano, instauró un desgarrador ritmo que la hizo estallar en un grito de éxtasis. Styr se apoyó en el poste y la tomó en brazos, sujetándole el trasero con las manos encadenadas mientras basculaba las caderas contra ella. Caragh se abrió a él temblorosa al sentir la rígida masculinidad deslizándose contra su húmeda entrada.

Lentamente, el vikingo la acomodó hasta que ella lo sintió entrando en su interior. El abrazo se hizo más fuerte, pero aun así no la penetró del todo. La sensación de la masculinidad llenándola era tan gratificante que poco importó la ligera incomodidad ante la pérdida de su virginidad. Y, cuando al fin estuvo sentada del todo sobre él, le rodeó la cintura con las piernas, sintiendo que aquella situación era la correcta.

Styr lamió su pecho, provocándole un escalofrío tras otro con su cálido aliento y sin moverse.

—¿Cuáles son tus deseos? —le preguntó con ojos ardientemente traviesos.

Caragh apenas podía articular palabra, y mucho menos darle órdenes.

—Quiero que disfrutes tanto como yo —contestó al fin—. Quiero darte placer —concluyó mientras lo besaba.

Styr respondió hundiendo la lengua violentamente en su boca. Cada caricia de su lengua y sus manos la excitaban hasta la desesperación. Su cuerpo ya no le pertenecía, había sucumbido a la conquista del vikingo.

—Esto es lo que más placer me proporciona —le aseguró él.

Caragh empezó a moverse contra él, levantándose y dejándose caer mientras lo miraba fijamente a los ojos. Y él la ayudaba, embistiéndola con todo su cuerpo mientras ella cabalgaba sobre el suyo.

Cada vez que la llenaba, el cuerpo de Caragh se tensaba. Ese hombre era insaciable y con su boca cubría cada centímetro de su cuerpo. Sujetándola con un brazo, deslizó la otra mano hasta el pequeño botón que tanto placer le había proporcionado anteriormente.

—Desde la primera vez que te vi, quise hacer esto contigo —confesó él—. Me fascinas. Y cuanto más tiempo pasaba contigo, más te deseaba —dejó de embestir y continuó con la mano—. Pero para mí eras algo prohibido y jamás pensé que llegaríamos a hacerlo.

Caragh luchaba contra las caricias de los dedos, pero cada vez le resultaba más difícil contener los gritos que escapaban de sus labios.

—Voy a llevarte a la cima otra vez, Caragh —le aseguró Styr—. Quiero verte llegar conmigo dentro de ti.

Le inclinó ligeramente la espalda, y el nuevo ángulo añadió una deliciosa fricción. Caragh jadeaba al ritmo de las caricias de Styr.

—Te amo —exclamó ella mirándolo a los ojos—. Quédate a mi lado. Pase lo que pase.

—Te amo —contestó él.

Las palabras pronunciadas parecieron transformar la intimidad entre ellos y, con sus manos, Styr le dio placer hasta que ella se estremeció violentamente contra su cuerpo.

—Por favor —suplicó ella—. Ya no aguanto más —se movía frenéticamente buscando la ansiada liberación.

Manteniendo el mismo ritmo, Styr la penetró profundamente e inició un movimiento de entrada y salida.

—Necesito que me toques —Caragh apenas

podía hablar a causa de los temblores y guio los dedos de Styr hasta el lugar indicado.

Bastaron un par de caricias para que estallara en pedazos. Su cuerpo se tensó alrededor de la erección y Styr se puso rígido, luchando por controlarse.

Cuando la languidez se instaló en Caragh, ella quiso que Styr encontrara la liberación, que se olvidara de ella y se centrara en sus propios deseos.

—Déjame tocarte —le pidió mientras deslizaba una mano hacia abajo.

Styr pronunció unas palabras en su lengua mientras su frente se cubría de sudor.

—O quizás prefieras que te tome con la boca, tal y como me has tomado tú.

La sugerencia le hizo gemir. El vikingo reanudó las embestidas con el cuerpo tan tenso que ella se preguntaba cuándo se dejaría ir. Para animarlo, le rodeó la cintura con las piernas y él la recompensó aumentando el ritmo.

Aquello era salvaje, sus cuerpos atrapados, formando uno solo. Y cuando ella se sintió estremecer por tercera vez, empujó el rostro de Styr hasta su pecho desnudo y él respondió mordisqueándole el pezón.

Bastaron unas pocas penetraciones más para que la respiración de Styr cambiara y, soltando un gruñido, se colapsara contra ella. El corazón de Caragh latía a tal velocidad que apenas podía respirar.

Pero se sentía viva, de un modo en que jamás se había sentido antes. Estar con Styr, compartir ese acto con él, lo era todo.

Sus hermanos le hicieron pagar un alto precio por las tierras. Durante las semanas que siguieron, Styr hizo varios viajes a Dubh Linn, regresando en cada ocasión con ovejas y caballos, y con suficiente grano para todos los miembros del clan. Y cuando al fin acordaron el precio, empezó a construir casas, similares a las de la ciudad.

Caragh acudía a verlo cada día y, en ocasiones, le llevaba agua. Su presencia no hacía más que aumentar el deseo de Styr de terminar su casa cuanto antes. Sus hermanos le habían negado el permiso para casarse hasta que la vivienda estuviera completada. Aunque el vikingo sabía que podía convertirla en su esposa cuando quisiera, simplemente teniendo a sus hombres como testigos, también sabía que Caragh deseaba recibir la bendición de sus hermanos.

Estar separados lo mataba lentamente. Apenas la había tocado en un mes, salvo por unos pocos abrazos robados.

Una tarde, mientras trabajaba sobre el tejado, la vio acercarse con su hermano, Brendan.

—¿Estará terminado esta noche? —gritó ella protegiéndose los ojos del sol con la mano.

—Lo estará si sigo trabajando hasta que se ponga el sol —Styr bajó de la escalera y fue recibido por una dulce sonrisa, y no pudo resistirse a la tentación de abrazar a Caragh.

—Mi hermano quiere hablar contigo —anunció ella mientras Brendan daba un paso al frente.

—He venido para pedirte que hagamos las paces —empezó el joven—. Por Caragh.

La expresión de Brendan era sombría y, aunque parecía nervioso, prosiguió con su discurso.

—Cuando tomé a tu esposa y a tus hombres como cautivos, lo hice porque pensaba que así protegía a mi gente. Ella está a salvo ¿no?

Styr asintió, sin revelar sus pensamientos. Sabía que Caragh deseaba que perdonara a su hermano, pero las acciones de ese joven los habían puesto a todos en peligro.

—Sé que para ti no tiene importancia, pero mi espada es tuya si alguna vez la necesitas. He contraído una deuda contigo que jamás podré pagarte.

—Mis hombres necesitarán ayuda para construir sus casas —Styr miró a Caragh y percibió la súplica reflejada en su mirada—. Trabaja para ellos. Así pagarás tu deuda.

El chico se sonrojó y asintió agradecido. La sonrisa de Caragh le recompensó a Styr por la decisión tomada.

—Hay algo más que puedo hacer por ti —se ofreció Brendan con el rostro color carmesí—. Podría mantener a mis hermanos lejos de aquí durante el resto de la tarde. Así podrás estar a solas con mi hermana.

Caragh contempló estupefacta a su hermano pequeño. Sin embargo, el ofrecimiento provocó la carcajada de Styr.

—Acepto tu ofrecimiento, Brendan. De todo corazón.

—No me puedo creer que mi hermano haya dicho algo así —murmuró Caragh mientras le ofrecía una taza con agua fresca.

—Es más inteligente de lo que yo pensaba.

El sudor bañaba el rostro del vikingo y ella lo acarició con una mano, dibujando un trazo hasta el pecho. Una llamarada estalló en el interior de Styr, que dejó caer la taza al suelo y se llevó a Caragh al interior de la casa.

Una vez dentro, la besó apasionadamente contra la pared. Jamás podría saciarse de esa mujer. Caragh le rodeó con los brazos, apretando su cuerpo contra él.

—Si terminas la casa hoy, podríamos casarnos esta noche —propuso ella con los labios hinchados y los ojos brillantes—. Me he hecho un vestido con la seda que me regalaste. Espero que te guste.

—Aunque no llevaras nada puesto, también me gustaría —murmuró él mientras deslizaba una mano hasta su pecho, frotando el pezón—. Aunque mataría a cualquier hombre que te mirara.

—Eso es trampa —Caragh se estremeció ante el contacto de sus manos.

—No cuando hay algo que deseo tanto como esto —Styr la besó con pasión. Era una promesa de lo que seguiría y ella se fundió contra su cuerpo, permitiendo la entrada de la lengua en su boca. Al devolverle el beso, lo abrazó con más fuerza y se estremeció ante la erección que pulsaba contra su cuerpo.

—No quiero esperar hasta esta noche —susurró ella—. Cuando estoy contigo siento como si me invadiera una locura. No lo entiendo —se detuvo antes de proseguir—. ¿Con tu esposa también era así?

—Lo sucedido con Elena pertenece al pasado —Styr no deseaba ensombrecer ese día. Pero cuando vio el gesto de preocupación en el bonito rostro, comprendió que necesitaba saber que ya no sentía nada por su primera esposa.

—No —contestó al fin—. Nunca fue así en los cinco años —la besó nuevamente para impedirle hablar y murmuró contra sus labios—. Elena es una buena mujer, y le deseo toda la felicidad del mundo, pero protegerla y ser su esposo no era más que un deber para mí.

Styr deslizó las manos bajo su falda y le acarició las piernas desnudas.

—Éramos amigos —admitió—. Incluso amantes, pero jamás sentí por ella lo que siento por ti. Te amo.

Caragh lo miraba con emoción y le acarició el rostro.

Styr apoyó la frente contra ella y colocó una mano sobre su corazón.

—Si otro hombre te llevara con él, lo mataría.

Se abrazaron con fuerza mientras Caragh susurraba palabras de amor en su lengua antes de deslizar una mano por las calzas y detenerse en la erección.

—Te deseo, Styr. Ahora mismo.

Caragh se levantó las faldas y se volvió contra la pared, apoyando las manos a cada lado de la cabeza. Colocándose entre sus piernas, Styr deslizó su masculinidad sobre ella. Estaba mojada y, antes de que pudiera decir una palabra, ella lo guio a su interior.

Envuelto en un tórrido calor, la llenó. El acoplamiento fue salvaje y ella se inclinaba para recibirlo en cada embestida. Enseguida la respiración de ambos se aceleró.

Caragh se arqueó hacia atrás, temblando violentamente ante la fuerza de la liberación, y él se dejó ir, deleitándose en la sensación y deshaciéndose en espasmos contra ella mientras la sujetaba con fuerza por la cintura.

—Nunca tengo bastante de ti, mi amor —retirándose, Styr le bajó las faldas y la volvió para mirarla a la cara—. Puede que esta noche no duermas —anunció con una sonrisa irónica.

—Ya habrá tiempo para dormir después —ella lo besó y apoyó la mejilla contra su rostro.

Styr la condujo hasta un banco para sentarla sobre su regazo.

Caragh tenía las mejillas rojas y le rodeó con los brazos.

—Aunque no tengamos hijos, Styr —se llevó una mano al vientre—, me bastará con tenerte a mi lado.

—Eso lo dices ahora, pero…

—No. Sé que sueñas con viajar a esas tierras lejanas. Podríamos ir juntos —le ofreció.

—Algunos de esos lugares no son seguros para una mujer.

—Tú me protegerías ¿verdad?

—Me dejaría matar por ti.

—Quiero sentarme a tu lado y que el viento nos lleve adonde quiera —Caragh deslizó una mano por el torso del vikingo. Ambos tenían los mismos sueños de visitar lejanos lugares.

—¿Y qué pasa con tu familia?

—La visitaremos cada verano —contestó ella—, y pasaremos el invierno en lugares más cálidos, tal y como dijiste.

—Yo pensaba que los dioses me habían maldecido —Styr la besó—. Ofrecí sacrificios y me enfurecí contra ellos.

—Tú nunca has estado maldito.

—No. Y mi primer matrimonio tampoco fue un

error. A fin de cuentas me condujo hasta ti. El mayor tesoro que jamás podría tener.

De pie, sobre la arena, pronunciaron los votos ante los amigos y la familia.

—No hay mujer sobre la faz de la tierra que te ame tanto como yo —susurró ella tomando las manos de su esposo entre las suyas.

—Soy tu prisionero, ahora y siempre —Styr la besó apasionadamente y ella se embebió de la familiar calidez.

—Y yo soy tu prisionera.

Sonriendo, él le tomó la mano y la condujo hacia el banquete que los aguardaba.

Y, mientras los últimos rayos de sol bañaban las oscuras aguas, ella vio la silueta de la nave vikinga, y supo que su travesía no había hecho más que empezar.

MICHELLE WILLINGHAM
La tentación del vikingo

Dedicado a todas las madres con hijos con necesidades especiales.

Vuestro valor y amor incondicional resulta inspirador.

Uno

No había nada peor que estar enamorado de la esposa de tu mejor amigo.

Ragnar Olafsson agarró los remos con más fuerza e impulsó el barco contra las olas del mar. No debería haberlos acompañado hasta Eire. Pero, cuando Styr le había pedido que fuera con ellos, en un momento de debilidad, había accedido. Aunque había eliminado de su mente todas las obsesiones sobre Elena, la idea de no volver a verla jamás era peor que el tormento de verla con su esposo.

Ni una sola vez le había confesado su amor. Nadie sabía de la salvaje frustración que lo carcomía cada vez que Styr se llevaba a su amada al interior de su morada. Verlos juntos era una tortura.

Aun así, no se resignaba a dejarla marchar.

Continuó remando, sin apartar la vista de Elena. Sus rubios cabellos emitían destellos rojizos, fuego sobre oro. Era una diosa, y él la adoraba a distancia.

Para ella no era más que un amigo. Normal que pensara así. Una mujer como Elena merecía estar casada con un guerrero de elevado linaje. La unión con Styr había sido acordada años atrás y él no le robaría la mujer a un amigo. A su mejor amigo.

Ella había elegido, y Styr había hecho todo lo posible por hacerla feliz. Y por eso, Ragnar se había apartado de su camino.

Durante años había intentado encontrar a otra mujer. Siendo un valeroso guerrero, varias doncellas se habían fijado en él, pero ninguna podía compararse a Elena. Quizás no existía ninguna capaz de ello.

La observó contemplar las grises aguas. En los últimos meses se había producido un cambio. Styr y ella apenas se dirigían la palabra. Su esterilidad la traumatizaba y, cuando contemplaba el mar, su rostro aparecía extrañamente pálido. Nada de lo que pudiera decirle arreglaría la situación.

A medida que se acercaban a la costa, descubrieron que las aguas eran menos profundas de lo esperado.

—Echaremos el ancla aquí —ordenó Styr, colocándose junto a Ragnar—. ¿Te quedarás aquí con Elena? —pidió a su mejor amigo—. En caso de que haya algún peligro, no quiero que esté en primera línea.

—Cuidaré de ella —Ragnar bañaría su espada con la sangre de cualquiera que osara amenazar a

Elena. Aunque no fuera suya, no dudaría en ofrecer su vida por ella.

—Me alegra que vinieras con nosotros —Styr apoyó una mano en el hombro de su amigo y suspiró—. Un viaje como este solo puede soportarse con amigos.

—Los hombres llevan días sin dormir. Necesitan comer y descansar —Ragnar asintió.

El barco había sido azotado por las olas como si los dioses les estuvieran reclamando algún sacrificio. Habían luchado contra las tormentas y habían ganado, a costa de no dormir. Ragnar estaba tan agotado, física y mentalmente, que apenas lograba pensar en otra cosa que no fuera tumbarse sobre la arena y dormir.

—Es una pena que no tengas una mujer para que te caliente la cama —añadió Styr.

—Tengo entendido que en Eire hay unas cuantas. Puede que encuentre a alguna.

Había mantenido varias relaciones, pero ninguna había podido compararse con ella. A pesar de haber intentado borrar a Elena de su cabeza, había noches en las que despertaba bañado en sudor, duro como una piedra, su mente poblada de imágenes de la mujer que amaba.

¡Por la sangre de Thor que tenía que dejar de pensar en ella! Elena pertenecía a Styr y nada haría que eso cambiara. En cuanto la semilla de su esposo prendiera en ella, hallaría la felicidad. Ragnar agarró los remos con fuerza y buscó un escudo.

—Me alegra que estés aquí —Styr tomó otro escudo—. Necesito hombres fuertes —añadió, propinándole un puñetazo en el brazo a su amigo para acentuar sus palabras.

—Ya te he tumbado unas cuantas veces —Ragnar agarró a Styr de la muñeca.

—Porque te dejé ganar.

Styr era como un hermano. Le había enseñado a pelear cuando su padre se había negado a hacerlo. Se habían entrenado en secreto hasta que Ragnar fue capaz de blandir la espada tan bien como él. Lo cierto era que luchaba mejor que Styr, aunque este jamás lo admitiría.

—Siempre te cubriré las espaldas —murmuró Ragnar.

Y era cierto. A pesar de sus traicioneros sentimientos, jamás traicionaría a su mejor amigo.

Tras echar el ancla, vadearon las aguas que les llegaban a la cintura. Elena permaneció a bordo del barco, como si dudara entre seguir o no a los hombres.

—Puedes quedarte a bordo —le informó Ragnar—. Hasta que veamos si hay algún peligro.

—Quiero acompañar a los hombres —aunque con gesto de preocupación, ella sacudió la cabeza—. Si me ven a mí, puede que comprendan que no vais a atacarles.

8

Tenía sentido, pues los invasores no solían llevar mujeres con ellos. Aun así, Ragnar la mantendría apartada del grupo.

Ragnar la ayudó a bajar del barco, procurando que sus manos no se detuvieran más tiempo del necesario sobre su esbelta figura. Llevaba un vestido de color crema con un sobrevestido rosa fijado al hombro con broches dorados. Sus cabellos estaban recogidos en trenzas enrolladas sobre la cabeza. Avanzaba por el agua con visibles gestos de frío.

—En cuanto podamos, encenderemos un fuego para que te calientes —le prometió Ragnar.

En la avanzadilla, Styr sujetaba con fuerza el hacha mientras todos contemplaban el asentamiento, inusualmente silencioso. Olía a leña quemada y había señales de que alguien se había marchado apresuradamente de allí.

—No te acerques —le advirtió Ragnar a Elena mientras seguían avanzando por el agua.

No veía con claridad y sus pisadas eran inestables. La falta de sueño empezaba a afectarle, pero ignoró las súplicas de su cuerpo y sacó fuerzas de flaqueza.

Había algo raro en ese asentamiento. No había personas ni animales. Con cada paso que daba, su mente se nublaba un poco más y no era capaz de pensar con claridad. Se paró durante unos segundos y respiró hondo. No permitiría que el agotamiento lo venciera.

—Regresa al barco —ordenó a Elena. Había visto movimiento—. Quédate allí hasta que sepamos qué sucede —no quería que Elena se viera atrapada en medio de una batalla.

—Sola en el barco estaré desprotegida —ella sacudió la cabeza y silenció la protesta de Ragnar—. No voy a regresar. Me quedaré aquí, en la orilla, pero necesito pisar tierra firme.

—Entonces quédate detrás de mí —accedió él mirándola fijamente.

Esos ojos, verdes como el mar, lo tenían hechizado. ¡Cuántas noches había soñado con hundir las manos en esos cabellos y tomar los dulces labios!

—¿Sucede algo? —preguntó Elena, sonrojándose ante la intensa mirada, como si pudiera leerle los pensamientos.

—No —Ragnar desvió la mirada hacia la arena—. Nada.

Recorrió de nuevo el perímetro del asentamiento con la mirada. A lo lejos le pareció ver sombras tras una de las cabañas. El silencio era desesperante y se sentía como la presa de un atacante desconocido. Salieron del agua y se detuvieron en la arena.

Ragnar se acercó unos pasos hacia las sombras, sujetando firmemente el escudo con la mano izquierda y una pequeña espada con la otra. Más que nunca, deseó que Elena se hubiera quedado en el barco. La mujer permanecía tras él, los tobillos golpeados por las olas, las manos fuertemente entrelazadas.

10

—Quédate aquí —le ordenó—. Y grita si ves algo.

Elena asintió, pero Ragnar titubeó. El instinto le decía que no debía apartarse de su lado, pero tampoco podía exponerla al peligro de algún atacante.

—¿Estarás bien?

—Sí —contestó ella sin mucha confianza mientras sacaba una daga del cinturón.

Ragnar se dirigió hacia las sombras mientras el resto de los hombres seguía a Styr. Caminaban con lentitud, como si el peso de los últimos días se hubiera posado sobre sus hombros. Todos serían capaces de luchar, pero la fatiga hacía mella en ellos.

De repente se oyó el grito de Elena. Ragnar se giró con la espada en alto y la descubrió rodeada de cuatro hombres.

¡Por todos los dioses! ¿De dónde habían salido?

La adrenalina lo inundó de un profundo sentimiento de violencia, eliminando todo rastro de agotamiento. Espada en mano, corrió hacia Elena. Atacó a uno de los jóvenes, pero el golpe fue bloqueado por un escudo. Con renovadas fuerzas, luchó como mejor sabía. Dos hombres lo atacaron, pero utilizó el escudo para frenar el golpe mientras lanzaba de nuevo su espada.

La locura de la batalla lo invadió y todo lo demás desapareció, salvo la primitiva necesidad de protegerla.

La mirada de terror en los ojos de Elena le confirmó que tenía un nuevo enemigo a la espalda. La inferioridad numérica no le importaba, no permitiría que nadie le hiciera daño, no mientras le quedara un soplo de aliento. Con el escudo, derribó al tercer hombre.

Uno de los jóvenes agarró a Elena por detrás, retorciéndole la muñeca hasta hacerle soltar la daga. Después la arrastró marcha atrás mientras Ragnar luchaba con todas sus fuerzas para liberarse de los irlandeses.

Sin saber si sería demasiado tarde.

La sangre rugía en sus venas y, con un salvaje grito, se abrió paso entre los hombres que lo rodeaban, atacándoles con la espada. Fue vagamente consciente de que Styr corría hacia ellos también.

Dos hombres intentaron cortarles el paso, pero los dos amigos se repartieron los enemigos. Tras librarse del suyo, Ragnar se arrojó a la arena y rodó en el momento justo en que una espada se clavaba en el lugar en el que antes había estado su cabeza.

Más irlandeses se unieron a la batalla y Ragnar vio a uno de ellos agarrar a Elena y apoyar un cuchillo contra su garganta. En la mirada del joven vio la desesperación de alguien que no había matado jamás, y eso le hacía ser aún más peligroso.

Con un nuevo brote de adrenalina, consiguió soltarse mientras Styr corría hacia su esposa, pero antes de que pudiera alcanzarla, todo cambió.

Una joven corrió hacia ellos gritando. En sus manos llevaba un grueso bastón.

Concentrado en Elena, Ragnar ignoró a la mujer. El joven que la tenía aprisionada sí se había distraído, dándole la oportunidad de liberarla.

Durante un instante, ese joven pareció dudar entre soltar o no a Elena. Parecía saber que, si la soltaba, Styr le abriría la cabeza con el hacha.

Pero si él atacaba por la espalda, podría atrapar desprevenido al joven y liberar a Elena antes de que los demás se hubieran dado cuenta de lo sucedido.

Se acercó un poco más…

Levantó la espada, dispuesto a golpear. Pero ese fue el momento elegido por la otra mujer para golpear a Styr con el bastón en la cabeza. Su amigo cayó fulminado al suelo.

¡Por la sangre de Thor! Ragnar se agachó para evitar la espada de otro de los hombres.

—¡Styr! —gritó Elena presa de la angustia, mientras se dirigía hacia su esposo caído y la otra mujer pronunciaba extrañas palabras que sonaban a disculpa.

El joven agarró de nuevo a Elena y la arrastró hacia el mar. El agua le llegaba a la cintura y, si quisiera, podría ahogarla.

Ragnar llamó al resto de los hombres. Todos eran necesarios para proteger a Elena y a Styr. Sus amigos se acercaron blandiendo sus armas y protegidos por los escudos. La otra mujer se afanaba en atar las muñecas y tobillos de Styr con largas tiras de cuero y un hombre más mayor la ayudaba a arrastrarlo por la arena.

—Ragnar —suplicó Elena—. Sálvalo —la voz era apenas un susurro y los ojos verdes reflejaban el temor a la muerte.

Ragnar dudaba entre salvar a su mejor amigo o a Elena. Era una decisión que jamás hubiera querido tener que tomar.

—¿Qué hacemos? —preguntó Onund.

Al final solo hubo una opción. Tenía que salvar a la mujer que amaba, aunque fuera a costa de perder al hombre al que consideraba su hermano.

—Si algo le sucediera, Styr jamás nos lo perdonaría—. Con el escudo y la espada en alto, Ragnar se dirigió hacia el agua.

Dos

Elena no daba crédito mientras veía a Ragnar depositar las armas sobre la arena. ¿Qué hacía? Era más fuerte que cualquiera de esos hombres y, sin duda, sería capaz de matarlos a todos. ¿Por qué se rendía?

A no ser que tuviera algún plan que ella desconociera.

Ragnar se acercó a ellos. Llevaba una cota de malla y un yelmo de hierro. Los ásperos cabellos castaños colgaban por debajo de los hombros. Los ojos, de un color verde oscuro, refulgían con determinación y la expresión de su rostro era la de un guerrero despiadado cuya intención era la de matar a sus enemigos.

Y lo haría. Elena lo había visto entrenar con su esposo. No había guerrero más fuerte que Ragnar Olafsson y su velocidad no tenía igual.

—¡Soltadla! —gritó al joven que tenía cautiva a Elena—. Regresaremos a nuestro barco.

Hablaba con el irlandés como si lo creyera capaz de entender la lengua escandinava. El tono de voz era reposado y las manos estaban alzadas en señal de rendición. Pero el gesto encerraba una silenciosa amenaza.

Pues Ragnar jamás negociaba con el enemigo. El corazón de Elena latía con fuerza.

¿Cuál era su plan? ¿Sacrificarse? No, no era un hombre dado al martirio.

—Quizás tu intención sea la de rendirte, Ragnar —Onund lo miró furioso—, pero la nuestra no. ¡Somos más que ellos! —espetó, negándose a deponer las armas.

Un destello de irritación asomó al rostro de Ragnar, y entonces Elena lo comprendió.

Los irlandeses los habían sorprendido, pero ellos podían pagarles con la misma moneda, siempre que creyeran que iban a rendirse. Ragnar les estaba ofreciendo a sus hombres tiempo para reagruparse. ¿Cómo no lo había visto Onund?

—Si atacamos, le cortarán el cuello. Y también matarán a Styr —Ragnar bajó la voz y Elena ya no pudo oír nada más del plan. Su captor seguía arrastrándola mar adentro. Ya casi habían alcanzado el barco y aún no sabía cuáles eran las intenciones de Ragnar.

La mirada del guerrero seguía fija en ella y reflejaba la determinación de un hombre que no cejaría hasta liberarla. Elena recordó la extraña manera en que la había mirado minutos antes. Era una mirada cargada de deseo, como si quisiera conocerla… íntimamente.

El corazón se le aceleró. Nunca la había mirado así y se sentía inquieta, incapaz de entender su propia reacción ante esa mirada.

Un horrible pensamiento la horrorizó. Ragnar no desearía jamás la muerte de Styr ¿o sí? Su marido era prisionero de los irlandeses y tenían que rescatarlo.

Pero ¿y si Ragnar no tenía intención de salvarlo? ¿Y si le había dado la espalda a Styr?

No se imaginaba a ese hombre como un traidor, pero no podía quitarse el miedo de encima.

Al fin los demás hombres le obedecieron y depusieron también las armas antes de regresar al agua, uno a uno, rodeados por los irlandeses.

—Deberíais quedaros alguno, por Styr —gritó ella.

En cuanto habló, el irlandés le hundió la cabeza bajo las heladas aguas. Manoteando desesperada y sin aire, sintió cómo su captor la sacaba del agua al mismo tiempo que pronunciaba advertencias en un tono y un idioma que ella no comprendía. Y, antes de darse cuenta de lo que sucedía, la había subido al barco. Helada de frío hasta los huesos, no tuvo ninguna posibilidad de resistirse.

Envuelta en una nebulosa, apenas fue consciente del cuchillo que seguía apoyado contra su garganta.

El irlandés le ató las muñecas con una cuerda y la sujetó a la parte delantera del barco.

Poco a poco aparecieron sus hombres, seguidos de cuatro irlandeses. No intentaron luchar, dejándose capturar. Elena confiaba en que estuvieran esperando el momento de atacar.

Pero no había quedado nadie para ayudar a Styr. Desolada, echó un vistazo a la costa. Su marido había desaparecido y no había manera de saber si volvería a verlo alguna vez. Aunque durante los últimos meses se habían distanciado, era consciente de ser la culpable de ello. Styr era un buen hombre, un guerrero que se merecía algo mejor que una esposa estéril.

No. Se negaba a caer en una autocompasión que no le haría ningún bien. Debía armarse de valor y hacer todo lo posible por sobrevivir. Era su única esperanza.

Ragnar subió a bordo y fue atado como los demás, fijando nuevamente la mirada en ella. Elena no conocía sus planes, pero sabía que su intención era liberarlos a todos.

Los irlandeses se habían sentado a los remos, pero, siendo solo cuatro, el barco apenas avanzaba. Su captor, que respondía al nombre de Brendan, se hizo cargo de las velas, logrando que el viento los alejara de la costa.

—¿Qué será de Styr? —se atrevió a susurrar en dirección a Ragnar—. Lo dejaste solo. Podría estar muerto —un escalofrío recorrió su cuerpo y ardientes lágrimas asomaron a sus ojos.

—Si lo quisieran muerto no lo habrían hecho prisionero —observó el guerrero—. Lo utilizarán como rehén, pero regresaremos antes de que le puedan hacer ningún daño.

—¿Y si te equivocas? —Elena no sabía qué pensar. Podrían torturarlo, o matarlo.

—No me equivoco. Confía en mí.

—No puedes abandonarlo —ella lo miró a los ojos, suplicando en silencio que actuara pronto.

Ragnar parecía molesto ante el tono acusatorio y en su expresión no había rastro de ternura o piedad.

—Le juré que daría la vida por ti. Y eso haré —se inclinó un poco más hacia ella—. Esta noche recuperaremos el barco.

—Tienes las manos atadas —protestó ella.

—¿Eso crees? —preguntó él con tal indiferencia que Elena pensó si no se habría equivocado al dudar de él.

Sentía el aliento del vikingo sobre su rostro. Los largos cabellos emitían destellos dorados y su expresión era tensa, la de un conquistador. A su mirada verde había regresado la expresión de minutos atrás, la que la hacía temblar de pies a cabeza, atravesando su miedo e invadiendo sus venas. Hechizándola.

Le había pedido que confiara en él y ella quería

hacerlo, pues ese hombre era la única esperanza para regresar al asentamiento. Pero, una vez más, la miraba de esa manera que la hacía sentirse incómoda.

Uno de los irlandeses apareció y tiró de Ragnar para alejarlo de ella. Si había conseguido soltarse las ataduras, lo disimulaba muy bien.

El viento se había hecho más fuerte y el cielo volvía a cubrirse de nubes. Elena tenía hambre, pero nadie le ofrecía comida o agua. Los irlandeses exploraron el barco y descubrieron los víveres almacenados bajo la cubierta. Devoraron la comida, hasta el último trozo de carne seca y guardaron el pescado, pero sin ofrecer siquiera un bocado a sus prisioneros. Mirándolos más atentamente, Elena advirtió lo delgados que estaban, como si estuvieran muertos de hambre.

Por segunda vez se preguntó si la decisión de rendirse había sido acertada. Esos hombres no tenían la fuerza de los vikingos. Pero en sus ojos vio instinto de supervivencia, como si les hubiera abandonado todo rastro de humanidad. Como animales, luchaban entre ellos por los mejores trozos de comida.

La frustración que había sentido hacia Ragnar disminuyó. Unos hombres que solo se preocupaban por sus propias vidas harían cualquier cosa. Matarían sin piedad.

El líder, Brendan, era poco más que un adolescente, pero en sus ojos brillaba la determinación.

Fuera lo que fuera que les tuviera reservado, no iba a alterar sus planes.

Aunque habían pasado horas desde que habían regresado al barco, Elena seguía sin entrar en calor, y el miedo no hacía más que aumentar la sensación de incomodidad. Además, tenía la boca seca por la sed.

—¿Podría beber un poco de agua? —le preguntó a Brendan, a pesar de que sabía que no entendía su idioma. Asintió hacia los demás captores, que bebían vino, para intentar hacerse comprender.

Brendan apretó los labios e ignoró la súplica de Elena. Ella miró atentamente a sus hombres. Todos tenían las manos a la espalda. ¿Sería cierto lo que había insinuado Ragnar? ¿Habían conseguido soltarse? Ninguno de ellos la miraba.

Quizás…

—Cuando salga la luna —fue la breve orden dada por Ragnar a sus hombres.

Elena respiró hondo y miró a los irlandeses en busca de algún gesto que indicara que lo hubieran entendido. Todos estaban ocupados en engullir la comida, pero Brendan frunció el ceño y, sin decir una palabra, desenvainó el cuchillo y se acercó a ella por la espalda, apoyando de nuevo el frío acero contra su garganta mientras lanzaba una mirada desafiante a Ragnar.

Antes de que amaneciera, mataría a ese irlandés que había osado tocar a Elena. Con un cuchillo, que luego había pasado a sus hombres, Ragnar había conseguido cortar las ataduras. Solo le quedaba esperar el momento adecuado para atacar.

Llevaban horas navegando y algunos de los irlandeses se habían dormido, en realidad todos salvo el hombre que tenía cautivo a Elena. Brendan parecía presentir que si la soltaba, su vida no valdría nada.

El sol se había ocultado tras el horizonte y la luna empezaba a asomar. Ragnar hizo un gesto en dirección a sus hombres para que estuviesen preparados. Después, volvió a posar la mirada en Elena, esperando el momento para liberarla. Su amada estaba tensa y en la garganta se apreciaba un pequeño rastro de sangre.

Agarró el cuchillo con fuerza mientras juraba en silencio vengarse de ese hombre.

Necesitaba crear una distracción para llamar la atención de Brendan. Podría tomar a uno de los irlandeses como rehén, o atacar por sorpresa. Había docenas de posibilidades, todas factibles, pero no carentes de riesgo.

¡Por todos los dioses! ¿Por qué había tenido que capturar a Elena? De ser cualquier otra persona, se abalanzaría sobre ese irlandés y le cortaría el cuello sin más. Sin embargo, el riesgo era demasiado elevado. Elena lo era todo para él y jamás pondría su vida en peligro.

La vio levantar la vista hacia la luna que asomaba tras una nube. Estaba muy pálida y Ragnar quiso decir algo para tranquilizarla.

—Elena —no pudo contenerse, a pesar del riesgo. «No temas, yo te liberaré».

El irlandés pronunció unas palabras que sonaban a advertencia, pero su voz se quebró. Era evidente que era poco más que un crío.

—El barco se acerca a la orilla —anunció Ragnar a Elena.

—Yo no sé nadar muy bien —contestó ella con la voz cargada de miedo, mientras contemplaba las oscuras aguas.

El viento soplaba con fuerza y empujaba la nave hacia el Este. A lo lejos se divisaba lo que parecía una diminuta isla. A lo mejor sería capaz de alcanzarla.

—No permitiré que te ahogues —juró Ragnar.

Elena pareció sopesarlo, buscando consuelo en el guerrero. Aunque pertenecía a Styr, en esos momentos daría cualquier cosa por que Ragnar la abrazara, la consolara.

Y, como si los dioses hubieran decidido que así sería, llegó la distracción deseada.

Brendan O'Brannon no había tenido tanto miedo en su vida. Mientras sujetaba el cuchillo sobre la garganta de la mujer Lochlannach, deseó no haber abandonado jamás su tierra. En su momento había

23

creído estar protegiendo a su hermana, Caragh. Había pensado obligar a los extranjeros a marcharse de allí, alejando el barco varias millas de su hogar. Llegada la noche, él y sus amigos abandonarían la nave y regresarían a nado.

Pero esos hombres no dormían. En ningún momento le habían quitado la vista de encima, ni a la mujer que retenía cautiva. Cada minuto que pasaba los acercaba más a la inevitable muerte.

Un desolador vacío lo inundó al saber que no volvería a ver a su hermana ni a sus hermanos. Y todo por intentar hacerse el héroe. ¿Cómo se le había ocurrido que podría defenderlos contra los feroces invasores Lochlannach? No tenía más que diecisiete años, apenas un hombre. Había actuado sin pensar y, peor aún, había dejado sola a Caragh y dudaba mucho que fuera a regresar con vida.

Había un hombre en particular que le ponía nervioso. No dejaba de mirarlo, como si pensara asesinarlo en cuanto tuviera la oportunidad.

Brendan rezó en silencio para sobrevivir a aquello. Pensó en soltar a la mujer, lanzarse al agua. Por lejos que estuvieran de la orilla, tendría más posibilidades de sobrevivir que quedándose en el barco.

Sin embargo, siguió pegado a ella, consciente de que era la única persona que podía mantenerlos a él y a sus amigos con vida. Ya faltaba poco para alcanzar la punta más al Sur de la costa Este de Eire.

La luna permanecía oculta por las nubes, dificultando la visión. Estaba agotado y tenía que esforzarse para controlar el temblor de las manos.

Uno de los hombres lanzó un grito alertándoles sobre la proximidad de otro barco. Sin apartar el cuchillo del cuello de la mujer, Brendan se volvió para mirar. Un enorme barco mercante se acercaba a ellos.

Pero no eran irlandeses.

La boca se le secó y las palmas de las manos empezaron a sudarle. Eran los Gallaibh, los daneses, tan feroces como los vikingos. Su abuelo le había contado historias sobre los sanguinarios invasores que mataban a todo lo que respiraba.

Que los dioses los ayudaran. Sería un milagro que sobrevivieran a aquella noche.

—¡Dad la vuelta! —ordenó Brendan. Si lograban acercarse a la costa, quizás tendrían una posibilidad de escapar.

Sin embargo, no estaba acostumbrado al barco de los Lochlannach y no sabía cómo maniobrar con él. En lugar de dirigirlo hacia la costa, una fuerza invisible parecía empujarlo hacia los daneses.

Sobrecogido por el terror, vislumbró a unos arqueros preparados para lanzar sus flechas. Su estómago se encogió y volvió a considerar arrojarse al mar. Ahogarse era mejor que hacer frente a una docena de flechas.

Miró a su rehén, apenas mayor que su hermana Caragh. Respiró hondo deseando no haberla retenido. Esa joven no se merecía caer en manos de los daneses que, sin duda, la violarían antes de matarla. Había cometido muchos errores ese día, pero aún le quedaban unos preciosos segundos.

Utilizó el cuchillo para cortar las ataduras. La mujer lo miró sorprendida mientras se frotaba las muñecas. Sin pararse a preguntar, corrió junto a los suyos.

—Vamos a tener que saltar —anunció Brendan a sus amigos—. Si se acercan demasiado no sobreviviremos.

—Si abandonamos el barco nos ahogaremos —contestó uno de sus amigos.

El corazón de Brendan latía enloquecido y unas gotas de sudor perlaban su cuello.

—En cuanto alcancemos la costa, regresaremos a Gall Tír a pie.

Eso, suponiendo que alcanzaran la costa. Los daneses estaban cada vez más cerca y ya les oía gritar algo en una extraña lengua.

—Está demasiado lejos —protestó su amigo.

—No tenemos elección. Si nos quedamos aquí, esta noche moriremos.

Tan solo le quedaba rezar para que los Lochlannach los dejaran saltar del barco. Pero, por la mirada de su líder, no estaba seguro de que fueran a dejarlos marchar. Su estómago se encogió al pensar en el destino que los aguardaba.

De repente, los Lochlannach se levantaron todos

a la vez y lo rodearon. Era evidente que hacía tiempo que habían cortado las ataduras y que habían estado esperando el momento oportuno para atacar.

Una lluvia de flechas cayó sobre el navío. Brendan se arrojó sobre la cubierta mientras oía una flecha impactar sobre un cuerpo y veía el rostro moribundo de uno de sus amigos.

Los vikingos gritaban mientras numerosos hombres saltaban al barco. Oyó los gritos de quienes habían sido alcanzados por alguna flecha antes de caer al mar.

La mujer permanecía agazapada en un rincón del barco, protegida por los suyos. El líder de los Lochlannach se detuvo en seco, la pierna atravesada por una flecha. La mujer gritó y salió de su escondite, saltando al agua, seguida por el vikingo. Brendan dudaba que lograra alcanzar la costa con la pierna herida.

Paralizado por el miedo, cerró los ojos y se preparó para enfrentarse a la muerte. A su alrededor se oían las voces de los daneses que los iban acorralando.

«Que mi muerte sea rápida e indolora», rezó. «Y que mi hermana esté a salvo».

El corazón de Elena se estrellaba contra las costillas y el pulso le latía con tal rapidez que estaba a punto de desmayarse de miedo. Las gélidas aguas la golpeaban como puños y el vestido empapado la empujaba hacia el fondo. Aunque movía brazos y piernas, no conseguía nadar.

De repente, la cercana isla le pareció inalcanzable. Con la respiración acelerada, luchó por mantener la cabeza fuera del agua. A su espalda, oía los gritos de los hombres y el entrechocar de las espadas.

Su cabeza se hundió bajo el agua y se sintió ahogar, tosiendo mientras intentaba alcanzar la isla. En la oscuridad apenas veía nada a su alrededor y dudaba que pudiera conseguirlo.

«No eres lo bastante fuerte para nadar hasta la isla», el terror se apoderó de ella. «Te vas a ahogar».

A pesar de que desfallecía por momentos, no dejó de mover los brazos hasta que algo salpicó a su lado. Unos fuertes brazos la agarraron por la cintura. Era Ragnar que, como un navío que cortara el mar, la empujaba hacia adelante. Elena se agarró a su cuello, agradecida de que él también hubiera escapado.

—¡Nada! —le ordenó Ragnar—. No mires atrás.

El miedo paralizaba a Elena y su cabeza volvió a hundirse bajo el agua, pero Ragnar la sujetó para que saliera a flote. Juntos nadaron hacia la isla mientras, a su espalda se oían los gritos de los daneses que tomaban el mando del navío.

«Freya, protégeme», rezó Elena. La luna asomó tras una nube, iluminando la superficie del agua.

Tenía que vivir. A pesar del terror que sentía, lucharía por sobrevivir. Aunque solo quedaran ellos dos vivos.

Tres

Los brazos le pesaban como si fueran de plomo, pero tener a Ragnar a su lado, le insufló valor. El guerrero pronunciaba palabras de ánimo, aunque su ritmo había disminuido.

Cuando al fin sintió que sus pies tocaban el fondo, Elena suspiró aliviada. Estaba agotada y temblaba violentamente, pero ambos habían alcanzado la orilla.

Ragnar avanzaba pesadamente, apoyándose en ella. Elena no comprendía por qué le costaba tanto caminar hasta que la luna iluminó la flecha que asomaba del muslo.

—¡Estás herido! —exclamó ella mientras lo ayudaba a caminar hasta la arena.

Ragnar no contestó y ella sintió pánico. ¿Estaba malherido? Jamás sobreviviría sin él.

Sin embargo, enseguida desechó los oscuros pensamientos. Todavía no estaba muerto.

Tenía que sacarle la flecha, vendarle la herida,

encender un fuego y construir un refugio. En su vestido había suficiente lana para hacer una venda.

—Ragnar, mírame.

Él obedeció, pero en su mirada se reflejaba tal dolor que ella temió lo peor. Las ropas estaban empapadas. La cota de malla brillaba bajo la luz de la luna. Tenía que quitársela para examinar la herida.

—Te ayudaré a alcanzar esas rocas —le explicó ella—. ¿Podrás caminar hasta allí?

Él asintió, como si hablar le costara demasiado. La sangre manaba de la herida, aunque no con fuerza. Elena lo ayudó a sentarse y a quitarse la cota de malla y la túnica. Después utilizó el cuchillo para cortar pedazos de tela de su vestido. No queriendo torturarle con más agua salada sobre la herida, buscó algo para colocar entre la pierna y la tela empapada.

—Tenemos que encender un fuego —le recordó Ragnar—. Podrías preparar uno.

—Enseguida —le prometió ella—. Primero voy a sacarte la flecha.

—Si lo haces, podría sangrar más —contestó él con calma.

—Pero no podemos dejarla dentro ¿verdad? —Elena apoyó las manos sobre los hombros del guerrero y se arrodilló ante él—. Tú me proteges y haré todo lo que pueda para ayudarte.

Durante un fugaz instante, la mirada de Ragnar se tiñó de deseo. Elena no supo cómo reaccionar, por miedo a haberle malinterpretado.

Respiró hondo y alargó una mano hacia la flecha. Mejor no decirle cuándo iba a tirar de ella, así le dolería menos. Aunque nunca había arrancado una flecha del cuerpo de un hombre, no parecía estar muy profunda. Se preguntó qué sería mejor, si empujarla a través de la pierna o sacarla de un tirón. En ambos casos iba a dolerle.

—No quiero hacerte daño —le aseguró—, pero habrá que… —sin decir nada más, hundió la flecha hasta que salió por el otro lado de la pierna—. Ya está.

Ragnar soltó un gemido de dolor y ella cubrió la herida con musgo antes de vendarla.

—Podrías haberme avisado —siseó él respirando con dificultad.

—Anticiparse al dolor es peor que la realidad —respondió Elena.

—¿Alguna vez te han atravesado con una flecha? —protestó Ragnar.

—Tampoco estaba tan hundida —ella intentó suavizar la situación—. La hemorragia no ha sido tan fuerte como podría haber sido —en silencio, dio gracias a los dioses por ello. De haber estado más profunda, dudaba mucho que hubiera tenido la fuerza suficiente para hacerla salir por el lado opuesto. Los fuertes músculos lo habrían hecho imposible.

En cuanto le hubo vendado la pierna, Elena instaló a Ragnar contra una roca. Temblaba cada vez más.

Necesitaban encender fuego. Pero antes tenía que encontrar una piedra de pedernal.

El miedo, el frío y la oscuridad empezaban a minar el poco valor que aún conservaba. Necesitaban un refugio y calor para pasar la noche. Su supervivencia dependía de ello.

Elena se obligó a pensar en los pequeños detalles. El fuego era lo más necesario y todavía tenía el cuchillo de Ragnar.

—Intentaré encontrar algo de pedernal entre las piedras.

—Espera —Ragnar hundió la mano bajo la túnica y sacó una piedra que colgaba de una correa de cuero—. Esto es pedernal.

Elena intentó desatar el nudo con las manos apoyadas en la garganta del vikingo.

—Tú no estás herida ¿verdad? —susurró él.

Una espiral de calor inundó a Elena, demasiado consciente de que sus manos rodeaban el cuello de Ragnar, casi como si lo estuviera abrazando.

—No —murmuró—. Ahora no hables, descansa mientras yo preparo una hoguera.

Incapaz de deshacer el nudo, optó por sacarle la correa por encima de la cabeza.

El masculino aroma de ese hombre no tenía nada que ver con el de su esposo, pero sí encerraba la familiaridad del amigo.

¿En cuántas ocasiones había confiado en Ragnar? Eran amigos desde siempre y, si no le quedaba más remedio que quedarse allí aislada, se alegraba de que fuera con él.

Con renovado coraje empezó a recoger hierbas y trocitos de ramas que encontró en la playa. Por la mañana tendrían que trasladarse más hacia el interior en busca de alimento. Jamás sobrevivirían sin agua dulce o un refugio. Además, no sabía si Ragnar sería capaz de nadar nuevamente.

«Ahora no pienses en eso», se recriminó.

Cuando tuvo todo lo necesario, golpeó el pedernal repetidas veces hasta conseguir hacer saltar una chispa que prendió un fuego que, lentamente, alimentó.

Tenía la ropa empapada y el calor de las llamas resultaba reconfortante. Levantó la vista hacia el mar, pero no vio rastro de ningún barco.

—¿Qué crees que les habrá sucedido a los otros? ¿Estarán vivos?

—Oí a los daneses hablar de venderlos como esclavos —Ragnar hizo una mueca al cambiar de postura—. Eso, en caso de que no los hayan matado a todos.

Elena se frotó los brazos, intentando no imaginárselo. La idea de ser los únicos supervivientes de la expedición era demasiado horrible para asimilarlo.

—Tienes frío ¿verdad? —observó mientras se sentaba cerca de Ragnar, que tenía la ropa tan empapada como ella—. ¿Te ayudo a acercarte al fuego?

—Estoy bien —el guerrero sacudió la cabeza y

cerró los ojos—. Por la mañana nos dirigiremos al continente.

—¿Crees que podrás nadar? —Elena tenía serias dudas, dado que le costaba muchísimo caminar. Ella misma apenas sabía nadar lo suficiente para mantenerse a flote. A pesar de ser un hombre más fuerte de lo normal, el agua salada resultaría tremendamente dolorosa.

—No tengo elección —aunque intentaba aparentar calma, la voz de Ragnar delataba su dolor.

—Sobreviviremos, Ragnar —ella le tomó una mano—. Tienes mi gratitud eterna por salvarme de los daneses.

Ragnar le apretó la mano, pero su mirada permaneció perdida en el horizonte. A pesar de no pronunciar palabra alguna, ella supo que había jurado protegerla a toda costa.

—¿Te sientas conmigo?

La petición del vikingo hizo que Elena se estremeciera. Era peligroso estar cerca de ese hombre. Aunque era un buen amigo, el instinto le aconsejaba mantenerse alejada y dio unos cuantos pasos atrás.

—Voy a buscar más leña —se excusó.

—No pasará nada, Elena —le aseguró él.

Ella quería creerlo, pero estaban a mucha distancia de cualquier lugar y su esposo había sido hecho prisionero, al igual que sus hombres, convertidos en esclavos o asesinados. Al borde de las lágrimas, se dispuso a recoger más leña.

Una oleada de inquietud le asaltó, pero la desechó de inmediato. En esos momentos debía concentrarse en sobrevivir a aquella noche. Empezaba a hacer frío.

—¿Crees que mi esposo seguirá vivo? —preguntó tras regresar junto al fuego.

—Estoy seguro —Ragnar se apoyó contra una roca y apretó los dientes al mover la pierna.

Cuanto más tiempo pasaba sentada junto al fuego, más abatida se sentía Elena. En unas pocas horas lo había perdido todo, su esposo, su gente, el barco, incluso un refugio. Silenciosas e involuntarias lágrimas rodaron por sus mejillas.

—Ven aquí, Elena.

Ella lo ignoró. Necesitaba llorar, tenía derecho después de todo lo ocurrido.

—¿Vas a obligar a un hombre herido a arrastrarse por la arena para llegar hasta ti? —a pesar del tono bromista, ella sabía que lo haría.

—Estaré bien —sin embargo, Elena se sentó a su lado.

Ragnar la rodeó con un brazo, desatando un torrente de lágrimas. No sabía cómo recuperar su vida, ni cómo empezar de nuevo. Su esposo, y sus hombres, podrían estar muertos. No tenían barco y estaban aislados lejos de su hogar.

Ragnar no pronunció palabra y se limitó a abrazarla, proporcionándole consuelo. A pesar de todo lo sucedido, al menos no estaba sola.

El fornido cuerpo desprendía calor y ella apoyó la cabeza contra su pecho, cerrando los ojos.

—Duerme —le ordenó él—. Yo me dedicaré a contar los minutos que pasan hasta que me deje de doler.

—Ojalá pudiera aliviarte el dolor con algo —Elena sabía que Ragnar estaba sufriendo.

—Sería peor si no estuvieras aquí —él sonrió y suspiró—. Mañana decidiremos cómo regresar al continente.

Aunque permaneció tumbada junto al fuego, no conseguía dormirse. Las pesadas ropas no se secarían en mucho tiempo. Al final, Elena optó por quitarse el sobrevestido y extenderlo sobre una roca, aunque dudaba que fuera a secarse durante la noche. Pero quizás, sin él lograría conciliar el sueño.

Se acurrucó sobre la arena, separada de Ragnar por la hoguera. El guerrero parecía tan agotado como ella y sus ojos verdes la miraban severos.

—Puedes dormir junto a mí sin temer nada, Elena.

Ella titubeó, pues nunca había dormido junto a un hombre que no fuera Styr. Por otro lado, carecían de refugio y dormir sola sería una incomodidad añadida.

¿Se atrevería a dormir junto a Ragnar? Su reticencia debía ser evidente, pues él se encogió de hombros antes de recostarse contra una de las rocas, como si no tuviera importancia.

Elena comprendió lo ridículo de su postura. Dormir junto a Ragnar no significaría nada. Él jamás pondría en peligro su matrimonio, a fin de cuentas, su marido era su mejor amigo.

Así pues, se levantó del suelo.

El amanecer llegó demasiado pronto. Ragnar apenas había dormido, pero sentía el calor del cuerpo de Elena contra su espalda. Le dolía la herida, pero, no queriendo molestarla, optó por no moverse.

Ella tenía los cabellos aún húmedos y sueltos sobre los hombros. Las trenzas se habían deshecho y el vestido remarcaba unas curvas que él intentó no mirar.

«No es tuya», se recordó.

Elena abrió los ojos y bostezó al tiempo que se sentaba.

—¿Has dormido algo? —preguntó mientras inspeccionaba la herida—. ¿Te duele mucho?

En efecto, le dolía, pero no le importaba. Dormir junto a Elena había sido la realización de un sueño imposible y el dolor le había ayudado a no olvidar los límites entre ellos.

De haber muerto durante la noche, no podría haber imaginado mejor lugar para pasar sus últimas horas.

—Estaré bien

Le ardía la pierna, pero intentó disimularlo.

—Tenemos que llegar al continente.

—No tiene buen aspecto —Elena se arrodilló ante él y palideció.

—Estoy vivo —Ragnar se encogió de hombros. «De momento», pensó.

—Necesitas a alguien que pueda curarte mejor que yo —protestó ella—. El continente está demasiado lejos para alcanzarlo a nado. Quizás podríamos construir una balsa.

—No eres lo bastante fuerte para arrastrar un tronco hasta el agua —solo con mirarla a la cara era más que evidente que estaba agotada, y aterrorizada.

—Pero puedo recoger ramas pequeñas y atarlas. Nos agarraríamos e intentaríamos nadar.

—¿Y con qué vas a atar las ramas? ¿Con hierba?

—Cortaré más tiras de mi vestido —para ilustrar su respuesta, Elena se levantó la prenda hasta las rodillas.

La imagen de las esbeltas piernas desnudas inundó de fuego el cuerpo de Ragnar.

—Si crees que funcionará… —se rindió.

Nunca le había visto las piernas más allá de los tobillos y no pudo evitar imaginarse cómo sería el resto. Sin duda unas piernas muy largas, pues era una mujer alta.

La mujer de otro hombre.

La mujer de su mejor amigo.

Ragnar se apoyó contra la roca para ponerse de pie. El estómago le dolía de hambre. Con suerte, podrían pescar algo.

En su estado, no le servía de gran cosa a Elena. La más leve presión sobre la pierna le provocaba un intenso dolor y, apretando los dientes, cojeó hacia el extremo opuesto de la isla.

Aparentemente no había más que unos árboles y algunas rocas. No se veía comida ni agua. Su única posibilidad de sobrevivir pasaba por nadar hasta el continente.

Echó un vistazo a la masa de agua gris que haría arder su herida. La sugerencia de Elena de atar algunas ramas era bastante sensata. La herida abierta le dolía más que cuando tenía la flecha clavada.

Elena regresó del bosquecillo provista de cuatro sólidas ramas que arrastró por la arena. Se había recogido los cabellos para que no le molestaran y había cortado más trozos de tela de su vestido con el cuchillo de Ragnar. Mientras la observaba atar las ramas, el guerrero no pudo evitar imaginarse esas bonitas piernas rodeándole la cintura.

Furioso consigo mismo por atreverse siquiera a pensar algo así, cerró los ojos.

—Déjame ayudarte —necesitaba hacer algo para distraerse. Cualquier cosa que mantuviera su vista alejada de esa piel desnuda.

Se acercó cojeando hasta el montón de ramas y se sentó para atarlas con los trozos de tela.

—Con tu peso, no flotará —anunció ella con el ceño fruncido cuando hubieron terminado.

—No hay suficiente madera —Ragnar se encogió de hombros—, pero al menos nos proporcionará algo a lo que agarrarnos. Bastará con eso.

—Ojalá llevaras un hacha —Elena echó un vistazo hacia los árboles que les proporcionaban sombra—. Nos sería útil para cortar algunas ramas.

—Prefiero la espada —a Ragnar le gustaba su arma—. El hacha es para Styr.

En cuanto oyó el nombre de su esposo, el rostro de Elena se tiñó de tristeza.

—Quiero creer que está vivo —murmuró—. Que vendrá a buscarme.

—Si él no lo hace, yo mismo te llevaré de regreso.

las palabras del vikingo ofrecían poco consuelo, pues ninguno de los dos sabía lo que le había sucedido a Styr.

—No podrás ir tan lejos con esa pierna —ella suspiró y arrastró la balsa por la arena.

—Puede que esté herido, Elena —Ragnar se acercó a ella y le agarró un brazo—, pero no estoy muerto. La herida curará —no quería que ella lo viera como un inútil. Lentamente le tomó la mano, provocándole un escalofrío—. No te quedarás aquí. Te lo juro por la sangre de Thor.

—Me alegra que estés aquí —Elena le apretó la mano y lo miró a los ojos, sonrojándose.

Ragnar deseaba abrazarla, saborear esos labios que lo atormentaban desde hacía tiempo. Sin embargo, ella se dio media vuelta y se colocó el sobrevestido que había dejado secando la noche anterior. Tenía el aire de una doncella, pero el cuerpo de una mujer que conocía íntimamente a un hombre.

Sin decir una palabra, él arrastró la balsa hacia el mar, reprimiendo un grito cuando el agua salada le golpeó la herida. El penetrante dolor le recordaba que debía mantenerse alejado de la esposa de Styr.

Elena se unió a él, aferrándose a la madera mientras ponían rumbo al continente. Ragnar se impulsaba con la pierna buena, agradecido de tener la marea a su favor, aunque el penetrante dolor provocado por el agua salada le hacía perder el control por momentos.

La balsa les permitiría permanecer juntos sin correr el riesgo de ahogarse. Luchando contra el dolor, intentó ayudar a Elena.

—Por tu expresión, parece que te duele otra vez —observó ella, impulsándose con el brazo izquierdo mientras se agarraba a la balsa con el derecho.

—Es como si me atravesaran la pierna a cuchilladas —admitió Ragnar—. No es muy agradable.

—Cuando lleguemos a tierra firme te sentirás mejor, te lo prometo.

Eso, suponiendo que no se ahogara antes. Ragnar se mordió el labio.

Decidió concentrarse en la orilla que tenían frente a ellos. Con cada brazada, le parecía que estaba más lejos. Las gélidas aguas empezaban a adormecerle el cuerpo, los ojos se le cerraban y sintió cómo los dedos se deslizaban de la balsa.

—¡Ragnar! —gritó Elena—. No me dejes. No puedes abandonar ahora —se acercó a él y lo sujetó por la cintura—. Ya no estamos tan lejos.

Ragnar sabía que era cierto, pero su cuerpo se rebelaba contra el agua de mar y su mente estaba centrada en ayudar a Elena. El frío le congelaba la sangre, dificultándole cualquier movimiento.

—Te necesito —susurró ella—. Por favor.

La dulce voz le dio fuerzas. Elena continuó susurrándole palabras de ánimo para que no se rindiera. Tras casi una hora en el agua, al final sintió la rodilla hundirse en la arena. Apretando los dientes para que no castañetearan, y sujeto por Elena, consiguió guardar el equilibrio.

Se tambaleó hacia la playa con la visión borrosa y zumbidos en los oídos. Maldiciéndose por su debilidad, se esforzó por no perder el conocimiento. Elena lo necesitaba y no iba a fallarle.

—Escúchame —insistió ella—. Estamos aquí, a salvo, pero no puedes quedarte tumbado sobre la arena. Hay que avanzar un poco más.

Elena seguía sujetándole por la cintura, permitiéndole que se apoyara en ella, pero cuando su pierna tropezó sin querer contra la herida, Ragnar no pudo evitar un grito de dolor.

—Ya casi hemos llegado —exclamó ella en tono suplicante—. Solo unos pasos más.

—No voy a morirme —le aseguró él, aunque las palabras surgieron balbuceantes.

—Jamás te lo permitiré —Elena lo ayudó a sentarse apoyando la espalda contra un montículo de hierba—. Estás helado, tengo que conseguir que entres en calor.

Acto seguido se abrazó a él, ofreciéndole consuelo.

Ragnar quería decirle lo que significaba para él, pronunciar las palabras que guardaba desde hacía tanto tiempo. Pero el honor le hizo permanecer en silencio. Aceptaría su cálido abrazo, consciente de que entre ellos no podía haber más.

Estaba furioso contra sí mismo por haber abandonado a Styr, aunque no había tenido otra elección. Los irlandeses podrían matar a su amigo, pues carecía de todo valor como rehén y jamás aceptaría convertirse en esclavo.

Contempló a Elena, que se afanaba en recoger leña para encender fuego. El vestido le llegaba a las rodillas y sus cabellos rojizos seguían recogidos en la nuca. Se movía con seguridad, pero mientras amontonaba las ramas no pudo evitar estremecerse.

¡Hacía tanto frío! Ragnar no sentía los dedos de las manos o de los pies y sus músculos estaban rígidos.

—Estás muy pálido —observó Elena mientras se apresuraba a encender el fuego—. No te preocupes, conseguiré que entres en calor en cuanto prenda la hoguera —sin embargo, las manos le temblaban de frío e, intento tras intento, la chispa se apagaba.

Ragnar sentía los párpados muy pesados y al final cerró los ojos, rindiéndose a la tentación de la inconsciencia. Necesitaba dormir.

—¡Ragnar! —Elena se abalanzó sobre él, abrazándolo y sacudiéndolo para que abriera los ojos—. No me dejes —suplicó con lágrimas en los ojos—. No puedes dejarme aquí sola.

—Solo estaba descansando un poco —dormir le permitiría soportar un poco mejor el dolor y la oscuridad lo tentaba a dejarse ir, a caer en la nada.

—Tienes los labios azules —observó ella—. Si te duermes, puede que no despiertes nunca.

Ragnar no contestó. Su cuerpo se había transformado en plomo y la poca consciencia que le quedaba se le escapaba. Aunque una parte de su mente había registrado las palabras de Elena, no tenía fuerzas para luchar.

—Ni te atrevas a morirte —sollozó ella—. Jamás

sobreviviré aquí sola. ¿Me oyes? —gritó—. Si tú te mueres, yo también moriré.

Ragnar intentó infructuosamente pronunciar la palabra «no», asegurarle que no iba a morir, pero antes de poder pronunciar palabra alguna, ella buscó sus labios en un desgarrador beso.

Cuatro

Elena no sabía por qué le había besado, pero si no lo hubiera hecho, le habría golpeado. Cualquier cosa para hacerle despertar. El cuerpo del guerrero se tensó ante el contacto.

—¿Por qué has hecho eso? —preguntó Ragnar.

No había sido más que un breve beso, apenas más que una caricia. Pero Ragnar la miraba con tal furia que ella lo soltó y se apartó de él.

—No reaccionabas. Pensé que si cerrabas los ojos no volverías a abrirlos —Elena se sonrojó violentamente, recriminándose por su comportamiento. Nunca lo había visto tan enfadado.

—No vuelvas a besarme nunca más —le advirtió él.

—Lo siento —Elena no había esperado una reacción tan violenta—. Solo quería llamar tu atención, que abrieras los ojos.

—La próxima vez que quieras llamar mi atención, utiliza los puños, no los labios —él hizo una mueca y se sentó junto al fuego—. Styr es mi amigo, y tu esposo. Harías bien en no olvidarlo.

—No lo he olvidado —protestó ella, aunque su rostro ardía de humillación—. No ha significado nada, Ragnar, de verdad.

Sin embargo, nada de lo que pudiera decir mitigaría la ira y frustración que reflejaba la verde mirada del guerrero. No había tenido en cuenta las consecuencias y la violenta reacción le irritaba.

—No volverá a repetirse nunca —le aseguró.

—Procura mantener tu promesa —la voz de Ragnar era fría, casi cruel.

Elena se apartó, deseando encontrar las palabras para disculparse. ¿Por qué no quería entender que solo había pretendido despertarlo? Se comportaba como si ella hubiera intentado seducirle.

La idea de que pudiera ser posible le provocó un extraño torbellino en el estómago y su mente se pobló de imágenes de la masculina boca abriéndose sobre la suya, de su fornido cuerpo tumbándose sobre ella en la arena.

Elena cerró los ojos. No, jamás caería en una locura semejante.

—Necesitamos comida y cobijo —Ragnar habló de nuevo—. Busca algo por los alrededores, pero no te alejes mucho, por si me necesitas.

Elena prefirió obviar el hecho de que las heridas de la pierna del vikingo no le permitirían defenderlos. En cambio, prefirió aprovechar la ocasión para marcharse de allí y ser útil. Alejándose de la orilla buscó algo con lo que construir un refugio.

Subió una pequeña colina y descubrió un enorme roble. Las hojas de las numerosas ramas les protegerían de la lluvia, pero no del viento. Reflexionó sobre el problema mientras recogía todas las ramas caídas y las colocaba en ordenados montones.

Afortunadamente, solo sería temporal, pues el tamaño reducido del espacio le iba a obligar a dormir pegada a Ragnar.

El sabor amargo de la vergüenza aún persistía. Menuda estupidez pensar que el beso podría despertarlo. Solo con recordarlo se estremecía.

De haber sido Styr, le habría devuelto el beso y tomado la iniciativa en el abrazo, pero los labios de Ragnar habían respondido fríos y rígidos. A pesar de que no había significado nada, el cuerpo de Elena había reaccionado a él. Respiró hondo, ignorando la sensibilidad de sus pechos bajo la ropa. Styr era el único que la había tocado. El único que la tocaría.

Sin embargo, su relación se había estancado. Hacían el amor de manera rutinaria con la esperanza de concebir un hijo. Yacer con Styr era un placer, y no le importaba hacerlo, pero últimamente solo había podido pensar en si la semilla enraizaría en su interior y había terminado por dejar de disfrutar.

Al final le había pedido a su esposo que dejaran

de intentarlo. El amargo recuerdo ardía en su interior, pues había permitido que el dolor por no concebir se convirtiera en ira. Ya no quería compartir el lecho con su esposo, pues cada vez que lo hacía le recordaba su fracaso como esposa.

Con los ojos llenos de lágrimas, terminó de colocar las ramas, pero no se permitió llorar. Era fuerte, tenía que serlo.

Tarde o temprano conseguirían regresar al asentamiento y rescatarían a Styr. Y entonces haría todo lo posible por arreglar su maltrecho matrimonio.

Lo mejor sería olvidar el beso, hacer como si no hubiera sucedido. Había sido una estupidez, y la airada reacción del guerrero le confirmaba que podía dormir a su lado sin temer nada.

Un poco más aliviada, regresó a la playa imaginándose el refugio. Construiría un cobertizo impermeable que les protegería de las inclemencias del tiempo.

Encontró un puñado de fresas salvajes y algunas zanahorias que, aunque diminutas, eran mejor que nada. A lo lejos se divisaba la silueta de una charca.

Agua. Suspiró aliviada, por primera vez atreviéndose a pensar que podrían sobrevivir allí.

Tras beber un poco, enrolló una hoja y formó un cucurucho, que llenó de agua para Ragnar. No era gran cosa, pero serviría hasta encontrar otro recipiente más grande.

Había muchas cosas que hacer y su mente trabajaba afanosamente.

Cuando regresó junto a Ragnar lo descubrió tumbado de lado y con los ojos cerrados. El dolor tensaba su rostro y la sangre empapaba el vendaje del muslo.

Elena se sintió asaltada por el remordimiento. No debería haberlo dejado solo tanto tiempo. El cucurucho de agua cayó de sus manos mientras corría junto a él y se arrodillaba a su lado.

—Ragnar —intentó despertarlo sacudiéndolo con suavidad.

El guerrero no respondía y ella optó por quitarle la venda para inspeccionar la herida. Ante la visión de la piel enrojecida y la herida con tan mal aspecto, sintió que el desaliento cundía en ella. Aquello sobrepasaba sus capacidades como sanadora y no sabía qué hacer.

—No soy sanadora —murmuró mientras le acariciaba la mejilla—. Pero no puedes rendirte. Ahora no.

La herida estaba muy inflamada y ella rebuscó en su mente algún remedio herbal del que hubiera oído hablar. Ragnar estaba inconsciente.

Allí no había nadie a quien acudir, nadie para ayudarla o indicarle la manera adecuada de tratar la herida. Pero si no hacía nada, ese hombre iba a morir.

Se concentró todo lo que pudo con la esperanza de hallar la respuesta en su interior. Luego respiró hondo y volvió a examinar la herida. La piel estaba ardiente y tensa.

Había que drenarla, decidió. Algunos sanadores hacían sangrar las heridas con el fin de expulsar a los espíritus malignos. Quizás si aliviaba parte de la presión, ayudaría.

Cuchillo en mano sintió que el valor la abandonaba ante la idea de provocarle más dolor del que ya sufría.

Susurró varias plegarias y, tras cubrir el cuchillo con un trapo, lo hundió en la herida. Los puños de Ragnar se cerraron con fuerza y sus ojos se abrieron de golpe.

—No lo hagas —masculló entre dientes.

—Voy a aliviarte el dolor —le aseguró Elena—. La herida deber ser limpiada.

De la herida abierta empezó a manar sangre mezclada con pus. Elena luchó contra las náuseas y comprobó que la inflamación parecía estar disminuyendo. No sabía durante cuánto tiempo debía hacer salir la sangre mala, pero al final optó por juntar los bordes de la herida y vendarle la pierna.

No quedaba más que rezar. Intentó que estuviera lo más cómodo posible, pero sabía que necesitaban un refugio o ambos morirían. Y para construir un refugio tendría que dejarlo solo.

Únicamente cuando estuvo segura de que dormía, se decidió a marcharse. Aunque le preocupaba dejarlo solo, su supervivencia dependía de ello.

—Ragnar.

La voz lo despertó del agudo dolor que fluía sin cesar. Estaba a punto de ponerse el sol y los cabellos de Elena parecían rodeados por un halo dorado.

Por todos los dioses que nunca había conocido a una mujer tan hermosa. Sin embargo, no debía mostrar ninguna emoción. Aunque fuera a morir en ese lugar, se negaba a ceder a los traicioneros sentimientos que profesaba hacia ella.

La mano de Elena le acarició la mejilla, pero él no pronunció palabra alguna, hallando consuelo en la cálida caricia.

—Pronto lloverá —susurró ella—. He construido un pequeño refugio para pasar la noche. ¿Crees que podrás caminar si te apoyas en mí?

Ragnar casi soltó una carcajada. Sin embargo, un vistazo al cielo le hizo comprender que o bien intentaba caminar o se quedaría tumbado sobre la arena mientras diluviaba sobre su cuerpo. Las nubes eran negras y espesas y la niebla avanzaba desde la orilla.

Elena lo rodeó con los brazos para ayudarlo a sentarse. En los ojos verdes, el vikingo leyó pánico. Un miedo que nada de lo que dijera conseguiría aquietar. Nada evitaría que la mano de la muerte se posara sobre él.

—Elena, no sé hasta dónde podré caminar —Ragnar flexionó la pierna sana y, ayudado por ella, se puso en pie con un gesto de profundo dolor. La visión empezó a nublarse y temió perder la consciencia.

—Eres lo bastante fuerte para llegar al refugio —insistió ella—. He encontrado algo de comida y he encendido fuego —continuó mientras aguantaba el peso del guerrero lo mejor que podía.

El trayecto resultaba interminable.

—¿Por qué lo has construido tan lejos? —preguntó Ragnar.

—Necesitaba un árbol como soporte —explicó Elena—. Además, no queremos que nos invada la marea.

Perdido en un mar de dolor, él apenas oía las explicaciones. Pero, al acercarse un poco más, le pareció oler algo.

Debía ser su imaginación porque el embriagador aroma de la carne de ave asada le estaba haciendo salivar.

—¿Has cazado algo? —preguntó entornando los ojos ante la visión del fuego.

—Puse algunas trampas —ella sonrió—. La noche nos resultará más soportable después de haber comido.

Ragnar dudaba que la comida consiguiera calmar el dolor que sentía, pero no quiso hacer ningún comentario que ensombreciera lo que esa mujer había hecho por los dos. De repente sintió un agudo zumbido en los oídos y ella lo atrapó antes de que cayera al suelo mareado.

—Ya casi hemos llegado.

Tras lo que pareció una eternidad, al fin llegaron al pequeño refugio que Elena había construido con ramas caídas que había apoyado alrededor de un grueso árbol. La estructura circular estaba compuesta por ramas gruesas que ejercían de pilares y otras más finas y flexibles entrelazadas. De cerca comprobó que era más grande de lo que parecía.

—¿Cómo has conseguido hacer todo esto? —preguntó él.

—Volví varias veces para comprobar cómo estabas —Elena se sonrojó—. Como dormías, me pareció que sería un buen modo de aprovechar el tiempo.

El viento arreciaba y Ragnar se deslizó al interior del refugio. Elena atendió el fuego y dio la vuelta al ave hasta que estuvo hecha del todo.

El guerrero jamás había olido algo tan delicioso. Cuando ella arrancó un trozo y, tras soplarlo, se lo pasó, probó la carne que, en efecto, estaba deliciosa.

—Styr es un hombre con suerte —observó. Aunque el tono de voz era neutro, era evidente que hablaba de algo más que de comida—. No creo que se dé cuenta de todo lo que haces por él.

Elena lo miró perpleja, como si no se hubiese esperado oír algo así de sus labios. Quizás el haber estado tan cerca de la muerte le hacía hablar de ese modo.

—Soy su esposa y me gusta ofrecerle todas las comodidades del hogar —ella comía, pero evitaba en todo momento mirarlo.

Ragnar sabía que en los últimos meses el matrimonio de Elena y Styr no había ido bien. La esterilidad de la mujer estaba cobrándose un elevado precio y Styr le había confiado sus problemas, colocando a su amigo en una incómoda posición. Le había animado a hablar con su esposa, pero se encontraba dividido entre su deseo de que el matrimonio de sus amigos se arreglara y el deseo de que la unión se rompiera.

Era un bastardo egoísta. ¿Qué conseguiría con la ruptura del matrimonio? Elena jamás acudiría a él. Conocía sus más oscuros secretos, la salvaje adolescencia que había sufrido, y la violencia que dormitaba en su interior. Jamás consideraría unirse a alguien como él.

El viento se hizo más fuerte y Elena se retiró al fondo del refugio y deslizó un panel, que Ragnar no había visto, y que hacía las veces de puerta. En pocos segundos, la lluvia empezó a caer sobre el tejado.

Sin embargo, no se mojaron. Ragnar comprendió que había colocado una capa tan gruesa de hojas que estaban a salvo de la tormenta.

—Lo has hecho muy bien, Elena —admiró él—. Supongo que debes estar agotada.

—Un poco —ella asintió—. ¿Cómo está tu pierna?

—Duele, pero ya no está tan hinchada —la herida dolía, pero el dolor resultaba más soportable.

—Intentaré encontrar ajo o alguna otra hierba para que saque la sangre emponzoñada —le prometió ella—, cuando deje de llover.

—Podemos esperar hasta mañana —Ragnar terminó de comer.

Un incómodo silencio se instaló entre ellos. Elena evitaba mirarlo y él comprendió que se sentía avergonzada por lo que había hecho horas antes.

—Siento mucho lo que te dije antes —Ragnar se apoyó contra la estructura, consciente de lo cerca que estaba de ella—. Sé que no pretendías nada con ese beso.

—Gracias —Elena suspiró—. No sé por qué lo hice. Solo quería que permanecieras consciente.

Ragnar la miró atentamente. Aunque la lluvia había apagado el fuego en el exterior del refugio, en la penumbra pudo admirar el hermoso rostro y deseó poder confesar la verdad: que la dulzura del beso le había afectado más que el más fuerte de los golpes.

Esa mujer sabía a inocencia y a sueños que jamás podrían hacerse realidad.

—Encontraremos el modo de regresar —le aseguró—. Te llevaré de vuelta con Styr en cuanto se hayan curado mis heridas.

—Temo por él —Elena asintió y se acercó un

poco más a él—. Aunque hemos tenido nuestras diferencias, no quiero que muera.

Elena se acurrucó contra Ragnar, quien la rodeó con un brazo. El vikingo sentía la humedad de las lágrimas que rodaban en silencio por las mejillas de la mujer.

—Lo encontraremos —insistió—. Te lo prometo.

—Hay otra razón por la que tengo miedo —admitió ella al fin—. La luna.

Ragnar no comprendió y esperó a que ella le ofreciera una aclaración.

—Cuando abandonamos Noruega, había luna llena. Desde entonces ha pasado por todas sus fases casi dos veces —Elena se incorporó—. No he tenido el flujo femenino desde que abandonamos Noruega, Ragnar —su voz estaba cargada de una temblorosa esperanza—. Puede que al fin esté embarazada.

La noche había sido brutal, llena de delirios y pesadillas. El cuerpo de Ragnar se había consumido por la fiebre y apenas había sido consciente de lo que sucedía a su alrededor, salvo cuando Elena le había ofrecido agua.

Se resistía a admitir la posibilidad de la muerte y no tenía la intención de quedarse allí tumbado esperando el final. Había jurado llevar a Elena junto a Styr.

—Elena —murmuró—, no podemos quedarnos aquí.

—No tenemos elección —ella se pegó a él, como si pretendiera ofrecerle consuelo con su presencia—. Tienes que descansar para ponerte bien.

Ragnar percibió el miedo en su voz, pero se resistió a aferrarse a la idea de la muerte.

—Para regresar junto a Styr tienes que ir hacia el Suroeste, a lo largo de la costa. Deberás mantener el sol de la mañana a tu izquierda y…

—No voy a abandonarte —lo interrumpió Elena.

—Si no me curo, tendrás que irte —lo último que quería era que ella permaneciera sufriendo a su lado, muriéndose de hambre. Su propio estómago clamaba comida.

—No vas a morir —insistió ella—. Tus heridas están mucho mejor, aunque imagino que estarás muerto de hambre después de todo lo que has dormido —echó a un lado la improvisada puerta.

Ragnar quedó cegado por el sol y bajó la vista hacia la herida. Aunque le seguía doliendo, no estaba tan inflamada como se había temido. Elena había preparado una cataplasma de ajos que, sin duda, le había cambiado varias veces durante la noche. Apestaba a ajo y no entendía cómo esa mujer soportaba permanecer cerca de él.

Elena le llevó un tazón de un guiso que sabía a conejo y verduras. Ragnar se preguntó cuándo había tenido tiempo de prepararlo.

—¿Solo ha pasado un día desde que llegamos aquí? —preguntó él.

—Tres —ella sacudió la cabeza—. Has tenido mucha fiebre y no sabía si despertarías alguna vez. Intenté darte de comer, pero no me fue fácil.

¿Tres días? Era increíble. Aun así no podía negar las evidencias. La herida había empezado a cerrarse y ya no estaba tan caliente al tacto.

—Menos mal que encontré ajo —continuó Elena—. Mi madre me dijo que era bueno para curar heridas, y tenía razón.

—Huelo fatal —admitió él con amargura. Sin embargo, si le había mantenido con vida, merecía la pena. La duda era si podría volver a caminar.

Lentamente, y con la ayuda de Elena, Ragnar salió del refugio y se puso de pie. Si no apoyaba demasiado peso sobre la pierna herida, no estaba tan mal.

Elena parecía agotada, pero no había perdido un ápice de hermosura. Sus cabellos rojizos estaban recogidos en una trenza que resaltaba la palidez de su piel y la forma acorazonada de su rostro. Los ojos verdes lo observaban con alivio.

—En unos pocos días más estarás librando otras batallas —pronosticó ella—. Pero las cicatrices no se irán.

—Todos los guerreros tenemos cicatrices —era el recuerdo físico de que habían conquistado a la muerte, derrotado al enemigo—. Pero a ti te debo mi vida.

—Tú salvaste la mía en el barco —Elena sacudió la cabeza—. No me debes nada.

—No. Le hice una promesa a Styr —le recordó Ragnar.

La promesa de protegerla y, aunque estaban vivos, debía llevarla de nuevo al asentamiento.

—Te curarás y lo encontraremos, tal y como me has prometido.

La mirada del guerrero se deslizó hasta el estómago de Elena y recordó lo que le había contado sobre el embarazo. Elena comprendió lo que estaba pensando y se sonrojó.

—Me sorprende que no haya sentido náuseas aún —ella se deslizó una mano por el estómago.

—Algunas mujeres no las sufren —observó él—. Mis hermanas jamás las tuvieron.

Elena pareció animarse al oírlo y su mirada se tiñó de esperanza. Llevaba años soñando con ser madre.

Que Dios le perdonara, pero estaba celoso de Styr. Deseó que Elena fuera su esposa y que estuviera embarazada de su hijo. Quería despertar junto a ella y sentir el movimiento del bebé en su seno.

Ignorando el dolor de la pierna, se obligó a caminar. Lo peor había pasado. Había sobrevivido. Pero cada día que pasaba deseaba a Elena más y más. Se había convertido en una obsesión y ninguna otra mujer podía compararse a ella.

¿Por qué tenía que pertenecer a su mejor amigo?

De haber sido de cualquier otro hombre no le habrían importado las consecuencias y la habría reclamado como suya. Esa mujer sentía una desesperada necesidad que él se moría por satisfacer. Al mirar hacia atrás, vio la pacífica expresión en el bonito rostro pues, al fin, creía estar esperando un hijo.

Un hombre de honor se alegraría por ella. Elena regresaría junto a Styr y el bebé cerraría la brecha abierta entre ellos. Ya no tendría que sufrir en silencio pues había satisfecho su mayor deseo.

Ragnar se detuvo. La hierba aún estaba húmeda, pero el sol calentaba la tierra. No sabía cómo iban a regresar, pero lo mejor sería, seguramente, caminar a lo largo de la costa. Si divisaban algún barco, podrían intentar conseguir que los llevaran con ellos.

—Ahora no deberías cansarte tanto —le advirtió Elena—. Necesitas recuperar fuerzas.

No, lo que necesitaba era alejarse de ella. Ir a algún lugar donde pudiera aclarar sus ideas para no ceder a la instintiva urgencia que lo carcomía.

Tomó una rama del suelo para usarla de apoyo y siguió caminando. Un pequeño ruido llamó su atención y se detuvo.

—¿Has oído algo? —Elena frunció el ceño.

—Venía de allí —él asintió y señaló algún punto tierra adentro. Apoyándose en el improvisado bastón, se acercó al origen del sonido. Parecía como si se aproximara un grupo de personas —. Loados sean los dioses —sonrió—. Traerán comida y suministros. Creo que nos hemos salvado.

Sin embargo, a medida que el sonido se hacía más fuerte, comprendió su significado. Esa gente estaba huyendo, no viajando. Docenas de hombres, mujeres y niños corrían por el campo mientras, tras ellos, unos hombres los perseguían a caballo.

Eran guerreros con las armas preparadas para abatirlos.

Cinco

El corazón de Elena galopaba enloquecido mientras Ragnar la empujaba hacia el grupo que huía.

—¡Corre! —le ordenó.

Ella obedeció. Sin embargo, él mismo se quedó donde estaba, mirando fijamente a los jinetes. Armado únicamente con la espada, esperó a que se acercaran.

La calma que reflejaba su mirada no era más que el preludio de la tormenta. Elena lo había visto luchar en otras ocasiones y sabía que se transformaba en otro hombre una vez inmerso en la batalla. Su espada se convertía en un apéndice más y cercenaba con ella a cualquier enemigo que amenazara a quien estuviera bajo su protección.

Pocos sobrevivían y nunca mostraba misericordia.

Pero en aquella ocasión estaba herido. En su rostro se reflejaba la determinación de alguien dispuesto a sacrificarse antes que permitir que la lastimaran a ella. Pero, a pesar de su fuerza, jamás lograría abatir a todos los asaltantes a caballo. Su intención sería entretenerlos el tiempo suficiente para que ella pudiera huir entre la muchedumbre.

—Necesita ayuda —atenazada por el pánico, le suplicó a un hombre—. No podrá contenerlos él solo.

El irlandés la miró fijamente. Era evidente que no había entendido sus palabras. Sin embargo, miró sorprendido a Ragnar. Un hombre herido haciendo frente al enemigo.

Uno de los jinetes levantó la espada, dispuesto a asestarle un golpe, pero, en lugar de levantar su propia espada, Ragnar lo esperó imperturbable.

«Freya, protégelo».

Elena sabía muy bien lo que sucedería a continuación. Lo había visto miles de veces. Ragnar permanecería inmóvil en un acto de locura suicida que sembraría la incertidumbre en la mente del enemigo. Alguien con un mínimo de sensatez jamás haría frente a un pelotón de caballos.

Confiaba plenamente en él, pero aun así no soportaba la idea de que algo le sucediera. Había sido su amigo desde siempre, y siempre había estado allí cuando lo había necesitado. Elena se mordió el labio, conteniéndose para no intervenir, y dio un paso atrás. El gesto desvió la atención del jinete hacia ella durante un segundo.

Suficiente para que Ragnar blandiera la espada y la hundiera en su cuerpo. El caballo relinchó y se levantó sobre las patas traseras. Ragnar sujetó las riendas y se situó en el flanco izquierdo del animal, protegiendo así su pierna herida.

Elena tuvo que hacer acopio de todo su valor para permanecer junto a los irlandeses en lugar de correr hacia él. Si intervenía se convertiría en una distracción y un peligro.

—Sois escandinavo —observó uno de los jinetes en su lengua.

—Lo soy —contestó Ragnar—. Me llamo Ragnar Olafsson, de Hordafylke. Vinimos a Eire hace unos días —la voz era tranquila, aunque fría. No toleraría el ataque de los asaltadores.

—Yo soy Alfarr Gelinsson —contestó el líder mirando fijamente a Ragnar—. ¿Por qué defendéis a estos hombres y mujeres? No son vuestra gente.

—No, pero necesitamos víveres y ellos nos los pueden ofrecer.

—Uníos a nosotros —le ofreció Alfarr—. Compartiremos lo que nos llevemos.

A su espalda, Elena sentía la inquietud de los irlandeses ante la conversación que se desarrollaba en una lengua que no comprendían. Con el ánimo de tranquilizarlos, alzó una mano en el aire, esperando que no interfiriesen en la negociación.

—¿Por qué no comerciar con ellos? —preguntó Ragnar acercándose un poco más al líder.

—Están débiles —Alfarr echó un vistazo a los irlandeses y escupió en el suelo—. Será una victoria fácil robarles los víveres.

—Parecéis alguien que disfruta con la lucha —lo retó Ragnar—. ¿Os gustaría hacer una apuesta?

¿Qué pretendía? Elena dio un paso al frente, preguntándose cuáles serían las intenciones de Ragnar. Con esa herida no estaba lo suficientemente fuerte como para enfrentarse a esos hombres. Aunque le había puesto un vendaje fuerte, sin duda los otros escandinavos ya se habrían dado cuenta de que estaba herido, restándole velocidad.

Temerosa de debilitar aún más su posición, Elena se abstuvo de hacer ningún comentario.

—Una apuesta estaría bien —asintió Alfarr deslizando su mirada sobre Elena, que sintió un cosquilleo de inquietud—. Sobre todo si hay una mujer implicada.

—Ella no forma parte del trato —Ragnar ni siquiera miró hacia atrás.

—Lo será cuando estéis muerto —contestó el líder de los asaltantes.

—Pero si gano —le advirtió Ragnar—, vuestro hombre estará muerto y os iréis de aquí.

—Estáis herido, Ragnar Olafsson. No sois rival para nosotros.

—En ese caso me reuniré con Odín en el Valhalla.

Todo dependía de un combate. No solo su destino, sino también el de los irlandeses. A Elena le enfurecía que esa gente se mantuviera a distancia en lugar de unirse a Ragnar. ¿Por qué nadie le había ofrecido su ayuda?

Se sintió invadida por un intenso miedo. Aunque Ragnar venciera, sospechaba que los asaltantes no cumplirían su palabra. Los hombres que vivían y morían por la espada no eran hombres de honor. En cuanto les diera la espalda, lo matarían.

Elena cerró los ojos e intentó aclarar su confusa mente. De no haber estado herido, no le cabía duda de que Ragnar sería capaz de matar a todos y cada uno de esos hombres.

Pero con tan solo una pierna útil, podría no vivir para ver un nuevo día. Y ella se convertiría en el trofeo a no ser que hiciera algo para evitarlo.

En su mente bullían muchas ideas, la mayoría de las cuales eran inviables. Pero al ver a una mujer con un cesto lleno de manzanas, se le ocurrió. Las manzanas eran un símbolo de los dioses. Quizás esos escandinavos no respetaran el más allá, pero sin duda comprenderían los efectos de un conjuro. Siempre era algo a lo que temer.

Había una manera de poner fin a la lucha y hacer huir a los invasores.

«Freya, no me abandones», rezó.

Los asaltantes eligieron al hombre más alto de entre ellos. El hersir pesaba más que Ragnar, pero no por ello temió enfrentarse a él. Cuanto más corpulento un hombre, más lentos solían ser sus movimientos.

Le dolía la herida, pero no le hizo caso. Si perdía el combate, se llevarían a Elena. No era momento para la fuerza bruta sino para el ingenio.

El otro hombre había elegido un hacha como arma y Ragnar tomó el escudo del primer asaltante muerto.

«Thor, guía mi espada», rezó. «Que mis golpes sean certeros».

Esperó a que el otro hombre hiciera el primer movimiento, pues así podría calibrar los puntos débiles de su enemigo.

—Vuestra herida os hará más lento, Olafsson —observó el atacante mientras contemplaba la mancha de sangre en el muslo del vikingo.

El hombre giró el hacha en la mano. Era rubio, con barba rojiza, y llevaba una armadura hecha de hueso de ballena.

—Herido o no, los dioses están de mi parte —Ragnar señaló con la cabeza el cielo que empezaba a oscurecerse ante la inminente tormenta—. En un rato, Thor mostrará sus rayos y os reuniréis con él en el Valhalla.

—O puede que lo hagáis vos —contestó el otro hombre.

Ragnar miró hacia atrás y se sobresaltó al comprobar que Elena había desaparecido. Mejor así. Si se había marchado, al menos no tendría que preocuparse por ella.

Sin embargo la conocía muy bien y no era propio de ella huir de la batalla. Lo más probable era que hubiera ido en busca de un arma.

Razón de más para acabar cuanto antes con eso.

El instinto del guerrero tomó el mando. La sangre inundó su corazón y de su mente se borró todo rastro de misericordia. Ese hombre iba a morir muy pronto.

Ragnar levantó el escudo para parar un golpe del hacha y reprimió un grito de dolor cuando su oponente le golpeó en el muslo. Inmerso en la batalla, consiguió dejar de sentir. Solo era consciente del arma que sujetaba en la mano y de su enemigo. La sangre fluía de la herida, pero se negó a dejarse distraer por ello.

—Sois más fuerte de lo que parecéis, pero no por mucho tiempo —presumió el otro hombre mientras repetía el ataque, empujando a Ragnar con su escudo.

Ragnar tensó todos sus músculos, negándose a ceder terreno. Era un guerrero, un hombre que había jurado vivir y morir por la espada. Las heridas y el dolor formaban parte de la lucha y se agachó para evitar un nuevo golpe. Las palabras de su padre acudieron a su mente.

«Eres débil, un blandengue, muchacho».

Sintió el gusto de la sangre cuando el puño de

su oponente impactó contra su mandíbula, pero se obligó a no sentir, tal y como había hecho durante los años de palizas de su padre.

El dolor formaba parte de él y sabía cómo aislarse de todo sentimiento.

«No vales para nada».

Cada golpe, cada herida, despertaba en él un lado despiadado, hasta dejar de ser humano. Se convirtió en un depredador, golpeando con la espada. Cegado en la vorágine de la batalla, estaba plenamente concentrado en matar. Cualquiera que se atreviera a acercarse pagaría las consecuencias.

La espada se hundió en la carne y Ragnar fue recompensado con el gemido de su enemigo.

Se movían en círculos. Ragnar sentía en la boca el sabor de la sangre y el sudor, y percibió un instante de incertidumbre en su agresor.

Apretando los dientes para combatir la debilidad, esperó el momento en que el otro hombre hiciera un nuevo movimiento de ataque. Y el ataque llegó. Empujando el escudo contra la herida del muslo, el hombre levantó el hacha para asestar un golpe final.

Pero Ragnar se arrojó al suelo y levantó la espada en el último segundo. Con todas sus fuerzas, atravesó al enemigo.

La sangre brotó de los labios del moribundo con la espada aún clavada en sus entrañas. No era una muerte limpia y Ragnar giró el cuerpo para asestarle el último golpe.

De pie y con la espada en la mano, aguardó un segundo ataque. Su mente seguía nublada en la batalla, como si llevara un velo rojo.

—Reunid a vuestros hombres y marchaos de aquí —ordenó con la mirada fija en el líder.

—Jamás accedí a marcharme —contestó Alfarr—. El resto de mis hombres también luchará. No podréis matarnos a todos…

—No —interrumpió una voz de mujer—. Pero si yo lanzó un conjuro, desearéis estar muertos.

Ragnar sintió erizarse el vello de la nuca, pero se resistió a mirar hacia atrás. Por el modo en que los hombres miraban a Elena, algo había llamado su atención.

Habían palidecido de terror.

—Marchaos —ordenó nuevamente Ragnar.

Alfarr parecía reticente, pero al poco rato dejó caer el cuerpo de su hombre muerto e inició la retirada a caballo.

—Haced honor a vuestra palabra —exclamó Elena—. Los dioses os lo ordenan.

Hablaba en voz baja y uno de los hombres alzó una mano en el aire como si fuera a amenazarla. Pero en ese instante, un relámpago atravesó el cielo, seguido del retumbar de un trueno.

Uno a uno, los asaltantes se retiraron.

Cuando Ragnar al fin se giró, vio a Elena con una serpiente negra enroscada alrededor del cuello. En cada mano sujetaba una manzana. El reptil era el símbolo de los dioses en su forma animal y las manzanas consideradas sagradas.

No era de extrañar que hubieran huido. Con los cabellos rojizos sueltos sobre los hombros y la serpiente enroscada alrededor de su cuello, parecía de otro mundo.

Lentamente, Elena apartó la serpiente de su cuello y la depositó sobre el suelo. El animal se marchó de inmediato y, únicamente entonces, ella se permitió un descontrolado temblor. Se arrojó en brazos de Ragnar y hundió el rostro en su pecho.

—Gracias a los dioses que se han marchado. Estamos a salvo.

El instinto le advertía a Ragnar que debía permanecer imperturbable. Sin embargo, no pudo evitar abrazarla, inhalar el aroma de su piel. El tremendo valor de esa mujer los había salvado.

Y una vez más quiso que fuera suya. De serlo, habría reclamado sus labios en un beso. La batalla siempre prendía una llama en su interior, la del deseo de tomar una mujer.

Y a aquella la había deseado desde hacía años.

Ragnar la abrazó con fuerza sintiendo el movimiento de sus pechos contra él. Estaba agotado y dolorido, pero aquella era su particular recompensa y saboreó el abrazo prohibido, consciente de que debía terminar.

Los irlandeses los contemplaban fijamente y, cuando Ragnar al fin interrumpió el abrazo, una doncella se acercó y les habló en una rudimentaria lengua escandinava.

—Vos… salvar… nos habéis salvado.

Ragnar levantó la vista hacia el que parecía ser el líder quien asintió hacia él. No conocía ninguna palabra de la lengua irlandesa y alzó ambas manos para hacerles comprender que no pretendía hacerles daño.

—¿Vos comer ahora? —preguntó la doncella.

—Tengo hambre —admitió Elena—. Creo que deberíamos unirnos a ellos —miró fijamente al guerrero—. ¿Tú qué opinas?

Ragnar se moría de hambre, hambre de llevarla de vuelta al refugio y devorarla entera. Sin embargo, jamás lo admitiría.

—Deberíamos ir con ellos, ya —cojeando ligeramente, le tomó la mano y siguió caminando.

—Odio las serpientes —admitió Elena—. Todavía me parece sentirla sobre mi piel.

—No me explico cómo pudiste encontrar una. Pensé que aquí no había serpientes.

—La vi tras pronunciar una plegaria —ella le apretó la mano—. No sé cómo, pero ahí estaba cuando la necesité. Quizás gocemos del favor de los dioses.

El cielo se oscurecía por momentos y la lluvia era inevitable. Los irlandeses habían encendido hogueras y las mujeres se afanaban en cocinar antes de que empezara a llover.

—Para vos y vuestro compañero —anunció la joven irlandesa mientras le ofrecía a Elena el mejor trozo de venado.

Elena no sabía de dónde había salido la carne, pero después de una hora calentándose junto al fuego, el olor del asado resultaba delicioso. Le faltaban palabras para explicarle a esa mujer en su lengua que Ragnar no era su compañero, su esposo. Además ¿qué importancia tenía?

Seguramente no iba a volver a ver a esa gente nunca más.

A pesar del mal tiempo, el ambiente era festivo. Mientras comían, los niños correteaban a su alrededor, jugando con los perros y riendo. Uno de los ancianos empezó a contar una historia y, aunque no comprendía su lengua, Elena quedó embelesada por la voz gutural.

Ragnar posó una mano sobre la espalda de Elena y se acercó a ella.

—¿Podrías atender mi herida, por favor?

—Por supuesto —Elena apuró de un trago la cerveza que le habían ofrecido y se puso en pie—. Aunque creo que llevan con ellos a una sanadora que quizás pueda ayudarte más que yo. Iremos juntos a hablar con ella.

Tomados de la mano se dirigieron hacia una de las ancianas.

—¿Tenéis alguna sanadora en vuestro clan? —preguntó Elena en su lengua.

Aunque la anciana no comprendía sus palabras, sí entendió el sentido cuando Elena señaló la herida de Ragnar.

La mujer gritó algunas palabras y otra anciana se acercó a ellos con una cesta.

—Siéntate —le ordenó Elena a Ragnar antes de quitarle la venda.

La herida estaba empapada en sangre y se había hecho más grande por los golpes recibidos. No obstante, estaban todos vivos gracias a él.

La sanadora empapó una tela en agua fría y limpió la sangre. Después murmuró algunas palabras y cubrió la herida con un emplasto hecho de diversas hierbas.

—Me siento como un asado siendo sazonado —observó Ragnar mientras la mujer le vendaba la herida con fuerza, arrancándole una mueca de dolor.

—Pero esto te curará —le aseguró Elena, que se sentó a su lado y le limpió la suciedad del rostro con un paño húmedo.

Aunque el gesto solo había pretendido ayudar, los ojos del vikingo se mantuvieron fijos sobre los de ella. Elena fue consciente de la piel tostada por el sol y la robustez de la mandíbula. Ese hombre era un guerrero, no un hombre cualquiera.

Fijó su atención en los labios y sintió que la temperatura le subía varios grados. Ella había besado esos labios sin imaginar jamás los sentimientos que despertarían.

Aunque no cometiera ningún pecado admirando el atractivo rostro de ese hombre, era una mujer casada, y podría estar embarazada. No tenía derecho a dejar vagar su imaginación.

La sanadora terminó de vendar la herida y tomó una mano del guerrero para unir la palma con la de Elena mientras pronunciaba algunas palabras en irlandés.

—¿Qué crees que habrá dicho? —preguntó Elena.

—Seguramente que deberías cuidar de mí y atender todas mis necesidades —un destello de humor brilló en los ojos del guerrero—. Deberías traerme comida.

—Es evidente que tu enemigo te ha aflojado el cerebro con algún golpe —bromeó ella con una sonrisa—. O eso, o estás soñando.

—Quizás esté soñando —Ragnar le tomó la mano y la apretó.

El calor del contacto con la piel del vikingo hizo que Elena se sintiera extraña, pero no retiró la mano.

Los irlandeses estaban agradecidos a ambos y mientras preparaban la comida muchos les sonreían. Un bebé se acercó tambaleándose hacia ellos con los bracitos extendidos y Elena lo agarró antes de que pudiera caerse. Sonriendo, se lo devolvió a su madre.

Aunque aún no estaba segura de estar embarazada, en su corazón albergaba la esperanza de que fuera así. Y en esos momentos, en lugar de llorar por su esterilidad, tenía un futuro hacia el que mirar. Solo le quedaba rezar para que Styr formara parte de él.

El recuerdo de su esposo la golpeó físicamente. En su mente apareció la imagen de ese hombre derribado y encadenado. ¿Seguiría vivo? ¿Volvería a verlo alguna vez? El corazón falló un latido pues, aunque habían tenido problemas conyugales, le importaba mucho.

El peso de los últimos días empezó a resultarle abrumador y aterrador. Había muchas preguntas sin responder, pero no podía caer en el victimismo. Debía permanecer fuerte y convencida de que encontrarían a Styr. Y en cuanto lo hicieran, empezarían de nuevo junto al bebé que nacería en primavera.

Deslizó una mano por su vientre e intentó imaginarse los cambios que se avecinaban en su cuerpo mientras el hermoso bebé crecía en su interior.

—¿Tienes hambre? —Ragnar interrumpió sus pensamientos ofreciéndole un pedazo de venado asado.

Ella lo tomó, pero aunque sin duda estaba delicioso, a ella no le supo a nada.

—Algo te pasa —adivinó el guerrero—. Cuéntamelo.

Haciendo un gesto con la mano, la animó a sentarse. Aunque el tono de voz era amable, Elena era consciente de lo difícil que había sido el día para él. Seguramente sufría dolores.

—Ha sido un día muy duro —admitió ella.

—Pero estamos vivos —Ragnar la animó para que se acercara un poco más y le tomó una mano, compartiendo la pesada carga con ella.

El consuelo del contacto físico amenazaba con aniquilar su control. Elena deseaba caer de rodillas y llorar su frustración. Pero si lo hacía, Ragnar la abrazaría.

No podía negar que durante la última semana su amistad había cambiado. Ragnar siempre había estado a su lado, pero estar a solas con él la obligaba a compararlo con su esposo. Ambos eran fuertes y atractivos, pero el contacto de esa mano había despertado un inquietante deseo al que no quería enfrentarse.

—Tenemos que encontrar a Styr —insistió—. Ha pasado mucho tiempo y temo por él.

La mención de Styr oscureció la mirada de Ragnar, quien soltó la mano de Elena.

—Podrían estar torturándole —peor aún, podría estar muerto. Intentó imaginarse la vida sin él y solo sintió un gélido miedo.

—¿Quieres viajar con esta gente? —preguntó él—. No creo que les importe.

La sugerencia era razonable, pero algo le hacía

dudar. Esa gente no hablaba su lengua y, si continuaban hacia el sureste había otra amenaza.

—¿Y si vuelven a encontrarse con los atacantes escandinavos? —preguntó mientras se estremecía—. Puede que no consigamos derrotarles una segunda vez.

Aunque encontrar la serpiente había sido un golpe de suerte, aún la sentía deslizarse sobre su piel.

Los escandinavos se habían creído lo del conjuro, pues los dioses a menudo adoptaban la forma de una serpiente cuando regresaban a la tierra, pero eso no significaba que estuvieran a salvo. Serían capaces de masacrarlos mientras dormían.

—Mi pierna está casi curada —continuó él—. No permitiré que te suceda nada malo.

—Necesito pensar —Elena confiaba en su amigo, pero no consiguió que se calmaran sus temores—. No sé si será mejor quedarse aquí y dejar que Styr nos encuentre, o regresar —carecían de barco y les llevaría demasiado tiempo regresar al asentamiento a pie.

—Si está vivo, Styr no dejará nunca de buscarte —contestó Ragnar.

Aunque sus palabras tenían el objetivo de tranquilizarla, Elena sintió que había algo más, como si no quisiera que la encontrara. Como si pretendiera ocupar el lugar de su esposo.

Una visión prohibida se abrió paso en su mente.

Ragnar la reclamaba para sí. «Si fuera yo, nunca dejaría de buscarte».

Pero al instante, toda emoción había desaparecido del rostro del guerrero. ¿Se lo habría imaginado todo?

—¿Y qué pasa si no puede buscarme? No sabemos qué ha sucedido.

—No, no lo sabemos —Ragnar comía con la mirada al frente.

Elena esperaba encontrar respuestas, que le dijera lo que debía hacer, pero ese hombre dejaba la decisión en sus manos.

La sanadora le hizo un gesto a Elena para que se acercara a ella y dejara descansar a Ragnar. Aunque desconocía las intenciones de la mujer, optó por seguirla.

—Volveré enseguida —le prometió a Ragnar, cuya expresión era enigmática, aunque agitó una mano en el aire como si no le importara.

La doncella irlandesa que hablaba algunas palabras en su lengua la llevó junto al líder, sonriendo con el ánimo de tranquilizarla.

—Nuestro jefe pregunta… ¿vos magia?

—Solo les hice creer lo que ellos querían creer —Elena sacudió la cabeza—. Les amenacé con un conjuro.

La chica habló con el jefe, que inclinó la cabeza en señal de aprobación.

—Él dice gracias. Regalo para vos.

—¿Qué clase de regalo? —ella se preguntó si le ofrecería un caballo, oro…

Sin embargo, la chica señaló una piel curtida. Era enorme y cuando Elena la tocó, comprendió que había sido tratada para repeler la humedad. Les mantendría calientes y secos dentro del refugio.

—Para vuestro viaje —le explicó la joven.

Elena les dio las gracias en su lengua, aunque sabía que no la entendían. Aceptó la pesada piel y se encaminó hacia Ragnar. Sin embargo, el viento empezó a soplar con fuerza.

—Esta noche compartir refugio —le propuso la joven—. Tormenta mala.

Los hombres y mujeres empezaron a desplegar unas tiendas y Elena se unió a ellos para ayudar. La chica insistió en que se guardara la piel para su posterior viaje.

Los irlandeses levantaron una tienda que forraron por dentro con pieles y caldearon con piedras calientes de las hogueras.

—Para vos y vuestro hombre —le indicó la doncella.

Ragnar se acercó apoyado en un grueso bastón que alguien le había proporcionado.

—Será mejor que entres —le aconsejó Elena—, antes de que empiece a llover—. Esto será mucho más confortable que nuestra choza de palo —bromeó mientras sujetaba la tela que hacía las veces de puerta hasta que él entró. Cuando soltó la tela, la tienda quedó sumida en la oscuridad. No había mucho espacio y si estiraban los brazos podían tocarse.

—Supongo —Ragnar posó la mirada sobre un montón de pieles en un rincón.

Fue entonces cuando Elena comprendió que iban a dormir juntos. No debería preocuparle, a fin de cuentas ya había pasado la noche a su lado mientras él se consumía por la fiebre, pero ese lugar parecía más íntimo.

De inmediato sintió una oleada de calor y se imaginó tumbada en brazos de ese hombre. La imagen no le resultó del todo desagradable.

Se arrodilló sobre el montón de pieles e intentó despejar su mente de pensamientos deshonrosos. Ragnar era un amigo. Nada más.

El guerrero optó por mantener las distancias. Las piedras calientes caldeaban el ambiente mientras fuera soplaba un fuerte viento. Allí dentro estaba segura, protegida de los elementos, pero no había nada que la protegiera de los sentimientos prohibidos que empezaban a arraigar en su interior.

Para distraerse, apoyó las manos sobre su vientre, todavía plano. Qué curioso que no sintiera nada, ni siquiera con un bebé creciendo en su interior. No tenía náuseas, solo ausencia de sangrado. A veces le parecía casi un sueño.

Ragnar se apoyó en el bastón y se acercó cojeando hasta el montón de pieles, hasta ella. Elena se tumbó de lado y oyó que él hacía lo mismo. Todo su cuerpo se tensó cuando sintió la pierna del guerrero chocar contra la suya. Aunque sabía que había sido accidental, le hizo tomar plena conciencia de que estaba tumbada junto a un hombre que no era su esposo. Uno que la tentaba para rechazar el honor y lanzarse a lo prohibido.

Se encogió todo lo que pudo, pero al quedar tumbada sobre el gélido suelo empezó a temblar. Optó por recolocarse de nuevo y chocó sin querer contra el cuerpo de Ragnar, que soltó un respingo. Debía haberle golpeado la pierna herida.

—Lo siento. ¿Te he hecho daño?

—No —él se tumbó sobre el lado bueno—. Me has sorprendido, nada más —concluyó mientras se alejaba todo lo posible de ella.

—Me alegra que estés aquí —susurró Elena acurrucándose bajo las pieles.

Era cierto. Con todas las cosas horribles que habían sucedido, tener a Ragnar lo hacía más soportable. Estaba segura de que daría su vida por ella sin pensárselo dos veces.

Ragnar no contestó. Quizás tenía la mente ocupada con otras cuestiones.

—¿Te duele? —preguntó ella, pero solo obtuvo silencio por respuesta. Seguramente significaba que le dolía. Un guerrero jamás admitiría estar sufriendo.

—Duérmete, Elena —contestó al fin.

Elena no entendía tantas reticencias para hablar.

En el pasado siempre había sido un hombre comunicativo, amistoso y de agradable compañía.

Pero no aquella noche.

—¿He hecho algo malo?

—¿Tienes idea de lo mucho que envidio a tu esposo? —Ragnar le agarró la muñeca.

Elena no supo qué contestar. Aunque no le estaba haciendo daño, por la forma de agarrarla, presentía que estaba al borde de un estallido de ira.

—Tiene una esposa hermosa —continuó él—. Posiblemente un hijo en camino. Una familia.

La envidia que teñía su voz revelaba a un hombre solitario. Un hombre que jamás había gozado de nada parecido. Elena tragó nerviosamente, incapaz de encontrar las palabras de simpatía que necesitaba pronunciar.

—Lo amas ¿verdad?

—Sí —susurró ella. Siempre sería fiel a Styr. Era un hombre fuerte, un buen marido. Había hecho todo lo posible por hacerla feliz. Y en cuanto tuvieran a su bebé, todo iría mejor.

¿Verdad?

Ragnar la soltó y Elena se acurrucó de lado. Recordó la última vez que se había unido a su esposo. Styr había hecho todo lo posible por agradarle, tocándola de modo que pudiera encontrar liberación. Y sin embargo ella no había sentido nada, había sido incapaz de reaccionar. La esterilidad la había atormentado hasta hacerle sentir que quien la tocaba era un extraño. Su matrimonio se desmoronaba y había sollozado en brazos de su esposo. Él se sentía igual de frustrado por la falta de hijos y ambos estaban dispuestos a rendirse.

Freya, ¡cómo le gustaría poder retirar las palabras que había pronunciado cuando le había pedido que no volviera a tocarla! Aunque solo había pretendido que fuera por un tiempo, la expresión de Styr se había congelado. Y había hecho exactamente lo que le había pedido. Entre ellos se había levantado un muro de piedra.

—No creo que Styr me ame ya —admitió—. Fui muy cruel con él y sin motivo.

—Todos los matrimonios pasan por dificultades. Se preocupó por ti durante el viaje —le contó Ragnar.

Lo cual no hacía más que empeorarlo todo.

—¿Qué pasará si no le encontramos? —murmuró ella.

—Siempre cuidaré de ti, Elena —Ragnar le tomó nuevamente la mano—. Pase lo que pase.

—Mañana por la mañana iniciaremos el regreso a Gall Tír —Elena le apretó la mano, agradecida.

Seis

Ragnar empezaba a pensar que aquel debía ser su castigo. La pequeña tienda estaba inundada del olor a Elena, cuya proximidad era un constante tormento. Los celos le corroían las entrañas impidiéndole conciliar el sueño.

Peor aún, la tormenta se había intensificado y el viento aullaba contra la tienda. A pesar de las piedras calientes, el aire gélido se colaba al interior aumentando la incomodidad.

Elena se había dormido de inmediato, acurrucándose contra él. Ragnar intentó permanecer inmóvil, pero cuando apretó el trasero contra él, casi se derrumbó. Solo les separaba la fina tela de las ropas y su sentido del honor pendía de un hilo.

«No es tuya», le recordó una vocecilla en la cabeza.

Solo un hombre que careciera de honor la tocaría mientras estuviera dormida. Era la esposa de su mejor amigo y no le quedaba más remedio que enterrar sus impulsos y sentimientos. Por mucho que la deseara.

«¿Y si Styr estuviera muerto?». La terrible idea lo atormentó hasta que el sentido común intervino. Aún en ese caso, Elena jamás se volvería hacia alguien como él. Sabía exactamente a cuántos hombres había matado y la violencia de la que era capaz.

Su padre le había enseñado bien.

Elena volvió a acurrucarse contra él y Ragnar ya no pudo soportarlo más.

—Elena —llamó, apartándola de su lado—. Despierta.

Ella se dio la vuelta y acabó tumbada encima de él. Aquello era mucho peor. Los pechos se apretaban contra su torso y tenía el rostro sobre su corazón.

—¿Qué sucede? —murmuró entre sueños.

—No puedes yacer tan pegada a mí —él volvió a apartarla.

—Tengo frío, Ragnar —Elena suspiró—. No era mi intención molestarte.

«Podrías hacerle entrar en calor», sugirió su débil cuerpo. «Abrazarla durante la noche». Era lo más cerca que había estado nunca de poseerla.

La suave piel era toda una tentación, despertando en él el deseo de tumbarse encima de ella y tomarla.

—Duérmete —le ordenó.

«Y mantente alejada de mí». Ragnar no quería

que supiera lo mucho que le afectaba. Lo mejor sería que siguiera pensando que no era más que el amigo de su esposo, alguien inofensivo que jamás supondría una amenaza. Elena necesitaba alguien en quien confiar.

El viento levantó la tela que hacía las veces de puerta y Ragnar se levantó y cojeó hasta la entrada. Aseguró las cuerdas con más fuerza para mantener fuera el peor de los vientos. La lluvia caía con fuerza y se alegró de poder contar con ese refugio.

Intentó dormirse de nuevo, ignorando el fuerte dolor, pero Elena habló nuevamente.

—Lo dije en serio antes —susurró—. Me alegra que estés aquí. Todo esto es mucho más soportable con un amigo.

Ragnar no podía contestar, pues Elena era para él mucho más que una amiga. El inocente beso que le había dado hacía unos días aún ardía en su recuerdo. Era la primera vez que la besaba y ya no podía pensar en otra cosa.

—Le juré a Styr que no permitiría que te sucediera nada malo.

Y pensaba cumplir su promesa. Por ella, se arrojaría sobre la espada del enemigo.

—Tengo tanto miedo por él —confesó ella, acurrucándose de espaldas contra él—. Y, aunque le encontremos, no quiero que todo sea como antes. Sobre todo con el bebé en camino —suspiró pesadamente—. Me pasa algo, Ragnar. No disfruto compartiendo el lecho con él, y es por culpa mía. Styr lo ha intentado todo, pero no consigo sentir lo que él quiere.

Ragnar no se atrevía a contestar. No había ninguna respuesta acertada. Era la típica frase femenina para hacer caer al hombre en una trampa. Cualquier cosa que dijera le metería en problemas. Lo que sí hizo fue tomarle una mano.

—Él nunca lo ha dicho, pero soy muy fría con él, y no sé cómo cambiarlo —Elena se tumbó de lado—. Sé que has conocido a muchas mujeres. ¿Crees que debería…?

—No creo que debamos hablar de eso —le interrumpió Ragnar con brusquedad—. Habla con Styr.

—Ese es el problema. Nunca he sido capaz de hablar con él del mismo modo que hablo contigo. Es tan intimidante y temible, como intentar hablar con una montaña.

Mientras que él era su amigo, alguien que no suponía ninguna amenaza. Ragnar no sabía si sentirse halagado u ofendido.

—¿Qué debería hacer para arreglar mi matrimonio? —preguntó ella.

—Seducir a tu esposo —contestó él automáticamente.

—¡Yo no puedo hacer eso! —exclamó Elena ahogándose, como si le hubiera sugerido que le clavara un cuchillo en las costillas—. A él no le gustaría.

—Si una mujer hermosa como tú acudiera a mí una noche, deseando yacer conmigo, nada en el mundo podría hacerme apartarla de mi lado —Ragnar se tumbó de lado y la miró de frente. Intentó hablar con ligereza sin dejar traslucir la verdad subyacente.

—No soy una mujer fuerte —protestó ella—. Soy demasiado tímida para hacer algo así.

—Te enroscaste una serpiente viva alrededor del cuello —señaló él—. A la mayoría de las mujeres le faltaría el valor para hacer una cosa así.

—Se trataba de una cuestión de vida o muerte —Elena se estremeció—. Lo pasé fatal.

—Pero hiciste lo que había que hacer. Y volverás a hacerlo para salvar tu matrimonio. Sobre todo por el bien del bebé.

—Supongo que tienes razón —las manos entrelazadas le recordaron al vikingo todas las noches que jamás compartirían—. He deseado este hijo durante mucho tiempo. Sé que hará feliz a Styr.

«¿Y si no lo hace?». Ragnar jamás se atrevería a formular semejante pregunta, pues una mujer como Elena nunca podría ser suya.

Ocho años antes

—Ragnar —llamó Elena entrando en la casa que compartía el guerrero con su padre.

—Estoy aquí —sentado junto al fuego, Ragnar se levantó, avergonzado por la suciedad reinante.

Desde la muerte de su madre a manos de unos salteadores, su padre, Olaf, había sucumbido a la pena. Salía de su casa al amanecer y no regresaba hasta la noche.

—Te he traído comida —anunció Elena mientras le mostraba una cesta.

Ragnar contempló a la joven largo rato sin saber qué decir, salvo agradecerle la comida. Ella asintió y miró a su alrededor.

—Está muy oscuro aquí dentro. ¿Puedo abrir un poco más la puerta?

Él asintió y pestañeó cuando el sol iluminó el interior de la casa. Elena sonrió.

—Mucho mejor. Al menos ahora te veo.

La verde mirada reflejaba pena ante el estado de la casa y Ragnar se ruborizó, aunque no pronunció ninguna excusa. La última vez que había intentado recoger algunas cosas, su padre le había propinado una paliza.

«¡No te atrevas jamás a tocar sus cosas!», había rugido Olaf antes de que su ira se transformara en dolor y se derrumbara en un mar de lágrimas.

Desde aquel día, Ragnar no había hecho nada, por miedo a alterar el mausoleo que tan cuidadosamente había erigido su padre a la memoria de su madre. Se alegraba de que sus hermanas estuvieran casadas, así se ahorraban ver el estado en que estaba su padre.

—Tu padre pasa mucho tiempo fuera ¿verdad? —Elena abrió la cesta y le entregó un pan.

—Sí —Ragnar no pensaba que nadie se hubiera dado cuenta.

Tomó el pan, pero se contuvo de engullirlo allí mismo. A pesar de que salía a pescar casi todos los días, hacía semanas que no había probado comida de verdad.

Elena le sirvió un vaso de cerveza y, al tomarlo, sus dedos se rozaron. Aunque tenía trece años, dos menos que él, su rostro ya albergaba la promesa de una gran belleza. Sus cabellos rojizos estaban recogidos en una trenza y sus ojos, verdes como el mar, lo cautivaban.

Nuevamente se sonrojó y desvió la mirada.

—¿Cuándo volverá tu padre?

—Puede que cuando anochezca —él se encogió de hombros—. A veces pasa toda la noche fuera, pero no me da miedo estar solo —añadió ante la mirada de espanto de Elena.

Había acabado por acostumbrarse. En ocasiones se preguntaba si llegaría una noche en que su padre no regresaría jamás. En cualquier caso, era lo bastante mayor para cuidar de sí mismo. Olaf había olvidado que tenía un hijo y Ragnar no iba a causarle ninguna molestia. Ya no era un crío.

—Si te apetece cenar con nosotros —Elena sonrió—, a mi madre no le importará.

El padre de Elena pertenecía a la alta jerarquía del clan y la joven era la segunda de las hijas, de un total de diez. Ragnar sospechaba que ese hombre no recibiría de buen grado a alguien como él en la mesa.

—Debería quedarme aquí —contestó al fin.

—No se darán cuenta —observó Elena con amargura.

Quizá fuera cierto, pero la idea de visitar su casa sin ir acompañado de su padre no le parecía correcto.

Ragnar le ofreció un trozo de pan, pero ella lo rechazó antes de atravesar la estancia y tomar un cubo de madera. Sin pedir permiso, empezó a recoger las espinas y los trozos de pescado que había quemado la noche anterior al intentar cocinar.

—No hagas eso —protestó él.

—¿De verdad te gusta vivir así?

No, no le gustaba. Y aunque su padre quizá le golpeara por ello, supuso que no tenía sentido negarlo.

Aun así le avergonzaba verla tan atareada y le quitó el cubo de las manos.

—No deberías molestarte con esto.

—No me importa —Elena optó por ir en busca de una escoba—. Es un modo de sentirme útil —empezó a barrer el suelo y, con la ayuda de Ragnar, limpió la casa. Después fregó las tazas y las recogió.

—Está mucho mejor así ¿verdad?

En efecto, así era, a pesar de que seguramente le costaría una paliza por parte de su padre. Nadie debía tocar la casa ni las cosas de su madre, como la escoba. Ver lo limpio que había quedado todo le recordó cómo su madre solía fregar la mesa y colocar hierbas aromáticas en su almohada por las noches. Los ojos le empezaron a picar, pero combatió el dolor de la pérdida.

—¿Te apetece dar un paseo conmigo? —preguntó Elena tendiéndole una mano—. No deberías quedarte metido en casa en un día como este.

El gesto era de lo más inocente, como si tomarle la mano no significara nada. Pero al acercarse a ella sintió un nudo en la garganta y fue incapaz de articular palabra. Sus cabellos desprendían un aroma a salvia y romero.

Evitó tomarle la mano, fingiendo no haberse dado cuenta del ofrecimiento, pero caminó a su lado. El sol lo cegó momentáneamente. Estaban a mediados del verano y los días eran aún muy largos.

—¿Adónde vamos? —preguntó Ragnar.

—A casa de mis padres —explicó ella, apresurándose a continuar antes de que él pudiera reanudar sus protestas—. Estás muy delgado desde que murió tu madre, y no está bien.

—Elena, no puedo ir. Así no —llevaba semanas viviendo en medio de la suciedad y no podía entrar en la casa de su padre. Aunque se frotara de pies a cabeza hasta quedar limpio, la idea lo incomodaba. Olaf, su padre, aunque libre, no era más que un simple granjero.

—¿Acaso nosotros no somos amigos? —preguntó Elena—. Porque yo siempre he pensado que los amigos deben cuidarse.

Ragnar no sabía qué contestar sin ofenderla. Los amigos deberían, *ja*, pero aquello era mucho más que amistad.

—Quiero que vengas conmigo —insistió ella—. Hay alguien más que también vendrá.

Elena sonrió cálidamente. Las chicas casi nunca le prestaban atención y jamás habían simpatizado con su situación. Ragnar buscó desesperadamente algo que decir. Cualquier cosa.

Pero ella le tomó directamente la mano por primera vez. El contacto de la suave palma hizo que el corazón se le acelerara. Sin dejar de sonreír, le apretó la mano y él se atrevió a soñar.

Elena había acudido a él, ofreciéndole comida, y quería llevarlo ante su padre. ¿No significaba eso que no lo consideraba un inferior? Se preguntó si significaría más de lo que pensaba. ¿Había alguna otra posible razón para querer que cenara con su familia? Ragnar le apretó la mano, deseando atreverse a hacer algo más.

Jamás había besado a una chica, siendo Elena la única que le atraía.

—¿Por qué quieres que vaya a casa de tus padres, Elena? —él se detuvo en seco.

—Pensé que te gustaría cenar con nosotros, eso es todo —ella se encogió de hombros.

Ragnar la miró fijamente, sospechando que había alguna otra razón.

—¿Qué aspecto tengo? —Elena se colocó la trenza sobre un hombro.

—Tú siempre tienes buen aspecto —contestó él.

Enseguida deseó haber dicho otra cosa. Deseó haberle dicho que era hermosa, la chica más bonita que hubiera visto jamás. Cualquier cosa menos la estupidez que había salido de sus labios.

—Bien —sin embargo, ella no pareció darle importancia—. Espera aquí.

La joven se encaminó hacia la casa de Styr y llamó a la puerta, balanceándose nerviosamente sobre los pies y volviendo a recolocarse el pelo.

En cuanto su mejor amigo abrió la puerta, ella enrojeció violentamente y le dedicó una sonrisa resplandeciente para llamar su atención.

Aquello destrozó cualquier esperanza que Ragnar hubiera podido albergar. Era evidente que sus sentimientos hacia él no iban más allá de la simple amistad.

—¿Qué tal estás? —Styr se unió a ellos, dirigiéndose a su amigo sin hacer caso a Elena.

—Debería volver a entrenar —Ragnar se encogió de hombros—. Necesito alguien a quien enfrentarme.

—Estás un poco flojo ¿no? —bromeó Styr.

—Todavía puedo tumbarte —contestó él.

—Inténtalo si te atreves, Olafsson.

—Podríamos ir a casa de mi padre y comer con ellos —Elena se aclaró la garganta para llamar su atención.

—Es muy amable por tu parte —Styr le dio un tirón a la trenza en un gesto más propio de un hermano y sin darse cuenta de la desilusión grabada en el rostro de Elena.

Los tres reanudaron su camino. Styr mantenía a Elena deliberadamente aislada, pues su conversación giraba en torno a armas y lucha. La joven parecía querer intervenir de nuevo, pero al final optó por mantenerse callada. Al llegar a la casa de su padre, se excusó y entró para hablar con su madre, dejándolos solos.

—¿Por qué te empeñas en hablar sobre el afilado de las hachas cuando está ella delante? —preguntó Ragnar—. ¿Acaso no te has dado cuenta de cómo te mira? —aunque no le gustaba hablar de ello, necesitaba conocer las intenciones de su amigo.

—No es más que una cría —bufó Styr.

—También es la hija de un poderoso guerrero —señaló Ragnar—. Haríais una buena pareja.

—Lo sé —su amigo suspiró—. Mi padre y el suyo ya han hablado de los esponsales. Supongo que se hará cuando alcance la edad suficiente —explicó sin el menor entusiasmo.

—Pero ¿tú no la deseas? —una pequeña llama de esperanza prendió en el interior de Ragnar, aunque era consciente de que en el fondo no cambiaría nada.

—No hay nada malo en ella —la expresión de Styr permanecía neutra—. Y aún faltan años para que me case.

Antes de poder continuar con la conversación, Elena regresó. Su rostro estaba arrebolado y parecía alterada.

—Styr, mi padre quiere que cenes con él —asintió hacia la puerta abierta.

—Vamos, entonces.

—Adelántate tú —le pidió ella—. Tengo que hablar con Ragnar un momento.

Cuando se hubo marchado Styr, el rostro de Elena reflejó toda su desilusión.

—Me… me equivoqué. Quería que nos acompañaras, pero…

—Tu padre no lo permitirá ¿verdad? —Ragnar mantuvo la expresión imperturbable, como si no le importara.

—Me ha dicho que puedo llevarte comida. Pero fuera de su casa —ella sacudió la cabeza—. No es justo. Deberías ser bienvenido como invitado, como cualquier otro hombre.

—No importa —él era muy consciente del lugar que ocupaba—. Reúnete con Styr. Yo regresaré a casa.

—No —Elena corrió tras él y le bloqueó el paso. Sus ojos verdes emitían furiosos destellos—. Algún día serás un gran guerrero. Uno de los mejores hombres que tendremos —le acarició un brazo, una caricia cálida y suave—. Pronto mi padre te aceptará a su mesa.

La fe que profesaba en él aumentó la decisión de Ragnar de lograrlo. Jamás sería el hombre elegido por el padre de Elena, pero si luchaba con fuerza se convertiría en un hombre de valor y podría hacer cambiar la opinión de otros.

—Algún día me sentaré a su mesa —le prometió—. Pero solo si tú también estás —le apretó la mano afectuosamente antes de marcharse corriendo. El gesto de sorpresa de Elena se había transformado en vergüenza.

Algún día, se juró a sí mismo, todo cambiaría.

Siete

En la actualidad

Elena paseaba inquieta por la playa. A pesar de la terrible tormenta, el sol brillaba con fuerza y tuvo que protegerse los ojos haciendo sombra con la mano.

A lo lejos avistó un barco. Un pequeño navío de pesca con unas pocas personas a bordo. El corazón le latió con fuerza, aunque no supo por qué. No era el barco de Styr, los daneses se lo habían llevado.

Sin embargo, por allí había pocos barcos. En los cuatro días que llevaban en aquel lugar no había visto ninguno.

Entornó los ojos e intentó ver mejor de qué se trataba, pero el sol la cegaba. Uno de los hombres llevaba una cota de malla y sus cabellos eran del mismo color que los de Styr.

¿Sería su esposo? ¿Había ido en su busca? Con el corazón desbocado, se sujetó la falda y corrió hacia la orilla.

El viento arreciaba y, antes de que pudiera acercarse más, el barco pasó frente a la pequeña isla verde a la que habían llegado Ragnar y ella en primer lugar.

Demasiado tarde para hacer señales. Debería haber gritado. Aunque quizá no fuera Styr.

«A lo mejor no quieres que te encuentre», le habló una vocecilla en la cabeza. «A lo mejor preferirías abandonarlo».

No. No en esos momentos, cuando por fin iba a tener un hijo. Su hijo. Merecía saberlo, se lo debía. La noticia iba a cambiarlo todo.

«¿Y si no cambia nada?», preguntó la vocecilla. «¿Y si te sigue encontrando fría?».

No era su intención serlo. Le gustaría poder ser una esposa afectuosa que le proporcionara consuelo. Pero Styr no había deseado casarse con ella. Había obedecido a su padre y accedido al arreglo. Y, a pesar de los años que llevaban juntos, jamás había afirmado amarla. Por mucho que mantuviera limpia la casa o le preparara sus platos favoritos, nunca era suficiente.

Un destello de ira la invadió. Había intentado cambiar, ser la mujer que creía que Styr deseaba que fuera. Pero lo cierto era que no quería volver a ser esa esposa.

Miró hacia atrás y vio a Ragnar apoyado contra una roca, la pierna envuelta en vendas. Su expresión era indescifrable, pero lo que más le llamó la atención fue el modo en que la túnica se ajustaba a los fuertes músculos. Siempre había sido un guerrero de gran fortaleza, más aún que Styr. Aunque no era de alta cuna, era uno de los mejores luchadores del clan.

Un escalofrío la recorrió al recordar el terrible precio que había pagado a cambio de tal honor.

—¿Qué sucede, *søtnos*? —preguntó Ragnar—. Parece que hubieras visto al demonio.

—Acabo de ver un barco —balbuceó Elena señalando la dirección y cuestionándose lo que había visto.

Después de tantos años no podía negar que conocía de memoria el perfil de su esposo y que era muy probable que fuera él.

—¿Era nuestro barco? —preguntó el vikingo con repentino interés—. ¿Escaparon nuestros hombres de los daneses?

—Era un barco de pesca —ella sacudió la cabeza y respiró hondo—. Pero uno de los hombres se parecía a Styr.

Ragnar intentó ponerse en pie, pero ella sacudió de nuevo la cabeza.

—Es demasiado tarde. Han puesto rumbo al este.

—¿Quieres buscarlo?

—No —Elena cerró los ojos y se sentó junto a él—. Debería haber gritado. Debería haber corrido hacia el agua, haber hecho ruido para llamar su atención. Pero me limité a quedarme quieta y ver cómo se alejaban. Y no sé por qué.

No era verdad. Sabía exactamente por qué se había quedado quieta, porque se había sorprendido demasiado para poder reaccionar. Le había parecido imposible que fuera su esposo y aun así no podía dejar de pensar que lo era. Styr no era la clase de hombre que le volvería la espalda. La encontraría, tardara lo que tardara.

Lo que no entendía era el mal presentimiento que había tenido. El miedo se había mezclado con la anticipación. De ser su esposo ¿no debería haberse sentido feliz?

—¿Crees que soy una mujer fría? —Elena deslizó una mano sobre su vientre y los viejos temores volvieron a asaltarla—. Me refiero al modo en que lo piensa Styr.

—Él no piensa que seas fría —respondió Ragnar—. Sabía que estabas agobiada por no poder tener hijos y no sabía cómo hacer que te sintieras mejor.

—Espero que este bebé mejore nuestra relación —Elena respiró hondo e intentó apartar la sensación de inseguridad y duda que la embargaba.

—Eso es pedirle mucho a un bebé —Ragnar se incorporó y apoyó el peso del cuerpo sobre la pierna buena.

—Quizás. Pero si no funciona… —ella se frotó los brazos, temiendo la alternativa.

Había depositado todas sus esperanzas en un hijo. Y cuando creía llegado el momento, debería sentirse más contenta de lo que se sentía.

En ocasiones no le parecía que fuera verdad. Tenía la sensación de haberse imaginado el embarazo, pero no podía negar el hecho de que no hubiera tenido el periodo y que seguramente tampoco lo tendría en quince días.

Ragnar deslizó la mirada por su cuerpo aunque no dejó traslucir lo que pensaba. Elena tenía la sensación de que ese hombre sabía algo que ella no.

—Regresemos y comamos algo —sugirió él—. Luego podrás pensar sobre qué quieres hacer.

—No nos marcharemos de aquí todavía —ella ya había tomado su decisión—. No hasta que la pierna se haya curado —los irlandeses no tenían caballos para facilitar el viaje y no podía pedirle que caminara tanta distancia.

—La herida estará bien en unos pocos días —le aseguró Ragnar—. Ya está cerrando, compruébalo tú misma —un destello de diversión asomó en su mirada—. La sanadora me quitó todo el ajo, de modo que ya resulto más soportable.

Elena lo miró y se sintió repentinamente tímida ante la cercanía. «No seas tonta», se dijo a sí misma. «No es más que una herida».

Pero cuando se arrodilló ante él, se sintió muy consciente del cuerpo del guerrero. Sus músculos destacaban bajo la túnica y el muslo aparecía fuerte y poderoso. Ella le había cortado las calzas bajo la herida y, al tocar el muslo, Ragnar dio un ligero respingo. Aunque la mano no tocaba directamente la piel, en la mente de Elena sí apareció la imagen de ella acariciándolo. La naturaleza prohibida de sus pensamientos le provocó una repentina excitación.

Los pechos se alzaron contra el vestido y sintió dolor entre las piernas.

Mientras quitaba las vendas fue profundamente consciente del masculino olor. Un olor a cuero mezclado con sal y pino. Y quiso apoyar la mejilla contra su corazón.

«Déjalo ya», le ordenó su mente. Sin embargo, y a pesar de su fuerza de voluntad, sintió que respiraba entrecortadamente.

Al destapar la herida, comprobó que Ragnar estaba en lo cierto. La herida empezaba a cerrarse y en pocos días podría apoyar el peso del cuerpo sobre la pierna.

—Está mejor —admitió—. Y si esperamos unos días más aquí, podrás caminar sin problema.

—¿Te parece prudente? —preguntó él mirándola con los ojos entornados.

Elena sintió que le ardían las mejillas y se preguntó si el guerrero podría leerle la mente. No, no era prudente estar tanto tiempo a solas con él. Ni siquiera habiendo sido su mejor amigo de juventud. Algo estaba cambiando entre ellos y la barrera empezaba a ceder.

—Los irlandeses podrían guiarnos de regreso al asentamiento —continuó Ragnar.

El sonrojo se hizo más intenso al comprender que no le había estado hablando sobre la prudencia de estar juntos y a solas.

—Estoy casi segura de que era Styr el que pasó en ese barco —Elena respiró hondo—. Y es posible que empiece a recorrer la costa buscándome. Será más fácil para él encontrarnos si nos quedamos en el mismo sitio.

—¿Y qué pasa si no regresa?

—Ya pensaremos qué hacer —ella sacudió la cabeza—. Si nos quedamos te curarás. Y entonces lo sabremos.

Elena le tomó el brazo y, rodeándose los hombros con él, lo ayudó a incorporarse para regresar junto a los demás. Su cuerpo se tensó ante el contacto con Ragnar y, aunque el brazo que la rodeaba solo tenía por objeto permitirle guardar el equilibrio, su mente estaba elaborando imágenes mucho más vívidas. Peor aún, recordó haber dormido junto a él. Ragnar se había excitado y, aunque sabía que era una reacción normal en los hombres por la mañana, no pudo evitar sentirse inquieta.

Inquieta por su propia reacción, pues se había acurrucado contra él, anhelando el contacto con un hombre. Con ese hombre.

Se dijo a sí misma que era una reacción natural, que de haber sido Styr la habría tumbado de espaldas para hacerle el amor. Quizás después de tantas semanas distanciada de su esposo empezaba a desear la unión. Había estado tan obsesionada con el deseo de tener un hijo que se había olvidado del placer de estar con un hombre. Eso era lo que necesitaba, a su esposo para saciarla plenamente.

Sin embargo, Ragnar no era su esposo y aún tendría que pasar algunos días más a solas con él. Iba a tener que encontrar algo que mantuviera su mente ocupada y lejos de los pensamientos prohibidos.

Cuando llegaron al campamento, Ragnar se detuvo, pero no retiró el brazo de los hombros de Elena. Sus ojos oscuros se embebieron de ella, que se sintió azorada, preguntándose si no se lo estaría imaginando.

—Los irlandeses nos han dado parte de sus víveres —anunció él—, incluyendo una de sus tiendas. Deberíamos estar lo bastante cómodos.

Aunque Ragnar hablaba en un tono despreocupado, la idea de dormir otra noche más junto a él le resultaba intimidante. Elena no sabía por qué, pero su mente empezó de nuevo a dibujar inquietantes imágenes.

Si bien no había nada malo en compartir la tienda con ese hombre, Elena se preguntaba si sería una buena decisión. Ragnar era la tentación personificada y los pensamientos que despertaba en ella eran una traición hacia su esposo.

—Voy a buscar la tienda para preparar el refugio

otra vez —le informó—. ¿Por qué no descansas? —necesitaba aclarar su mente de los tormentosos pensamientos que la invadían. Lo mejor para dejar de pensar en ese hombre era el trabajo duro.

Estaba nerviosa por algo. Ragnar no sabía exactamente por qué, pero desde la marcha de los irlandeses, Elena había empezado a buscar excusas para estar lejos de él. Había reunido ya bastante leña para encender una docena de hogueras.

—¿Cuántos fuegos crees que vamos a necesitar? —preguntó cuando la vio regresar con la sexta carga de troncos.

—No es para una hoguera —le explicó ella—. Es para mejorar el refugio.

Elena dejó la carga en el suelo y empezó a clasificar los troncos según el tamaño. Las trenzas se le habían deshecho y varios mechones caían sobre su rostro. Irritada, los apartó mientras luchaba por levantar los troncos más pesados.

—Solo nos quedaremos unos pocos días más —le recordó él—. Buscaremos el barco de Styr y, si lo encontramos, les haremos señas.

Pero Elena seguía comportándose como si fueran a quedarse a vivir allí para siempre.

Tras medir los troncos, desenvolvió una pequeña hacha y empezó a cortar los nudos de los troncos más grandes.

—Preferiría no tener que volver a dormir mojada —fue la única explicación que ofreció—. El suelo sigue empapado tras la tormenta.

Sin embargo, se percibía una tensión subyacente. Estaba rellenando su tiempo con tareas, comportándose como si necesitara desesperadamente una distracción.

—¿De dónde has sacado el hacha?

—Es un regalo de los irlandeses. Me la dieron cuando te ayudé a deshacerte de los otros escandinavos —se sentó un momento y lo miró—. ¿Crees que volverán?

—No. Les convenciste de que podrías lanzarles un conjuro si se atrevían —sin embargo, no sería mala idea investigar los alrededores y Ragnar se acercó cojeando a Elena.

—No necesito ayuda —protestó ella aunque desconocía su intención.

Ragnar se agachó y tomó dos grandes troncos antes de elegir algunas piezas más pequeñas con las que poder fabricarse unas muletas. En cuanto ella comprendió lo que pretendía, le prestó las herramientas.

—Espera un momento, tengo algo que puede ayudarte.

Ragnar empezó a darle forma a las muletas y ató las piezas con tiras de cuero. Al poco rato regresó Elena con más cuero y la piel de un conejo que había despellejado el día anterior—. Puedes usarlo como acolchado —le ofreció.

—¿Cómo te encuentras? —preguntó él—. ¿Sientes náuseas?

—Me siento igual que siempre —Elena se encogió de hombros—. A veces me olvido del bebé porque aún es demasiado pronto para sentir sus movimientos —su mano se deslizó sobre su vientre y la expresión del rostro se volvió ensoñadora—. Me muero de ganas de tenerlo en mis brazos. O tenerla.

La felicidad borró todo rastro de tensión del rostro de Elena, que sonrió abiertamente. Por la sangre de Freya que esa mujer lo dejaba sin aliento. Los ojos, verdes como el mar, lo tenían hechizado. Y de nuevo deseó que ese hijo fuera suyo y no de Styr. Sin embargo, el bebé era el permanente recuerdo de que esa mujer no le pertenecía, ni lo haría nunca.

Aun así le pareció extraño que no tuviera apenas síntomas. Sus hermanas a menudo le habían ofrecido más detalles de los que le hubiera gustado conocer sobre sus embarazos, y a veces se preguntaba si Elena estaría realmente embarazada.

Pero ella estaba convencida y él jamás diría nada que mermara su felicidad. Además, era muy pronto. Las mujeres a veces perdían a sus bebés, o descubrían que había sido un error.

Su conciencia le recriminó haberlo pensado siquiera. Elena y Styr habían esperado mucho tiempo a y, a pesar de los celos que lo atormentaban, les deseaba todo lo mejor.

—Voy a la playa, por si veo algún barco —le informó—. Necesitaba un rato para aclarar su mente y conseguir olvidarse de esa mujer.

—De acuerdo —asintió ella mientras regresaba a su trabajo, como si fuera la tarea más fascinante que alguien pudiera tener entre manos.

A pesar de comportarse como si no sucediera nada malo, a Ragnar no le pasó desapercibido el modo en que se sonrojó. Parecía como si Elena también fuera consciente de que en los siguientes días su honor iba a ponerse a prueba.

Ocho

Aquella noche soñó con él.

El fuego ardía en el campo de batalla y el aire estaba impregnado de un olor a muerte. Los cuerpos se amontonaban en el suelo y las aves carroñeras sobrevolaban su cabeza. El guerrero vikingo cabalgó hacia ella, buscándola. El yelmo cubría su torso y la armadura estaba manchada con la sangre de los enemigos.

Un dios de la guerra reclamándola como suya.

La mirada del guerrero se fijó en ella. Se agachó, y Elena lo acompañó, consciente de ser su botín de guerra.

El corazón le latía con fuerza cuando la levantó en vilo para sentarla sobre el caballo, delante de él. Contra su espalda sentía los acerados músculos del torso vikingo y los potentes muslos le sujetaban las piernas. Su cuerpo desprendía la seguridad del depredador y cabalgaron a kilómetros del campo de batalla.

Hasta que estuvieron a solas.

La pequeña cabaña de paja apenas servía de refugio, pero en el interior brillaban los rescoldos del carbón que ardía. El aire era cálido y los fríos ojos del guerrero la contemplaban sin disimular el deseo.

—Quítate la ropa.

El miedo le formó un nudo en la garganta y surgió la necesidad de negarse. Pero antes de poder contestar, el guerrero se dio la vuelta y se quitó el yelmo de hierro, la armadura y los guantes.

Ante la visión de la piel desnuda, el pulso de Elena se aceleró, pues sabía por qué la había llevado allí. Sabía lo que deseaba de ella.

Con la piel de gallina, se volvió hacia el fuego.

—Obedéceme —ordenó él con voz gutural.

En aquel lugar, ella le pertenecía. Estaba bajo sus órdenes, aun cuando se moría por ser conquistada como una esclava para saciar sus necesidades. Y Elena se quitó poco a poco la ropa.

Las manos del vikingo la ayudaron a desnudarse. Elena ardía de deseo, pues conocía bien a ese hombre. Lo deseaba, deseaba ser acariciada por él. Conocía el oscuro placer que era capaz de proporcionar.

El vestido cayó hasta el suelo y ella quedó expuesta. El vikingo no habló, aunque sí depositó un cálido beso sobre los desnudos hombros mientras deslizaba las manos por su cuerpo.

Elena cerró los ojos, deleitándose en la sensación. El calor y el deseo ardían bajo su piel y se sentía húmeda.

El guerrero tomó sus pechos con las manos ahuecadas y ella sintió la fuerte erección presionar contra su trasero. Aún llevaba puestas las calzas y ella al fin osó hablar.

—Quítatelas.

—Tú no me das órdenes, *søtnos* —él apretó los pechos y utilizó los pulgares para juguetear con los pezones.

Sujetándola con un fuerte brazo, torturó un pezón con la mano derecha hasta que ella estuvo muy excitada. La mano izquierda se deslizó por el estómago, y entre las piernas.

—Nunca vuelvas a decirme lo que tengo que hacer.

Cuando deslizó la mano entre sus piernas, ella comprendió que la estaba castigando. Encontró la fuente de la humedad y hundió dos dedos en su interior mientras que con la palma de la mano establecía una rítmica presión.

Elena se moría de deseo. El guerrero pellizcó un pezón, volviéndola loca de excitación hasta que estuvo a punto de llegar.

Pero de repente se retiró, dejándola agonizando por sus caricias.

—¿Qué tienes que decirme? —preguntó.

—Yo… Perdóname —suplicó Elena. Necesitaba sentir sus manos y su boca sobre el cuerpo. Un cuerpo tembloroso que se moría por ser saciado por el guerrero. Necesitaba sentir la ardiente erección penetrándola sin misericordia.

Sin embargo no le dio nada.

Y cuando se volvió hacia él, Ragnar la miró furioso.

—Elena —Ragnar se sobresaltó al oír el agudo grito. Elena temblaba—. Despierta.

No sabría decir si había sido una pesadilla o algo que le hubiera sucedido al bebé, pero se acercó a ella y la tocó.

—¡Por favor! —en cuanto sintió la mano del guerrero sobre el hombro, Elena gimió y su respiración se volvió agitada.

Y de repente agarró la mano de un estupefacto Ragnar y se la llevó hasta el pecho.

Seguía soñando, pero en cuanto sintió la mano sobre ella, comenzó a convulsionarse y gritó nuevamente, como una mujer que hubiera llegado.

Y así, sin más, Ragnar se sintió endurecer. No sabía con qué estaría soñando ella, pero oírla llegar al clímax bastó para excitarlo violentamente.

Soltó un juramento para sus adentros. Aquello no estaba bien. Pero por un instante se permitió deslizar la mano por ese pecho, buscando una sensación que le estaba prohibida.

La deseaba tanto que tuvo que contenerse para

no levantarle la falda y apretarla contra su cuerpo. Por el olor que desprendía su piel, sabía que estaba preparada. Podría hundirse en su húmeda caverna y llevarla de nuevo a la cima.

Ragnar retiró la mano como si se hubiera quemado. No sabía si estaba despierta o no, pero rezó para que no lo estuviera. En el nombre de Thor ¿qué estaba haciendo? Sin duda estaría soñando con su esposo, con Styr, cuando había alargado la mano hacia él.

Con cuidado para no despertarla, abandonó la tienda y buscó la gélida oscuridad para enfriar su ardor. Se llevó una mano hasta la herida y presionó contra el vendaje hasta sentir dolor. Cualquier cosa para borrar el deseo que esa mujer había despertado.

Quedarse allí con ella había sido un error. Era incapaz de yacer cerca de ella sin desear más. Era, y siempre había sido, la mujer de sus sueños. Anduvo cojeando hasta un árbol cercano y con respiraciones lentas y profundas, calmó el acelerado corazón.

Nunca más.

No podía traicionar a su mejor amigo, ni dar rienda suelta a sus deseos. Elena no era mujer para él. Se había unido a otro hombre y seguramente estaba embarazada.

Y, como un idiota, seguía penando por ella. ¿Qué esperaba conseguir? ¿De verdad creía que iba a divorciarse de su marido para reunirse con él? Eso jamás sucedería. Aunque había vivido el declive del matrimonio y la desazón de la esterilidad, Styr deseaba hacer feliz a su esposa. Le había mostrado el peine de marfil que le había comprado, aunque aún no hubiera encontrado el momento de regalárselo. Había pensado hacerlo cuando al fin hubieran culminado la construcción de su nuevo hogar.

Ragnar apoyó la frente contra el tronco del árbol, consciente de que había llegado el momento de apartarse de Elena. La diosa Freya la había enviado para poner a prueba sus límites, para poner a prueba su honor.

Debía mantenerse lejos de ella. Y encontrar a otra mujer a quien amar.

Durante los dos días que siguieron, Elena evitó a Ragnar. Él no mencionó la noche que la había tocado. Lo mejor sería fingir que no había sucedido. Cada vez que ella recordaba el sueño, sentía las mejillas arder de vergüenza.

Pues no había olvidado el modo en que se había llevado la mano del guerrero a su pecho. En la oscuridad, había fingido dormir, aunque había sido muy consciente de lo que hacía. La intensidad de su deseo había irrumpido como un devastador incendio. Y su cuerpo sabía que aquello no era más que una profecía de lo que podría suceder entre ellos si lo permitía.

Algo debía sucederle, pues tendría que haber soñado con Styr, no con ese hombre. Su mano se deslizó hasta cubrir al hijo no nacido mientras caminaba por la playa en busca de un barco. No habían vuelto a ver ninguno desde el barco pesquero y empezaba a preguntarse si no se lo habría imaginado.

Los zapatos de cuero se hundieron en la arena y la fresca brisa de la mañana le revolvió los cabellos. El sol brillaba y tuvo que hacer sombra con una mano para poder otear las grises aguas.

En la otra mano llevaba la pequeña hacha para usarla en caso de encontrar más ramas caídas. Aunque había construido un refugio sólido para ella y Ragnar, el tiempo se alargaba y era consciente de necesitar más tareas para satisfacerla. Había puesto algunas trampas, pero el mayor desafío al que se enfrentaba era el de mantenerse alejada del hombre por el que se sentía atraída.

No estaba bien. Había encerrado los sentimientos en su interior con la esperanza de que él no los descubriera jamás. En cuanto se reuniera con Styr, esos pensamientos desaparecerían.

Tras comprobar que no había ningún barco, se volvió y subió la colina. Un sonido le alertó y se giró hacia el oeste. Escuchando con atención, intentó descifrarlo, pero no encontró más que silencio. Aun así, mantuvo el hacha firmemente agarrada mientras regresaba al refugio. Había dejado a Ragnar profundamente dormido, pero por las brasas ardiendo de una hoguera parecía que ya se había levantado.

Cuando estaba a punto de alcanzar los árboles contra los que había apoyado el refugio, oyó las voces de hombres hablando en la lengua escandinava.

El corazón le dio un vuelco y lo supo. Los invasores habían regresado a por ella, tal y como había temido. Y en aquella ocasión no habría truco que valiese. Si no tenía cuidado, morirían los dos. Quiso llamar a Ragnar, pero temió que su voz los alertara. Una vez más se encontraban en inferioridad numérica.

Elena se quedó parada intentando calmar el salvaje rugido en sus venas. El instinto la empujaba a correr, pero así solo conseguiría llamar la atención. Sus ojos escudriñaron a su alrededor, buscando una vía de escape. Lo mejor sería ocultarse.

Pero antes de poder dar un paso, oyó una voz masculina a su espalda.

—¡La he encontrado!

El terror petrificó a Elena. Sin duda intentarían violarla y la golpearían hasta matarla.

No podía quedarse allí, esperando a que sucediera. No tenía modo de saber dónde se encontraba Ragnar, pero al menos iba armada.

Y no tendría más que una oportunidad.

Antes de que el hombre pudiera hacer su primer movimiento, Elena se volvió agitando el hacha en el aire. La cuchilla se hundió en la carne del enemigo, que soltó un alarido mientras la sangre caía a borbotones sobre la hierba. Temblando por dentro, recuperó el arma. Nunca había matado a un hombre, nunca había tenido necesidad de ello.

«No mires», le advirtió su mente, pero el estómago ya se retorcía por las náuseas. Los demás hombres asomaron por detrás del refugio y, al ver el cuerpo caído de su compañero, echaron a correr hacia ella. Todos iban armados y era solo cuestión de tiempo que la alcanzaran.

Elena se dispuso a correr, pero, mientras agarraba la falda con una mano y el hacha con la otra, era consciente de la futilidad del gesto. ¿Dónde estaba Ragnar? ¿Lo habían matado? En su interior surgió un sordo dolor y el terror ante la perspectiva de quedarse sola. A su espalda oyó el grito de un hombre y el ruido de los cascos de un caballo.

Llegó hasta la playa y resbaló antes de recuperar el equilibrio y continuar la carrera. Se arriesgó a mirar hacia atrás y vio a uno de los escandinavos correr hacia ella. En la mano llevaba una larga espada y sus manos estaban teñidas de sangre.

Le dolían los costados y apenas podía respirar, pero no por ello dejó de correr. La arena ralentizaba su marcha, pero no tenía elección salvo la de continuar hacia delante.

Su atacante estaba a punto de darle alcance y entonces la mataría a ella y a su hijo.

Lo que la hizo detenerse fue la idea del bebé. Había esperado demasiado tiempo, rezando cada noche a los dioses. Si continuaba huyendo no le quedaría ninguna esperanza. Lentamente, y sujetando el hacha con fuerza, se volvió hacia el hombre que, a pesar del peso de la armadura, ya casi le había dado alcance. Elena se mantuvo firme, aunque un escalofrío le recorrió la columna.

Iba a tener que luchar por su vida y la de su bebé. Nadie podría salvarla. Aunque sospechaba que Ragnar habría atacado a los hombres desde el otro lado, no había visto ninguna señal de él. Sujetando el hacha con ambas manos, esperó el momento para golpear.

—¿Creías que ibas a poder huir, pequeña bruja? —el escandinavo dejó de correr y se acercó a ella caminando.

—¿Y tú creías que ibas a poder escapar a mi maldición? —contestó ella—. Tus hombres ya están muertos.

Solo tendría una oportunidad para matarlo, y no podía dudar. Llevaba una cota de malla y el hacha nunca podría atravesar el metal.

El pánico empezó a apoderarse de ella, concentrándose en el estómago hasta que se sintió físicamente enferma. Tragó nerviosamente y agitó el hacha en el aire.

—¿Te corto la cabeza, bruja, o será demasiado rápido?

Ella le sostuvo la mirada, aunque fue consciente de un movimiento a su espalda.

—Si corres —continuó el guerrero alzando la espada—, tu muerte será lenta. Te atravesaré con la espada y te dejaré para que te desangres sobre la arena.

Elena respiró hondo y aguardó. Un segundo más tarde, se arrojó sobre la arena y hundió el hacha en la pierna del hombre, que no profirió sonido alguno.

Y únicamente entonces vio que tenía una espada clavada en la espalda y que le había atravesado el corazón. Antes de que se le cayera encima, rodó para evitarlo. En lo alto de la colina vio a Ragnar con otra espada en la mano.

Las rodillas le temblaban y la sangre rugía en sus oídos. Elena no podía moverse ni respirar. Sobre la arena, ahogándose, intentó tomar aire y antes de que se diera cuenta, Ragnar estaba junto a ella, abrazándola.

—Están todos muertos, nadie podrá hacerte daño.

—Había muchos —balbuceó ella.

—Yo he matado a cuatro. Tú mataste al quinto —Ragnar le acarició el cabello.

Pero Elena no podía hallar consuelo ni siquiera en el abrazo, pues había creído realmente que había llegado su hora. Aunque el hacha hubiera podido hacer que el otro hombre se desangrara, había sido la espada de Ragnar la que lo había matado.

—Estamos bien —insistió él mientras la ayudaba a ponerse en pie—. ¿Estás herida?

—No —las piernas aún le temblaban y tuvo que apoyarse contra el vikingo, abrazándolo por la cintura. Y entonces se acordó de su herida—. ¿Y tú? ¿No necesitas las muletas?

—Me duele, pero puedo apañármelas sin ellas —contestó Ragnar antes de lanzar un silbido hacia el caballo, que se acercó trotando hacia ellos—. Pasaremos una última noche aquí. Y por la mañana abandonaremos este lugar.

Elena asintió lentamente. Styr no regresaría por ese camino. O bien se había equivocado con lo del barco, o se había marchado hacia Dubh Linn.

—De acuerdo.

Aunque Ragnar no la había soltado, el terror se había instalado tan profundamente en su interior que Elena no conseguía entrar en calor. Jamás había estado tan cerca de la muerte.

Llegaron al refugio y Ragnar la ayudó a bajar del caballo. Después encendió fuego y la obligó a sentarse cerca, sentándose él a su lado. Elena cerró los ojos, buscando consuelo en el contacto humano.

—Gracias —dijo al fin—. Nunca había pasado tanto miedo. Pensé que te habían matado.

Ragnar le retiró delicadamente los cabellos hacia atrás y le soltó las trenzas.

—Jamás permitiría que nada te sucediera, Elena. Jamás.

Las manos del guerrero consiguieron disipar el miedo y el calor del fuego consiguió calmarla hasta que pudo apoyar la cabeza sobre el hombro de su amigo.

—Siento mucho haberte evitado estos días —admitió ella.

—¿Por qué lo hacías? —Ragnar mantenía la mirada fija en las llamas, como si desconociera la respuesta.

—Porque —el pulso de Elena se aceleró— temía sentirme demasiado unida a ti.

Desde que había soñado con yacer con él no se fiaba de sí misma. No se reconocía a sí misma. Se había transformado en una mujer gobernada por el deseo, no por el honor. Pero Ragnar se merecía saber la verdad, pues así conseguiría mantenerlo a distancia.

—Me hiciste sentir cosas que hacía tiempo no sentía —las mejillas de Elena se encendieron.

—Tú jamás traicionarías a Styr —Ragnar suspiró—. Ni yo tampoco —arrojó un trozo de leña al fuego—. Hace años quise casarme contigo. Pero, tras el acuerdo al que llegaron tus padres, no me atreví a proponértelo.

La confesión sobresaltó a Elena por lo inesperada. Encogió las piernas y miró a Ragnar. En sus ojos vio un deseo que estuvo a punto de disolver toda su determinación.

—No pretendo hacerte sentir incómoda al contarte esto. Y tampoco haría nada para alejarte de Styr. Es un buen hombre y os merecéis estar juntos.

Elena comprendía por qué había elegido ese momento para hablar. Ambos podrían haber muerto ese día.

—Era contigo con quien soñaba —admitió ella—. Aquella noche en la tienda, cuando te obligué a tocarme. No debería haber sucedido y siento lo que hice.

Ragnar fijó sus ojos verdes en ella, como si no pudiera creerse lo que oía. Elena casi había esperado que se apartara, asqueado, de su lado. Sin embargo, tomó el rostro entre sus manos, permaneciendo en silencio. Y sin necesidad de que dijera una palabra, lo supo. Supo que él también la deseaba.

Elena cubrió las manos de Ragnar con las suyas propias y se embebió del contacto físico. El calor penetró en su interior, despertando de nuevo los sentimientos que se había obligado a acallar. Recordó de nuevo el beso y se sintió invadida por un repentino deseo.

Parte de ella parecía haber resucitado gracias a las caricias de ese hombre. Era algo nuevo, pues no estaba acostumbrada a sentir o desear con tanta fuerza algo que no podía tener.

—Estoy seguro de que Styr sigue vivo y que volverás con él —Ragnar retiró las manos y la contempló—. Te doy mi palabra de que te protegeré hasta el día en que deba dejarte marchar.

Las palabras eran un despiadado recordatorio de que entre ellos nada podía suceder, por mucho que deseara el consuelo de sus caricias.

Pero, aunque las manos del guerrero ya no estaban sobre ella, la mirada seguía reflejando el mismo deseo.

—Si fueras mi esposa, te besaría ahora mismo —continuó él—. Bebería de tu dulzura y deslizaría mi lengua por tus labios.

Las palabras empujaron los sentimientos prohibidos hacia la superficie y Elena cerró los ojos, intentando no imaginarse la escena.

—Deslizaría mi boca por todo tu cuerpo —continuó Ragnar—. Tu cuello, tus pechos desnudos, y seguiría más abajo hasta que suplicaras tenerme dentro.

Igual que la noche que había soñado con él, Elena se sintió derretir. Ragnar no debería estar diciendo esas palabras, tentándola de ese modo. Con las mejillas incendiadas, apenas pudo soportarlo.

Poco importaba lo sucedido en los últimos días. Poco importaba lo mucho que se habían unido. Era una mujer de honor y jamás traicionaría a su esposo.

—No puedo ser tuya, Ragnar —susurró—. Le pertenezco.

—No temas, Elena —la tensión del guerrero era palpable—. Jamás volveré a tocarte, por mucho que te desee, no haré nada al respecto. Él nunca lo sabrá.

—No habrá nada que saber —susurró ella—. No le seré infiel.

—Ni yo tampoco —Ragnar se levantó y abrió la puerta de madera del refugio—. Cuando hayas entrado en calor, entra dentro y duerme. Yo montaré guardia esta noche —inclinándose hacia ella, le besó la frente. Como hubiera hecho un hermano.

Elena no pudo evitar pensar que Styr nunca le había hecho sentir tanto. Y Ragnar ni siquiera había llegado a tocarla.

Nueve

El barco llegó por la noche.

Ragnar había dejado a Elena durmiendo en el refugio y aprovechaba la noche para estar a solas y caminar por la playa. No había esperado encontrar nada sobre las olas, pero al oír voces había fijado la vista en el agua, preguntándose quién podría ser. A lo lejos vio el refulgir de unas antorchas que dibujaron la silueta de un navío que se paró brevemente ante la isla verde antes de continuar hacia la playa.

Ragnar permaneció oculto con un arma en cada mano. Aunque hubieran sobrevivido al primer ataque y hubiera quemado los cuerpos de los invasores, podría haber más. Aun así, quiso esperar un poco antes de alertar a Elena.

El barco echó el ancla y Ragnar lo supo al instante. Era su barco. La veleta lo proclamaba a los cuatro vientos. Y al fin vio el rostro de su mejor amigo, Styr.

La visión debería haberle llenado de inmensa felicidad. Debería haber corrido hasta Elena para despertarla y anunciarle que su esposo había llegado.

Pero Styr llevaba a una mujer en brazos. Y por la expresión en su rostro, sentía algo por ella. No solo la sujetaba para mantenerla alejada de las gélidas aguas, era mucho más. Styr contemplaba embelesado a la hermosa joven de oscuros cabellos, como si fuera su amada. Y cuando la depositó en tierra firme, sus brazos no abandonaron el contacto con su cuerpo.

El muy bastardo.

Ragnar estalló en una profunda rabia. ¿Cómo había podido su amigo hacerle eso a Elena? Su esposa había tenido que luchar por su vida, y no solo una vez. Y había estado dispuesta a cruzar Irlanda para buscar a su esposo. Y en pago por su lealtad, ese esposo había encontrado a otra… la mujer que lo había capturado.

Decidió no moverse del sitio, ni siquiera cuando su amigo y sus hombres prepararon el campamento y encendieron fuego. Observó los rostros de Onund y los demás que habían sido capturados aquella noche. Levantaron tiendas y Ragnar esperó para ver si Styr se llevaba a la mujer a su tienda.

Apenas era capaz de mirarlos. Styr estaba a punto de romperle el corazón a Elena. ¿Qué haría al descubrir lo del bebé? ¿Se marcharía o se quedaría?

La mujer entró en una tienda más apartada del

resto y Ragnar soltó un suspiro. Aun así, no podía olvidar lo que había visto.

Salió de su escondite y regresó al refugio. Era la última noche que iba a pasar con Elena y sospechaba que el nuevo día no les llevaría más que desesperanza. Pero había dado su palabra y no iba a abandonarla. Ni siquiera aunque lo hiciera su propio esposo.

Elena dormía de lado. No se despertó cuando él entró en la tienda, pero sí se acurrucó contra él cuando el guerrero la rodeó con un brazo.

Había jurado no tocarla, pero el comportamiento de Styr había invalidado el juramento. Si su amigo había encontrado a otra persona a quien amar, Elena se merecía algo más.

El aroma de su piel y la calidez de su cuerpo le atraían hasta provocarle dolor físico. Aquella noche yacería con la mujer que amaba entre sus brazos, sin importar las consecuencias.

Al amanecer, Elena despertó sintiendo el cuerpo de Ragnar muy pegado al suyo. Sabía que debía levantarse, pero lo que más le apetecía era quedarse allí con él. Los fuertes brazos del guerrero la sujetaban en un cálido y envolvente abrazo que le provocaba una gran sensación de paz.

Debía haber regresado muy tarde, pues no le había oído entrar. No sabía por qué había dormido

junto a ella. Quizás se había movido inconsciente-
mente mientras dormía, sin darse cuenta de lo cerca
que estaba.

—Ragnar —susurró ella.

—*Ja?*

Elena esperaba que Ragnar retirara los brazos y
se trasladara a su rincón del refugio, pero lo que
hizo fue abrazarla con más fuerza.

—Hay algo que debes saber.

Algo en el timbre de voz resultaba funesto. Eso,
y el modo en que la abrazaba.

—¿Qué sucede? —Elena intentó soltarse para
darse la vuelta, pero él la sujetó para impedírselo.
En la penumbra de la mañana, tuvo el presentimiento de que, fuera lo que fuera, no serían buenas
noticias.

—Anoche llegó a la playa el barco de Styr.

Era lo último que esperaba oír. ¿Su esposo había
regresado?

—Está vivo —un inmenso alivio la inundó y no
pudo evitar sonreír—. Gracias a los dioses.

—Y además… —Ragnar se interrumpió.

—¿Además, qué? —Elena se sentó y contempló
el rostro del guerrero, la viva imagen del presagio
de malas noticias—. ¿Está herido?

—Supongo que si lo está, ya te lo contará —él
sacudió la cabeza y salió del refugio—. Encenderé
la hoguera mientras les esperamos.

—¿Está en la playa?

—Él y nuestros hombres. Sí.

—Pues deberíamos ir a su encuentro ahora mismo —insistió ella—. Deberías haberme despertado anoche.

No comprendía cómo Ragnar había permitido que Styr y los demás montaran el campamento en la playa cuando podrían haber pasado la noche juntos.

—Los esperaremos aquí —contestó él—. Deben haber viajado durante horas y necesitarán dormir.

Eso no tenía ningún sentido. Llevaba una semana alejada de su esposo ¿y a Ragnar le preocupaba que no hubieran dormido lo suficiente? Era evidente que le ocultaba algo. Y por la expresión en su rostro tenía algo que ver con Styr. Sin embargo, Elena no insistió. Fuera lo que fuera, terminaría por averiguarlo.

Esperó junto al fuego, pero al no ver señales de nadie aproximándose, regresó al interior del refugio para buscar algo de comida. Había quedado un poco de carne de la noche anterior. No bastaría para alimentar a todos los hombres, pero al menos comerían algo.

Al salir de nuevo al exterior fue cuando vio a Styr acercarse a lo lejos. Su esposo no parecía en absoluto complacido de verlos y caminaba con los brazos cruzados.

¿Estaba enfadado con Ragnar? ¿Por qué?

Observó a su esposo, aliviada al verlo ileso. Los

cabellos dorados estaban atados y seguía llevando la cota de malla. No parecía que tuviera ninguna herida visible.

Elena se acercó a él, preguntándose si la tomaría en sus brazos, pero en lugar de hacerlo, Styr se mantuvo a distancia. En su rostro leyó remordimiento. ¿Por qué motivo? ¿No se alegraba de volver a verla?

La inquietante sensación se agudizó ante su evidente reticencia a saludarla.

—Me alegra que estés bien —Elena se decidió a hablar ella primero—. Cuando te apresaron… no sabía si te dejarían vivir —probó con una tímida sonrisa, esperando que rompiera la visible barrera que había entre ellos.

—Veo que Ragnar te ha protegido —contestó Styr. Su voz era neutra y no hubo ninguna mención de agradecimiento a los dioses por encontrarla viva. Ni siquiera manifestó su alegría de volver a verla.

Su comportamiento era equivocado por muchos motivos. Elena asintió mecánicamente y echó una ojeada a Ragnar, que permanecía de pie detrás de ella. Lo que vio en los ojos del guerrero fue ira. Era evidente que él sí sabía lo que pasaba, seguramente lo sabía desde la noche anterior.

«Di algo», quiso suplicarle a Styr. «Dime que aún me amas. Que ahora todo irá bien».

Sin embargo, su esposo se mantuvo en silencio dando evidentes muestras de sentirse incómodo allí.

Elena rebuscó en su mente algo que decir, pero solo encontró una noticia que sin duda lo llenaría de alegría. Lentamente, deslizó las manos sobre el estómago.

—Vamos a tener un hijo, Styr. Hace tan solo unos días que lo he sabido.

Styr palideció, como si alguien le hubiera clavado un hacha en el estómago. No hubo alegría ni felicidad ante la revelación.

—¿No te alegras? —preguntó Elena al fin—. Llevamos mucho tiempo deseándolo.

Sin embargo, Styr no habló ni se movió. Elena se sintió embargada por un gélido terror.

Algo en su matrimonio iba muy mal y no era capaz de adivinar qué podría haber sucedido en la última semana. Ragnar se acercó por detrás, como si quisiera brindarle su apoyo.

—Eso está bien —contestó su esposo al fin y solo entonces la abrazó.

Pero no fue un abrazo sentido ni cálido. Y tampoco parecía contento con la noticia. Elena contuvo las lágrimas que inundaban sus ojos. Algo terrible había sucedido.

Su esposo se comportaba como un extraño, un hombre que ya no la amaba. Su matrimonio se sostenía sobre la base de ese hijo no nacido. Ella había pensado que el bebé los volvería a unir, pero él no parecía nada contento, más bien desolado, por la noticia.

Elena se mordió el labio con tanta fuerza que casi lo hizo sangrar, pero por los dioses que no iba a llorar. Fuera lo que fuera que hubiera sucedido entre ellos, lo solucionarían.

Un ruido los alertó. A lo lejos había dos personas observándolos, y una de ellas era una mujer de cabellos oscuros. Elena la reconoció al instante. Era la mujer que había golpeado a Styr, haciéndolo su prisionero.

Miró a Ragnar, pero su expresión era pétrea, imperturbable.

—Enseguida vuelvo —se excusó Styr—. Espera aquí —insistió antes de correr tras ellos.

—No lo hagas —le advirtió Ragnar, agarrando a Elena de la muñeca para impedir que los siguiera ella también.

Tenía que saberlo. Su corazón estaba paralizado de miedo y dolor. Tenía la sensación de haber perdido a su esposo.

—¿Eso fue lo que viste anoche? —susurró—. Viste a la mujer.

—Sí, la vi —admitió Ragnar.

—¿Qué estaban haciendo? —la idea de su esposo yaciendo con otra, incluso siendo su prisionero, la llenó de un repentino resentimiento.

—Hablaban —sin embargo, sus palabras ocultaban algo más.

—No te creo —Styr había convivido durante una semana con esa mujer.

Y si la había llevado con él, tenía que haber algo entre ellos. A Elena no le cabía la menor duda, sobre todo después de ver cómo su esposo corría tras ella.

—No desea este bebé —la ira empezó a crecer en su interior. «Ni a mí tampoco».

—No le juzgues tan rápido. Déjale explicarse primero —Ragnar la abrazó.

Aunque sus palabras tenían sentido, en su voz se percibía la misma ira que sentía ella.

—Tengo que saber la verdad —Elena se soltó del abrazo—. Déjame ir, Ragnar.

—Aquí te espero, por si me necesitas —Ragnar alzó los brazos y dio un paso atrás.

Ella asintió y, armándose de valor, se acercó a la playa. A lo lejos vio aproximarse un barco de pescadores con unos pocos hombres remando a bordo. Elena se protegió los ojos del sol haciendo sombra con la mano y observó a su esposo con esa mujer.

Debería haberse sentido incómoda espiándolos, pero la ira le impedía darse media vuelta. Styr la había traicionado y necesitaba conocer los sentimientos que profesaba hacia esa mujer.

Su esposo estaba detrás de la irlandesa y apoyaba las manos sobre sus hombros. La ternura del gesto fue como una puñalada en el corazón de Elena, que distinguía perfectamente la expresión de sus rostros. El de ella de profunda pena, el de él de deseo.

Estaba enamorado de esa mujer. Lo vio en su gesto, en el modo en que la hizo volverse, en cómo la abrazó con fuerza. Se abrazaban como si no hubiera nadie más en el mundo.

Elena cayó de rodillas al suelo. Styr era su esposo, no el de esa mujer. Habían hecho un juramento, promesas. Y llevaban años juntos.

Años que deberían haber pesado más que unos pocos días.

Aun así, nunca había visto a su esposo mirarla a ella de ese modo. Se lo veía atormentado y en las entrañas de Elena creció la amargura.

¿Por qué no podía amarla a ella de ese modo? ¿No era lo bastante mujer para él? ¿Sus repetidos fracasos para ser madre lo habían empujado en brazos de otra?

La mujer lloraba y Elena vio cómo su esposo le secaba las lágrimas con la mano y volvía a abrazarla.

Pero cuando la vio acercarse a la orilla, esperando a que el barco pesquero se aproximara, comprendió que la irlandesa no iba a quedarse. Se marchaba. Styr había elegido quedarse con ella.

Nunca había visto tanta desolación grabada en el rostro de su esposo.

Ragnar no quería verlos juntos. No después de lo sucedido. Necesitaba alejarse de todos y llevaba caminando casi dos kilómetros cuando se dio cuenta de que Styr lo seguía. Se detuvieron bajo un pequeño grupo de árboles junto a un claro.

—¿Otra vez la has abandonado? —Ragnar se volvió hacia el que había sido su mejor amigo.

—Me hicieron prisionero —se defendió Styr—. Me liberaron hace unos días.

—Ella te liberó —insistió Ragnar—. La mujer que has traído contigo.

—Quería darte las gracias por haber cuidado de Elena —el otro hombre no contestó, pero en su rostro se evidenciaba una gran tensión.

—Mientras tú la engañabas con es furcia irlandesa.

Las palabras provocaron el resultado que Ragnar buscaba: el estallido de Styr.

—¡No la llames así!

—Eres un bastardo que no se merece a Elena —Ragnar agarró la túnica del otro hombre con ambas manos y lo empujó contra un árbol.

Había visto a Elena llorar por ese hombre, la había visto luchar por sus vidas. Se merecía algo mucho mejor.

—Es mi esposa y soy consciente de mis obligaciones —Styr se soltó de un fuerte empujón y los dos hombres se midieron caminando en círculos.

—Se merece algo mejor que tú —insistió Ragnar—. Tomaste una amante y si te quedas con Elena es solo por el bebé. Si no estuviera embarazada, ya no estarías aquí.

Styr ni siquiera se molestó en negarlo y Ragnar sintió la ira crecer en su interior. De un fuerte golpe, lo envió al suelo.

—¿Pensaste en ella alguna vez mientras estaba luchando por su vida? ¿Pensaste en ella cuando se arrojó al mar para escapar de la esclavitud y casi se ahoga? ¿Y ayer, cuando casi la matan unos asaltantes escandinavos?

Golpeó la cabeza de Styr contra el suelo, movido por la sed de venganza.

El puño del otro hombre lo alcanzó de lleno en la mandíbula y rodó por el suelo para evitar ser golpeado de nuevo.

—Maldito seas, voy a quedarme con ella —Styr se limpió la sangre del labio mientras se ponía en pie—. Jamás yací con Caragh.

—Pero estás enamorado de ella —era más que evidente por la forma en que la había llevado en brazos la noche anterior. Como si no quisiera soltarla nunca.

El silencio de Styr fue la respuesta más temida.

—No voy a divorciarme de Elena. No cuando por fin tendrá el bebé que tanto ansía.

—No le hagas daño, Styr —Ragnar soltó el aire que había estado conteniendo—. No tienes ni idea de lo que ha sufrido durante estos últimos días. Si le das la espalda ahora…

—No lo haré —el otro hombre se cruzó de brazos y lo miró furioso—. Lo que hubiera entre Caragh y yo, se ha acabado. Me voy a llevar a Elena a Dubh Linn donde nos instalaremos con nuestra gente —su expresión era de pesadumbre—. Estaremos bien.

—No la hagas desdichada —Ragnar miró a su antiguo amigo. «De lo contrario te la quitaré».

Al anochecer, Elena y Styr caminaron por la playa tomados de la mano. Después de hablar largo rato, Styr y Ragnar habían regresado llenos de magulladuras y cortes. No sabía qué se habían dicho, y tampoco quiso preguntar. Sus sospechas se centraban en la joven que se había marchado.

Aunque Styr la había dejado marchar, Elena quería saber hasta dónde llegaban sus sentimientos por ella. Necesitaba creer que no eran más que amigos y que no había motivos para sospechar. Pero temía no haberse equivocado después de lo que había visto.

—Ya había visto a esa mujer antes —empezó intentando hablar en tono despreocupado.

—Caragh O'Brannon —admitió él—. Brendan es su hermano pequeño.

Elena recordó al adolescente que había liderado el ataque, capturándola a ella y a los demás hombres. Sus movimientos habían sido torpes y peligrosos, pero supuso sus motivos. Intencionado o no, al secuestrarla a ella había alejado a los escandinavos del asentamiento, protegiendo así a su hermana.

Pero lo que Elena no entendía era qué le había sucedido a su esposo después de que hubieran zarpado.

—Ella te hizo prisionero ¿verdad?

Styr asintió y, para sorpresa de Elena, no mostró ninguna ira por haber sido hecho prisionero por una mujer. Miles de preguntas se agolpaban en su cabeza.

Pero el rostro de su esposo estaba marcado por una expresión de culpabilidad.

Se resistía a creer que hubiera encontrado a otra a quien amar. No en tan poco tiempo. Pero su mente no era capaz de inventarse un buen motivo para que la hubiera abrazado de ese modo.

«Se ha quedado por ti», le recordó una vocecilla en su cabeza. «Olvídate de ella».

¿Bastaría con eso? No dudaba que se había quedado por el bebé. Pero, de no estar embarazada ¿se habría divorciado de ella? una gélida sensación de vacío creció en su interior y el miedo se acrecentó.

Había abandonado su hogar en Noruega, acompañando a Styr en su viaje. Su esposo siempre había soñado con recorrer el mundo mientras que ella prefería quedarse en casa y criar una familia. Sus diferencias habían hecho mella en el matrimonio, pero no lo creía capaz de abandonarla, no en tierra extranjera.

—¿Albergas… sentimientos hacia ella? —Elena intentó que no pareciera que lo estaba acusando, pero Styr ni siquiera la miró. Y eso era ya bastante ilustrativo.

—¿Por qué me lo preguntas? Solo hace unos pocos días que la conozco.

—Tengo ojos, Styr —su esposo se comportaba como si no significara nada—. Te vi con ella.

«Te vi abrazarla como si no quisieras soltarla nunca».

—Se marchó con sus hermanos. Simplemente me despedí de ella.

—La estabas abrazando —Elena se sentía furiosa, pues sabía que no le estaba contando toda la verdad. ¿Cómo podía comportarse como si nada hubiera sucedido?

—No ha pasado nada entre nosotros —Styr se volvió y la miró fijamente a los ojos.

—Entonces ¿por qué estás tan enfadado? —el estallido de su esposo había aumentado su frustración. No era ni tonta ni ciega y sabía muy bien lo que había visto—. Si ella no significara nada para ti no te comportarías de esta manera.

Haciendo un gran esfuerzo, Elena consiguió contener su ira y conservar la calma. En su interior sufría por tantas preguntas sin respuesta y las heridas invisibles que se habían abierto en su fe en él. Le resultaba muy difícil confiar en su esposo.

—Onund nos contó que saltaste del barco —Styr suspiró y cambió de tema.

Era una táctica que utilizaba a menudo. Significaba que ya no quería discutir sobre ese tema, y ella tampoco.

—Fuimos atacados por los daneses —Elena asintió—, y solo tenía una oportunidad para escapar. Ragnar me ayudó a alcanzar la orilla —a pesar de estar herido, la había salvado de ahogarse. Su valor le había permitido seguir adelante, dándole fuerzas para soportar aquellos días.

—Podríais haber muerto los dos —observó Styr.

Era cierto y Elena tuvo que luchar contra unas inoportunas lágrimas al recordarlo. No solo por lo que les podría haber sucedido a Ragnar y a ella, sino también por el bebé.

—No estaba dispuesta a permitir que me vendieran como esclava —se defendió ella—. Esta podría ser mi única oportunidad de ser madre.

Styr suspiró y durante largo rato permaneció en silencio, su atención desviada hacia el barco que desaparecía en la niebla.

No había nada peor que saber que la otra persona ya no te amaba. Suponiendo que te hubiera amado alguna vez.

—¿Tienes idea de cuánto tiempo estuve buscándote? —él habló al fin—. Pensé que habías muerto.

La preocupación que desprendían sus palabras le ofreció a Elena un mínimo consuelo.

—Yo tampoco pensé que fueran a dejarte vivir —ella se acercó a su esposo—, y me alegra que hayas regresado.

Elena era consciente de los esfuerzos de Styr por firmar la paz entre ellos, dejando atrás el pasado. Si seguía presionándolo para obtener respuestas, solo conseguiría romper la frágil unión. Lentamente, se colocó junto a él, dejando a un lado sus aprensiones.

La débil unión dificultaba cualquier conversación y al final optaron por dar un paseo.

—¿Cuánto tiempo llevas aquí? —preguntó él.

—Casi una semana. Los daneses hirieron a Ragnar, pero no dejó de protegerme.

Las mejillas de Elena se incendiaron al recordar cómo el guerrero la había abrazado aquella mañana.

El recuerdo mitigó en parte su enfado, pues ella misma no era del todo inocente. Aunque no había engañado a Styr, sí había besado a Ragnar y había soñado con sus caricias de una forma pecaminosa.

Todo eso la inquietaba, pues intentaba culpar a su esposo por todo, cuando ella misma había cometido errores. Los últimos días la habían acercado a Ragnar.

Había dependido de él para su supervivencia y él la había apoyado en los días más oscuros.

—Encontramos comida y construimos este refugio —concluyó ella.

Durante un buen rato, Elena mantuvo la vista fija en el mar, preguntándose si él se habría dado cuenta del rubor de sus mejillas. Por el rabillo del ojo vio el brazo de Styr acercándose a ella e, instintivamente, retrocedió.

—¿Qué haces?

De inmediato comprendió que solo había pretendido rodearle los hombros.

¿Cómo había podido malinterpretarlo de esa forma?

—Me pillaste desprevenida —Elena se dejó abrazar y le rodeó con ambos brazos.

Sin embargo, no fue un abrazo fuerte, como el que le daría un esposo a una esposa a quien hubiera echado de menos.

Poniéndose de puntillas, ella le dio un casto beso en la mejilla. De nuevo, Styr no le correspondió.

—¿Cómo te encuentras? —preguntó él deshaciendo el abrazo.

—Como siempre —admitió ella—. De no ser por las dos lunas que llevo sin sangrar, jamás me habría imaginado lo del bebé —deslizó una mano sobre la barriga, aún plana—. Resulta extraño pensar que hay un bebé creciendo ahí dentro. Ni siquiera he sentido náuseas.

La expresión de Styr se había vuelto de nuevo distante y ella continuó hablando.

—Creo que nacerá a principios de la primavera del año que viene, si he contado bien.

Su esposo no contestó y ella sospechó que ni siquiera la estaba escuchando. Su mente, y su mirada, estaban centradas en el horizonte y en la mujer que se había marchado.

—Todo irá bien ¿verdad, Styr? —susurró ella volcando en esa pregunta todas sus esperanzas.

Pero cuando él siguió sin contestar, Elena solo pudo temer lo peor.

Diez

Ragnar intentaba mantenerse alejado de ella, pero, a pesar de los valientes intentos de Elena de recuperar su matrimonio, bajo la forzada sonrisa se adivinaba una profunda tristeza. Estaba sufriendo, y lo mataba tener que quedarse allí sin hacer nada.

Había ayudado a Styr a construir una pequeña casa y en esos momentos empleaba sus energías en construir otra para él mismo y sus compañeros. Afortunadamente, todos habían recuperado la libertad. Styr había navegado hasta Dubh Linn en busca de Elena y allí había encontrado a sus hombres. Tras una feroz batalla contra los daneses, los hombres habían peleado valientemente y recuperado su libertad.

Ese día, Elena se había ofrecido a ayudar en la construcción y Ragnar había contemplado divertido cómo comparaba la longitud y el grosor de distintos leños.

—Este hay que pulirlo más —observó mientras

señalaba un saliente—. Encajará mejor y evitará que se cuele el viento.

—Adelante entonces —Ragnar le señaló la escofina que utilizaba para rebajar la madera.

—No tengo fuerza suficiente y lo sabes —Elena lo miró como si se hubiera vuelto loco.

—No es una madera muy dura. Inténtalo —el guerrero quería distraer a Elena de sus preocupaciones y esperaba que el trabajo sirviera para ello.

—Tengo que hacer cosas en casa —protestó ella—. No he barrido el suelo, ni limpiado, ni…

—Todo eso ya lo hiciste ayer. Y antes de ayer. Puedes tomarte una hora—. Ragnar le hizo un gesto para que se sentara a horcajadas sobre el tronco y le entregó la escofina—. Muévelo hacia atrás para rebajar la superficie.

—No puedo

Elena lo intentó, pero inclinó la herramienta demasiado y la hundió en la madera.

—No tienes que moverla hacia abajo. Deslízala hacia ti —él le hizo una demostración—. Así.

—Continúa, Ragnar —ella sonrió y lo miró con ojos divertidos—. Lo estás haciendo muy bien —a pesar de sus protestas iniciales, parecía realmente interesada en aprender.

—¿Te has creído que voy a hacer yo todo el trabajo? —Ragnar se detuvo.

—¿No es eso lo que estás haciendo? —Elena soltó una carcajada.

—Eras tú la que opinaba que debía estar más pulido —el guerrero le entregó el cuchillo.

—Lo que pasa es que a ti te gusta duro ¿verdad? —lo desafió ella.

Sin embargo sus palabras despertaron en la mente de Ragnar unas imágenes totalmente diferentes de lo que había pretendido.

El guerrero se imaginó haciéndole el amor contra la pared, las piernas de Elena abrazando su cintura. Recordó cómo le había agarrado la mano aquella noche, retorciéndose al llegar cuando él le había tocado el pecho.

Duro, sí. No le importaría en absoluto.

—¿Me quieres enseñar a utilizar esa escofina? —preguntó ella con voz suave.

Ragnar titubeó, pues significaría tenerla sentada entre sus piernas frente a él. Estar tan cerca sería un error, sobre todo en esos momentos en que intentaba reconciliarse con Styr. No la quería presionando su erección, no quería respirar el aroma de su piel.

—No —contestó al fin acercándose a ella para que nadie más pudiera oírle—. No quiero que estés tan cerca de mí.

—No va a pasar nada, Ragnar —Elena asintió.

¿En serio lo creía? Después del tiempo que habían pasado juntos ¿aún confiaba en su capacidad de control? Durante las últimas semanas casi se había vuelto loco soñando con ella. Por la noche, al acostarse, se la imaginaba haciendo el amor con Styr y sentía los celos hervir en la sangre.

La única razón por la que permanecía en Dubh Linn era porque sospechaba que Elena pronto descubriría que no estaba embarazada.

Él tenía hermanas y todas habían tenido hijos. Alguna había sufrido náuseas por las mañanas, pero todas sin excepción se habían quedado dormidas en pleno día. Su hermana, Jorga, se había quejado de su barriga creciente y solía echarse a llorar solo con ver a otra mujer con un recién nacido en brazos. Estaba acostumbrado a convivir con mujeres embarazadas y Elena no había experimentado ningún síntoma de estarlo.

Su estómago seguía igual de plano y Ragnar se temía lo peor.

Además, Styr la trataba como si fuera un fantasma. Apenas le dirigía la palabra y, por mucho que Elena intentara complacerle, era evidente que no sentía ningún interés por ella.

—Vuelve a casa con tu esposo, Elena —le aconsejó—. Nosotros terminaremos la casa.

Sentados a la mesa mientras comían, Elena contemplaba la pared. Era mediodía y su mente era un mar de incertidumbre. Styr llevaba semanas distraído y no mostraba ninguna alegría ante la perspectiva de tener un hijo.

Ya no dormía pegado a ella, sino lo más lejos posible y, desde que habían abandonado Noruega no había vuelto a tocarla. Ya no la amaba y no deseaba a ese bebé.

Deseaba a esa otra mujer, Caragh O'Brannon.

La certeza la golpeó con una mezcla de ira y dolor. Pues hiciera lo que hiciera, lo cierto era que su esposo se había enamorado de otra.

Probó un bocado del guiso, pero, aunque estaba bueno de sabor, su estómago reaccionó con rechazo. Quizás fuera por el bebé, o quizás por su propia ansiedad.

Se sentía abrumada, llena de inquietud. Su matrimonio con Styr había sido acordado. Habían intentado ser felices, pero él nunca la había amado, por mucho que ella hubiera intentado cambiar.

—¿No te gusta la comida? —le preguntó a Styr.

—Está buena —él intentó sonreír, pero ella sospechaba que le habría contestado lo mismo aunque le hubiera servido serrín para comer.

—¿Quieres que te traiga algo? —continuó—. Hoy te he limpiado la armadura —no le gustaba el tono de desesperación de su propia voz, pero necesitaba hablar con él, de lo que fuera.

—No, no necesito nada —Styr empezó a recoger la mesa, pero ella lo detuvo.

—Ya me ocupo yo —la mirada de amargura de su esposo le hizo soltar la taza de nuevo.

Necesitaba saber si había solución para el creciente distanciamiento entre ellos. ¿Había alguna posibilidad de recuperar al esposo que había sido su amigo? ¿Lo había perdido desde que él amaba a otra?

—Espera —se apresuró al ver que Styr se dirigía hacia la puerta—. Antes de que te vayas…

Styr se detuvo y la miró con frialdad. Si él no hacía nada por aliviar la tensión, tendría que hacerlo ella.

Elena lo abrazó con la esperanza de que aceptara el gesto de afecto. Tiempo atrás, solía abrazarla a menudo, acariciándole las trenzas.

Pero, aunque aceptó el abrazo, no podía decirse que se lo devolviera como era debido.

—Te veré más tarde —fue lo único que le dijo antes de marcharse. No hubo ningún beso de despedida. Styr se había convertido en una piedra que respiraba.

Elena contempló los restos de la comida. Le costaba respirar y estaba furiosa con ambos. ¿Desde cuándo se había convertido en la sombra de una mujer? ¿Por qué consentía en hacer cualquier cosa por agradarle cuando ni siquiera se molestaba en hablar con ella?

«No te ama», insistió la voz en su cabeza. «Nunca te amó».

Entonces ¿por qué se quedaba? ¿Por qué se empeñaba en sanar un matrimonio con tantas cicatrices que sangraban por culpa de las heridas que ellos mismo se infligían?

La visión se le nubló a causa de las lágrimas y en un ataque de furia volcó la mesa, lanzando las tazas y los platos al suelo. Necesitaba destrozar algo, pero destrozar su hogar no le serviría de nada. Aunque su instinto la empujaba a recogerlo todo, se obligó a marcharse de allí.

El sol del atardecer bañaba el asentamiento con sus brillantes rayos. Su casa estaba rodeada de otras y por todas partes se oía el sonido de conversaciones y el entrechocar de las armas de los hombres que se entrenaban. Los niños corrían por todas partes y Elena se detuvo para observarlos. La ya familiar melancolía se instaló de nuevo en su corazón.

Esa era la razón por la que permanecía junto a un hombre que no la amaba. Para darle un padre a su hijo. La idea de criar a un bebé ella sola, en un país extranjero, la aterrorizaba. De no ser por ese bebé, se divorciaría de Styr.

Era muy sencillo, le bastaría con anunciar sus intenciones delante de testigos. Cruzó los brazos sobre el vientre y se preguntó cuándo empezaría a abultarse con la nueva vida que albergaba. Y si les cambiaría en algo.

«Eso es pedirle mucho a un bebé», había dicho Ragnar. Pero ¿qué otra opción tenía? ¿Traer a la criatura al mundo sin un padre? No quería tener que mirar a los ojos de su hijo o hija y admitir que su padre los había abandonado.

Aunque era un duro golpe para su orgullo permanecer casada con un hombre que no la deseaba, haría todo lo necesario por ese milagro aún no nacido. No tenía la menor idea de cómo conseguir recuperar el amor de Styr, pero lo iba a intentar.

Pensó en Ragnar. Quizás él sí sabría qué hacer, ya que era amigo de Styr. A su mente acudió el recuerdo de la noche que había dormido en sus brazos. Había hallado gran consuelo en ese abrazo y le agradecía su protección y amistad.

Sin embargo, entre ellos había algo más, por mucho que intentara negar los pensamientos prohibidos. No había olvidado la calidez de sus labios, ni la caricia robada de su mano sobre el pecho. Cerró los ojos, consciente de que aquello no estaba bien. Y sin embargo, su propio esposo había buscado a otra mujer.

Elena se obligó a regresar al hogar que Ragnar construía junto a sus compatriotas. Necesitaba verlo de nuevo, arrancarle un consejo.

«Lo que te pasa es que quieres verlo otra vez», censuró la vocecilla en su cabeza.

No era solo un amigo. Y, mientras se dirigía a la casa en construcción, tuvo la sensación de que no le gustarían las respuestas que le iba a ofrecer.

Ragnar había pasado la tarde martillo en mano. Se alegraba de poder realizar una actividad física que lo agotara de tal manera que ni siquiera pudiera soñar con Elena, pero ella regresó pocas horas más tarde.

—¿Te molesto? —preguntó, sentándose junto a él.

Él no contestó, pero, por la manera de golpear con el martillo, era evidente que estaba cada vez de peor humor, y sabía muy bien por qué. La mujer que amaba estaba casada con un hombre que ya no la deseaba. Styr solo se quedaba por ese bebé que, Ragnar estaba cada vez más convencido, no existía.

—¿Quieres un poco de agua? —ella le sirvió una taza.

El guerrero desconocía el motivo del regreso de Elena, pero lo último que necesitaba era que ella empezara a cuidar de él.

Optó por ignorarla, pero ella se acercó un poco más y le acercó la taza. Ragnar arrojó el martillo al suelo y rechazó el agua.

—Aléjate de mí, Elena.

«Regresa con Styr. Regresa con tu esposo y déjame solo».

Elena palideció ante la inesperada respuesta y Ragnar comprendió que no sabía por qué estaba enfadado. Esa mujer no era consciente de cómo lo tentaba.

—Lo siento, no estoy de humor para hablar con nadie.

—Vine en busca de consejo —anunció ella—, pero si no es buen momento me marcharé.

Ragnar dudaba que ese buen momento surgiera alguna vez. Cuanto más tiempo permanecía cerca de ella, más la deseaba. Apoyó las manos contra la pared y recuperó el control. Elena necesitaba su ayuda.

—¿Qué sucede? —el vikingo se acercó a ella.

—Es Styr —admitió Elena—. Desde que ha regresado, no sé cómo complacerle.

Las mejillas sonrojadas hablaban de compartir el lecho con su esposo. ¿En serio le estaba preguntando cómo darle placer a un hombre?

—No estamos manteniendo esta conversación.

—No, yo no quise decir… —ella se ruborizó—. Desde lo del bebé no hemos…

Aunque sabía que no estaba bien, Ragnar se sintió profundamente aliviado. La idea de Styr tocando a esa mujer bastaba para provocarle un estallido de violencia. Estaba celoso hasta un punto que no era capaz de controlar.

—Ni siquiera me habla —continuó ella—. Se muestra tan distante que no sé qué hacer.

—¿Por qué sigues casada con él? —preguntó Ragnar—. Si ya no sentís nada el uno por el otro, y ya ni siquiera habláis ¿qué sentido tiene?

—Siempre ha sido bueno conmigo —protestó ella—. Además, está el bebé.

—Tú no estás embarazada, Elena —él no pudo evitar decir lo que pensaba. Había pasado demasiado tiempo y era el único hilo del que pendía la relación entre Styr y Elena.

—¡Sí, lo estoy! —Elena deslizó las manos hasta el vientre y se levantó—. Ya llevo unos meses. Tengo que estarlo.

Había tal miedo en la voz de Elena, que Ragnar lamentó haber hablado de ese modo.

—Tengo hermanas que han tenido hijos. Si estuvieras encinta, estarías mucho más gorda a estas alturas —él regresó a su martillo—. Habla con la partera. Ella te lo dirá.

Había sido muy cruel al destrozar sus sueños, pero si estaba en lo cierto, mejor que lo supiera cuanto antes.

Se volvió hacia Elena y vio los ojos verdes inundados de lágrimas. Sin embargo, ya no podía retirar sus palabras.

—Si no hay ningún bebé… —Elena se rodeó la cintura con los brazos.

—Entonces no tendrías ningún motivo para permanecer unida a él. Déjalo marchar, Elena. A la larga seréis más felices.

Elena parecía alguien a quien hubieran partido en dos. Ragnar no soportaba ver tanto dolor en su mirada.

—Ven aquí —le ordenó, atrayéndola hacia sí para abrazarla sin importarle quién pudiera estar viéndolos.

—Ya le he perdido ¿verdad? —sollozó ella.

—A mí no me has perdido —él le acarició los hombros. Eso no sucedería jamás. Se negaba a sentirse culpable por ofrecerle consuelo. Las lágrimas de Elena le empapaban la túnica, pero no le importó.

Cuando ella al fin se marchó, el guerrero tenía la firme convicción de que acudiría en busca de la partera. E, independientemente de cuál fuera la respuesta, no cambiaría el hecho de que seguía enamorada de Styr.

Elena no acudió a la partera. No hubo necesidad.

Pues aquella tarde había empezado a sangrar. Sabía que Ragnar había estado en lo cierto. No había ningún bebé, jamás lo había habido. La certeza le produjo una profunda tristeza y permaneció el resto del día en la cama, mirando fijamente la pared. Allí fue donde la encontró Styr, en una casa a oscuras y con la hoguera reducida a unos pocos rescoldos.

Aunque había limpiado el desorden, no se había preocupado de preparar la cena. Cuando Styr entró en la casa y la vio, comprendió que algo iba mal.

—¿Qué sucede? —preguntó.

—El bebé —Elena sacudió la cabeza y retiró la manta.

El bebé que nunca había existido. El mero hecho de pronunciar las palabras resultaba muy doloroso. Le había roto el corazón saber que su sueño jamás se haría realidad. Seguía siendo estéril y quizás siempre lo sería.

—Estaba equivocada —explicó ante la expresión de espanto de Styr—. Nunca hubo un bebé. Empecé a sangrar hoy —un sollozo la interrumpió—. La partera dijo que, a veces, cuando está sometida a algún peligro o emoción fuerte, una mujer puede no tener el periodo.

Y desde luego ella había estado sometida a ambas cosas, y no por primera vez. Pero nunca le había faltado el periodo y por eso había estado convencida de estar embarazada. No pudo evitar preguntarse si habría ofendido a los dioses o hecho algo para merecer ser estéril.

—Deseaba tanto ese bebé —Elena se abrazó con fuerza a Styr, que la rodeó con sus brazos.

—Lo sé.

La voz de su esposo era de pesar y ella supo que lo sentía de veras. Aunque no la amara, sí sentía cariño por ella. Elena siguió abrazada a él mientras lamentaba tantas ocasiones en las que lo había rechazado. Sobre todo momentos en los que había deseado compartir el lecho con ella.

Había estado tan obsesionada con tener un hijo que había perdido la alegría por la unión.

La culpa era toda suya, no de él.

—Además, no he sido una buena esposa para ti, no del modo en que debería haberlo sido —y no solo por los momentos que había pasado con Ragnar, era por todo—. Intenté mantenerlo todo limpio y ordenado, pero no era suficiente.

Al fin había comprendido que a Styr no le importaba si la casa estaba limpia y organizada. Él nunca había comprendido que era su modo de controlar al menos un aspecto de su vida, dado que no podía controlar su capacidad para tener hijos. Era algo que siempre le había molestado, aunque Styr nunca se lo hubiera manifestado.

Elena miró a los ojos cargados de tristeza de su esposo. Styr era un buen hombre que merecía ser feliz. Recordó cómo había mirado a la mujer irlandesa, como si hubiera perdido la mejor parte de sí mismo. Y le había dolido comprender que nunca la había amado así a ella. Ni una sola vez en cinco años.

—Nunca me importó la casa —Styr le frotó la espalda, lo cual no hizo más que empeorarlo todo.

Elena no quería su amabilidad. Podía soportar la ira y la frustración, pero no al hombre que de repente se había vuelto tierno y cariñoso.

—Tú querías viajar a ultramar —continuó ella—. Y yo nunca te dejé marchar.

Al estallar el conflicto sobre quién sería el siguiente jefe del clan, Styr había optado por llevársela lejos de su hogar en lugar de enfrentarse a su hermano mayor, el futuro *jarl*.

Elena tenía miedo a viajar porque odiaba navegar. Pero lo había acompañado a Irlanda en un último esfuerzo por hacerle feliz. Quizás si le permitía perseguir sus sueños, cruzar el mar a tierras lejanas, no se sentiría culpable por haber abandonado su hogar.

—Sabía que no deseabas viajar conmigo. Y si no estaba en casa, jamás concebiríamos un hijo —Styr se encogió de hombros quitándole importancia.

—Era tu sueño, no el mío —admitió Elena—. Debería haberte dado mis bendiciones, pero tenía demasiado miedo de quedarme sola.

Un escalofrío le recorrió la columna, haciéndole cuestionarse su valor. Ya no deseaba seguir llevando esa vida. No quería vivir en las sombras, siendo la esposa que él había conservado a su lado por honor, no por amor.

Ella quería un hombre que la mirara como su esposo había mirado a Caragh.

Se apartó y miró a Styr a los ojos. Ese hombre había permanecido junto a ella muchos años, manteniendo unidas a ambas familias. Pero no la amaba. Nunca la había amado.

El dolor era más profundo de cualquiera que hubiera sentido jamás, pero era la verdad. Styr no hubiera deseado regresar con ella. Había sido feliz con la mujer irlandesa, feliz como jamás había sido con ella.

Tenía de dejarle marchar.

—Todavía te amo, Styr —Elena le acarició una mejilla, deseando que hubiera algún modo de recomponer las vidas rotas durante todos esos años.

Su esposo no contestó y ella no quiso mentiras ni palabras de consuelo.

—No digas nada. Te conozco desde hace mucho tiempo y sé que no sientes lo mismo por mí. Ya no —las lágrimas rodaron por sus mejillas. Era muy consciente de lo que estaba a punto de perder. Cinco años era mucho tiempo.

No le había mentido. Seguía amando a Styr, lo suficiente para hacer lo que tenía que hacer. Tomar la decisión de dar por terminado el matrimonio y dejarle libre. En su corazón vibró un temor, pues sabía que se pondría furioso con ella. Pero era la única posibilidad de que fueran felices.

—Hemos vivido buenos momentos —susurró ella con una sonrisa que no sentía.

—Cierto —Styr le acarició los cabellos—. Y volveremos a vivirlos.

No. Ya era demasiado tarde. Styr sufría, no solo por la pérdida del hijo que jamás habían concebido, también por Caragh, la mujer que le había robado el corazón.

Elena sintió por un instante que le fallaban las fuerzas, pero tenía que hacerlo antes de cambiar de idea. Era lo mejor para los dos.

—¿Me acompañas? —preguntó rezando para que él no adivinara lo que estaba a punto de hacer.

Styr asintió y le tendió la mano, y Elena lo llevó hasta la casa de Ragnar pues sabía que era allí donde debían estar. Rodeado de sus amigos iniciarían una nueva vida. Solo podía esperar que Styr no la despreciara cuando todo hubiera terminado.

La casa olía a madera fresca y Elena pasó la mano por la pulida superficie de los troncos.

—Estará terminada en unos pocos días —observó Styr.

Elena no contestó y abrió la puerta con el corazón desbocado. En el interior encontraron a Ragnar junto a sus amigos, sentados a una larga mesa. El guerrero llevaba una túnica de cuero y unas calzas. Los cabellos castaños enmarcaban la fuerte mandíbula y los ojos verdes.

Unos ojos que la miraban fijamente con un profundo deseo. Elena se quedó paralizada, atrapada por la intensidad, pero uno de los hombres dijo algo y Ragnar se volvió hacia él.

Sobre la mesa había una fuente con faisán y jabalí asado, y jarras de cerveza. Los hombres habían estado contando historias y riendo, pero la discusión se había apagado con la llegada de Styr y su esposa.

El corazón le latía con tanta fuerza que la sangre resonaba en sus oídos. Era consciente de que su esposo sentía curiosidad por el motivo de que lo hubiera llevado hasta allí. A lo mejor pensaba que era para pasar un rato con los amigos, pero la realidad era muy distinta.

«Tienes que hacerlo», se animó a sí misma.

—Os quiero pedir una cosa —comenzó ella con

calma, gozando de toda la atención de los hombres, y también de Styr, que asintió brevemente—. Quiero que seáis testigos.

Aunque temía mirar a su esposo a los ojos y ver reflejada la ira en ellos, Elena se obligó a enfrentarse a él y alzó la voz para que todos pudieran oírle.

—Llevo cinco años casada con Styr. En todo ese tiempo he sido estéril y no es justo obligar a este hombre a seguir unido a mí en matrimonio.

Elena soltó la mano de su esposo y con el corazón compungido pronunció las palabras.

—Yo me divorcio de ti, Styr Hardrata, en presencia de estos testigos.

Y, tal y como exigía la fórmula, lo repitió tres veces.

Once

Styr la miró perplejo y, al igual que el resto de los presentes, guardó silencio. Elena miró a Ragnar, pero su expresión era indescifrable. No sabría decir si le importaba o no.

Lo mejor sería marcharse de allí y regresó a la casa que había compartido con Styr. Le invadía una sensación de vértigo. Ya estaba hecho.

Styr no había querido admitir el fracaso, pero ella lo amaba lo suficiente para dejarlo ir. No tenía ningún sentido aferrarse a algo que nunca funcionaría.

—¿Vas a divorciarte de mí? —el que había sido su esposo la alcanzó—. ¿Así sin más, sin una explicación? —sin darle la oportunidad de contestar, continuó— ¿Por qué? ¡Yo creía que querías volver a intentarlo!

No tenía ningún sentido seguir intentándolo cuando el corazón del vikingo pertenecía a otra. Aunque él no lo admitiera, ella lo veía muy claro.

—Ya no somos pareja, Styr. Nunca lo fuimos y por eso los dioses nos negaron los hijos.

Era una posible razón, aunque Elena no estaba del todo convencida. En su corazón, sospechaba que era ella la que tenía un problema.

—¿Tan mal te he hecho sentir? —preguntó él.

—¡Sí! Y no me digas que yo no te he hecho lo mismo a ti —Elena se situó frente a él, furiosa. Intencionado o no, lo cierto era que Styr la había hecho sentir muy desgraciada cada vez que la miraba con gesto de desilusión. Cada vez que se había mantenido en silencio cuando ella había intentado amarlo.

—Lo intentaste —ella se sujetó las manos para evitar que temblaran—. Ambos lo intentamos, pero tú nunca fuiste feliz. Y las cosas no deberían ser así.

Al menos no para él. No cuando tenía una mujer que lo adoraba. Una mujer a la que deseaba. Jamás olvidaría cómo la había abrazado.

—Me fijé en cómo la mirabas, Styr. Vi cómo se abrazaba a ti. Ella te ama. Y tú la amas como jamás me has amado a mí.

Elena sentía de nuevo ganas de llorar, pero en esa ocasión la causa era un agudo dolor que le oprimía el corazón. Styr se le acercó por detrás y la abrazó, pero no era el abrazo de un hombre que lamentara lo que ella acababa de hacer. En ese abrazo había gratitud.

Él jamás se habría divorciado de ella. Habría vivido

el resto de su vida soñando con alguien a quien no podía tener. Y por ese motivo estaba convencida de haber tomado la decisión correcta. Al menos uno de los dos conseguiría ser feliz.

—Quiero que vayas a buscarla —susurró—. Cásate con ella si es la mujer que amas. Y quizás así podrás tener los hijos que yo jamás podría darte.

—¿Y tú qué harás? —preguntó él en tono compasivo.

—De momento me quedaré aquí —Elena se volvió hacia él—. Después ya veré.

Styr le secó las lágrimas y la condujo hacia la cama, animándola a sentarse, pero Elena prefirió el suelo y él la acompañó.

—Siento no haber sido el marido que necesitabas —admitió al fin.

Resultaba extraño que fuera él quien se disculpara. Ambos habían cometido errores, pero ella jamás había esperado que Styr los admitiera.

—Tampoco fue tan malo —le aseguró ella—. Vivimos algunos momentos buenos.

Los primeros años habían resultado extraños, pero tiernos. Styr había intentado ser un buen esposo, haciéndole regalos y construyéndole una casa propia. La vida había sido agradable, aunque no hubiera gozado del amor de su esposo.

—¿Estás segura de que es esto lo que deseas hacer? —insistió Styr—. ¿Quieres el divorcio?

—Ya lo he hecho, Styr —a pesar de las lágrimas,

Elena consiguió sonreír—. No necesito tu permiso para declararlo ante testigos.

Aun así, suavizó el tono de sus palabras al apoyar la cabeza contra su hombro. Entre ellos se hizo el silencio, pero ya no era un silencio cargado de ira o reproches. Era un momento tierno de un matrimonio que había llegado a su fin.

Al cabo de un rato, Styr se levantó y rebuscó entre sus pertenencias antes de regresar con un pequeño objeto.

—Te compré esto antes de abandonar Hordafylke.

En la palma de su mano descansaba un pequeño peine de marfil con la imagen de la diosa Freya grabada. Ella lo tomó y se peinó los cabellos con él.

—Es precioso.

Era un regalo inesperado, y ella supo que sería el último. Mientras contemplaba el marfil, decidió compartir los recuerdos de su vida en común, pues había habido muchos buenos momentos.

—La mañana de nuestra boda estaba aterrorizada. Las mujeres me habían advertido de que no me gustaría la primera vez. Pensé que me harías daño —ella sonrió tímidamente—. Debería haber sabido que tú jamás le harías daño a una mujer.

—No, y sigo sin querer hacértelo —admitió él—. Incluso tras conocer a Caragh, te fui fiel.

—Pero ella te hace feliz de un modo que yo jamás logré —Elena apoyó una mano sobre el corazón del vikingo. Le avergonzaba decirlo, pero quería que se marchara de esa casa sin ningún sentimiento de culpa. Ambos tenían derecho a un nuevo comienzo.

—Tú también me hiciste feliz, aunque de otro modo —Styr la abrazó y le acarició los cabellos—. Quiero que vuelvas a casarte, pero que no sea un matrimonio concertado como el nuestro. Cásate con un hombre de tu elección.

Elena sabía que las palabras de Styr tenían por objeto hacerla sentir mejor. No le cabía duda de que, en cuando pudiera, iría en busca de Caragh O'Brannon para casarse con ella. Sin embargo, ella primero tenía que decidir qué quería hacer con su vida.

No quería regresar a Hordafylke. Allí tendría que explicarles a todos que se había divorciado de Styr y por qué. A pesar de haber sido ella quien había tomado la decisión, no deseaba ver sus miradas de compasión.

Styr empezó a rememorar los detalles felices de su matrimonio. Momentos en los que habían sido jóvenes y aprendido juntos cómo ser marido y mujer. Pero ella lo percibió como lo que era, simpatía.

Elena le dejó hablar, incluyendo de vez en cuando algún recuerdo suyo también. Sin embargo, en su interior la inquietud se hacía cada vez mayor. Su orgullo estaba destrozado y necesitaba hacer algo drástico. Necesitaba sentir que alguien la deseaba.

No podía permanecer allí con un hombre que no la quería, reviviendo los recuerdos de un matrimonio fracasado. Si se quedaba, sucumbiría a las lágrimas de la humillación. Tenía que marcharse de allí. No pretendía deambular sola por las calles de Dubh Linn, sabía exactamente adónde ir. Ragnar nunca la rechazaría.

Una repentina tensión se apoderó de su estómago al recordar la caricia prohibida que habían compartido. Esa caricia jamás debería haber tenido lugar. Esa caricia le había provocado un intenso deseo.

Styr empezaba a quedarse dormido y Elena le animó a que se tumbara en la cama. Él obedeció mientras ella permanecía sentada en el suelo. En cuanto estuvo dormido, salió de su hogar. Pasaba de la medianoche, pero no estaba cansada. La inquietud se había transformado en deseo. Aunque no sabía qué le iba a decir a Ragnar, necesitaba que la besara de nuevo. Necesitaba sentir que alguien la deseaba, ya que su esposo no lo hacía.

Ragnar era un buen amigo. Un hombre en quien podía confiar.

Tan solo rezaba para que no la rechazara.

Ragnar dio un respingo ante el contacto de los labios de una mujer. Elena se había deslizado junto a él. Lo supo por el aroma de su piel y por la timidez del beso.

—¿Qué haces aquí? —preguntó en un susurro. Faltaban pocas horas para el amanecer y varios de sus compatriotas dormían a su alrededor.

—No me rechaces —ella le acarició el rostro—. Hoy no puedo dormir en mi casa.

A Ragnar le sorprendió que Elena no hubiera echado a Styr de la casa, era a él a quien había esperado ver aparecer y cuanto más tiempo pasaba, más se había preguntado si Styr no le habría hecho cambiar de idea.

—Va a regresar junto a la mujer irlandesa —le explicó ella—. Con mis bendiciones.

Las palabras estaban cargadas de dolor y cuando enterró el rostro en el pecho del guerrero, él supo que no podría echarla de allí. Necesitaba un refugio y él se lo iba a proporcionar.

—Te conseguiré una cama —susurró.

—No —Elena lo agarró y lo miró a los ojos—. Esta noche quiero dormir contigo.

La intención se hizo evidente cuando lo volvió a besar, pero en esa ocasión le produjo una emoción diferente. Estaba intentando que él le correspondiera.

Los cálidos labios de Elena se movían contra los suyos, la lengua le acariciaba los labios. Y el deseo de reclamarla como suya, de tomar esos labios que lo habían atormentado durante años se hizo más fuerte que nunca.

Sin embargo, sabía muy bien por qué estaba allí. La cruda realidad era que ella no lo deseaba, lo estaba utilizando para olvidar a su esposo. Había acudido a él en busca de alivio y, aunque su cuerpo se regocijaba por ello, su mente reaccionaba airada.

Ragnar le devolvió el beso, pero no como lo habría hecho un amante. Se convirtió en un agresor. Elena quizá pensara equivocadamente que iba a obtener lo que deseaba, pero se negaba a ser el sustituto del hombre al que deseaba realmente en su cama.

Su intención había sido la de espantarla, pero ella reaccionó con un profundo suspiro entrelazando su lengua con la de él. Estaba excitada, Ragnar lo notaba por el modo en que su piel se calentaba ante el contacto con su mano y su espalda se arqueaba.

Elena hundió los dedos en los cabellos del guerrero, que se puso duro al instante. Podría tomarla allí mismo sin que nadie se enterara. No tenía más que levantarle la falda y deslizarse entre sus piernas. Ella se lo permitiría, pues eso era lo que buscaba. Podría silenciar sus gemidos. La idea de unirse a la mujer que había amado desde hacía tanto tiempo era una tremenda tentación.

«Pero ella no te desea», le recordó la voz de la razón. «Te utiliza para olvidar su dolor».

Cuanto más pensaba en ello, más se enfurecía. Ragnar no quería ser su vía de escape. Si hubiera acudido a él porque sintiera algo realmente, habría podido considerarlo. Sin embargo, la apartó bruscamente.

—Tú no quieres esto, Elena.

—Sí lo quiero —respondió ella con la respiración agitada—. Esta ha sido la peor noche de mi vida y solo me apetecía estar contigo.

Que los dioses lo ayudaran, porque deseaba creer a Elena.

—Ven conmigo —en la oscuridad, le tomó una mano.

Ragnar no quería tomarla allí, rodeada de los suyos, y la condujo al exterior, hasta el cobertizo donde guardaba las herramientas. Era un lugar oscuro y cerrado donde nadie podría verlos.

—Hazme olvidar todo esto —suplicó ella abrazándolo con fuerza.

En sus labios él saboreó la desesperación mezclada con el anhelo de una mujer solitaria. De ser un hombre despiadado, aceptaría su ofrecimiento. Aquella noche por fin podría saborearla y conocer el placer de amarla.

Sin embargo, él no era ese hombre. Y no quería que la primera vez con Elena fuera así.

—No —Ragnar dio un paso atrás—. No estás pensando con claridad.

—No quiero pensar siquiera.

—No permitiré que nos compares —contestó él bruscamente, sin importarle lo duras que pudieran resultar sus palabras—. No quiero ser el hombre al que utilices para olvidar tus problemas. Te mereces algo mejor que eso, Elena.

—Ragnar, esa no ha sido mi intención —ella suspiró y le ofreció sus manos.

—Sí lo ha sido y lo sabes —él la empujó contra la pared, permitiéndole sentir su fuerte erección—. Si me deseas no quiero que sea porque necesites borrar el recuerdo de otro hombre. Sobre todo cuando ese hombre es amigo mío.

—Lo siento —susurró ella apoyando una mejilla contra su pecho—. Es que… él nunca me quiso. No era más que un deber y un medio para concebir un hijo. Nunca fue por deseo —avergonzada, agachó la cabeza—. Siempre pensé que había algo mal en mí.

—Mírame —le ordenó él. El aroma de esa mujer y la tentación de su cuerpo empezaban a desarmarle—. No hay nada malo en ti. Sois dos buenas personas y no estabais hechos el uno para el otro.

—¿Entonces para quién estoy hecha? —preguntó ella—. No siento lo que siente una mujer normal. No disfruté con mi matrimonio y ni siquiera conseguí un hijo que lo llenara de felicidad.

Ragnar le acarició el rostro y sintió la humedad de las lágrimas.

—No lo hagas, *kjære* —que Freya le perdonara, pero no soportaba verla llorar—. Conmigo no.

Se inclinó para besarla. Era un gesto que solo

pretendía consolarla, pero Elena deslizó las manos bajo la túnica y le acarició el cuerpo desnudo antes de ayudarle a quitarse la prenda.

—¿Por qué no te has casado nunca, Ragnar? Cualquier mujer sería feliz teniéndote como esposo.

Porque no la había podido tener a ella. Elena era la única mujer que había deseado y, aunque su cuerpo se moría por poseerla en ese mismo instante, sabía que perjudicaría lo que había entre ellos.

—¿Quieres que te lleve de vuelta a la casa? —preguntó, ignorando la pregunta de ella. Aún era pronto para desvelarle sus más íntimos pensamientos.

—Todavía no —Elena dio un paso atrás y se oyó el susurro de una prenda al deslizarse—. No era mi intención utilizarte esta noche, Ragnar.

—De haberlo hecho, lo habrías lamentado por la mañana.

—Quizá, pero quería que supieras que, cuando me besas, me siento amada —ella lo abrazó de nuevo.

Ragnar dio un respingo al sentir los pechos de Elena contra su piel. Por todos los dioses, se había descubierto de cintura para arriba. Sentía los erectos pezones y eso bastó para que perdiera todo sentido del honor.

Elena había acudido a él para seducirlo, eso era evidente. Pero no estaba dispuesto a que ella tomara el mando.

—Es tu última oportunidad para marcharte —susurró él mientras le acariciaba la espalda—. Si te quedas, harás lo que yo te ordene. Y voy a reclamar tu cuerpo, lo quieras o no.

«Loados sean los dioses». La tormenta de sentimientos que la invadió era justo lo que necesitaba. Elena sabía bien lo que sucedía entre un hombre y una mujer, y no lo temía. Styr nunca le había hecho daño y, por momentos, las sensaciones le habían resultado agradables.

Sin embargo, en los dos últimos años, la obsesión por concebir un hijo le había privado del placer del acto.

Aquella noche sería diferente. Simplemente la sensación del cuerpo de Ragnar contra su piel había despertado en ella un anhelo que no podía negar. El guerrero la besó apasionadamente, exigiendo su rendición.

Elena le correspondió intentando que comprendiera el motivo por el que se encontraba allí. Estaba harta de sentirse como una sombra, ignorada.

Los labios de Ragnar se deslizaron por su delicado cuello, acercándose a los pechos. Elena necesitaba sentir el cálido aliento sobre los pezones, sentir el deseo masculino.

Sin embargo, él trazó círculos a su alrededor sin darle lo que pedía. La proximidad de esos labios era una tortura que se reflejaba entre las piernas, donde la humedad se acrecentaba por momentos. Arrancándose el resto de la ropa quedó desnuda ante él. Quería que dispusiera de ella, perderse en el momento.

—Tranquila —le ordenó él—. Tenemos tiempo.

Pero ella no quería que se tomara su tiempo. Quería un acoplamiento rápido, liberar la tensión y la frustración que sentía en su interior. Estaba a punto de decírselo, cuando Ragnar deslizó la lengua sobre un pezón.

Fue como si le hubiera pegado un latigazo. Elena se estremeció. Nunca había experimentado una reacción tan violenta.

Ragnar imitó el gesto sobre el otro pecho, atormentándola con su ardiente aliento. Las manos se deslizaron hacia las caderas y le separó las piernas.

—Quiero que grites mi nombre ante de colmarte —murmuró contra su oreja—. Te quiero tan dispuesta que tiembles.

Las palabras no hicieron más que aumentar la excitación y cuando se inclinó para tomar un pezón en su boca, Elena sintió cómo hundía los dedos en su interior.

La impresión hizo que le fallaran las rodillas y hundió las uñas en los hombros de Ragnar para sujetarse.

—Aún no —concluyó él mientras la penetraba con sus dedos, retirándolos después—. Viniste a mí. Deseabas esto, pero será como yo decida que sea.

Elena le soltó las calzas. Necesitaba sentir su cuerpo, duro y poderoso, que ya le estaba provocando los temblores que había vaticinado.

La anticipación alimentó su imaginación mientras él la besaba y la volvía a penetrar con dos dedos mientras le acariciaba la delicada feminidad con el pulgar.

Aquello resultaba embriagador. No debería estar allí con él, así no, sintiéndose tremendamente culpable al obtener placer de una caricia prohibida. Se inclinó sobre él y separó más las piernas, preparándose para recibir más.

La respiración se volvió entrecortada mientras él seguía torturándola. Introdujo las manos bajo las calzas y fue recompensada con la aterciopelada suavidad de su masculinidad, pero al intentar quitarle la prenda, él se lo impidió.

—Siéntate —le ordenó empujándola hacia un saco de grano—. Aún no he terminado contigo.

Elena obedeció y cuando él dejó de tocarla sintió el frío aire nocturno sobre la piel. Pero también le permitió pensar con más claridad y de repente fue consciente de que acababa de divorciarse y estaba a punto de entregarse a su mejor amigo.

¿En qué la convertía eso? ¿Era esa la mujer en la que se había transformado? Se sentía incómoda, inquieta por la decisión tomada.

Pero antes de poder reaccionar, la boca de Ragnar se cerró sobre un pezón, chupando con fuerza mientras la llenaba con una mano.

Soplaba y mordisqueaba el pezón mientras la penetraba una y otra vez.

Elena estaba conmocionada, incapaz de comprender el feroz deseo que la poseía. Ragnar gobernaba sobre su cuerpo, despertando una reacción que ella jamás había sentido antes.

—Ragnar, no puedo respirar —ella se estremeció contra él, que redujo el ritmo de la mano mientras ella rezaba para que aquello terminara pronto—. Te quiero dentro —suplicó.

—No me tendrás —contestó él mientras frotaba la sensible protuberancia con fuerza con el pulgar—. Así no. Al menos aún no.

Deslizó los labios sobre su estómago y descendió hasta las caderas.

Los dedos seguían dentro de ella y su imaginación estalló ardiente mientras sentía la boca acercarse más y más. Y cuando la lengua acarició su intimidad, se deshizo, retorciéndose en un clímax que la desgarró.

—¡Ahora, Ragnar! —insistió ella mientras lo besaba.

—No —él interrumpió el beso y la miró con los ojos entornados.

Elena le vio ajustarse las calzas y comprendió que no le iba a hacer el amor. Le había ofrecido una desgarradora muestra de cómo sería compartir el lecho con él, nada más.

Se sentía confusa, pues le había permitido liberarse salvajemente sin pedir nada a cambio.

—No permito que ninguna mujer me utilice, *søtnos* —le murmuró él al oído—. Ni siquiera tú.

Doce

Durante los días que siguieron, Ragnar continuó con la construcción de la casa. El trabajo le permitía distraer sus pensamientos de Elena. Sentía un gran remordimiento desde la noche en que la había tocado, a pesar de que el matrimonio ya se había roto. Debería haberla apartado de su lado desde el instante en que había acudido a él.

Pero no había podido ignorar tantos años de deseo y había sido incapaz de rechazarla, sabiendo que necesitaba consuelo. Sin embargo, no debería haber permitido que las cosas fueran tan lejos. Además, Elena había empezado a evitarle, como si lamentara lo que habían hecho. Ninguno de los dos había pensado con claridad aquella noche y Ragnar no sabía qué hacer.

Durante las últimas semanas había soñado con el día en que fuera libre para poder amarla, pero el tiempo había pasado y las barreras, aunque invisibles, no se habían levantado. No quería hacerse ilusiones de que ella hubiera superado la pérdida de su esposo.

Le llevaría tiempo decir adiós a cinco años y, aunque había acudido a él aquella noche, sabía muy bien que no lo deseaba.

Cinco años atrás

Elena contemplaba el mar desde la punta del fiordo. Y Ragnar la contemplaba a ella.

Llevaba los cabellos rojizos recogidos en trenzas que le llegaban hasta la cintura. El sobrevestido verde, sujeto a los hombros con broches dorados, acentuaba su delgada figura.

—Acércate —le animó ella con una sonrisa que no logró ocultar la ansiedad que sentía.

Un día más y estaría casada con Styr. Cada vez que lo pensaba, Ragnar sentía que la vida se le escapaba.

—Estoy nerviosa por lo de mañana —admitió ella—. Sé que es una tontería, ya que conozco a Styr desde hace muchos años —se cruzó de brazos frotándose los hombros.

—Será un buen esposo —Ragnar asintió. Su amigo era el segundo hijo del *jarl* y, seguramente, sería el futuro líder del clan—. No tienes nada que temer.

Ella le tomó la mano y lo condujo por el borde del lago. Aunque no era más que un gesto amistoso, invitarle a pasear con ella, tocarle la mano, le produjo una sacudida de fuego que le alcanzó el corazón.

—Sé que debería estar contenta por la boda —continuó Elena—. Es atractivo y creo que lo amo, pero es que… —se encogió de hombros—. Me intimida.

Y sin embargo con él nunca había tenido ese problema. Ragnar sentía una gran frustración. Era un guerrero, igual que Styr, un luchador fuerte capaz de vencer a cualquiera con su espada.

—¿Y yo no te intimido? —bromeó.

—Pues claro que no —Elena se sonrojó y desvió la mirada—. Somos amigos y tú nunca me harías daño.

—Pero puedo resultar muy intimidante —insistió él acercándose a ella.

—Para algunos —Elena sonrió y echó la cabeza hacia atrás ante la elevada estatura del guerrero, tanto que él tuvo que agarrarla para que no se cayese.

—Styr te cuidará bien. De lo contrario lo mataré.

Continuaron caminando hasta alcanzar un grupo de piedras dispuestas en círculo alrededor de una charca.

—Se lo diré de tu parte —rio Elena, aunque parecía algo azorada e intranquila.

—Hay algo más que te preocupa —Ragnar se acercó a ella y elevó la vista al cielo.

—Sí —ella no quiso mirarlo, aunque asintió.

—Adelante —el guerrero aguardó, aunque no estaba seguro de querer oírlo.

—Tengo miedo de no agradarle —al fin ella suspiró y se volvió hacia su amigo—. Sé que no siente lo mismo por mí —se sonrojó violentamente y sacudió la cabeza—. No puedes ayudarme con eso.

—No tienes que casarte con él —soltó Ragnar bruscamente. «Podrías casarte conmigo». Por suerte, consiguió controlar el impulso de pronunciar las últimas palabras.

—Mi padre se pondría furioso si no lo hago. Firmaremos una gran alianza.

—Una alianza que no tiene por qué alcanzarse por medio de tu matrimonio. Alguna de tus hermanas podría casarse con él.

—No, ya se han hecho todos los preparativos —Elena sacudió la cabeza—. Mi padre ha invertido mucha plata en la fiesta. Se va a producir, esté o no preparada para ello.

Ragnar le tomó una mano. «Díselo», le urgió la voz de la razón. «Dale otra opción en lugar de permanecer callado».

Sin embargo, se limitó a entrelazar los dedos con los de ella. Se le acababa el tiempo. Si no decía nada, ella se casaría al día siguiente con su mejor amigo. Estaba dividido entre su propio deseo y lo que pensaba sería mejor para ella. Elena se merecía un hombre de alto linaje y riqueza, no a alguien como él, que solo servía para empuñar una espada.

—Siempre hay otra opción, Elena —Ragnar le soltó la mano y se hundió en los ojos verdes como el mar. Quería que supiera que siempre estaría allí para ella.

Elena palideció, pero no apartó los ojos de los suyos. Sus labios se entreabrieron y el guerrero se preguntó si le permitiría besarla, demostrarle que las palabras adecuadas estaban enterradas bajo años de frustración.

Ragnar apoyó las manos sobre una piedra, dándole la oportunidad de marcharse. El corazón latía acelerado y percibía que la respiración de Elena era entrecortada, como si tuviera miedo de lo que pudiera haber entre ellos.

Ninguno de los dos habló y Ragnar sospechó que si hacía un solo movimiento, la situación estallaría en pedazos.

—Ragnar —susurró ella acariciándole la mejilla.

La calidez del contacto despertó un deseo que el guerrero había contenido durante años. Deseaba a esa mujer con todas las fibras de su ser.

—¡Elena! —llamó alguien.

El hechizo se había roto y ella lo empujó a un lado, apartándose de las rocas. Ragnar cerró los ojos, maldiciéndose por no haber hablado. Había perdido su última oportunidad.

—Ahí estás —Karl, el padre de Elena, se aproximaba a ellos acompañado de Styr—. Antes de la boda, creo que deberías pasar un último día con tu prometido. He dispuesto todo lo necesario —la mirada que dirigió a Ragnar no necesitó de palabras.

—Esta noche, nuestros hombres celebrarán una fiesta por mi última noche de soltería —Styr, por el contrario, saludó afectuosamente a su amigo—. Vendrás ¿no?

Ragnar asintió. La idea de emborracharse hasta perder el sentido resultaba muy tentadora.

—Adelante pues —insistió Karl—, quiero hablar con Ragnar sobre los preparativos.

El hombre más mayor esperó a que los novios se hubieran marchado y no pudieran oírle.

—Aléjate de mi hija o me encargaré de que te muelan a latigazos.

—No puedes hacerme nada —Ragnar se irguió y apoyó una mano en la empuñadura de la espada. Si Karl se atrevía a amenazarlo, no dudaría en defenderse.

—¿Y a quién van a creer? —el otro hombre sonrió—. Soy un respetado líder, y amigo del padre de Styr. El *jarl* no permitirá que nadie interfiera en este matrimonio. Podría alegar que me has robado, o quizás que has deshonrado a alguna de mis otras hijas. Mis palabras tienen más poder del que tú tendrás jamás.

El padre de Elena escupió al suelo.

—Tu vida no vale más que este escupitajo, Ragnar Olafsson. Jamás te acercarás a ninguna de mis hijas.

Una profunda ira creció dentro del guerrero, que deseó poder aplastar la mandíbula de aquel hombre con su puño.

Pero era el padre de Elena y no podía poner una mano sobre él, no podía arriesgarse a ganarse el odio de la mujer que amaba. Cerró los puños con fuerza y luchó por contener su rabia. Necesitaba soltar toda la violencia que bullía en su interior y en cuanto Karl se hubo marchado corrió por la orilla del lago, atravesó el asentamiento y llegó hasta la casa de su padre.

Pero ni siquiera el ejercicio logró disminuir el odio que sentía. Le asqueaba ser tratado como un marginado. Había entrenado duro y podía utilizar cualquier arma con maestría.

Agarró un hacha que descansaba junto a un montón de leña y empezó a cortar troncos, pero el rítmico movimiento del trabajo no consiguió calmar la tormenta que bullía en su interior.

«No es suficiente», cantaba el tronco mientras era mordido por el hacha.

El sudor caía de su frente y sus músculos estaban tensos por el esfuerzo.

La puerta de la casa se abrió y su padre entró tambaleándose con una taza en la mano.

—Te he visto ahí fuera con Elena —habló su

progenitor—. Está prometida a Styr. Jamás lo abandonará por alguien como tú.

—No somos más que amigos —Ragnar clavó el hacha en un tronco y se volvió hacia Olaf.

—¿En serio? —Olaf lo miró con dureza—. ¿No será que quieres robársela porque crees estar enamorado de ella?

Ragnar olía la bebida en el aliento de su padre. Pero cuando el puño del hombre más mayor se dirigió hacia su rostro, interceptó el golpe con el brazo y le propinó un puñetazo en la cabeza.

Olaf estalló furioso, pero su hijo agradeció poderse pelear. Durante años había sido demasiado joven para defenderse. Demasiado débil para protegerse de los golpes que le habían roto las costillas y la nariz.

En aquella ocasión devolvió cada golpe, vengándose por tantos años de ira contenida. Luchando por ese chico que había sufrido en silencio, sabiendo que nadie iba a molestarse en detener al hombre que le pegaba.

Sus manos estaban teñidas con la sangre de su padre, pero la crudeza del pasado borraba todo lo demás. No oía nada, no veía nada excepto al hombre que lo había maltratado. No existía nada salvo el insensato intercambio de golpes.

—¡Ragnar! —Elena corrió hacia él, pero ni siquiera ella pudo parar la destrucción que se había desatado.

Ya no le importaba lo que le pudiera suceder. Su propio padre lo odiaba y Ragnar por fin iba a vengarse. Su puño chocó contra un hueso y fue levemente consciente de que su padre yacía sobre el suelo, inmóvil.

Styr lo agarró, pero Ragnar luchó por soltarse.

—No lo hagas —le aconsejó su amigo—. Ya está casi muerto.

Muerto. La palabra lo paralizó como una garra. Disipada la niebla de la ira, vio a Elena mirándolo como si fuera un monstruo. El rostro de su padre estaba cubierto de sangre y Ragnar contempló incrédulo sus propias manos.

Por todos los dioses ¿qué había hecho? Apenas se reconocía a sí mismo y, cuando Elena se acercó a él, dio un paso atrás.

—¿Estás bien? —susurró ella.

—Aléjate —Ragnar no se fiaba de sí mismo. Jamás había sufrido una ira tan incontenible. Sus manos temblaban y comprendió la innegable certeza. Acababa de convertirse en el hombre que había sido su padre.

Violento. Dominado por una irrefrenable ira.

—Ve en busca de una sanadora —le ordenó Styr.

Ragnar apenas podía moverse y, cuando su amigo lo alejó del lugar, casi no oyó sus palabras.

—Juraré ante cualquiera que él alzó el puño primero. Se lo merece después de tantos años de palizas a las que te ha sometido.

Pero Ragnar solo podía sacudir la cabeza. Había

luchado movido por la ira y la frustración. La culpa era suya y no se atrevía a mirar al *jarl* a los ojos.

—Me marcharé.

Pero sus amigos no se lo habían permitido.

Olaf había muerto pocos días después. Ya fuera por las heridas o de enfermedad, o por lo mucho que bebía, poco importaba. Desde ese instante, Ragnar había sabido que en su interior albergaba un temperamento violento que escapaba a su control.

Y ese era el motivo por el que no podía estar con Elena. Aunque deseara empezar de nuevo, intentar ser el hombre que ella se merecía, temía que la violencia dormitara en su interior, dispuesta a saltar.

Elena no sabía la clase de persona que era. Ella seguía pensando que era un buen hombre, un buen amigo a quien poder acudir cuando su vida se desmoronaba.

Pero él no era un buen hombre. Un buen hombre jamás la habría tocado íntimamente, aprovechándose de su pena aquella noche.

Ragnar se sintió agradecido cuando Styr regresó a Gall Tír con un puñado de hombres. Al menos ya no tendría que mirarlo a la cara, después de lo que le había hecho a Elena.

Elena atravesó la plaza del mercado. En su mente revivía una y otra vez el momento en que había intentado seducir a Ragnar. Jamás en sus más locos sueños se habría imaginado que pudiera haber tanta pasión entre ellos.

La había saciado plenamente sin reservarse nada para él. Ni una sola vez durante su matrimonio con Styr había sentido tal conexión. Se había deleitado con las caricias de Ragnar, deseándolo todo de él. En su mente reinaba la confusión, pues jamás se había imaginado que podría ser así con un hombre. Sobre todo con su mejor amigo.

¿O ya no era un amigo? Por la gracia de Freya, la había hecho sentirse deseable. Le había despertado sensaciones con las que nunca había soñado y ya no sabía qué pensar. Durante años y años había estado ciega, sin ver al hombre que tenía junto a ella. Aunque no entendía lo que estaba sucediendo entre ellos, la línea de la amistad había sido quebrada.

La vergüenza teñía sus mejillas pues había buscado que yaciera con ella, que le hiciera sentirse deseable, y eso no era justo para él. Aquella noche, prácticamente la había echado de su casa, asegurándole que no permitiría que lo utilizara.

Y desde entonces la evitaba.

Elena sabía el motivo. Aun así no quería marcharse, comportarse como si nada hubiera sucedido. Quería estar con Ragnar, intentar encontrar algún sentido a la maraña de pensamientos que poblaba su mente. Se habían unido mucho durante los días que habían estado aislados y ella había llegado a depender de él. Y después de encontrarse nuevamente sola, no quería que su amistad terminara por culpa de un estúpido impulso.

Elena terminó sus compras en el mercado, seguida de su compatriota, Hring. Aunque hubiera preferido hacerse acompañar por Ragnar, apenas lo había visto en los últimos días.

El ruido de las voces de los mercaderes discutiendo se mezclaba con el de los animales que atravesaban las calles. Elena vio a dos niños persiguiéndose y sintió de nuevo la vieja envidia. El sueño de ser madre seguía ahí. Todavía quería acunar a un bebé en sus brazos, por mucho que tuviera que esperar.

Alzó la mirada hacia un grupo de gente y vio a muchos niños de rostro famélico. Algunos habían nacido esclavos y apenas contaban con nada que pudieran reclamar como suyo. Otros habían perdido a sus padres en algún asalto.

Se adentró en la ciudad, hacia una zona donde aún olía a humo. Los daneses habían provocado varios incendios allí semanas atrás. Ante la visión de las casas reducidas a cenizas se alegró de no haber estado allí durante el ataque. No se imaginaba siquiera el horror que debía haber sido aquello.

Frunció el ceño al comprender que muchos de esos niños podrían haber quedado huérfanos aquella noche. Y si no les quedaba ningún pariente vivo, necesitarían alguien que cuidara de ellos.

La idea prendió en su interior. Era una posibilidad.

—¿Dónde está Ragnar? —preguntó a Hring.

¿Qué opinaría Ragnar si decidiera acoger a alguno de los huérfanos? Le daría un propósito a su vida, una manera de llenar las interminables horas.

—Está apostando contra algunos irlandeses. Es una buena manera de ganar plata.

Elena frunció el ceño. Aunque Ragnar era un gran luchador, si derrotaba a muchos hombres, también se ganaría muchos enemigos, enemigos que no dudarían en perseguirle para recuperar la plata.

—¿Me llevas junto a él? —le pidió al otro hombre.

Hring asintió y la condujo hasta un grupo de gente que observaba a los luchadores. Elena se abrió paso hasta el frente y vio a Ragnar a un lado, desnudo de cintura para arriba. Su piel estaba untada con aceite y, por la sangre que manaba de su labio, era evidente que ya se había peleado.

Sus miradas se fundieron y no halló ningún rastro de remordimiento en él. Había acudido a aquel lugar en busca de pelea y, a juzgar por el bolso que colgaba de su cintura, había ganado unas cuantas.

Elena ignoró a la gente a su alrededor y se adelantó para hablar con él. ¿Ya había olvidado la flecha que le había herido la pierna? ¿Por qué estaba haciendo eso? Aunque furiosa, se obligó a morderse la lengua.

Al pararse frente a él se sintió repentinamente

pequeña en comparación con el guerrero. Sus músculos eran tan fuertes que no podía abarcarle un brazo con ambas manos. El brillo de la piel llamó su atención y la boca se le secó. Aunque sabía que el aceite tenía por objeto dificultar el agarre, no podía dejar de preguntarse si alguna mujer le había untado el cuerpo con él.

Una sacudida de resentimiento la atravesó y, una vez más, dudó de sus sentimientos hacia ese hombre. No había ningún motivo para estar celosa.

Aun así no podía negar los lazos invisibles que había entre ellos, sobre todo después de la noche en que la había tocado.

—Si has terminado ya, me gustaría hablar contigo —susurró Elena.

—¿Y qué si no he terminado? —Ragnar se cruzó de brazos y ella vio de nuevo los fuertes músculos tensarse en su pecho.

El pulso se le aceleró de frustración, pero alargó una mano y la apoyó sobre el corazón del guerrero. Lentamente, deslizó la palma por la piel aceitada.

—Por favor.

Un leve siseo escapó del vikingo, cuyos ojos emitieron furiosos destellos. A su alrededor, los hombres reían y hacían comentarios groseros. Ragnar les hizo callar sin pronunciar una sola palabra y alargó una mano hasta la nuca de Elena. Pero al alejarla de aquel lugar, esa mano no la empujaba con delicadeza.

Hring les seguía de cerca, pero en cuanto se hubieron alejado de los demás, Ragnar le ordenó que regresara solo a su casa.

—¿Te importaría ponerte la túnica? —Elena se sintió repentinamente incómoda ante él.

—Antes quiero saber por qué me has interrumpido —era evidente que estaba furioso con ella.

Desconcertada, el primer impulso de Elena fue disculparse. Pero eso era lo que hubiera hecho con Styr. Se había resignado a estar en un segundo plano, sin manifestar nunca su opinión.

Esa mujer ya no existía. A partir de ese momento iba a decir siempre lo que pensara, y si a Ragnar no le gustaba, peor para él.

—No deberías luchar contra esos hombres —empezó—. Es peligroso y no quiero que te hieran.

—Estoy acostumbrado, Elena —respondió él mientras la empujaba de regreso a su casa.

—Podrías morir —ella se negaba a calmarse.

—No siempre. A veces, cuando se vierte la sangre, se elige a un vencedor.

Ragnar hacía que pareciera que no había nada que temer, pero ella había presenciado más de una pelea y no estaba dispuesta a dejarse engañar y creer que un hombre podría marcharse andando de todas las batallas.

—No merece la pena arriesgarse por unas costillas rotas o quizás la muerte —insistió.

—Es un modo de ganarme la vida. A no ser que

prefieras que me vaya a asaltar otros poblados y te deje aquí sola —con la mano apoyada en su espalda, la guio entre la gente.

—No quiero que te marches. Pero tampoco creo que debas pelear contra ellos.

Ragnar no contestó y, cuando al fin llegaron a su casa, Elena se paró frente a él.

—¿Por qué lo haces?

—Porque necesito la distracción —la miró con gesto fiero.

Elena sintió que su cuerpo reaccionaba ante las palabras del guerrero. Sabía exactamente por qué necesitaba distraerse. Aunque la pelea le sirviera para soltar la rabia que albergaba en su interior, ella no podía hacer lo mismo.

Y a cada día que pasaba, se encontraba buscando el modo de llenar las horas.

—Luchar es lo que mejor sé hacer, Elena. No soy mercader ni marinero. Yo no soy eso.

Elena lo sabía y era muy consciente de que había seguido entrenando a diario para conservar sus fuerzas y agilidad. En sus ojos vio orgullo. No dudaba en absoluto de su capacidad para la lucha, pero no quería que corriera ese riesgo.

—¿Por qué no construyes casas? —sugirió—. Eres fuerte y se te da bien.

—No, tú eres la que tiene buen ojo para la construcción —contestó él—. No es lo que yo quiero, Elena.

—Estoy preocupada por ti. No quiero que te hagan daño.

—¿Es esa la única razón? —quiso saber él. Su voz se hizo más grave.

—No —susurró ella, atrapada en el hechizo de los ojos verdes.

Ragnar alargó una mano y ambos entrelazaron sus dedos. La calidez del contacto le hizo más consciente de su presencia.

—Jamás desearía que te sucediera nada malo —continuó ella en voz baja—. Y me gustaría que las cosas entre nosotros volvieran a ser como antes.

—Ya has cruzado la línea, *søtnos* —él la atrajo hacia sí—. Nunca volverá a ser igual.

Elena se sonrojó y se mordió el labio. Desde la marcha de Styr, entre ellos había surgido una nueva tensión. Y toda la culpa era suya por buscarle aquella noche. Ya no existía esa camaradería entre ellos. No solo había perdido a su esposo, también a su mejor amigo.

—No malgastes tu compasión conmigo, *kjære*. Haré lo que tenga que hacer.

—No es compasión —insistió ella. Y aunque era probable que se fuera a apartar de su lado, quiso contarle la verdad.

Elena abrió la puerta de su casa y esperó a que él entrara. Tras un momento de duda, Ragnar lo hizo.

El fuego se había apagado y el interior de la casa

estaba fresco. Aun así, la ira que emanaba de Ragnar era como una llamarada. Era evidente que no deseaba estar allí.

Elena dejó la cesta en el suelo y reavivó el fuego. La habitación pareció de repente más pequeña y se le puso la piel de gallina al recordar la otra noche. La silenciosa mirada del guerrero resultaba enervante.

—No me gusta discutir contigo —comenzó ella al fin—. Antes podía hablar contigo de cualquier cosa y, después de todo lo que hemos pasado, no quiero perder eso —alargó una mano y tomó la rugosa palma entre las suyas.

—Tú no quieres un hombre como yo, Elena —la expresión de Ragnar era oscura y estoica.

—Pero tú sí quieres una mujer como yo —de su interior surgió un coraje que jamás habría esperado tener y lo miró fijamente, desafiándolo a que se marchara.

Ragnar dio un paso al frente, acorralándola contra la pared. Pero en lugar de sentir miedo, Elena se sintió hechizada por ese hombre.

No comprendía el poder que ejercía sobre ella, pero era incapaz de apartar la mirada de él. De nuevo sintió aquel repentino escalofrío ante su presencia que le hacía preguntarse qué estaba sucediendo entre ellos.

—Siempre he querido tener una mujer como tú —murmuró él—. Pero tú te mereces algo mejor.

—Creo que me tienes miedo —otra oleada de calor la inundó. No entendía esos tormentosos sentimientos, pero sí sabía que no quería que él se marchara de allí.

—No me debes nada, Elena.

Ella lo miró, comprendiendo que intentaba alejarla de su lado. No quería ni deseaba oír sus opiniones.

Pero sus palabras prendieron en ella la llama de la ira. Lo creyera o no, le importaba lo que le ocurriera.

—Te debo mi vida —contestó Elena—. Te ocupaste de mí cuando nos quedamos aislados y me salvaste de los hombres que intentaron atacarnos.

Dando un paso al frente, continuó.

—Luchar para salvar la vida es una cosa. Luchar por dinero es arriesgarse en exceso —Elena suavizó el tono de voz en un intento por hacerle comprender—. No quiero que te pase nada malo, Ragnar. Eres —buscó las palabras adecuadas—. Eres importante para mí.

—No —Ragnar le sujetó las manos con fuerza y las apartó de él—. Estás sufriendo por haber perdido a tu esposo y buscas a alguien que ocupe su lugar.

¿En serio era eso lo que pensaba? Elena frunció el ceño, ella no quería otro esposo, quería que Ragnar estuviera sano y salvo después de todo lo que habían sufrido juntos.

—Eso no es verdad.

—¿Y qué dices de la otra noche cuando viniste a mí? —él la miró fijamente a los ojos—. ¿Creías que no iba a adivinar por qué estabas allí?

—Acudí a ti en busca de consuelo —Elena estaba harta de sus sospechas—. Pensé que éramos amigos.

—Yo no soy tu amigo, Elena —la voz del guerrero resonó en el silencio como un trueno.

—No —susurró ella. «Eres más que eso».

En su interior se acrecentó la anticipación, los recuerdos de sus caricias. Ante el silencio de Ragnar, ella dio un paso atrás y se hundió en los oscuros ojos verdes.

—Me siento como si no te conociera —admitió Elena—. No como antes.

—Sabes exactamente quién soy —el cuerpo de Ragnar se tensó—. Y sabes lo que he hecho en el pasado.

—Lo que le sucedió a tu padre no fue culpa tuya —Elena le tomó el rostro entre las manos—. No te culpo por ello.

Ragnar se apartó de ella, como si no quisiera que lo tocara. Una a una, arrojó las armas sobre la mesa y regresó a su lado.

—No cometas el error de pensar que estarías segura conmigo, Elena. Cuando Styr se interponía entre nosotros, el honor me permitía mantenerme apartado de ti —lentamente le tomó las manos y la condujo hacia la cama, donde la aprisionó contra el colchón, sujetándole las muñecas hasta que la tuvo tumbada bajo su cuerpo—. Pero ya no puedo prometértelo.

El corazón de Elena se estrelló contra su pecho al sentir la enorme erección.

—Estás intentando asustarme —ella sintió cómo su cuerpo respondía al instante con un deseo que era incapaz de nombrar.

Se sentía como el botín de una batalla. Pero no tuvo miedo. No del hombre que sabía moriría antes que causarle ningún daño.

Ragnar la miraba con frialdad y sus labios dibujaron una fina línea. Se acercó un poco más y Elena sintió el peso de su voluminoso cuerpo.

Sabía que esperaba que lo apartara de un empujón. Intentaba provocarle una sensación de odio, aunque no comprendía la razón. Pero en sus actos vio a un hombre que no se consideraba merecedor de nada.

—Pídeme que te deje en paz —le exigió mientras agachaba la cabeza y acercaba los labios al cuello de Elena.

Una oleada de escalofríos la inundó. Sabía que debería protestar, pero ningún otro hombre le había hecho sentir así jamás.

Elena estaba harta de sentir que su cuerpo solo era deseado para tener hijos y que había fracasado en su propósito. Cerró los ojos y se deleitó con la sensación de los masculinos labios.

—Es demasiado pronto para esto —insistió él deslizando una mano por debajo de la falda hasta tocarle la piel desnuda—. Si me dejas tocarte, me odiarás por ello.

A pesar de la rabia contenida, el contacto con los dedos de Ragnar fue como una sacudida, sobre todo cuando los deslizó entre sus muslos y presionó con los nudillos contra la íntima abertura.

Elena estaba dispuesta, casi avergonzada por la rapidez con que había respondido su cuerpo. Ragnar la miraba con expresión indescifrable y ella se obligó a permanecer inmóvil. Tras soltar las ataduras de la calzas, Elena sintió la erección presionar contra ella.

—¿Es esto lo que quieres de mí? —preguntó él—. ¿Pretendes utilizarme para olvidar a Styr?

—No —susurró ella.

Sin embargo, el comportamiento de Ragnar había sido tan inesperado que no había podido evitar el estallido de deseo que la invadió. Lo deseaba aún más cerca, dentro de ella.

Elena se deleitó en el turbulento deseo que él había prendido. Hacía mucho tiempo que no estaba con un hombre, y ese amante prohibido le añadía una dimensión desconocida.

Ragnar estaba duro y la levantó en vilo hasta colocarla a horcajadas sobre él. Sus manos se hundieron en el colchón y sus ojos centellearon.

—Te juro que no voy a tocarte. Si esto es lo que quieres de mí, tendrás que tomarlo tú misma.

La ira del guerrero tenía un matiz violento que asustó a Elena. Intentaba dejar clara su postura y, aunque debería sentirse avergonzada, jamás había imaginado que pudieran llegar tan lejos. Se sentó sobre su regazo con la falda arremangada sobre las rodillas. Seguro que él esperaba que se echara atrás.

Jamás esperaría que ella aceptara su ofrecimiento.

Elena alargó una mano hasta la erección, larga y firme. La piel era sedosa y ardía. En cuanto tomó el miembro viril, Ragnar dio un respingo y casi estuvo a punto de sentarse.

Sin decir una palabra, ella siguió sujetándole con firmeza mientras se levantaba la falda. Ragnar intentaba intimidarla, y casi lo había conseguido. Sin embargo, jamás se había sentido tan excitada en su vida.

Lo quería dentro, a pesar de su ira. Iba a odiarla por ello, pero no le importaba.

Suavemente, introdujo la redondeada masculinidad en su húmeda entrada, soltando un pequeño grito ante la deliciosa fricción. Ragnar se sentó y le sujetó las caderas con fuerza. En su mirada había una mezcla de lujuria y de odio, como si jamás hubiera esperado que ella accediera a su sugerencia.

Elena empezó a moverse sobre él y el acto tomó un aire más primitivo. Ambos estaban vestidos y ella no podía ver cómo se introducía en su interior, solo perderse en un mundo de sensaciones.

—No pensabas que fuera a hacerlo ¿a que no? —lo desafió mientras le llevaba las manos hasta la fina tela que cubría sus pechos. Necesitaba que la tocara ahí.

—No —Ragnar dejó caer las manos—. Tampoco voy a ayudarte con eso.

Las palabras del guerrero la dejaron helada y al fin comprendió que él creía de veras que lo estaba utilizando. Su conciencia gritó indignada ante la injusticia mientras su cuerpo continuaba apretándose en torno a su miembro.

Ragnar tenía la frente perlada de sudor y el rostro tenso. Intentaba no sentir placer, pero cuanto más lo intentaba, más decidida estaba ella a disfrutar con aquello.

Elena se desabrochó el delantal y desató los lazos de la blusa. Después, tomó sus propios pechos con las manos, obligándole a verlos mientras cabalgaba sobre él al ritmo que ella misma había establecido.

La visión de los pechos sí provocó una reacción, pues de inmediato sintió cómo el vikingo empujaba. Elena continuó con la tortura, acariciándose los pezones. Ya no le importaba que no fuera a tocarla. Jamás había experimentado antes la embriagadora sensación de llevar el mando.

Siempre se había colocado debajo de su esposo, aceptándolo, nunca había sido ella la que lo había tomado. Su respiración se volvió entrecortada y aceleró el movimiento, pellizcándose los pezones. Ragnar tenía los ojos cerrados y el rostro en tensión mientras luchaba contra ella.

El miembro, rígido y muy duro, la llenaba como nunca la habían llenado. Por los dioses que lo iba a hacer llegar. Ese hombre iba a lamentar sus palabras.

Con una mano sobre un pecho, deslizó la otra hasta el punto donde ambos cuerpos se unían. Rodeando el miembro con el pulgar y un dedo se hundió en la erección.

Quería más. Lo quería retorciéndose e incrementó el ritmo. Ragnar cerró los ojos mientras ella continuaba con las embestidas. La presión sobre su núcleo sensible bastó para que llegara en oleadas de creciente placer.

—¿Has notado el placer que me has dado, Ragnar? —insistió ella, viéndolo a punto de llegar a la cima—. Me ha gustado muchísimo.

Las palabras fueron el detonante. Ragnar le sujetó las caderas y la embistió con violencia, llenándola de nuevo. Y un gruñido escapó de sus labios al vaciarse dentro de ella.

Elena se desmoronó sobre él con el corazón desbocado. Tenía los muslos húmedos, impregnados de la esencia masculina y de repente se le ocurrió que de esa unión podría surgir un hijo. Nunca antes había considerado la posibilidad, pero ¿y si era Styr el que no podía engendrar hijos? ¿Y si era

Ragnar el destinado a darle el más preciado de los regalos?

Ragnar no la abrazó ni susurró palabras de amor. Se limitó a deslizarse delicadamente fuera de su cuerpo, vestirse y levantarse de la cama. Sin pronunciar palabra, se marchó.

Y ella permaneció sola, en silencio, preguntándose qué acababa de hacer.

Trece

Ragnar no la vio durante todo un día. Furioso consigo mismo por lo que había permitido que sucediera, evitó a Elena.

Lo de la noche anterior había sido un error. Un error al pensar que su bravuconada asustaría a esa mujer. Jamás habría osado imaginar que Elena fuera a tomarlo y el recuerdo del complaciente cuerpo y cómo se había aliviado con él lo atormentaba.

Le había permitido utilizarlo. Su cuerpo se había deleitado en la unión. Y aun así no había habido amor en ese acto. Había sido un acto mecánico, vacío, un modo de aliviar un deseo físico, nada más.

Se recriminó, furioso por haber caído tan bajo y, aunque seguía amándola, cada vez sentía más necesidad de distanciarse de ella. Tenía que apartarse de esa mujer. Comenzar de nuevo.

Atravesó la ciudad con la mano apoyada en la empuñadura de la espada. No sabía hacia dónde se dirigía, ni le importaba, pero por mucho que lo intentara, era incapaz de escapar de la culpa y la frustración que lo corroían por dentro.

Deseaba a Elena con una intensidad que bordeaba la locura y su instinto le empujaba a hacerla suya. Sin embargo, era muy consciente de que ella jamás sentiría algo por él.

Se dirigió al centro de la ciudad, pero fue interceptado por Hring.

—Elena me ha enviado a buscarte. Quiere que la escoltes mientras busca por la ciudad.

—¿Y por qué no te lo ha pedido a ti? —Ragnar frunció el ceño preguntándose qué estaría buscando.

—Se lo ofrecí, pero dijo que quería hablar contigo —su amigo se encogió de hombros—. Me dijo que si no la acompañabas, iría sola.

A Ragnar no le apetecía hablar, pero tampoco quería que Elena se adentrara en las zonas más peligrosas de la ciudad. Optó por acompañar a su amigo, aunque se preguntaba si ella le habría dicho la verdad a Hring, o si no sería más que una excusa para verlo.

Su instinto le advertía que se mantuviera alejado, pero sabía lo tozuda que podía ser Elena. Si se había empeñado en adentrarse en la ciudad, lo haría con o sin él.

La encontró en su casa, fregando el suelo en el que no se adivinaba ni una mota de polvo. La colcha que cubría la cama no revelaba nada de lo que allí había sucedido durante la noche. Alertada cuando Ragnar cerró la puerta, levantó la vista y casi tiró el cubo de agua.

—Me has asustado —Elena soltó el trapo y se secó las manos con el delantal—, pero me alegra que hayas venido. Quería pedir tu ayuda.

Ragnar permaneció junto a la puerta, esperando a que se decidiera a continuar. Elena parecía preocupada y mantenía la vista apartada de él. Sin duda lamentaba lo que había sucedido la noche anterior.

—He empezado a pensar en los niños irlandeses —confesó ella con la mirada fija en el suelo—. Sé que los daneses asaltaron la ciudad hace unas semanas. Mucha gente murió en los incendios y yo… yo me he estado preguntando por los niños que han quedado huérfanos.

Ragnar ya había adivinado los propósitos de esa mujer. Al final ella levantó la vista y sus miradas se fundieron.

—No todos tienen familia —continuó—. He visto a unos cuantos que parecen medio muertos de hambre. Alguien debería hacerse cargo de ellos.

—Y tú quieres que te ayude a buscar a esos niños abandonados —adivinó él.

—Sí —Elena lo miró con preocupación—. Ahora mismo no tengo nada que hacer con mi tiempo. Nadie de quien ocuparme. Ningún hijo que sea mío.

—Todavía no —le corrigió él. Aunque no era

probable que se hubiera quedado embarazada la noche anterior, siempre cabía esa posibilidad.

—No, todavía no —Elena suspiró y se ruborizó—. ¿Estás enfadado por lo que hice?

—No volverá a suceder —Ragnar se apoyó contra la pared. Aunque la noche le había regalado un increíble placer, convertirse en amantes no haría más que acercarlos aún más, y no quería que ella intentara usarle para remplazar a Styr.

Por otro lado, estando cerca de Elena se sentía incapaz de controlarse. En cuanto se había introducido dentro de ella, todo lo demás había desaparecido. Las paredes podrían haberse incendiado que no se habría dado cuenta. La liberación física había sido tan fuerte que se había perdido en un mar de sensaciones que habían anulado su capacidad para razonar.

—No te he utilizado —susurró ella—. Y no mentí cuando te dije que me preocupo por lo que te pueda pasar. Hemos sufrido demasiado ya.

—No soy el hombre que tú necesitas —Ragnar no podía permitir que se hiciera ilusiones.

—Lo que no sabes es lo que necesitas tú, Ragnar.

—¿Y tú sí lo sabes? —preguntó él.

—Creo que te estás castigando —Elena llenó un cesto con comida y bebida y se lo colgó del hombro—. Es como si pensaras que no mereces ser feliz.

—Te protegeré mientras buscas a esos niños —Ragnar ignoró las palabras de Elena, pero le bloqueó el paso—. Pero nada más.

—De momento —ella le sostuvo la mirada largo rato antes de tomarle una mano.

Poniéndose de puntillas, lo besó en la mejilla. Acababa de lanzarle un reto.

Desafiándolo a que se le resistiera.

Elena observaba a Ragnar por el rabillo del ojo. El guerrero se mantenía pegado a ella cada vez que se cruzaban con otro escandinavo, apoyando la mano en su espalda. Llevaba una cota de malla, la espada pendía de la cintura, y oculta en la túnica una daga.

—¿Temes algún ataque? —preguntó ella sin comprender por qué estaba tan tenso.

La lúgubre expresión en el rostro de Ragnar era toda una amenaza para los demás. Aunque hablaba con despreocupación, ella sabía que había hecho no pocos enemigos.

—¿Has olvidado a los daneses que intentaron convertirnos en esclavos?

—No —contestó ella, segura de que la mirada del vikingo ahuyentaría a cualquier atacante.

—Solo ha pasado una luna desde el ataque de los daneses a la ciudad —Ragnar le agarró la mano con fuerza mientras la guiaba hacia las afueras de

Dubh Linn—. Yo no descartaría que lo intentaran de nuevo.

Continuaron caminando, pero Ragnar no se relajó. Estudiaba a cada persona con la que se cruzaban, como si buscara alguna señal, por sutil que fuera, de que llevara un arma oculta.

Los fuertes olores portaban reminiscencias de la noche del ataque de los daneses. A su alrededor aún se veían restos de cenizas y casas calcinadas. Varios hombres intentaban reparar los daños y reconstruir las casas.

A medida que caminaban, Elena se fue acercando más a Ragnar. Aunque el objetivo del gesto era buscar su protección, el vikingo se tensó ante su proximidad.

Elena intentó no obsesionarse con ello, pero le recordaba demasiado cómo Styr no la había deseado. Le recordaba cómo se había sentido, una esposa fría e insensible, incapaz de disfrutar de los placeres conyugales. Al menos hasta la noche prohibida que había compartido con Ragnar.

Su mente era un mar de confusión y no sabía qué pensar de ese hombre. Siempre había podido contar con él, era su mejor amigo. Pero en esos momentos la evitaba y no sabía cómo acortar la brecha que se había abierto entre ellos. Era como si no quisiera tener nada que ver con ella.

Las palabras no significaban nada para él. Ragnar era un hombre de acción.

Y el hombre de acción continuaba escudriñando cada rincón por el que pasaban mientras atravesaban la ciudad. Su porte era rígido, dejando bien claro que mataría a cualquiera que se atreviera a amenazar a la mujer.

Al llegar a las afueras de la ciudad, pasaron ante los thralls que iban a ser subastados. Una mujer estaba siendo conducida al cajón. Llevaba las manos atadas al frente y la mirada fija en el suelo.

Elena dio un respingo, casi imaginándose a sí misma en el lugar de esa mujer.

—Gracias por librarme de ese destino.

—Jamás hubiera permitido que te apresaran aquella noche en el barco —Ragnar le apretó la mano para subrayar sus palabras—. Nuestros hombres siempre podían sobrevivir, pero para una mujer es más duro.

Como para ilustrar las palabras que acababa de pronunciar, los captores desnudaron a la mujer para exponerla ante quienes fueran a pujar por ella. «Que los dioses se apiaden de ella», rezó Elena, pues la esclava estaba embarazada.

—Eso no está bien —protestó—. Thrall o no, un recién nacido no debería llegar al mundo ya como esclavo.

—No podemos salvarla —Ragnar se inclinó hacia ella—. No tenemos suficiente plata. Quizá tenga suerte y su amo la libere a ella y a su bebé algún día.

Elena no podía apartar la mirada del abultado vientre de la mujer. Esa mujer, y su hijo, iban a sufrir mucho.

Una gran pesadumbre se apoderó de ella mientras recordaba su propósito y se apartaba de aquel lugar. Había muchos niños y se acercó a ellos para ofrecerles la comida que llevaba en el cesto. Un niño se mantenía apartado del resto y cuando ella lo llamó, no le hizo caso. La ropa colgaba informe sobre su cuerpecillo y parecía más débil que los demás.

Elena apoyó una mano en su hombro, pero en cuanto lo tocó, el crío echó a correr. Ella le siguió con la mirada preguntándose cuál sería su historia. Le entregó un trozo de pan a una niña y señaló al chico que huía.

—¿Quién es ese niño?

—Matheus —contestó la niña mientras empezaba a comerse la miga del pan.

—¿Tiene familia? —continuó interrogándola Elena.

—Vive con sus padres —fue la inesperada respuesta.

Elena se volvió hacia Ragnar, que la conminó a que regresara con él, dado que la comida se había terminado.

—Deberíamos irnos —le aconsejó—. Preguntaré a los nuestros si conocen a alguien más que necesite ayuda —parecía que se le había pasado un poco el enfado.

215

—Gracias.

Sin embargo, en lugar de guiarla de regreso a su casa por el camino de ida, Ragnar la llevó por otro sitio, cerca del mar.

—Quiero enseñarte una cosa.

Pasaron frente a los barcos y llegaron a un pequeño edificio donde varios hombres estaban trabajando. Elena siguió a Ragnar con curiosidad, preguntándose para qué la habría llevado hasta allí.

—Hace unos días hable con un constructor de barcos —le explicó él—. Si gano unas cuantas peleas más, tendré bastante dinero para un barco.

Elena intentó evitar que sus emociones se reflejaran en su rostro, pero lo único en lo que podía pensar era en que Ragnar se marchaba.

Aunque era un hombre libre y podía ir adonde quisiera, la idea de no volver a verlo le provocaba un sordo dolor en el estómago.

Dos thralls untaban de brea un barco que estaban construyendo para su amo. Otro estaba mezclando ocre amarillo con aceite de linaza hirviendo para fabricar pintura. Elena fingió interés, aunque no dejaba de preguntarse por qué la había llevado hasta allí.

Los hombres se detuvieron para mirarlos y Ragnar les hizo un gesto para que continuaran.

—Es fascinante ver cómo trabajan —observó ella señalando la madera que tomaba forma—. Y esos colores tan brillantes —en el fondo, no solo le inquietaba que quisiera comprar un barco, también los medios por los que pensaba conseguir la plata.

—¿Para qué quieres un barco? —preguntó al fin.

—Pensé que te gustaría regresar a Hordafylke con tu familia —Ragnar se inclinó hacia ella—. Yo podría llevarte.

—No tengo la menor intención de poner un pie sobre un barco nunca más —admitió Elena.

Además, su tierra era el último sitio al que le apetecía ir. No tenía ninguna gana de ver las miradas de lástima de las mujeres al saberla divorciada. Sin duda iban a pensar que Styr la había repudiado por su esterilidad.

—¿Adónde tenías pensado ir? —preguntó.

—Adonde el viento me lleve —Ragnar la alejó de los thralls y caminaron por la orilla.

El vacío en el estómago de Elena dolía cada vez más, aunque intentó ignorarlo. ¿Qué más daba que Ragnar se fuera a la otra punta del mundo? Era libre para tomar sus decisiones. Y, aunque había jurado protegerla, empezaba a pensar que ya no la deseaba. Habían compartido una noche robada y el recuerdo le llenó el cuerpo de una cálida sensación.

Y sin embargo él se moría de ganas de alejarse de ella.

Igual que Styr. Nunca había sabido cómo alimentar el deseo de su esposo y, aunque se había mostrado complaciente, tumbada debajo de él, también se había sentido incómoda.

Quizás se había equivocado al intentar seducir a Ragnar. Él la había deseado antes, cuando le había estado prohibida. Pero desde que había compartido su lecho, ya no la deseaba.

Durante el paseo de regreso a su casa, Elena se recriminó por haber cedido a sus impulsos. Ragnar había jurado que no volvería a suceder y le humillaba pensar que había destruido su amistad por haber compartido una noche.

Tras llegar a su casa, ella le agradeció que la hubiera escoltado.

—¿Vas a luchar? —se atrevió a preguntarle.

—Sí —él la miró con severidad.

—Ojalá no lo hicieras.

Los ojos verdes se fijaron en ella con la resolución férrea de un hombre que no podía ser manejado. Un hombre al que no le importaba arriesgar su propia vida.

—Tu vida vale más para mí que un saquito de plata —insistió ella mientras posaba una mano sobre el corazón del guerrero.

—Para mí no —Ragnar le tomó la mano y la apretó durante un instante.

Ragnar arremetió contra su contrincante, hundiendo la espada en el escudo del otro hombre. Una y otra vez atacó en círculos mientras a su alrededor las voces pedían sangre.

«Tu vida vale más para mí que un saquito de plata».

Con las palabras de Elena resonando en su mente, Ragnar saboreó la amargura del remordimiento. Quería creer en ellas, pero se sentía dividido entre la frustración física y el honor. Yacer con Elena lo atormentaba.

Le había permitido utilizarle. Había saboreado la noche que habían compartido, sintiendo cómo su cuerpo envolvía su masculinidad.

Pero ella no lo amaba. No había sido más que un acto de deseo físico. Se consumía pensando en lo bajo que había caído y, aunque aún la deseaba, sentía que estaba traicionando a Styr.

El entrechocar del metal continuó. La lucha era un medio para liberar la frustración sexual.

Elena no sabía qué clase de hombre era. Había sido muy cuidadoso en ocultar su lado más oscuro, ocultándole esa parte de él. Desgarrado por una ira cegadora, continuó la pelea. Un golpe por el adolescente que no había sido lo bastante bueno para Elena o su padre. Otro golpe por el endemoniado carácter de su propio padre. Otro más por ese niño incapaz de enfrentarse al hombre que lo había maltratado.

Se perdió en una nebulosa de violencia, los músculos tensos y el rostro perlado de sudor.

«No eres lo bastante bueno», cantaba la espada con cada golpe. «No eres lo bastante bueno».

Un rugido escapó de sus labios y fue levemente consciente del griterío de aprobación de la multitud.

Hasta que la espada atravesó carne y hueso.

¡Por la sangre de Thor! Su intención no había sido llegar tan lejos. Su oponente estaba caído, retorciéndose de dolor, intentando parar la hemorragia con la mano.

Ragnar aceptó la plata cuyo peso era como una losa sobre su alma. Había herido a un hombre por esa plata. Un hombre que no había hecho más que desafiarle.

Elena pensaba que valía más que eso, pero no era verdad. Era un hombre violento, un hombre que jamás le daría la vida que se merecía. Jamás se permitiría atreverse a creer que le importaba algo a esa mujer. Lo mejor que podía hacer era tapiar su corazón contra ella.

Y así se convertiría en el guerrero que solo bajaría la guardia un instante, el instante en que algún otro lo abatiría.

Elena no vio a Ragnar durante aquella noche, ni tampoco a la mañana siguiente. Sospechaba que estaría peleando por dinero y lo último que deseaba era verle arriesgar su vida. Le enfurecía que no quisiera ceder, que pensara que valoraba más la riqueza que la seguridad de un amigo.

El resentimiento se hacía cada vez mayor y al final decidió que necesitaba una distracción. Quería averiguar algo más sobre el famélico niño, Matheus, que había salido huyendo. Su amiga, Agata Mánisdotter quizás lo sabría. Agata conocía a la mayoría de los escandinavos que vivía en Dubh Linn, y era posible que supiera dónde vivía el chico. Quizá los padres del niño estuvieran enfermos. O quizá sufriera malos tratos.

Era lo mismo que le había ocurrido a Ragnar en su infancia. A pesar de sus intentos por ayudarlo a abandonar a su padre, él siempre se había negado. Nada de lo que Elena hubiera podido hacer o decir había logrado que cambiara de idea y le había disgustado mucho ver sufrir a un buen amigo a manos de un hombre que debería haberse hecho cargo de su hijo.

Sintiendo que era poco probable que pudiera engendrar un hijo propio, le enfurecía que niños como Matheus sufrieran por falta de cuidados. Había que hacer algo.

Sus pasos la llevaron hasta la casa de Agata. Encontró a la mujer alta y rubia llevando un cubo de agua.

—Hace mucho que no te veía, Elena —observó la otra mujer—. Entra y cuéntamelo todo.

El interior de la casa era un delicioso caos de

platos sin fregar, ropas tiradas por todas partes y niños. Sin pedir permiso, Elena tomó en brazos al más pequeño de los hijos de Agata, de apenas seis meses. El bebé gorjeó encantado y agarró un mechón de los cabellos de Elena balbuceando palabras sin sentido.

La idea de contar sus penas resultaba muy tentadora y se sentó dispuesta a ello mientras su amiga ordenaba al resto de sus hijos que se fuera a jugar a la calle.

—Me he enterado de lo que pasó entre Styr y tú —anunció Agata—. Lo siento.

—Tenía que hacerlo —Elena ignoró el nudo que se formó en su estómago—. Styr amaba a otra persona de un modo en que jamás me había amado a mí.

—Y supongo que estarás deseando poder matar a esa mujer por robarte a tu hombre –su amiga le ofreció un vaso de cerveza.

—No, pero… —ella se interrumpió pues había comprendido que Agata estaba en lo cierto.

No solo estaba triste, también furiosa. Había estado casada durante cinco años y su esposo había resultado estar enamorado de otra persona.

Después había buscado el consuelo de Ragnar, siendo rechazada por él. El vikingo se había ofrecido a llevarla de regreso a Noruega. Una ira como no había experimentado nunca empezaba a dominarla.

—Aunque quizás tengas razón. Me gustaría sacudirle bien fuerte a Styr en la cabeza por hacerme sentir como me siento —«y ya de paso, a Ragnar también», pensó.

Ese hombre había afirmado desearla, y se había apartado de ella cuando se había entregado a él.

—Supongo que es horrible que piense algo así —Elena contempló al bebé que la miraba fijamente.

—Podrías arrancarle el corazón con un palo —Agata alzó su vaso en un brindis—. Al menos eso haría yo si mi esposo se atreviera a mirar a otra mujer. Acabaría con él antes de permitirle acabar con nuestro matrimonio.

—Agata ¿qué me sucede? No dejo de preguntarme qué podría haber hecho para que Styr me amara —el bebé empezaba a quedarse dormido y ella lo dejó en su cuna.

Las manos empezaron a temblarle violentamente.

—Hice todo lo que pude para ser una buena esposa. Compartí su lecho, mantuve la casa limpia…

—Esa manera tuya de limpiar es antinatural —le interrumpió Agata—. Pero, aun así, estoy de acuerdo contigo. Hiciste bien en divorciarte y dejar que se marchara con esa *skjøge*.

—Según él, nunca la tocó —Elena suspiró—. Imagino que será una buena mujer. A pesar de haberle hecho su prisionero.

—¿Qué hizo? —los ojos de Agata centellearon.

—Por lo visto Styr estuvo varios días encadenado en su casa —ella se encogió de hombros.

—¡Por todas las diosas! —su amiga soltó una carcajada—. Supongo que habrías pagado por verlo. ¿Te imaginas lo furioso que debía estar Styr?

—¡Pero si quiere casarse con ella! —balbuceó Elena—. Después de todo lo que le hizo, se enamora de ella. Yo se lo di todo y él se enamora de una mujer que lo apresó —la ira fluyó hasta hacerle apretar los puños.

—Quizás la irlandesa tuvo una buena idea —Agata soltó un bufido.

Elena no sabía si reír o llorar, pero cuando su amiga empezó a bromear, se cubrió el rostro con las manos.

—Y entonces voy y seduzco a Ragnar.

—Esa es la primera cosa sensata que has hecho —la otra mujer continuó riendo—. Ragnar es endiabladamente guapo y haría cualquier cosa por ti.

Elena no lo dudaba. Haría cualquier cosa, salvo lo único que no debería haberle pedido jamás.

—Y ahora no quiere saber nada de mí —continuó—. A lo mejor me estoy comportando como una *skjøge* —hizo un gesto de desagrado ante la idea.

—No lo creo —su amiga le dio una palmada en el hombro—. Después de lo que te hizo tu esposo, es normal que buscaras a un hombre para sentirte mejor contigo misma.

—Fue un impulso estúpido y jamás volverá a ocurrir —insistió Elena. Jamás debería haber permitido que su cuerpo comandara sobre el sentido común—. Ni siquiera sé por qué le seduje.

—¿Por diversión? —sonrió la otra mujer.

—Desde entonces me evita —ella se ruborizó violentamente y se negó a contestar la pregunta—. No debería haberlo hecho.

—Es culpable —sentenció Agata—. No hay hombre en el mundo que no disfrute con la seducción de una mujer. Y si te apetece llevártelo a la cama, es tu decisión.

—Ya no sé lo que quiero —admitió Elena.

Durante mucho tiempo, las decisiones sobre su vida habían sido tomadas por otros. Su padre había arreglado el matrimonio con Styr cuando apenas contaba diecisiete años, y ella nunca se lo había cuestionado. Y su exmarido había tomado la decisión de viajar a aquel lugar.

—Tienes tiempo —le aseguró Agata—. Y tienes suerte de no tener que responder ante nadie salvo tú misma. Hay días en que me encantaría salir por esa puerta y no volver nunca más.

—Aunque no me vuelva a casar, quiero rodearme de niños —afirmó Elena. Recordando el motivo de su visita, le contó a Agata lo que había visto aquella mañana—. Parece medio muerto de hambre —añadió tras describirle a Matheus—. Quiero encontrar su casa y averiguar si tiene a alguien que le cuide.

—No es como los demás niños, Elena —contestó su amiga—. Dicen que es retrasado.

Elena ya se lo había figurado al verlo. Y eso significaba que necesitaba más ayuda que los demás.

—Quiero ver dónde vive —insistió.

—Te lo mostraré —la otra mujer se encogió de hombros.

Salieron a la calle y Agata le pidió a su hija mayor que cuidara del bebé. Después tomó a Elena del brazo y se encaminaron al otro extremo de la ciudad.

Elena siguió a Agata entre las casas de los irlandeses. También pasaron por delante de las casas más lujosas, hasta llegar a la parte más oscura donde Ragnar la había acompañado.

Allí las casas estaban muy juntas y la mezcla de la tierra con los desperdicios humanos producía un olor muy desagradable. Elena se llevó la mano al pequeño cuchillo que siempre llevaba con ella.

—No deberíamos haber venido por aquí sin escolta.

—No está lejos —su amiga se encogió de hombros—. Dijiste que querías saber dónde vivía. Es allí —añadió señalando una pequeña vivienda cuyo tejado de paja parecía estar pudriéndose—. El crío no habla —continuó Agata—. Por lo que me han contado, nunca lo ha hecho.

—¿Es irlandés? —Elena cerró los puños con fuerza sospechando que no le gustaría lo que se iba a encontrar en aquella casa.

—Es escandinavo, como nosotros —su amiga

sacudió la cabeza—. Pero construyeron su casa lejos de las nuestras.

—¿Cuántos años tiene? —al llegar a la casa, ella se sintió presa de los nervios.

—Seis o siete diría yo —Agata se detuvo ante la puerta, visiblemente nerviosa—. La última vez que llegué hasta aquí, le estaban dando una paliza. Quise pararlo, pero estaba yo sola —se ruborizó violentamente, como si se avergonzara de no haber intervenido.

Elena llamó discretamente a la puerta, pero nadie abrió. Del interior de la vivienda surgía el sonido de agua salpicando. Al principio pensó que alguien se estaría bañando, pero enseguida le llamó la atención el ruido de alguien que parecía estar ahogándose.

Una gran inquietud se instaló en su estómago. Allí estaba ocurriendo algo muy malo.

El instinto le llevó a abrir la puerta de golpe y se encontró con una mujer que sujetaba la cabeza de Matheus bajo el agua. Estaba intentando ahogarlo.

Sin pararse a pensar, se arrojó sobre la mujer y le arrancó al niño de los brazos. El crío tosía y tenía el rostro casi azul por la falta de aire.

—¿Qué hacíais? —exigió saber Elena, aunque ya conocía la respuesta.

—Está maldito —la mujer la miró furiosa—. Solo es un cabeza hueca incapaz de hacer nada. Debería haber muerto al nacer.

—¿Y por eso intentáis matarlo? —Elena estaba horrorizada—. No es más que un crío —se acercó a Matheus, que estaba arrodillado sobre el suelo y que ni siquiera la miró, ni habló.

—Es un desobediente y ya estoy harta. Nadie querrá hacerse cargo de alguien como él.

Elena tocó el hombro del niño, que siguió sin mirarla. Se limitó a sentarse en el suelo y abrazarse a las rodillas, temblando violentamente.

—Si queréis llevároslo, hacedlo antes de que regrese mi esposo —la madre abrió la puerta.

El niño parecía estar sufriendo una conmoción. Aparentaba menos de siete años y sus brazos y piernas eran finos y huesudos. Tenía el cuerpo cubierto de moratones y algunos cortes en las piernas. Ni siquiera podía adivinarse el color de sus ojos.

—Me lo llevaré —Elena oyó las palabras salir de sus labios—. Pero no os lo pienso devolver cuando sea mayor. No después de que hayáis intentado ahogarlo.

—Me da igual lo que le pase —la mujer escupió al suelo—. Si deseáis un chico que no os dé más que problemas, no me dais lástima. No es más que una boca que alimentar. Jamás será de ninguna utilidad para nadie.

Elena miró hacia Agata, que seguía esperando fuera de la casa.

—¿Necesitas ayuda? —la mujer se asomó al interior.

Elena no estaba segura de la respuesta. Aunque esperaba que el chico la acompañara por propia voluntad, quizás empezaría a gritar o llorar si intentaba tocarlo. Con mucha delicadeza se acercó a él, como si se tratara de un animal herido.

—Voy a tomarte en brazos y te vas a venir con nosotras. Te prometo que no te haré daño.

El niño no protestó cuando ella lo levantó del suelo. Era muy ligero y era poco probable que hubiese comido nada.

Agata sostuvo la puerta abierta mientras Elena abandonaba la casa. Su vida tenía un nuevo propósito. Se llevaría al chico a su casa y lo cuidaría. Le enseñaría que la crueldad no tenía por qué formar parte de su vida.

—Me llamo Elena Karlsdotter —se presentó.

Durante el trayecto a su casa no paró de hablarle de lo que iban a hacer y de lo que le iba a suceder. Sintió al niño estremecerse en sus brazos. Cuanto más tiempo permanecía en silencio, más dudaba ella que fuera siquiera capaz de hablar.

—Tengo algo de ropa que ya no le sirve a mis chicos —Agata se detuvo frente a su casa.

—Te lo agradezco —Elena miró a su amiga a los ojos—. Y te agradezco que me hayas llevado hasta él —aunque apenas conocía a ese crío, de haber llegado unos minutos más tarde lo habrían encontrado muerto.

—Te llevaré la ropa —Agata asintió—, tú llévatelo a casa y dale algo de comer. También podrías pedirle ayuda a Ragnar esta noche.

Aunque titubeó ante la idea de hacerlo, comprendió que quizás fuera a necesitar su ayuda.

—Gracias por la ropa —contestó, ignorando la significativa mirada que le dirigía su amiga.

Pero no tuvo ninguna necesidad de ir en busca de Ragnar, pues lo encontró esperándola frente a su casa. Al ver al chico la miró con expresión inquisitiva.

—Te presento a Matheus —anunció Elena—. A partir de ahora será mi hijo.

A la mirada perpleja del guerrero, ella correspondió con un gesto de advertencia.

—Hablaremos más tarde, después de que haya comido y le haya acostado.

Catorce

Ragnar abrió la puerta de la casa de Elena preguntándose por qué había regresado en busca del chico. Por los múltiples moratones en su piel, era evidente que a ese niño le habían lastimado.

Era como ver una versión infantil de sí mismo. Y cuando ella lo miró a los ojos, supo por qué se había llevado a ese niño a su casa.

—¿Dónde están sus padres, Elena? —preguntó.

Ella le hizo un gesto indicativo de que ya se lo explicaría más tarde. La determinación en el rostro de la mujer era la de una leona defendiendo a su cachorro. Con mucha dulzura, dejó al crío en el suelo, pero él retrocedió de inmediato, alejándose de los dos adultos.

—¿Podrías calentar un poco de agua? —le pidió ella—. Agata va a traer ropa y quiero mirar bien qué otras heridas puede tener.

El niño temblaba violentamente y se apretaba contra la pared, como si intentara atravesarla. Estaba aterrorizado, incapaz de expresarse.

Ragnar sabía muy bien cómo se sentía. Sin embargo, tenía la sensación de que Elena había subestimado a Matheus. No estaba preparada para hacerse cargo de un niño que había sido víctima de la violencia. De todos modos, por el momento decidió aparcar sus dudas.

Llenó el pesado caldero de hierro con agua. Agata llegó poco después y le entregó a Ragnar la ropa.

—Su madre intentó ahogarlo —susurró al oído del guerrero—. Elena le salvó la vida —sonrió con picardía—. Esta noche va a necesitar tu ayuda.

¿El chico había estado a punto de morir asesinado? A Ragnar se le heló la sangre en las venas y, cuando se volvió hacia el niño, vio que tenía los cabellos y la ropa empapada.

Elena había salvado la vida de ese crío, del mismo modo que había intentado salvarlo a él cuando su propio padre le había dado una paliza.

Ragnar tomó las ropas que le ofrecía Agata y le dio las gracias. Con la mano que tenía libre, tomó el pesado caldero, la mente paralizada por el horror de lo que había sufrido la criatura. Tras colgar el caldero sobre el fuego, entregó la ropa a Elena. Aunque era evidente que le estaría grande, estaba limpia y en mejor estado que los harapos que llevaba.

Cuando Elena tocó el hombro del crío, este soltó un grito y empezó a llorar desconsoladamente. Casi de inmediato, los sollozos se transformaron en aullidos.

—Tráeme un poco de agua caliente, jabón y un trapo —Elena habló con tensa calma, como si se hubiera esperado esa reacción.

Ragnar no discutió, aunque sospechaba que solo había sido el primer incidente de muchos. El chico se había acurrucado y los temblores habían arreciado.

Aunque no sabía cómo había conseguido llevarse al chico, el guerrero no la culpó por ello. Tan solo deseó haber estado a su lado para enfrentarse al hombre y la mujer que le habían hecho eso al pequeño.

—¿Quieres que me quede o prefieres que me vaya? —le entregó el jabón y el trapo a Elena junto con un cubo de madera con un poco de agua caliente. Tenía miedo de que el niño intentara pegarle.

—Te estaría muy agradecida si te quedaras —contestó ella mientras se acercaba al crío, ignorando su llanto, y se sentaba cerca de él.

—Has tenido un día horrible, Matheus —le dijo mientras humedecía el trapo en el agua caliente.

Ragnar vio compasión en los hermosos ojos verdes y la dulzura en su voz le hizo acercarse.

Había acudido a su casa con el cuerpo dolorido por la última pelea. Una más bastaría para tener el dinero que necesitaba para el barco. Al contemplar sus manos vio que seguían manchadas con la sangre de su contrincante. Ni siquiera sabía si ese hombre estaría vivo.

Mientras que Elena había salvado la vida de un niño, él había intentado matar a un hombre. El contraste entre ambos era abismal y Ragnar sintió el impulso de marcharse de allí. Sin embargo, le había prometido quedarse.

—Quiero ayudarte —ella continuaba hablándole a Matheus.

Aunque era consciente de que las palabras no iban destinadas a él, Ragnar sintió que esa mujer había intentado hacer lo mismo por él en su adolescencia. Pero algunas heridas no sanarían jamás.

El crío se comportaba como si no hubiese oído una sola palabra.

Elena le tomó una mano y, con el trapo mojado en agua caliente, le lavó la palma. El llanto cesó de inmediato, como si fuera la primera vez que tocaba el agua caliente. Aunque no miró a Elena, sí metió una mano en el cubo y en su rostro se dibujó una expresión de sorpresa.

—No voy a hacerte daño —insistió ella, tomando la otra mano.

Con mucha delicadeza lavó al niño, que seguía experimentando con el agua caliente.

En los ojos verdes como el mar, Ragnar vio a una mujer que había esperado toda su vida para tener un hijo. El niño le permitió lavar toda la suciedad de su rostro y manos y, cuando ella le mostró una túnica limpia, Matheus tocó la suave lana como si jamás hubiera tocado algo parecido.

—¿Podrías traerle algo de comer? —le pidió a Ragnar—. Creo que queda algo de pan y carne de esta mañana.

El guerrero se lavó la sangre de las manos con humor sombrío antes de ir en busca de la comida, y todo sin quitar la vista de encima del niño, que seguía jugando con el agua, y de Elena, cuyo rostro había adquirido una nueva dulzura. Y en ese momento comprendió hasta qué punto había deseado esa mujer tener un hijo.

Su esposo debería haberle encontrado un niño al que acoger. Quizás habría evitado que se abriera la brecha entre ellos. Elena se entregaba en cuerpo y alma a cuidar de ese niño, pero, aunque no le había ofrecido más que amabilidad y bondad, el pequeño seguía sin mirarla, obsesionado con la textura del agua y la lana.

Ragnar les acercó el pan que había encontrado junto con un poco de cordero frío y unos huevos cocidos. Elena cortó un trozo de carne y se la ofreció a Matheus, que se limitó a sujetarla en la mano. Ella se la acercó a la boca y entonces sí probó un poco. Y de nuevo su expresión se transformó. Ragnar había esperado que lo devorara de inmediato, pero el niño saboreó cada mordisco como si nunca hubiese probado nada igual.

Elena luchaba por contener las lágrimas. Ella,

que había deseado un hijo desde hacía tanto tiempo, se lo habría dado todo a esa criatura. Y sin embargo, los dioses se lo habían entregado a unos padres dispuestos a matarlo por ser diferente.

Cuando fue evidente que ya no podía comer más, Elena lo condujo hasta su cama y lo tapó con las mantas. Matheus empezó a llorar de nuevo, acurrucándose de lado, antes de sacudirse las mantas de encima a patadas y dejar los pies colgando del borde de la cama. Elena intentó taparlo de nuevo, pero él se resistió.

—Si la quieres, aquí está —le dijo al niño. Aunque el llanto había amainado, era evidente que iba a tardar un buen rato en dormirse.

Ragnar no sabía qué decir. Elena parecía muy preocupada, pero no se acercó al niño, dejándole espacio.

El guerrero sabía que debería marcharse, pero algo le impedía moverse. Sin previo aviso, Elena se volvió y lo abrazó, hundiendo el rostro en su cuello.

—Gracias por estar aquí. Eres de una gran ayuda.

—No he hecho nada —protestó él sin poder evitar rodearla con sus brazos y acariciarle la espalda. Sus cabellos olían a jabón y a una hierba que no reconoció.

Esa mujer siempre lo dejaba sin aliento. Se moría por besarla, pero se obligó a mantener las manos quietas.

—Me has dado tu apoyo —admitió ella en un susurro mientras echaba una ojeada hacia el niño—. No sé cómo alguien puede querer matar a un niño.

Ragnar pensó en su padre y las palizas, propinadas por un hombre enloquecido por la pena. El alcohol se había convertido en el único consuelo de Olaf, que había terminado por olvidarse de su hijo. No había habido ningún motivo para tanta violencia.

—Has sido muy buena con ese niño —observó—. Matheus terminará por confiar en ti.

—Me gustaría poder creerte —Elena se encogió de hombros—, pero ese niño no sabe lo que es vivir protegido. Puede que le lleve mucho tiempo comprender que solo quiero darle un hogar.

Tenía razón. Sin embargo, a Ragnar se le ocurrió una idea, una que podría calmar el llanto del chico.

—Espera aquí.

Aunque no se fiara de ninguno de ellos dos, había otra manera de proporcionarle consuelo.

Cuando Ragnar regresó, Elena se sorprendió al ver que llevaba en brazos a un cachorrito. El perro era de color blanco y las orejas le caían sobre la cara.

—Esto podría ayudar —sugirió él mientras se acercaba hasta la cama.

Matheus se volvió hacia él y, cuando Ragnar

dejó al animalito a su lado, las lágrimas cesaron y se acurrucó abrazándolo.

Era exactamente lo que ese crío necesitaba, pensó Elena, consciente de que Ragnar no sabía que el niño había convivido con un perro. Su corazón se ablandó al verlos juntos y se alegró de que se le hubiera ocurrido la idea del cachorro.

—¿De dónde lo has sacado? —preguntó.

—Hace unos días nació una camada. Peleé por uno de los cachorros —Ragnar se sentó a la mesa frente a ella.

Poco después el niño se durmió y únicamente entonces empezó Elena a relajarse. Su mente estaba sumida en un mar de confusión, pues todo había sucedido muy deprisa.

Aun así, no lamentaba haber salvado al pequeño. De no haber irrumpido en la vivienda, a esas horas estaría muerto. Ese niño le pertenecía.

—No has comido nada —Ragnar le acercó la carne y el pan que habían sobrado.

—Estaba distraída —Elena ni se había planteado comer, no después de todo lo sucedido.

Ragnar cortó un trozo de pan y se lo ofreció. El ligero roce de su mano fue otra distracción añadida. Elena no podía apartar la mirada de los labios del guerrero, recordando de nuevo el beso.

Sin saber por qué, ella también tomó un trozo de pan y se lo ofreció, acercándolo a sus labios. Él le tomó la mano, sus ojos tenían un destello de advertencia.

Su cuerpo se puso rígido.

Elena recordó la conversación mantenida con Agata. «Si te apetece llevártelo a la cama, es tu decisión».

—Debería irme —anunció Ragnar.

Elena no quería que se fuera. Al acercarse a él vio los moratones que tenía en la mandíbula y los nudillos desollados. De la cintura colgaba una bolsa y supo lo que había sucedido.

—Has estado peleando —de pie frente a él, acarició las heridas.

Ragnar no lo negó y ella sospechó que si volvía a recriminárselo, el guerrero se marcharía.

Elena acercó su taburete y se sentó. Se palpaba el peso del silencio. Apoyó la cabeza contra el hombro de Ragnar, muy consciente de que él no tenía ningún deseo de estar allí.

—Hubo un tiempo en que podía hablarte de cualquier cosa —susurró ella—. Cuando éramos jóvenes, siempre acudía a ti, no a Styr —le tomó una mano—. No me gusta que estés enfadado conmigo.

Durante largo rato ninguno de los dos habló. Y, de repente, Ragnar le soltó la mano y le rodeó la cintura con el brazo.

—No estoy enfadado contigo.

—Me gustaría que todo volviera a ser como antes —continuó Elena—. Te prometo que no te pediré nada.

«Pero no te marches», quiso decir. La idea de

que se fuera era un golpe que abriría una herida que no sanaría jamás.

No estaba segura de cuáles eran sus sentimientos por ese hombre. Al final del matrimonio, había acudido desesperada a él y descubierto que, bajo la necesidad del consuelo humano, había algo más.

Unos sentimientos que llevaban años profundamente enterrados en su interior.

Elena temía hablar de nuevo, por miedo a que se marchara. Un paso en falso y se iría.

—¿Qué vas a hacer con el chico? —preguntó Ragnar.

—Cuidarle lo mejor que pueda —mientras Matheus estuviera alimentado y protegido, todo iría bien.

—No es fácil acoger a un hijo sola —le advirtió él.

—Lo sé —Elena se acercó a la cama del niño.

Matheus seguía acurrucado contra el cachorrito y la ropa que Agata le había dado le estaba demasiado grande. La necesidad de abrazarlo era muy fuerte, pero se limitó a acariciar sus oscuros cabellos. A pesar de sus problemas, ya se había hecho un hueco en su corazón.

Ragnar se paró detrás de ella, proporcionándole consuelo con su simple presencia.

—No le estoy acogiendo, Ragnar —ella se volvió—. Lo estoy adoptando. No tiene adónde ir.

—Si es eso lo que quieres —él la miró fijamente a los ojos.

Lo era. Su mente estaba hecha un lío, pues su vida había dado un vuelco en cuestión de unas pocas horas. Desconocía qué sería de ella, pero su intención era la de proteger a ese niño, protegerle del mundo si hacía falta.

Elena suspiró y se dispuso a colocar unas pieles sobre el suelo. Ragnar observaba atentamente hasta que la vio desabrocharse el sobrevestido.

—¿Qué estás haciendo? —preguntó en voz baja.

Elena no contestó, limitándose a quitarse el sobrevestido, dejándose el vestido puesto antes de volverse hacia él.

—Quítate la armadura. No la necesitas.

Ragnar obedeció, dejando a un lado también la espada. En sus ojos se leía desconfianza, como si esperara que le pidiera algo más.

—Duerme junto a mí, Ragnar —Elena se acurrucó sobre las pieles, preguntándose si lo haría—. No te pediré nada más —añadió al ver que él se resistía.

Pero Ragnar se sentó en un taburete.

—Si me acuesto a tu lado, *søtnos*, te pediré mucho más de lo que querrías darme.

Quince

En la vida de Ragnar se instauró una rutina, y también una nueva inquietud. Había seguido protegiendo a Elena y a Matheus, pero, aunque ella preparaba la comida y él dormía en su casa, no había vuelto a tocarla. Sin embargo, la proximidad le quemaba los sentidos.

Elena no le pedía nada, solo que se quedara con ella. Por la noche, se tumbaba sobre las pieles y hablaba hasta bien entrada la noche y él se moría por besarla en la oscuridad.

El que no la tocara no significaba que no lo deseara. El deseo de poseerla crecía cada día, hasta que sintió nuevamente el impulso de pelear. Cualquier cosa para liberar la tensión.

Aquella mañana acompañó a Elena y a Matheus al mercado, muy consciente de las miradas que atraían. Se había granjeado no pocos enemigos, tanto entre los hombres a los que había vencido como entre los que habían perdido sus apuestas. Ragnar mantenía la mano sobre la espada, sin apartar la vista de los posibles peligros.

Cuando Elena y el niño hubieron terminado sus compras, se detuvo a observar las peleas. Dos hombres se movían en círculos con sendas hachas en las manos. El más bajito era más rápido, mientras que el más alto agitaba el hacha en el aire como si pretendiera cortarle la cabeza a su oponente. Ragnar había vencido a ambos en anteriores peleas.

—Volvamos a casa —Elena se volvió hacia Ragnar, soltando la mano de Matheus, que había estado jugando con un gato.

—Casi tengo toda la plata que necesito —Ragnar percibió la incomodidad en la mujer—. Si has cambiado de idea sobre regresar a Hordafylke…

—No he cambiado —ella sacudió la cabeza espantada antes de alejarse con Matheus.

Ragnar se mantuvo cerca de ellos, protegiéndolos. Elena no soltaba la mano del niño y él mantenía la suya sobre la espalda de la mujer, para demostrar que era su protector.

—¿No tienes la sensación de que nos siguen? —al llegar al puente, Elena se detuvo.

—Aunque así fuera —Ragnar sacudió la cabeza, aunque era imposible asegurarlo—, no permitiré que nadie os lastime —miró a su espalda, pero no notó nada anormal.

—Había un hombre en el mercado. No dejaba de mirar a Matheus, y me ha parecido verlo ahora —Elena se pegó más a Ragnar sin soltar al niño—. No te separes de mí —le ordenó.

Después alargó la otra mano hacia la del guerrero, pero él le rodeó los hombros con el brazo. Si los estaban siguiendo, quería dejar muy claro que estaban bajo su protección.

Ragnar los condujo lejos del mercado. El aire estaba impregnado del olor a humo de las hogueras y, aunque escudriñó el rostro de todas las personas que pasaban, no notó nada que sugiriese un peligro.

—Espera aquí —al llegar a la casa de Elena, él la detuvo y miró en el interior. De nuevo, no notó nada fuera de lo normal.

El niño se arrodilló para recibir al cachorrito, que le lamió las manos. Ragnar cerró la puerta de la casa. Elena parecía aliviada.

Mientras colocaba la comida que había comprado, él aprovechó para mirarla atentamente. Aunque su comportamiento era el habitual, parecía estar alterada por algo.

—Matheus parece estar adaptándose bien —él decidió enfocar la conversación hacia el crío.

—Pero nunca me mira —Elena asintió y bajó la voz—. A veces me pregunto si sabe quién soy. Y no le gusta que intente abrazarlo.

—¿Qué más has averiguado de él? —Ragnar supuso que el comportamiento se debía a los abusos a los que había sido sometido por parte de sus padres.

Elena le hizo un gesto para que se sentara. Aunque le contó muchas cosas sobre Matheus, él tenía la sensación de que le estaba ocultando algo.

—Le gusta dibujar en la tierra —concluyó—. Cada noche me hace un dibujo nuevo.

Y como para ilustrar sus palabras, el niño empezó a trazar líneas con un palo. Cada línea era idéntica a la anterior y el guerrero comprendió que a Elena no le importaba que Matheus fuera diferente, ni lo consideraba inferior. Veía más allá de sus problemas y siempre encontraba algún punto fuerte.

El profundo deseo que sentía por ella lo sacudió como un puñetazo. Si le hubiera pertenecido, la habría besado con pasión, arrastrándola hasta la cama.

—¿Por qué me miras así? —susurró ella.

Porque deseaba más de ella. No solo una sonrisa o un momento robado. La deseaba a su lado, aunque era consciente de que no se la merecía.

Ragnar no contestó, pero se puso de pie de un salto al ver una sombra junto a la ventana. Aunque podría ser cualquiera que pasara frente a la casa, su instinto se puso en alerta y se acercó con la mano apoyada en la empuñadura de la espada.

—¿Qué sucede? —preguntó Elena.

—Espera aquí —Ragnar sospechaba que tenía algo que ver con los miedos de Elena sobre haber sido seguidos—. Cierra la puerta cuando haya salido —nadie los amenazaría. No si podía evitarlo.

Abrió la puerta y se apresuró tras un hombre que caminaba rápidamente hacia un grupo de personas. De espaldas no tenía ningún rasgo distintivo. Era rubio y no llevaba ningún escudo que lo señalara del resto, pero el hecho de que corriera era razón suficiente para perseguirlo.

—Esperad —ordenó el guerrero dándole alcance y agarrándole del brazo.

—No os conozco —el hombre se detuvo y lo miró perplejo. Hablaba con calma, pero su mirada parecía buscar una vía de escape.

—No, pero os habéis parado ante mi casa y quiero saber por qué —a la espera de una explicación, Ragnar no soltó el brazo del otro hombre.

—No sabía que fuera vuestra casa —el hombre se encogió de hombros—. Quería ver a mi hijo.

¿Su hijo? Ragnar se puso tenso y estudió los rasgos del hombre, muy similares a los de Matheus.

—Vuestra esposa intentó asesinarlo hace unos días —señaló.

—Eso me han dicho —el otro hombre se tensó—. No vale gran cosa, pero mi sangre corre por sus venas y quería ver cómo estaba.

Aunque un padre estaba en su derecho de asegurarse del bienestar de su hijo, Ragnar desconfiaba de la mirada de ese hombre. No parecía lamentar el comportamiento de su esposa.

—El chico está bien —concluyó Ragnar, volviéndose hacia la casa.

—Si os permitimos quedaros con Matheus, nos merecemos una compensación.

—Le salvamos la vida —de modo que era eso, el guerrero se volvió de nuevo hacia el padre del chico—. No recibiréis ninguna compensación de nosotros.

—Podría acusaros de secuestrarlo —el hombre lo miró desafiante.

—Yo podría acusar a vuestra esposa de intentar ahogarlo —respondió Ragnar—. Dejad al chico en paz y continuad vuestro camino. Si pretendíais deshaceros de él, lo habéis conseguido. Ahora está mejor.

—Quiero oro —insistió el otro hombre—. Una recompensa por el hijo que he perdido.

La ira bullía en el interior de Ragnar. ¿Cómo se atrevía ese hombre a pedir dinero a cambio de un niño? Agarrándolo por el cuello, lo empujó con fuerza contra el muro de una casa. Lentamente, le fue dejando sin aire hasta que notó que dejaba de luchar, y entonces lo soltó.

—Ahí tienes tu miserable vida como compensación. Pero si vuelves a acercarte a Elena, ya puedes despedirte de ella.

Una semana más tarde

La sangre corría por la sien de Ragnar y su mandíbula estaba hinchada. Le dolían todos los músculos del cuerpo, pero había ganado. Ya tenía suficiente.

—¿Qué te ha pasado? —preguntó Elena al verlo entrar en su casa. Pero antes de que el guerrero pudiera contestar, ella lo supo—. Has vuelto a pelear ¿verdad?

—Y he ganado —Ragnar arrojó una pesada bolsa de cuero sobre la mesa. Se había ganado una merecida fama como luchador despiadado. Había vencido a todos sus oponentes y pocos se atrevían ya a desafiarlo.

—No sé para qué vienes a mí —espetó ella—. ¿Te atreves a pedirme que cure tus heridas después de que te suplicara que no lucharas? —le arrojó un paño de lino—. Si no me vas a hacer caso, límpiate tú mismo.

—No eres mi esposa, *søtnos* —susurró Ragnar para que no lo oyera el niño—. No tengo por qué responder ante ti —avanzó un paso y ella retrocedió—. Luché porque me apetecía hacerlo.

—Creía que ya tenías bastante plata para el barco. ¿O acaso no era suficiente para ti? ¿Vas a seguir luchando hasta que me traigan un día tu cuerpo destrozado? —Elena tenía las mejillas encendidas y parecía estar a punto de abofetearlo.

—Tengo la intención de hacer fortuna, sin reparar en los medios —aunque ello supusiera llevar su cuerpo al límite. Ya no le importaba.

—La plata no significa nada para mí —protestó ella—. Nunca lo ha significado.

—Pero sí significaba para tu familia —señaló Ragnar.

No había olvidado el modo en que el padre de Elena lo había menospreciado. Y, aunque sus habilidades para la lucha habían aumentado, su riqueza no. Era poco más que un mercenario que vivía de la espada.

—¿Y crees que yo te juzgaba como lo hacía mi padre? ¿Crees que te desearía más si tuvieras más plata? ¿Qué clase de mujer te crees que soy?

—Una que se merece un buen esposo —aclaró él, sorprendido por el estallido de Elena, pues no había pretendido insinuar que fuera avariciosa.

—Lo único que quieres es deshacerte de mí —lo acusó Elena—. Llevas semanas peleando por plata porque intentas enviarme de regreso a Hordafylke.

—Llevo semanas peleando por plata porque si no lo hago, te voy a lastimar —había llegado el turno del estallido de Ragnar.

—Tú jamás me levantarías la mano —la confusión se reflejaba en el rostro de Elena.

—Te equivocas —Ragnar la empujó contra la pared y continuó en un susurro—. Me has atormentado cada día durante los últimos cinco años cada vez que te veía acudir a su cama. Y después de que compartieras mi lecho, no he podido pensar en otra cosa.

Elena desvió la mirada y Ragnar se pegó más a ella para susurrarle al oído.

—Cada noche duermo lejos de ti porque, si no lo hago, no seré capaz de mantener las manos apartadas de ti. Me produces un hambre que no podré saciar jamás. Y pelear me ayuda.

La respiración de Elena se había vuelto entrecortada y el guerrero se apartó de ella, consciente de haberla asustado. No debería haber acudido a su casa estando tan furioso.

—Espera —susurró ella mientras humedecía un paño en agua y empezaba a limpiarle la sangre de la sien.

Ragnar se quedó inmóvil, con la atención fija en los ojos verdes y esos labios que tanto le gustaría tomar. No le apetecía mostrar paciencia. Le apetecía aprovechar el momento y tomar lo que deseaba.

Elena volvió a humedecer el trapo para limpiar las otras heridas. Las manos eran tan delicadas, y estaba tan cerca, que el guerrero sintió de inmediato una dolorosa excitación.

—No quiero que mueras —continuó ella.

—No habría muerto, Elena —contestó él sorprendido, pues esa mujer estaba acostumbrada a verle pelear con Styr.

—Pero claro que podrían haberte matado —insistió Elena—. Y morirás si continúas peleando sin motivo —arrojó el paño sobre la mesa—. Te pedí que no lo hicieras.

—¿Y crees que voy a esconderme bajo las faldas de una mujer sin ganarme la vida? —había sido una lucha desigual en la que no le había resultado nada difícil vencer a su adversario, aunque le había perdonado la vida.

—¿Alguna vez te preocupas por tu vida?

—¿Y tú? —Ragnar le acarició el rostro con los nudillos. Un rostro en el que se reflejaba miedo y preocupación. Un rostro en el que se reflejaban sus sentimientos.

—Sí —susurró ella—. Me preocupo mucho por ti.

En silenciosa respuesta, Ragnar apoyó la frente contra la de Elena. Que los dioses lo asistieran, pues no sabía qué decir o hacer.

Y cuando Elena apoyó una mano sobre su corazón, le robó un beso. Elena le devolvió el beso, un beso que sabía a miedo, no solo por su seguridad sino también por lo que estaba sucediendo entre ellos. Sin embargo, no era el momento de actuar, no con el niño delante.

Ragnar miró a su alrededor. La casa, siempre inmaculada, estaba hecha un desastre. La cama estaba deshecha y los platos sucios seguían en la mesa.

—Siento el desorden —ella se sonrojó—. Estuvimos ocupados con las paredes.

El joven Matheus tapaba las grietas con barro, aparentemente sin prestarles atención.

—¿Has visto alguna señal del padre del chico desde la semana pasada? —preguntó Ragnar y ella sacudió la cabeza—. He pedido a algunos de los nuestros que vigilen esta casa, aunque no creo que se atreva a volver.

Aunque las palabras resultaban tranquilizadoras, Ragnar no se fiaba de que ese hombre dejara a Elena tranquila. El padre de Matheus estaba mucho más interesado en sacar beneficio que en el bienestar de su hijo.

—Eso espero —susurró ella—. Y además, tú estás aquí.

Las palabras de Elena provocaron otra punzada de deseo en Ragnar. Deseo de tumbarla sobre las pieles en el suelo y hacerla suya. Se moría por tocarla, acariciar sus pechos y saborearlos hasta que ella gritara de éxtasis.

¡Por todos los dioses! Tenía que marcharse de allí antes de ceder a sus oscuros deseos.

—¿Qué tal está Matheus? —Ragnar optó por cambiar de tema.

Durante la última hora, el niño se había afanado en rellenar las grietas con barro, aparentemente conforme con la tediosa tarea.

Miraba fijamente las grietas, como si estuviera viendo algo más.

—Lo está haciendo muy bien, tal y como me esperaba —Elena se colocó detrás del chico.

Ragnar inspeccionó el trabajo del niño y comprobó su minuciosidad.

—Nunca he visto a nadie tan concentrado —continuó ella—. Trabaja tan bien que creo que podría aprender un oficio si encontrásemos un buen maestro que le enseñara.

Elena se inclinó hacia el niño.

—Matheus ¿tienes hambre?

El niño no contestó y continuó rellenando la pared con barro. Ni siquiera se detuvo cuando Ragnar se colocó delante de él.

—Come con nosotros —le ofreció el guerrero. Pero, al alargar una mano, Matheus dio un respingo.

—A veces no obedece cuando le pido que pare —Elena se encogió de hombros.

El que desobedeciera no era una buena señal, aunque quizás hubiera algo más.

—¿Entiende lo que le dices? —preguntó Ragnar.

—A veces —ella volvió a encogerse de hombros—. No sé qué tiene significado para él y qué no. Cuando tiene algo que hacer, está muy tranquilo —no parecía muy preocupada por ello.

—¿Y qué pasa si hay algún peligro? —insistió él—. Si le llamas y no te obedece, podría sufrir algún daño.

—Solo puedo esperar que, llegado el caso, me obedezca.

La esperanza no bastaba. A Ragnar le preocupaba que la falta de disposición de Elena para disciplinar al muchacho acabara causando problemas.

—No puedes dejar que sea él quien decida

cuándo obedecerte —le advirtió—. Si vas a ser su madre adoptiva, tendrá que aprender.

El niño seguía de pie contra la pared, mirando a través de las grietas. La luz del atardecer desaparecía poco a poco, pero él no se inmutaba.

Cuando Ragnar tocó el hombro del chico, Matheus dio un respingo y soltó un grito. Y cuando intentó apartarlo de la pared, empezó a patalear, resistiéndose a ello.

Al guerrero apenas le costó reducir al chico, pero cuando se lo llevó a Elena, ella parecía inquieta.

—Suéltale las manos —le suplicó—. Lo estás asustando.

—Si le permites hacer lo que le venga en gana —Ragnar habló con calma, aunque no soltó al chico— tendrás a un crío terrible.

Poco a poco, le soltó, pero, en cuanto lo hizo, Matheus regresó a la pared. Con la mirada fija en el sol, continuó extendiendo barro y, de repente, sus gritos cesaron, como si hubiese visto algo.

—Espera aquí —le advirtió Ragnar a Elena mientras salía de la casa con la espada en la mano.

Tras rodear la casa, no vio a nadie y optó por regresar al interior.

Allí encontró al chico, clavado en el mismo sitio donde lo había dejado. Elena intentaba convencerle para que se apartara de la pared, pero Matheus se negaba a ello.

Ragnar lo tomó en brazos, ignorando su llanto, y lo llevó de nuevo junto a Elena.

—Trae un poco de agua. Hay que lavar esas manos antes de que coma nada.

Ignorando las protestas del chico, hundió sus manos en el agua y las frotó con arena. El niño no dejó de gritar y luchar en ningún momento.

—Lo estás asustando —Elena parecía cada vez más preocupada—. Por favor, suéltalo.

—Tiene que aprender que no puede conseguir todo lo que quiera simplemente gritando.

El blando corazón de Elena le iba a meter en más de un lío si no tenía cuidado. Por la manera en que lo miraba, era evidente que opinaba que estaba siendo demasiado duro con el chico.

—Ha sufrido mucho. No creo que…

—Sécale las manos —ordenó Ragnar—. Después le daremos algo de comer.

Cuando Elena intentó secarle las manos, Matheus la apartó de un empujón. A punto de caer hacia atrás, Ragnar la sujetó a tiempo. El niño regresó corriendo a la pared y continuó aullando a pleno pulmón.

La expresión de espanto de Elena evidenciaba que jamás habría esperado que el niño la pegara. Había rescatado a ese chico, dándole un hogar, comida. Era evidente que pensaba que Matheus la querría por darle todas esas cosas que tanto necesitaba.

Pero aquello había llegado demasiado lejos.

—Espera aquí —ordenó Ragnar mientras volvía a tomar al niño en brazos. El chico tenía que calmarse, comprender cuáles eran lo límites.

—No le pegues —protestó Elena—. Sé que ha sido desobediente, pero…

—¿He dicho que fuera a pegarle? —el guerrero la interrumpió y abrió la puerta.

Le irritaba que ella lo creyera capaz de pegar a un niño que apenas comprendía lo que estaba sucediendo. ¿Cómo había podido acusarle de algo así?

«Luchaste por dinero», le recordó una voz en su cabeza. «Tienes sangre en las manos. ¿Por qué no iba a creerte capaz de hacer daño a un inocente?».

—Si no te fías de mí, acompáñanos.

—Confío en ti —titubeó ella—. Pero no tienes experiencia con niños pequeños.

Por su tono de voz, Ragnar supuso que el verdadero temor de Elena era que fuera igual que su padre, incapaz de controlar su genio. Olaf solía darle palizas regularmente, con los puños y, a veces, con un palo de madera. Elena lo sabía. Todos lo sabían.

Aquello lo enfurecía, pues lo último que haría sería levantarle la mano a un niño.

El guerrero continuó caminando hacia la playa hasta alcanzar el extremo más lejano. Al echar un vistazo hacia atrás, vio que Elena había optado por seguirle.

Llevó al chico a una zona aislada de la playa y lo sentó sobre una roca. Sujetó al crío con fuerza hasta que al fin los gritos quedaron reducidos a un sollozo, que se calmó del todo cuando fijó la vista en las olas que azotaban rítmicamente la orilla.

Elena se sentó junto a ellos, sin decir nada, mientras Ragnar seguía sujetando al chico con una sensación muy extraña, preguntándose si ser padre consistiría en eso. Era aterrador pensar que esa personita dependía de uno para todo, cobijo, comida y protección.

—Siento lo que dije —Elena acarició los cabellos de Matheus, pero su mirada estaba fija en Ragnar—. Hablé sin pensar.

—Yo no soy mi padre— le recordó él.

—Lo sé.

Sin embargo, la voz de Elena reflejaba cierta inquietud, como si no estuviera segura de lo que Ragnar sería capaz.

Había llevado una hogaza de pan y le entregó un trozo a Ragnar, quien se lo pasó al niño, que lo devoró al instante. En silencio, los tres compartieron el pan mientras las olas seguían arribando a la playa. Matheus parecía haber caído en trance.

—Tenías razón —Elena habló al fin—. No debería haberle permitido salirse con la suya. Pero, después de lo que su madre intentó hacerle, me daba tanta pena…

Ragnar lo comprendía perfectamente. La compasión de esa mujer era una de las cosas que más le atraían de ella desde hacía años.

—Ser madre significa darle lo que necesita, no lo que quiere.

—Esto no se me da muy bien —ella se detuvo

de pie a su espalda y apoyó una mano en su hombro.

—Ya se te dará —Ragnar tiró de la mano y rodeó a ambos con un brazo. Sintió cómo Elena se tensaba, pero enseguida se relajó y apoyó la cabeza contra él.

—Gracias por estar aquí. Y por ayudarme —lo miró a los ojos y él sostuvo la mirada—. Deberíamos volver. Matheus estará cansado y yo necesito limpiar la casa —alargó una mano hacia el chico, pero Ragnar la detuvo.

—Yo no soy Styr, Elena. No me importa el aspecto que tenga la casa.

—Y a él tampoco le importaba —admitió ella—. Era una manía mía, porque pensaba que era mi manera de cuidarle.

—Siéntate con nosotros —le pidió él. Deseaba compartir con ella el suave vaivén de las olas del mar y la atrajo hacia sí.

—Me pones nerviosa cuando me rodeas con tus brazos —susurró ella.

—¿Por qué?

Elena apoyó el rostro contra el pecho del guerrero, pero no dio ninguna explicación. Ragnar sospechaba que, si insistía, le contestaría cualquier cosa que no sería cierta.

—No hace falta que me cuides como lo cuidabas a él —insistió Ragnar.

—Ya sé que no eres como Styr —ella lo miró

confusa—. Lo que me asusta es lo diferente que me siento contigo.

—Styr debería haberte proporcionado un niño para que lo acogieras.

—Me lo ofreció —admitió ella—. Pero lo rechacé, porque solo quería un hijo engendrado por mí.

Era evidente que había cambiado de idea, pero antes de que Ragnar pudiera cuestionarle sobre ello, Elena se lo aclaró.

—Pensé que un hijo propio nos uniría más que uno de acogida. Pensé que Styr me amaría si concibiera un hijo de su sangre. Pero nada de lo que hice o dije consiguió que me amara.

Elena acarició los cabellos de Matheus, pero se detuvo.

—Lo que hice aquella noche estuvo mal. No fue justo y tenías razón —susurró ella—. Te estaba utilizando, aunque no quería reconocerlo. Te mereces más que eso.

Ragnar percibió remordimiento en la voz de Elena y no le gustó. A pesar de que el matrimonio hubiera acabado, no estaba seguro de que hubiera olvidado a Styr.

Y, por mucha rabia que le diera, seguía sintiendo que se interponía entre ella y su mejor amigo.

Por todos los dioses, qué estúpido había sido al atreverse a soñar.

¿Y todo para qué?

Por una mujer atrapada en sus propios sueños y en un matrimonio con un hombre que no la había amado.

—Te agradezco que te hayas quedado conmigo estas noches —susurró ella de nuevo—. No quería estar sola.

Se había quedado para protegerla y, si bien a ella le había proporcionado consuelo, a él solo le había engendrado frustración.

Elena lo tentaba como ninguna otra mujer había conseguido. Sin embargo, se merecía mucho más que esa vida. Había crecido en una gran casa, con copas de plata y una riqueza que Ragnar únicamente podía imaginar.

En esos momentos no podía ofrecerle nada parecido. Pero, si continuaba luchando, quizás sí. En los ojos verde mar vio el futuro que añoraba, la mujer con la que soñaba.

Elena intentó de nuevo llevarse al niño, pero Ragnar lo mantuvo fuertemente sujeto.

—Yo lo llevaré —se levantó y cambió a Matheus de posición para que pudiera seguir contemplando el mar.

Emprendieron el camino de regreso hacia la casa y el guerrero se juró que algún día, Elena Karlsdotter sería suya.

O moriría en el intento.

Dieciséis

Elena abrió la puerta de su casa y Ragnar le pasó a Matheus, que apoyó la cabeza sobre su hombro. La oscuridad reinante en el interior de la casa quedaba interrumpida únicamente por el suave refulgir de las brasas de carbón.

—Acuesta al niño —sugirió Ragnar—. Quiero echar un vistazo alrededor de la casa para asegurarme de que no haya peligro —se inclinó hacia Elena y le susurró al oído—. Atranca la puerta cuando salga. Volveré enseguida.

Elena no respondió, aunque el aliento del guerrero le hizo cosquillas en la piel. Cerró la puerta y la atrancó mientras su mente bullía en un mar de confusión. Se había disculpado por seducir a Ragnar, pero lo cierto era que no lo sentía en absoluto. Le había encantado hacer el amor con él, quizás por lo prohibido. Los sentimientos que había despertado en su interior habían sido abrumadores y tuvo que admitir que jamás había sentido algo parecido con Styr.

No era capaz de identificar los sentimientos que profesaba hacia Ragnar y aunque solo habían pasado unas semanas desde que se hubiera divorciado de Styr, su corazón sabía que con ese hombre era diferente.

Siempre se había sentido muy unida a él, de un modo en que jamás se había sentido con Styr. Ante Ragnar podía hablar de cualquier cosa, de cualquier sentimiento, sin avergonzarse. Si los comparaba, tenía que admitir que prefería a Ragnar, y la idea le asustaba. Estaba sucediendo demasiado deprisa y no sabía si sus reacciones tenían su origen en la lujuria o en sentimientos que siempre había albergado hacia un hombre que la entendía como su esposo jamás había hecho.

El destello de una lámpara de aceite llamó su atención y Elena se quedó paralizada.

—¿Quién anda ahí? —el vello se le puso de punta y agarró con fuerza la daga que llevaba.

—No vais a llevaros a mi hijo —habló una voz desde el extremo opuesto de la casa.

Elena se volvió horrorizada al ver al padre de Matheus con un cuchillo en la mano. Demasiado confiada, no se le había ocurrido que el intruso pudiera estar en el interior.

—Marchaos de mi casa —ordenó, elevando la voz con la esperanza de que Ragnar la oyera.

—Vais a pagarme por él —insistió el hombre—. Con oro o con… —su mirada se posó en los pechos de Elena—, de cualquier otra forma.

—Ve a buscar a Ragnar —ella dejó a Matheus en el suelo y le susurró al oído.

Pero, en lugar de huir, el niño se acurrucó en un rincón y empezó a deslizar los dedos por las grietas de la pared. Había huido hacia su interior, sin mirarla a ella o a su padre. Era probable que ni siquiera comprendiera lo que estaba sucediendo.

Que los dioses los ayudaran.

—¡Ragnar! —gritó Elena mientras se dirigía hacia la puerta.

—Vuestro hombre no vendrá —el intruso la sujetó por la muñeca y le cubrió la boca con una mugrienta mano—. Mis amigos se han ocupado de eso.

Elena intentó gritar, pero la mano de ese hombre amortiguaba cualquier sonido que pudiera producir. Intentó luchar contar él, retorciéndose y pataleando, pero él le golpeó la cabeza, y todo se nubló a su alrededor.

Cayendo se rodillas al suelo, intentó mantenerse consciente. Al otro extremo de la estancia había una espada. Tenía que intentar alcanzarla. El hombre seguía cubriéndole la boca con su mano y no podía gritarle a Matheus ni a nadie. Aunque intentó morderle los dedos, su fuerza lo hizo imposible. El hombre empezó a levantarle la falda y ella sintió un torrente de ira.

No. No iba a permitir que la violara, o la convirtiera en una víctima en su propia casa. Enredó los pies con los del padre de Matheus y, empleando toda la fuerza de su cuerpo consiguió hacerle caer de espaldas. El ataque por sorpresa le liberó la boca y pudo gritar el nombre de Ragnar con todas sus fuerzas.

El hombre se puso en pie, pero Elena le golpeó la cabeza con una silla antes de correr hacia la espada. Sin embargo, mientras la alacanzaba, el hombre hizo lo propio con Matheus.

Una profunda ira la dominaba y ya no le importaba si ese hombre vivía o moría. Sujetó la espada con fuerza e intentó decidir cómo golpear sin tocar al niño.

—¿Sabéis usar esa cosa? —le provocó él.

—Os atravesaré el corazón —respondió ella agarrando la espada con más fuerza.

—¿Para qué queréis a mi hijo? —preguntó el hombre—. No tiene sesos y su madre debería haberlo matado cuando nació.

—Si tan poco significa, deberíais alegraros de que me haya ofrecido a acogerlo.

—No hasta haber recibido mi pago —el hombre agarró al niño por el cuello y Elena pudo ver el terror dibujado en el rostro del pequeño. Aunque el crío no hablaba, sí había comprendido el peligro. Su rostro estaba blanco y le suplicaba ayuda con la mirada.

—Llevo días observándoos —continuó el padre de Matheus—, esperando el momento propicio para entrar. Cuando él no estuviera aquí.

La mirada del hombre se dirigió hacia la pared que Matheus había estado embadurnando con barro. Los violentos gritos del niño de repente tuvieron sentido. Debía haber visto a su padre la noche anterior mientras intentaba taponar las grietas con barro.

¿Dónde estaba Ragnar? Elena no comprendía cómo no había derribado la puerta al oír sus gritos. Además ¿qué había querido decir el intruso con que su hombre no vendría? ¿Estaba muerto? ¿Le habían atacado?

Elena miró hacia la puerta que seguía atrancada. Aunque no quería perder de vista a ese hombre, necesitaba ayuda.

En un ágil movimiento, corrió hacia la puerta y la desatrancó. Para alivio suyo, Ragnar estaba ya al otro lado con la espada desenvainada. Loados fueran los dioses.

El guerrero tenía sangre en el rostro y, aunque no podía saber qué había sucedido, al menos estaba vivo. Elena se echó a un lado, pero fue sorprendida por el intruso que, soltando a Matheus, la agarró a ella en su lugar. Incapaz de moverse, sintió la punta de la espada contra su garganta.

—Si no me la entregáis, la mataré antes de que podáis dar un solo paso —le advirtió a Ragnar.

Elena no podía respirar, pero en los ojos de Ragnar vio la intención de matar. Ni siquiera la miró, concentrado en derribar al enemigo. Matheus estaba detrás de ellos y no se podía saber si estaba en peligro o no.

Ragnar se mantenía inmóvil, pero sin hacer ademán de rendir la espada. Sin embargo, deslizó una mano hacia la bolsa de cuero que colgaba de su cintura.

—¿Queréis plata?

—Arrojad la bolsa al suelo y marchaos —Elena no veía el rostro de su atacante, pero sí sintió que la agarraba con más fuerza.

—Solo me marcharé si ella y el niño vienen conmigo —la voz de Ragnar era tranquila y su mirada fría.

—Eso no sucederá.

Elena percibió la locura en la voz del hombre. Jamás iba a renunciar al niño. Quizás insistiría en el pago, pero no se acabaría con unas cuantas monedas. Habría más exigencias que pondrían en peligro a Matheus. Con él no cabían los razonamientos.

Elena cerró los ojos. Sabía que Ragnar lo iba a abatir. Su vida estaba en peligro, pero si no hacía nada, ese hombre la mataría después de haberse saciado de ella.

«Hazlo», le suplicó al guerrero en silencio.

Con los ojos fuertemente cerrados esperó el inevitable golpe.

—¡No! —gritó Ragnar.

Elena abrió los ojos al mismo tiempo que oía un extraño sonido surgir de su atacante.

La punta de la espada avanzó y sintió un agudo dolor en el cuello.

Segundos más tarde, el hombre cayó al suelo. De su espalda manaba la sangre y, al volverse, ella vio a Matheus sujetando el cuchillo de su padre en la mano. De los ojos del niño caían gruesas lágrimas y sus manos temblaban.

Matheus había matado a su padre para salvarla a ella.

—Está bien —murmuró Elena—. Puedes soltar el cuchillo. Estoy bien.

El niño obedeció y, sollozando, se arrojó en sus brazos. Era la primera muestra de afecto que le había ofrecido jamás y ella lloró abrazada a su hijo. No se había imaginado que la defendería ni que comprendiera que quería ayudarlo. Elena continuó pronunciando palabras de consuelo sin dejar de abrazar a Matheus.

El niño había comprendido que ella quería protegerlo, ser su madre. Aunque llevaba muy poco tiempo con él, ya se había dado cuenta de que no le haría daño. El corazón de Elena lloró por el sufrimiento que debía haber soportado la criatura a manos de sus padres.

Pero todo eso había terminado.

Ragnar permanecía junto a la puerta, la espada aún en la mano. Elena alzó los húmedos ojos hacia él, pero solo leyó tensión en su expresión antes de que se acercara a ellos.

—¿Estás bien? —preguntó, girándole la barbilla para ver la herida.

—No es profunda —ella asintió mientras él le limpiaba la sangre con un paño.

—Podría haberte matado —insistió él.

Elena permaneció inmóvil, hechizada por la forma en que la estaba mirando, aspirando el ya familiar aroma de ese hombre. Y de nuevo sintió la necesidad de besarlo.

—No, no podía matarme. Tú estabas aquí para defenderme.

Sin embargo, al intentar abrazar a Ragnar, él se apartó. Algo le preocupaba. ¿Se echaba la culpa por el ataque? Ninguno de los dos podría haber sabido que el padre de Matheus se había colado en el interior de la casa mientras ellos estaban ausentes.

Pero ver un cadáver en el suelo no le resultaba nada agradable. Esa casa estaba llena de malos recuerdos. Recuerdos del final de su matrimonio, del embarazo fracasado y, añadido a eso, la muerte de una persona.

Elena sintió la necesidad de comenzar de nuevo, en algún otro lugar.

—Ya no quiero quedarme en Dubh Linn —le confesó a Ragnar mientras abría la puerta para salir de la casa, con Matheus de la mano—. Quiero irme de aquí —poco le importaba adónde fueran, siempre que el lugar no despertara recuerdos del pasado, y que Ragnar la acompañase—. ¿Todavía puedes conseguir un barco? —apretó a Matheus contra su cuerpo y el niño enterró el rostro en su falda.

—Encontraremos uno por la mañana —le prometió él.

—Gracias —susurró Elena—. Esta noche, no quiero quedarme aquí. Matheus no debería dormir en esta casa, no después de lo ocurrido.

—Podéis quedaros con los nuestros —asintió el guerrero—. Os encontraré un hueco.

Ragnar la condujo hasta su casa junto con el niño. Tenía los nervios a flor de piel y su mente aún aturdida ante el riesgo que había corrido de perderla. Ver la espada pegada a su cuello le había vuelto loco y, ciego de ira, había estado dispuesto a matar a su atacante.

Pero el niño se le había adelantado.

Ragnar no lo había visto agazapado detrás de su padre y, cuando había atacado con la espada, el repentino movimiento había sido tan rápido que apenas había conseguido parar el golpe. Su espada había atravesado las costillas del hombre y a punto había estado de cortarle la cabeza al pequeño.

El único consuelo era que Elena no lo sabía. En ese momento tenía los ojos cerrados, sin idea de lo cerca que había estado de morir Matheus. No habría habido palabras de consuelo en caso de que hubiera sucedido lo peor.

Decidió no contarle nada, pero no podía evitar sentirse inquieto por lo que había hecho. Se había descontrolado por completo y no podía fiarse de sí mismo en esos momentos.

Varios de sus compatriotas bebían y jugaban mientras que otros se volvieron para saludar a Elena con una inclinación de cabeza. Ragnar la acomodó en un rincón contra la pared. Elena tumbó a Matheus y se sentó a su lado para arroparle. El niño temblaba y ella le acarició los cabellos para consolarlo.

El gesto de ternura cumplió su objetivo y Ragnar comprendió que el crío empezaba a aceptar a Elena. Aunque siempre sería un chico diferente, Elena sería una buena madre, que lo querría por quien era, sin importarle cómo era.

El guerrero se apartó de su lado y pidió a uno de los hombres que lo ayudara a deshacerse del cadáver. No quería que la casa de Elena se viera manchada por algo así.

Concluida la misión, Ragnar regresó a su casa. Iba a tener que enfrentarse al *jarl* y pagar un precio, pero, de momento, se quedaría con Elena y el chico.

La encontró sentada junto a Matheus y decidió concederles un momento de privacidad, que aprovecharía para ordenar sus pensamientos. Sentado al otro extremo de la estancia, en ningún momento apartó la vista de ellos. El cabello largo y rojizo caía sobre los hombros de Elena, apoyada contra la pared.

Le vio rodear los hombros del niño y, cuando levantó la vista, le dedicó un silencioso agradecimiento. Esa mujer no tenía ni idea de lo cerca que había estado de perder a su hijo.

Elena se tumbó junto a Matheus, pero se sentía demasiado inquieta y era incapaz de dormir. Tras varios minutos dando vueltas, se dirigió hacia Ragnar, que permanecía con la espalda apoyada contra la pared, aguardando a que ella hablara primero.

En la oscuridad se distinguía la herida bajo la barbilla, donde la espada le había atravesado la piel. La vida era algo muy frágil y podía acabar en un instante. Quizás eso significaba que debía tomar las riendas de su vida, vivir cada día plenamente.

—No podía dormir —susurró ella—. Sola no.

Tenía los cabellos revueltos sobre el rostro y los ojos brillaban luminosos. Ragnar se moría por besarla, sentir su cuerpo, pero seguía conmocionado por lo que había estado a punto de sucederle al muchacho.

Elena le tomó la mano y lo condujo lejos de los demás. Los hombres eran plenamente conscientes de su presencia, pero ninguno les prestó atención.

—Solo quiero que me abraces un poco —ella le rodeó el cuello con los brazos y dio un paso al frente, hasta presionar sus pechos contra el cuerpo del guerrero—. ¡He pasado tanto miedo!

Ragnar se sintió endurecer al instante y el aroma femenino despertó un agudo deseo.

—Siempre cuidaré de ti, Elena —aspiró el aroma de sus cabellos, consciente de que no tenía derecho a abrazarla. Todavía no.

—Lo sé —murmuró ella dando un paso atrás—. Siento mucho remordimiento —admitió—. Nunca te he dado las gracias por salvarme la vida cuando casi fuimos apresados —se puso de puntillas y lo besó.

Ragnar necesitó de toda su fuerza de voluntad para no devorarla allí mismo.

—Y nunca te di las gracias por protegerme en la isla —Elena posó una mano sobre el corazón del guerrero y volvió a besarlo.

Las inocentes caricias inflamaban el deseo de Ragnar, haciéndole perder el control. Cuando deslizó la lengua por sus labios, él abrió la boca e intensificó el beso hasta que ella lo interrumpió.

—Y nunca te he agradecido lo suficiente que permanecieras a mi lado, incluso después del divorcio de Styr —ella deslizó una mano entre sus cabellos—. No habría podido soportar los primeros días sin ti.

Aunque el matrimonio ya había quedado atrás, la mención de Styr congeló el deseo de Ragnar. Evidentemente su esposo había compartido el lecho con ella, la había conocido íntimamente. Y eso le provocaba unos celos que iban más allá de cualquier cosa que hubiera sentido jamás.

Quería que Elena tuviera muy claro quién era él. Porque él no era Styr.

Ragnar tomó el amado rostro entre sus manos y devoró sus labios. La besó con pasión, deslizando las manos por todo su cuerpo, jugueteando con los pechos y agarrándole las caderas con firmeza.

Elena empezaba a respirar entrecortadamente, pero sin dejar de corresponderle. Sus manos se deslizaron bajo la túnica del vikingo y acariciaron la piel desnuda. Un gemido surgió de sus labios cuando él le mordisqueó las orejas, saboreando la suave piel, excitándola.

—Mi hermosa Elena —gruñó él antes de hundir la lengua en la deliciosa boca.

Elena le rodeó el cuello con los brazos. No había duda de que deseaba yacer con él aquella noche y la simple idea hizo que el miembro de Ragnar se endureciera al pensar en penetrar su cálida humedad.

Pero quería que respondiera de otra manera. Quería tentarla como Styr jamás la había tentado.

«No eres lo bastante bueno para ella», habló la voz de la duda en su cabeza.

Pero no estaba dispuesto a escucharla e intensificó el beso en un intento de borrar todo de su mente, salvo sus caricias.

Quería aprenderse de memoria sus rasgos, aprenderla con sus manos. El salvaje deseo de tomarla resultaba casi aterrador.

Pero cuando ella hundió las manos en las calzas, él la detuvo.

—Todavía no.

—Lo siento —Elena se sonrojó—. No debería…

—Quiero decir que todavía no he terminado contigo, søtnos —Ragnar la sujetó contra la pared, besándole la barbilla justo por encima de la herida.

Elena apoyó todo su peso sobre él mientras las manos del guerrero se deslizaban hasta sus pechos.

—Aquella noche te permití tomarme, pero no tienes ni idea de lo que es yacer conmigo —él le pellizcó ligeramente los pezones mientras Elena cerraba los ojos—. Si quieres que seamos amantes, voy a tener que borrar el recuerdo de Styr de tu cabeza. No permitiré que se interfiera entre nosotros.

Y para subrayar sus palabras, deslizó las manos bajo la falda para acariciar la piel desnuda del muslo, pero manteniendo la palma bajo la íntima abertura.

Elena intentó frotarse contra él, pero Ragnar mantuvo la mano apartada. Los ojos verdes se abrieron y, sujetándole el cuello, lo atrajo hacia sí para besarlo.

—Di mi nombre —le ordenó—. Mírame y sé muy consciente de quién te está tocando.

—Ragnar —susurró ella.

Era evidente que estaba muy excitada, casi tanto como él mismo. Sin embargo, Ragnar había aprendido hacía mucho tiempo que la mayor plenitud provenía del mayor deseo.

Se le había concedido una segunda oportunidad. Y si eso significaba hechizar a Elena hasta que no fuera capaz de pensar en nada que no fuera él, lo haría.

Diecisiete

—Tómame, pero no aquí —le pidió Elena en un susurro. Deseaba desesperadamente a Ragnar, pero no rodeada de toda esa gente.

—A no ser que quieras volver a tu casa, no hay otro sitio —le advirtió él. Estaban protegidos de las miradas de los demás y sabía con seguridad que nadie los iba a interrumpir—. ¿Podrás mantenerte callada?

La idea de hacer el amor con Ragnar una segunda vez, rodeados de gente, era a la vez terrorífica y estimulante. Elena asintió y él se quitó la túnica y la cota de malla.

La visión de los músculos le impresionó. El guerrero llevaba los cabellos sujetos a la espalda y los brazos adornados con brazaletes de cuero. Sus miradas se cruzaron y él dibujó una traviesa sonrisa en sus labios, como si quisiera recordarle las caricias robadas de la vez anterior.

Los músculos se tensaron y ella sintió que se moría por tocarlos.

Con ese hombre nunca se había sentido inferior. Al revés, pues la miraba como si le resultara tan necesaria como el aire para respirar.

—Nunca debería haberme casado con Styr —admitió ella—. De niña me impresionaba tanto que no veía el hombre que era en realidad.

El rostro de Ragnar se tensó, como si no quisiera oír hablar de ello. Aun así, Elena necesitaba que lo supiera.

Ese hombre había sido su mejor amigo y siempre había habido algo especial entre ellos. Llenaba huecos que Styr era incapaz de llenar.

—A Styr le importabas —dijo él al fin—. Quería protegerte. En Gall Tír me hizo jurar que te protegería.

—Yo le gustaba lo suficiente para un matrimonio concertado —Elena acarició el firme abdomen—, pero nunca estuvo bien.

Dejó caer las manos a los lados. Necesitaba contarle la verdad.

—¿Tienes idea de lo horrible que era intentar convertirme en una mujer que él pudiera amar? Hice todo lo que pude por cambiar, pero nunca fue suficiente —la amargura en su voz era inmensa—. Y encima ni siquiera fui capaz de darle hijos.

—No te hagas esto —Ragnar le agarró un brazo—. No hace falta que hablemos de ello.

—Necesito que comprendas que nunca fue un buen matrimonio —ella respiró hondo y se armó de valor—. Ni siquiera al principio. Jamás fui capaz de hablar con él como hablo contigo.

—Estaba ciego si no veía lo que tenía —le aseguró Ragnar mientras la empujaba contra la pared—, pero yo no lo estoy.

En sus ojos, Elena vio deseo. Un deseo que la traspasó, más allá del dolor de un esposo que jamás había sido capaz de amarla. Había intentado convertirse en la esposa que Styr deseaba, cuando durante todo el tiempo había tenido a ese otro hombre que no deseaba cambiarla en absoluto.

—Quizás era yo la que estaba ciega —observó Elena.

Y era cierto. Hacía mucho tiempo que presentía que Ragnar sentía algo por ella, aunque había sido muy cuidadoso en que no se notara.

—¿O crees que me equivoco?

—¿Tú qué crees, *søtnos*? —Ragnar le tomó el rostro entre las manos.

Las palabras del guerrero le dieron un valor que jamás se había imaginado posible. Elena lo atrajo hacia sí y lo besó, pero en lugar de verse correspondida por unos besos apasionados como los de antes, él la besó con suma ternura.

Aquello resultaba muy revelador, sobre todo proviniendo de un hombre al que había conocido desde hacía tanto tiempo, pero que a la vez no conocía en absoluto. La respiración de Elena se aceleró y se sintió invadida por un deseo como no había experimentado jamás. No había sentimiento de culpa ni remordimiento. Solo un nuevo comienzo.

Ragnar la estaba aprendiendo, deslizando las manos por su rostro y cabellos. Y cuando se inclinó hacia el cuello, ella se echó hacia atrás, temblando al sentir la húmeda lengua.

Apartándose, lo miró fijamente y, por primera vez, comprendió lo mucho que Ragnar había llegado a significar para ella. Había permanecido a su lado al ser apresados y habían conseguido sobrevivir. Había estado con ella en los peores momentos.

Y quería conocerlo mejor.

Las manos de Ragnar se movían sobre ella, soltando los lazos del vestido, pero ella no deseaba un acto apresurado.

Quería que fuera lento, poder abrir los ojos ante el hombre que tenía delante. Conocerlo, tal y como él la había conocido durante todos esos años de secreto silencio.

—Más despacio —susurró, apartándose mientras acariciaba el torso desnudo del hombre que la miraba atónito—. Siempre te he admirado, incluso de niña —confesó—. A pesar de estar prometida a Styr, me gustaba mirarte —deslizó una mano por la firme mandíbula—. Te movías como ningún hombre que hubiera visto jamás.

—Quería demostrar lo que valía —admitió él—. Y luchar era lo único que sabía hacer.

—En ti hay mucho más que una espada y un escudo —aseguró Elena—. Eres un hombre valiente y de honor.

—Ninguno de los pensamientos que tuve hacia ti fue honorable —le aseguró Ragnar—. Nunca lo manifesté en voz alta, pero soñaba con apartarte de Styr, reclamarte y hacerte mía.

—Y yo quería que me reclamaras —admitió ella—. Aquella noche, cuando soñé contigo. Cuando te obligué a tocarme.

—No me obligaste a hacer nada que yo no deseara hacer —Ragnar la miró a los ojos—. Me da igual lo que Styr te dijera o pensara. Para mí eres perfecta, y siempre lo fuiste.

Un dulce dolor inundó el corazón de Elena, pues nadie le había dicho algo así jamás. Y sintió la necesidad de asegurarle que no tenía nada que demostrar. Que tenía sentimientos por él.

Aunque permanecieran ocultos por un panel de madera, Elena sentía la presencia de los demás hombres. Ragnar se arrodilló y le levantó la falda deslizando las manos hasta los muslos desnudos. Después las deslizó hasta las caderas, hasta que le hubo quitado el vestido y ella estuvo desnuda ante él.

Los pechos de Elena se tensaron al instante y Ragnar dejó caer la ropa al suelo. A pesar de su timidez, y el temor de que alguien los sorprendiera, deseaba a ese hombre.

Antes de permitir que la tumbara en el suelo, ella le detuvo.

—Quiero contemplarte —la mirada verde se detuvo en la enorme erección.

Ragnar se desató las calzas para revelarle su cuerpo desnudo y ella quedó fascinada. Sus piernas eran poderosas, el cuerpo torneado. Y sabía de sobra cómo era tenerlo dentro.

Tumbada sobre la ropa, se sintió más nerviosa que la vez anterior. Su mente bullía con miedos, aunque sabía que él jamás le haría daño. Ya había yacido con él y había resultado excitante más allá de cualquier cosa que hubiera conocido.

Pero ni siquiera con Ragnar había quedado embarazada y estaba casi convencida de que no engendraría un hijo haciendo el amor. Iba a tener que despedirse de ese sueño y hallar la felicidad por otro camino.

Ragnar le sujetó las muñecas por encima de la cabeza de modo que sus pechos se alzaran.

—La última vez, tomaste el placer para ti sola —susurró él—. Ahora voy a satisfacerme yo.

Tomó un erecto pezón en la boca, girando la lengua a su alrededor y provocándole a Elena una sacudida de excitación.

Después le tomó una mano y la posó entre sus muslos.

—Deja aquí los dedos y no muevas la mano —le ordenó.

Al principio, Elena no comprendió lo que pretendía, pero cuando Ragnar se inclinó sobre el otro pecho mientras mantenía la presión de su mano entre las piernas, sintió una increíble sacudida de placer.

—No —le ordenó cuando ella empezó a tocarse—. Deja tu mano quieta.

Ragnar le levantó una pierna, doblándole la rodilla ante de reclamar su boca para entrelazar ambas lenguas. Las salvajes sensaciones se sucedían tan rápidamente que Elena se imaginó que la presión de sus propios dedos era la rígida erección. Estaba muy húmeda y deseaba la unión con él.

Para animarlo, cuando Ragnar al fin le soltó la mano, agarró el masculino miembro, recibiendo como respuesta un beso más apasionado y percibiendo la respiración entrecortada del guerrero cuando empezó a mover la mano arriba y abajo.

Los dedos de Ragnar se hundieron en la femenina humedad y, aunque a Elena le produjo placer, luchó contra la oleada de sensaciones, casi asustada por el modo en que ese hombre le hacía sentir. Aquello sucedía demasiado deprisa y tuvo que morderse el labio.

—No grites —susurró él contra su oído mientras hundía los dedos en su interior.

La orden hizo que ella sintiera ganas precisamente de gritar, impresionada por la violencia de sus propios sentimientos. El pulgar del guerrero frotó el íntimo núcleo mientras los dedos continuaban acariciándole el interior. Las sensaciones crecieron hasta hacerla estremecerse.

Pero no fue nada comparado con la impresión de sentir de repente la rígida erección entre las piernas. La presión le arrancó un involuntario gemido. La sensación era tan buena…

Y cuando al fin él se introdujo en su interior, no pudo contener un agudo respingo.

—No grites —insistió Ragnar—. No quiero que pienses. Solo quiero que me sientas dentro de ti y que sepas que nadie se volverá a interponer entre nosotros.

¡Por la sangre de Freya que jamás se había sentido tan excitada! Y eso era precisamente lo que pretendía Ragnar. Intentaba borrar de su mente los recuerdos de su primer esposo, sustituyéndolos por su presencia.

Hundiéndose en su interior, volvió a concentrarse en los pechos, bordeando el pezón con la lengua y mordiéndolo suavemente mientras con las caderas describía rítmicos círculos.

—Todos estos años os veía juntos y le imaginaba haciéndote esto —Ragnar casi se retiró del todo antes de hundirse violentamente en su interior de nuevo—. Quise matarlo por tocarte.

—No mezcles a Styr en esto —Elena estaba muy mojada y desesperada—. No va con él.

Ragnar aceleró el ritmo con cortas sacudidas. Elena no pudo controlar los espasmos de la excitación que la inundaron y, aunque quiso obligarle a mantenerse más cerca, supo que él no cesaría en el asalto a sus sentidos. Le rodeó la cintura con las piernas, pero Ragnar, haciendo uso de su mayor fuerza, salió de ella, dejándola temblando de necesidad.

—No quiero que vuelvas a pensar en él —susurró, provocándole una tensión inusitada al no saber qué iba a hacer a continuación. Ragnar le besó el estómago mientras le acariciaba los suaves rizos con la mano.

Tomando el delicioso trasero con las manos ahuecadas, la tocó íntimamente, hundiendo los dedos en la húmeda cavidad. Elena clavó las uñas en la tierra mientras él continuaba atormentándola con la presión del pulgar sobre el íntimo núcleo.

Se estaba deshaciendo por dentro. Aunque apenas podía soportar lo que le estaba haciendo, comprendió el motivo. El guerrero quería torturarla, vengarse contra su cuerpo por haber tenido a otro hombre antes que él. Iba a continuar tocándola hasta hacerla volverse loca de deseo.

Y cuanto más luchaba contra las sensaciones, más fuertes se hacían. Un incandescente calor la inundó mientras la excitante anticipación crecía y crecía.

Y, sin previo aviso, Ragnar le sujetó las caderas y se hundió dentro de ella otra vez. La brusca sensación la llevó a la cima y hundió las uñas en los fuertes hombros mientras hallaba una liberación tan fuerte que era incapaz de controlar los temblores. Ragnar cabalgó con dureza sobre ella, los dos cuerpos sudorosos, hasta que Elena no fue capaz de pensar. Estaba dominada por un instintivo deseo animal y le sujetó las caderas para obligarle a penetrarla más profundamente, con más violencia.

Cada átomo de su ser se convulsionó contra el guerrero mientras otra oleada de liberación la sobrecogía. Se había convertido en líquido ardiente y él se retiró para darle la vuelta, colocándola a cuatro patas, antes de hundirse de nuevo en su interior.

Por todas las diosas, estaba tan perdida en el deseo que no podía hacer nada más que rendirse a él. Ragnar la dominaba en todos los sentidos.

—Ya no puedo más —suplicó Elena y al fin él liberó la semilla en su interior con violentas sacudidas, hasta derrumbarse sobre ella.

Cuando todo hubo terminado, a Elena la asaltó la duda de si le había hecho el amor porque sentía algo por ella o si intentaba demostrar que era mejor hombre que Styr.

«Ragnar sentía la familiar hoja de la espada en la palma de su mano. El cielo nublado y la densa atmósfera anticipaban la batalla y la promesa de lluvia. Su enemigo estaba de pie ante él, otro guerrero más al que se había enfrentado con la promesa de plata. El rostro del hombre estaba oscurecido por la niebla y, cuando Ragnar atacó con la espada, el filo se hundió en un escudo de madera. Segundos más tarde, un agudo dolor le laceró el brazo y la sangre corrió por su piel.

Sus músculos se tensaron al devolver el golpe, pero la fuerza se le escapaba por la herida. Y cuando hizo acopio de su reserva de energía para lanzar un último ataque, la espada asestó el golpe mortal.

Al retirar el yelmo del hombre, vio que se trataba de Styr.

El horror inundó a Ragnar al ver los ojos sin vida de su amigo, el cuerpo bañado en sangre. Un salvaje grito escapó de sus labios cuando el cuerpo se volvió borroso antes de transformarse en el cuerpo de Matheus. El niño yacía inane en el suelo, la sangre manando de su corazón».

—¡Ragnar!

La pesadilla había pasado, pero al abrir los ojos se descubrió sujetando una daga contra el cuello de Elena. Horrorizado, la dejó caer de inmediato.

—Estabas soñando —susurró ella.

Había estado a punto de lastimarla mientras dormía. Seguramente Elena lo había tocado y él había reaccionado instintivamente agarrando el arma.

—Podría haberte herido —contestó él aturdido. Jamás en su vida se habría creído capaz de hacerle daño a Elena, pero el sueño había revelado una certeza que no podía ignorar. En medio de la batalla, perdido en la vorágine, nada podía frenar su instinto para matar.

Ragnar se cubrió el rostro con las manos para bloquear el terrible sueño.

La noche anterior, después de haberle hecho el amor, Elena y él se habían vestido y acostado junto a Matheus. Hacía meses que no había dormido tan profundamente.

—No me habrías lastimado —insistió Elena. Pero cuando Ragnar al fin se atrevió a levantar la vista, vio que el niño estaba retrocediendo.

Matheus acariciaba la pared con los dedos, como si no confiara en él. Y dado lo cerca que había estado de perder la cabeza, no resultaba nada sorprendente.

—Será mejor que vaya a solucionar lo del barco —Ragnar suspiró y se puso en pie.

—Espera —Elena le interceptó el paso y lo abrazó con fuerza.

El gesto sin duda tenía como objeto tranquilizarlo, pero, a pesar de que le correspondió en el abrazo, él no podía evitar recordar lo que había hecho.

«No eres de fiar. Podrías haberla matado sin siquiera abrir los ojos».

—Te voy a llevar de regreso a Hordafylke —anunció—. Puede que nos acompañen algunos de los nuestros, pero seguramente tendremos que buscar una tripulación.

—Ya te dije que no quiero regresar allí.

—Allí estarás a salvo —el guerrero se dio media vuelta para marcharse, pero no le sorprendió en absoluto que ella lo siguiera.

—¿Ahora me he convertido en una niña que debe ser devuelta a sus padres? —preguntó Elena. Los ojos verdes emitían furiosos destellos—. ¿Qué te hace pensar que iré contigo?

—No tienes elección.

—¿Cuándo decidiste deshacerte de mí? —el bonito rostro estaba teñido de carmesí.

Ragnar la agarró de una mano y la arrastró al fondo de la casa. Aquella no era una conversación que quisiera mantener con tanta gente alrededor.

—¿Tan malo fue anoche cuando compartí el lecho contigo? —Elena cerró los puños con fuerza—. ¿Tantas ganas tienes de dejarme?

—No —él no podía creer que pensara tal cosa.

Elena tomó un paño y, tras humedecerlo en agua, sin pensar empezó a limpiar la mesa.

—No hace falta que te pongas a limpiar —Ragnar dio una paso atrás con la intención de marcharse de nuevo—. Dentro de muy poco nos iremos de aquí.

—No te comprendo —ella le arrojó el paño húmedo—. Anoche pensé que… pensé que podríamos estar juntos. Pensé que yo te importaba.

Ragnar sintió una opresión en el pecho y tuvo que hacer un gran esfuerzo por permanecer en silencio. Quería estar con ella, amarla como la había amado toda su vida, pero no confiaba en sí mismo.

—¿Me utilizaste anoche? —susurró ella—. ¿Intentabas demostrar que eras mejor que Styr?

—¡No! —las palabras de Elena le enfurecieron. Desenvainó la espada y la dejó sobre la mesa—. Estaba hechizado por ti —la empujó al centro de la estancia—. Pero esta mañana he recordado quién soy. Soy un guerrero que mata, Elena. Y la otra noche, cuando murió el padre de Matheus, estuve a punto de matar al chico.

Elena palideció, tal y como había pretendido Ragnar que hiciera.

—Tú tenías los ojos cerrados —continuó—. No viste cómo alzaba mi espada para matar a ese hombre. Me abalancé sobre él justo en el instante en que el niño se acercó por detrás. Estuve a punto de matar a Matheus cuando intentaba matar a su padre.

—Pero no lo hiciste —contestó ella con un hilillo de voz—. Sujetaste el arma.

—Pero podría no haberlo logrado —Ragnar quería inspirarle miedo, que comprendiera que había perdido el control. Un paso en falso y el chico habría muerto.

—Déjalo ya —protestó ella—. Déjalo —se acercó a él y le agarró la túnica con ambas manos—. Jamás me habrías lastimado, ni a Matheus tampoco. Ni en un millón de años.

—Maté a mi propio padre porque me enfadé —

señaló él—. No pude controlarme —aunque su intención no había sido la de lastimar a Olaf, lo cierto era que el hombre había muerto unos días después de la pelea.

—No murió por tu culpa —Elena lo obligó a mirarla a la cara—. Bebía en exceso y tenía el corazón débil.

Sin embargo, Ragnar se culpaba de su muerte. Aunque su padre le había pegado a menudo, sabía que el hombre estaba destrozado por el dolor. Con el fin de olvidar, Olaf bebía demasiado y al final se había perdido el hombre que había sido.

Por sus venas corría la sangre de su padre y no sabía si algún día él también se volvería contra aquellos a quien amaba.

—No puedes culparte por ello —insistió Elena—. Te confiaría mi vida.

—Pues yo no me fío de mí mismo —Ragnar hundió los dedos en los cabellos de Elena—. Esta misma mañana podría haberte herido sin darme cuenta siquiera.

—Te equivocas —ella le tomó las manos y lo miró con los ojos llenos de lágrimas—. Yo veo al hombre que eres. Y voy a seguir los dictados de mi corazón.

—Esta vez no, *søtnos* —Ragnar le dio un casto beso en la frente.

Aunque le partía el corazón, estaba dispuesto a soportar perderla si con ello conseguía mantenerla a salvo. No se reconocía a sí mismo, un luchador que ya se había cobrado demasiadas vidas.

El guerrero la soltó y abrió la puerta de la casa, encontrándose con Matheus, que tenía al cachorrito en sus brazos. Por primera vez, el niño lo miró a los ojos con calma.

—Entra en la casa —le pidió al chico—. Tu madre necesita ayuda con el equipaje.

Dieciocho

Elena se obligó a contenerse, a pesar de estar furiosa contra Ragnar. ¿Cómo podía pensar que iba a dejarlo marchar? Su corazón sangraba ante la idea de perder a ese hombre que había estado a su lado desde el principio.

Debería haber comprendido que esa amistad era lo que había necesitado todo el tiempo. Pero, al dejar a un lado la amistad, había descubierto que no era tan fría como creía ser. Cada caricia de Ragnar la excitaba proporcionándole placer.

Había mucho más en juego de lo que él había dicho. Cuando le había despertado de su pesadilla, se había sentido horrorizado.

Ella seguía convencida de que jamás le haría daño. Ni siquiera se lo había hecho la confesión sobre el peligro que había corrido Matheus. En cuanto había visto al niño, había detenido la espada.

Sin embargo, se sentía muy confusa y no sabía qué hacer. Matheus corría tras el cachorrito y, por primera vez, le oyó reír. El repentino estallido de alegría le llegó al alma y, cuando se acercó a él, el pequeño se arrojó en sus brazos.

Era justo lo que necesitaba. El pequeño abrazo abrió las compuertas de las lágrimas que había estado reteniendo. Tomándolo en brazos, Elena se alejó de los demás. Su niño, su hijo adoptivo, había tomado un trozo de su maltrecho corazón y empezado a recomponerlo. Aunque quizás nunca lograría engendrar un hijo de su propia sangre, siempre lo tendría a él y, de momento, le bastaba. Llorando en silencio, lo abrazó.

Necesitaba tiempo para pensar, para ordenar las confusas emociones que la invadían. Sus pasos la llevaron nuevamente a casa de su amiga Agata. Necesitaba la amistad y el consejo de la mujer. Tomando a Matheus de la mano, caminaron juntos, seguidos de cerca por el cachorro. Matheus encontró una hierba seca en el suelo y se lo entregó como si fuera un ramo de brezo.

—Gracias —sonrió ella inclinándose hacia el pequeño, que le secó las lágrimas del rostro.

Ese niño era ciertamente la respuesta a todas sus oraciones. Elena volvió a abrazarlo, agradecida por su silenciosa presencia. Era un regalo que jamás se habría esperado, un hijo, no de sus entrañas, pero de todos modos parte de su corazón.

—Tenemos que convencer a Ragnar para que se quede con nosotros —le informó con solemnidad—.

Voy a hablar un ratito con Agata y mientras tú puedes jugar con sus hijos.

La expresión del niño no varió en absoluto y, tomados de la mano, continuaron camino de la casa de su amiga.

—Ragnar se marcha —informó Elena a su amiga—. Ha decidido que quiere que vuelva a Hordafylke, con mi familia.

—Qué típico de un hombre —Agata la miró pensativa—. Siempre creen saber qué es lo mejor para una mujer —le ofreció a Elena una taza de cerveza antes de continuar—. ¿Se ha mostrado desagradable contigo?

Elena sacudió la cabeza y le explicó lo sucedido aquella misma mañana.

—Es como si no creyera tener derecho a ser feliz conmigo. Ya no sé qué decirle para convencerle de que lo intente.

—¿Lo amas?

Elena no contestó, temerosa siquiera de pensar en ello. Su cerebro le advertía que era demasiado pronto después del divorcio de Styr. No tenía derecho a amar a otra persona.

Aun así, Ragnar había estado a su lado desde el principio. Le había salvado la vida en la isla y había luchado para protegerla. La idea de no volver a verlo era mucho más terrible que perder a un amigo.

Ni siquiera era capaz de imaginarse el dolor y la soledad.

—Sí —susurró al fin—. Lo amo.

—Pues entonces lucha —le urgió Agata—. Deja de pensar como debería hacerlo una mujer y empieza a pensar como un guerrero. No le permitas dominarte.

Una idea tomó forma en la mente de Elena, una que jamás habría considerado en el pasado. Sin embargo, deseaba a ese hombre y no estaba dispuesta a echarse a un lado y dejar que gobernara su vida.

Rápidamente, le contó a su amiga el plan.

—Es perfecto, Elena —la otra mujer sonrió resplandeciente.

—Se va a enfadar muchísimo conmigo.

—Si te quiere, no importará. Al final se alegrará de que le hayas hecho entrar en razón.

Elena dudaba, temerosa de que no fuera a funcionar. Pero, antes de poder formular una protesta, Agata intervino.

—Ahora déjame a Matheus para que lo cuide y márchate a hacer lo que tienes que hacer.

Ragnar no se dirigió a la playa. Sin saber cómo, se encontró de nuevo en la ciudad, presenciando las peleas, viendo cómo los hombres se golpeaban con los puños. El rugido de la multitud y los gritos de los contrincantes llenaron sus oídos. Pero se contuvo.

Uno de los luchadores tendría poco más de diecisiete años. Delgado e inexperto, perdió el equilibrio cuando su contrincante, un hombre más mayor, le golpeó la mandíbula. A Ragnar le parecía estar viéndose a sí mismo años atrás, cuando su padre lo golpeaba.

Solía castigarle por cualquier cosa. Y cuando hombres como el padre de Elena habían afirmado que no era lo bastante bueno para su hija, no le había resultado difícil comprenderlo. Si su propio padre pensaba que era un inútil ¿cómo no lo iba a pensar el resto de la gente?

Pero Elena nunca lo había visto de ese modo.

El chico estaba caído en el suelo, los hombros hundidos, mientras seguía recibiendo golpes. Ragnar apretó los puños, deseando intervenir, aunque sabía que no podía.

Elena había intentado salvarle de aquello. Jamás le había tratado como a un inferior. Y al quedarse aislados, había descubierto lo que había temido desde hacía tiempo, que su atracción por ella era mucho más profunda de lo que había imaginado.

Sabía que era un pobre sustituto de Styr, pero la noche anterior Elena se le había ofrecido libremente, deseándole. En sus brazos había saboreado un instante de inmortalidad.

Lo más honorable sería dejarla marchar, llevarla de regreso a su casa. Pero el guerrero que llevaba dentro deseaba reclamarla como suya. La quería en sus brazos cada noche para adorarla.

Fue vagamente consciente de que estaba siendo observado. Varias de esas personas lo conocían, sabían cuántas peleas había ganado, y algunos lo miraban furiosos por las apuestas que habían perdido.

—Os conozco —dijo un hombre—. Sois uno de los luchadores.

—Hoy no he venido a luchar —Ragnar se llevó la mano a la espada.

—Pero pelearéis —le aseguró otro hombre—. Asesinasteis a mi hermano, Vakri, y le robasteis a su hijo.

Entre el público se había hecho el silencio. La pelea había terminado y el joven se alejaba tambaleándose, las manos y el rostro ensangrentado.

—Vakri intentó matar a mi mujer. Defendí su vida y tomé la de vuestro hermano —Ragnar desenvainó la espada—. Pagaré el precio requerido cuando sea juzgado.

El otro hombre también desenvainó la espada. En sus ojos se reflejaba la promesa de venganza. A su espalda, Ragnar vio que otros hombres lo rodeaban con las armas dispuestas. Eran hombres que habían perdido plata, hombres que querían una recompensa.

—No quiero vuestra plata —anunció el otro hombre—. Quiero vuestra cabeza.

Elena había terminado de limpiar la casa, pero no había señal de Ragnar. Aunque no le gustaría lo que había hecho, esperaba convencerle para que se quedara con ella. Ya no iba a ser la mujer silenciosa y débil que se echaría a un lado y obedecería órdenes.

No. Era una escandinava con su propio poder. Por sus venas corría sangre de guerreros y lucharía por aquello que deseaba.

Sin embargo, cuanto más tiempo pasaba, más preocupada se sentía. ¿Y si se había marchado ya? Aunque había insistido en llevársela de Dubh Linn, quizás había ocurrido algo.

Alguien llamó a la puerta y al abrirla se encontró con Agata.

—Es Matheus —anunció su amiga con el temor reflejado en el rostro—. Se ha escapado y no le encontramos.

Elena se sintió sobrecogida ante el miedo de que alguien se hubiera llevado al crío.

—¿Y Ragnar? ¿Alguien lo ha visto?

Agata sacudió lentamente la cabeza.

«Freya, ayúdame», fue la silenciosa plegaria de Elena. El terror convivía con la determinación de encontrarlos. No sabía qué había sucedido, pero no iba a quedarse sentada lloriqueando.

—Busca a Hring —le ordenó a Agata—, y dile que traiga algunos hombres para ayudarme a buscar.

Rezó para que nadie lastimara a Matheus o a Ragnar. Poco importaba que no fuera su esposo de juramento. Le pertenecía plenamente, del mismo modo que Matheus era su hijo adoptivo. Y, por todos los dioses, que tenía la intención de luchar por su familia.

La sed de sangre poseía a Ragnar mientras agitaba la espada en el aire. Estaba rodeado de hombres que lo querían muerto, pero no caería sin llevarse a algunos con él.

Permitió que la ira lo dominara, transformándolo en un instrumento de muerte. Su espada se hundía en la carne, pero no oyó grito alguno. Estaba perdido en el momento, ignorante de todo lo que no fuera el instinto salvaje.

Una hoja le cortó en el brazo, pero para él no fue más que un rasguño. No sentía dolor, no sentía nada, solo la necesidad de sobrevivir.

Hasta que vio al niño.

Matheus caminaba solo hacia el centro de la zona de peleas. El chico avanzaba hacia ellos.

—¡Vuelve atrás! —le ordenó Ragnar. Pero el chico no pareció comprender sus palabras, pues continuó avanzando.

Pronto estaría atrapado en medio de los luchadores y su vida no valdría nada.

Un nuevo propósito invadió a Ragnar, que abatió a un hombre y luego a otro.

Alzó una mano para advertirle a Matheus de que

se quedara quieto y tomó el escudo de uno de los hombres abatidos.

Con la mirada fija en sus enemigos, dio pasos cortos hacia el niño.

—Vuelve a casa —le ordenó.

Pero, una vez más, el crío hizo caso omiso de sus advertencias y corrió hacia Ragnar, colocándose a su lado, frente a los hombres.

Por los huesos de Thor que lo último que necesitaba era un niño atrapado en medio de la pelea. Pero de repente se le ocurrió que al ver a Matheus había dejado de pelear. La ceguera de la batalla no le había privado totalmente de la consciencia.

—Toma esto y no lo sueltes —empujando al niño detrás de él, le entregó el escudo.

La presencia de Matheus no sirvió para frenar a sus enemigos. El hombre que se había identificado como su tío sonrió maliciosamente, como si hubiera estado esperando una distracción como esa.

—No podéis ganar —habló con voz suave—. Somos demasiados.

—Decídselo a los hombres que yacen muertos —contestó Ragnar mientras alzaba la espada cubierta de sangre.

—Deponed vuestra arma y dejaremos marchar al crío —insistió su enemigo.

Ragnar no podía confiar. Los hombres como ese decían lo que les venía en gana y las mentiras no significaban nada.

Si deponía la espada, Matheus moriría.

Uno de los hombres lanzó el hacha contra el niño y Ragnar se volvió hacia él, parando el golpe. Aunque sabía que no tenía muchas posibilidades, haría todo lo que pudiera.

Y entonces oyó el grito de Elena.

Diecinueve

Elena avanzaba a toda velocidad. Nunca había empleado la espada y su única ventaja residía en ir montada a caballo. Vio a Ragnar abatiendo a unos hombres que lo rodeaban y a Matheus detrás, aferrado a un escudo.

Una ira incandescente la dominaba mientras cabalgaba hacia los hombres. Ignorando sus armas y gritando a pleno pulmón, guio al caballo hacia la refriega. El animal pisoteó a uno de los hombres y Ragnar tomó al niño en brazos con la intención de entregárselo.

—¡Llévatelo de aquí!

Elena comprendió que el guerrero pretendía sacrificar su vida por ellos.

—¡Márchate! —ordenó él mientras sufría el ataque de otro hombre.

Sin embargo, Elena agarró a Matheus con una mano mientras amagaba con la espada que sujetaba en la otra, dirigiéndola hacia un segundo hombre que atacaba.

—¡Ven con nosotros! —gritó.

Ragnar se dirigió hacia ellos, pero fue bloqueado por otro atacante.

Con mucha calma, él la miró a los ojos y asintió, indicándole con el gesto que se marcharan sin él. Sin embargo, Elena no se movió. Había llegado muy lejos y no estaba dispuesta a dejarle para que muriera allí.

Soltó un nuevo grito que distrajo la atención del hombre que atacaba, pero el caballo se asustó y se levantó sobre las patas traseras haciendo que ella perdiera el equilibrio. Agarrando con fuerza a Matheus, Elena cayó al suelo aterrizando de espaldas y sintiendo cómo todo el aire escapaba de sus pulmones.

Presa del pánico, consiguió no obstante alejarse del lugar en que había caído.

Encontró a Matheus que, por fortuna, no estaba herido. Muy cerca de ellos vio a Ragnar junto al último de los enemigos, que yacía en el suelo.

El guerrero miraba con gesto severo a los testigos mientras limpiaba la espada y la envainaba de nuevo, retando a cualquiera que se atreviera a atacar. Pero nadie se atrevió.

Se reunió con Elena y ambos se abrazaron con fuerza. Matheus le tomó la mano.

—Si quieres, hijo, puedo enseñarte a pelear —Ragnar revolvió los cabellos del niño—. Pero hoy no era buen momento.

—Ven conmigo —le pidió Elena—. Por favor.

—Más tarde —le prometió él—, ahora tengo que ocuparme del barco.

Aunque ya no corrían peligro, ella no quería verlo marchar. No quería que pensara que estaría mejor sin él, a cientos de kilómetros.

Elena montó sobre el caballo y Ragnar le tendió a Matheus. Por el momento, le haría creer que iba a obedecerle. Tenía otro plan y había llegado el momento de ponerlo en marcha.

Otros tres hombres aparecieron y ella cabalgó hacia ellos, recordándoles sus órdenes.

—Como ordenes —Hring sonrió.

Sus compatriotas lo habían atrapado por sorpresa, atándole las manos a la espalda y cubriéndole la cabeza con una capucha. Por el sonido de su voz, Elena sospechaba que también lo habían amordazado.

Iba a estar furioso con ella, furioso hasta el punto de ser capaz de despedazarla. Pero, si bien debería estar asustada, se imaginó cómo aplacar esa furia, calmar a la bestia.

—Llevadlo dentro —ordenó Hring, alzando una ceja al ver las cadenas que Elena tenía preparadas.

Aunque debería sentirse avergonzada, ella no dijo nada.

—¿Lo quieres desatado? —preguntó Hring.

—Colocadle los grilletes en las muñecas —ella negó con la cabeza—. Cortaré las cuerdas cuando esté preparada.

Otro de los hombres hizo un gesto de desagrado, pero ella lo fulminó con la mirada y, al final le obedeció, encadenando a Ragnar. Matheus estaba al cuidado de Agata, con quien pasaría la noche.

Ragnar estaba de rodillas y, por la tensión de sus músculos, debía estar furioso, algo que ella tenía toda la intención de cambiar.

Ese hombre, fuerte y viril, era su prisionero. Y podía hacer con él cuanto se le antojara.

—Voy a cortar las cuerdas —una embriagadora sensación de poder llenaba a Elena—. No te muevas, o el cuchillo podría resbalar y cortarte.

Cuando las cuerdas cayeron al suelo, Ragnar abrió las manos y tiró de las cadenas hasta tensarlas. Los músculos de los brazos se marcaron con el esfuerzo y Elena se deleitó con la visión.

Al fin le quitó la capucha y comprobó que, en efecto, estaba amordazado.

—Ahora voy a quitarte esto.

Los ojos de Ragnar emitían destellos de furia y Elena empezó a preguntarse si aquello había sido una buena idea.

—Aunque creo que te la voy a dejar puesta un ratito más. Así tendrás que escucharme.

El guerrero la taladró con la mirada.

—Comprendo que esto te puede resultar ofensivo —ella respiró hondo y se enfrentó a él—, y sé que estás furioso conmigo por utilizar a nuestros hombres en tu contra.

A modo de respuesta, Ragnar dio un fuerte tirón a las cadenas con la intención de romperlas. La convicción de Agata de que así podría recuperar a su hombre empezaba a parecer más que cuestionable.

—Tenía miedo de que me abandonaras, de no volver a verte nunca —continuó Elena—. Y, lo creas o no, sí me importas.

Se sentía nerviosa, de pie frente a él, por lo que tomó un taburete y se sentó.

—Cuando era doncella, estaba ciega y solo veía a Styr. Siempre pensé que eras atractivo y amable. Podía hablar contigo sobre cualquier cosa y ni una sola vez me hiciste sentir incómoda o mal.

Ragnar escuchaba cada palabra, aunque era evidente que estaba muy incómodo con las cadenas y la mordaza.

—Pensaba que debía amar a un hombre como Styr, porque mi padre lo había elegido para mí. Todos creíamos que sería el futuro líder, y era atractivo y bueno conmigo. Pero sé que Styr no… —hizo una pausa para elegir con cuidado las palabras—. No estaba interesado en mí. Para el caso, podría haber sido su hermana pequeña. Pero tú eras diferente.

De repente, sintió timidez.

—Creo que siempre he sabido que me amabas,

pero no comprendí mis propios sentimientos hasta anoche.

Se acercó a su prisionero y alargó una mano hacia su nuca, donde estaba el nudo de la mordaza.

—Esto ha sido un acto desesperado, pero no quería que te marcharas sin que supieras que te amo. Durante todos estos años has sido el hombre que ha permanecido a mi lado. El hombre que me ha amado por quien soy, no por la mujer que yo creía debía ser.

Desató la mordaza y la arrojó a un lado. Ragnar no habló, pero sus ojos seguían emitiendo un aterrador fulgor.

—Estaba dispuesta a cualquier cosa por ser madre y dejé que me obsesionara —apoyó las manos en sus hombros—. Me juzgaba poco válida como persona por no poder tener hijos.

Elena deslizó una mano hasta el corazón del guerrero.

—Quería un hombre que me amara —insistió—. Un hombre que no se sintiera frustrado conmigo, que no me pidiera que cambiara.

—Yo nunca te pedí que cambiaras, ni una sola vez.

—Lo sé —la respiración de Elena se volvió temblorosa. Rodeó el cuello de Ragnar con las manos.

—¿Por qué me has hecho tu prisionero, Elena? —él se pegó contra su cuerpo, presionando la descomunal dureza contra ella.

—Esta mañana, cuando te aseguré que quería quedarme contigo, no quisiste escucharme —Elena se irguió y respiró hondo—. Caragh O'Brannon hizo a mi esposo cautivo de este modo y se ganó su corazón. Yo tenía la esperanza de quizás poder hacer lo mismo.

—Suéltame —le pidió él. Pero por el tono de voz, ella comprendió que no sería buena idea ya que, seguramente, se marcharía.

En su lugar, se quitó los zapatos antes de soltar los broches que sujetaban el sobrevestido en su sitio. Por último, se quitó el vestido, quedando completamente desnuda ante él.

La expresión de Ragnar era de espanto, como si no quisiera mirarla, pero tampoco desvió la mirada.

—No creo que esté destinada a tener hijos —ella se acercó y le abrió la túnica, deslizando las manos sobre el fuerte torso—. Al menos hijos de mi propia sangre.

Lo abrazó con fuerza, apretando los pechos contra él. La piel de Ragnar era cálida y la sensación muy agradable.

—Con Styr siempre tuve la sensación de que si no me quedaba embarazada, no le agradaría como mujer. Contigo, eso no me preocupa. Das la sensación de solo querer estar conmigo, sin más. Del mismo modo que yo quiero estar contigo.

La ira de Ragnar no había disminuido y ella sospechó que se debía al hecho de estar encadenado.

Elena deslizó las manos hasta la espalda y de nuevo al frente, a su fuerte erección.

—Tú siempre me importaste más que un hijo —admitió él.

—Te amo, Ragnar —Elena se sintió inundada de un gran alivio y dio un paso atrás para que él pudiera ver su sonrisa—. Y quiero estar contigo, compartiendo lo que el destino nos depare.

—Te amo desde que tengo recuerdos —continuó Ragnar tras contemplarla detenidamente—, pero tenía miedo de ser igual que mi padre y que, un día, mi amor por la lucha me convirtiera en alguien que pudiera hacerte daño, o a Matheus.

—Tú jamás me harías daño —insistió ella—. Te confiaría mi vida.

Y en los ojos del guerrero ella vio, por fin, que la creía.

—Quítame las cadenas —le ordenó—. Quiero tocarte.

Sin embargo, lo que hizo Elena fue agacharse y colocar un pecho junto a la palma de la mano de Ragnar. Él reaccionó con un gesto de perplejidad, antes de empezar a juguetear con el erecto pezón mientras ella le ayudaba a quitarse las calzas. La túnica colgaba de las cadenas, pero ella tomó el miembro viril entre las manos mientras él seguía tocándola. La respiración entrecortada del guerrero la excitaba y se deleitó con su poder.

—No puedo quitarte las cadenas —admitió

ella—. No sé cómo hacerlo —una inesperada carcajada escapó de sus labios—. ¿Quieres que vuelva a llamar a los hombres?

—No —gruñó Ragnar—. No mientras estemos ambos desnudos. Pero ya que no lo has tenido en cuenta, creo que deberías seguir mis indicaciones.

—Resulta que eres tú el que está encadenado —ella dio un paso atrás—. Quizás deberías ser tú quien me obedeciera a mí.

—Pues ya que no puedo utilizar las manos —en los ojos del guerrero apareció una expresión traviesa—, tendré que utilizar la boca, *kjære*.

Elena se sonrojó, fascinada ante la idea de ese hombre encadenado utilizando la boca sobre ella. Al acercarse de nuevo, él se inclinó para tomar un pecho entre sus labios. Lamió y chupó el pezón hasta que ella sintió el húmedo torbellino del deseo en su interior. Asaltada por las sensaciones, cerró los ojos y hundió las manos en los cabellos del guerrero.

Ragnar acarició un pecho y luego el otro. En la mente de Elena se materializó una idea y, apartándose un instante, le acercó un taburete para que pudiera sentarse. Después, se acomodó a horcajadas sobre él. La postura puso en contacto su húmeda apertura con la rígida erección y ella contuvo la respiración ante el placer generado por la proximidad.

Elena movió las caderas contra el miembro viril repetidamente. El tormento resultaba delicioso y se incorporó, dispuesta a introducirle en su interior. Pero, para su sorpresa, Ragnar cayó de rodillas y utilizó la boca.

—No te muevas —le ordenó, provocándole nuevas sensaciones con la vibración de su voz sobre el íntimo núcleo.

—No creo que pueda permanecer de pie —admitió ella mientras el guerrero exploraba sus rincones más secretos, chupando y saboreándola. Su cuerpo ya empezaba a reaccionar violentamente y le temblaron las rodillas mientras él la seguía excitando con la lengua.

—Inténtalo, merecerá la pena —le prometió él—. Utiliza tus manos para tocarte los pechos mientras yo vuelvo a saborearte.

Aunque con gran timidez, Elena obedeció, sorprendida ante la oleada de placer que la invadió. Respirando entrecortadamente y sufriendo pequeños espasmos, se proporcionó el placer que necesitaba. Estaba tan cerca de llegar que temblaba de pies a cabeza. Y cuando él chupó con fuerza el íntimo núcleo, experimentó una fuerte sacudida y se agarró a él, incapaz de frenar la oleada de liberación que la sobrecogió.

Después ayudó a Ragnar a sentarse de nuevo y se sentó a horcajadas sobre él. Ante la imposibilidad del guerrero de tocarla, ella se movió rítmicamente, encantada con la sensación de tenerlo dentro.

—Date la vuelta —le ordenó él—. Al revés.

Elena nunca lo había hecho así, pero si eso agradaba a Ragnar, no le importaba. Se levantó y se dio la vuelta.

Ragnar juntó las rodillas y la sentó sobre ellas hundiéndose a medida que la penetraba profundamente.

La fricción resultaba diferente y enseguida encontró el ritmo para cabalgar sobre él.

El miembro viril chocaba contra ella de una manera nueva y Elena se convulsionó a medida que la presión aumentaba cada vez más hasta que volvió a alcanzar la cima y, soltando un grito, se desmoronó sobre él.

—Te amo —admitió mientras le permitía seguir embistiéndola—. Siempre te he amado.

Ragnar se hundió en su interior. Elena percibió el cambio en su respiración y aumentó el ritmo. Estaba húmeda y lo recibió complaciente. Al fin, Ragnar se convulsionó contra ella, tirando de las cadenas mientras soltaba un grito.

—Te amo, Elena —confesó mientras le besaba el hombro.

Ella se dio la vuelta y le rodeó la cintura con las piernas.

La sensación de intimidad era maravillosa y se sentía saciada de una manera nueva, distinta.

—No me dejes —le suplicó—. Quédate.

—Solo si te casas conmigo —Ragnar le besó la barbilla y le mordisqueó el cuello.

—Sí —susurró ella—. Sobre todo si las noches van a ser todas así.

Ragnar movió las caderas y ella sintió renacer de nuevo el deseo.

Una sonrisa que encerraba la promesa de la tentación fue su respuesta.

Epílogo

—Me está mirando —lloriqueó la niña, de tan solo ocho años—. Dile que pare.

Elena intercambió una silenciosa mirada con Ragnar, que intentaba disimular una sonrisa. Beata era uno de los cinco niños que habían acogido, además de Matheus. Aunque ninguno era de su sangre, los amaba a todos. Había días en que se sentía más una pastora que una madre, cuidando de su rebaño, alimentándolos y vistiéndolos.

—No lo hace con mala intención —Elena ordenó al niño, de cinco años, que se fuera a jugar y tomó a Beata de la mano—. Supongo que estaría mirando los bordados de tu vestido.

—Es un chico —Beata puso los ojos en blanco—. A ellos no les importan los bordados.

—Los hermanos se crearon para que se pelearan entre ellos —intervino Ragnar—. Algún día aprenderás a ignorar sus defectos.

—Pues para eso aún falta mucho —le aseguró

la niña—. Matheus es mi hermano favorito. Al menos no habla.

Elena contuvo el deseo de reprenderla, aunque estaba agradecida de que sus otros hijos adoptivos hubieran aceptado a Matheus de tan buen grado. Había crecido mucho y, si bien no hablaba, se había convertido en aprendiz de un constructor de barcos. Su obsesión por el detalle y su disposición para completar las tareas repetitivas que nadie más quería hacer le habían granjeado el respeto de los demás.

—Esta noche volverán a pelearse —cuando estuvo a solas con su esposo, bostezó y él se acercó para abrazarla—. Pero a pesar de todo los quiero.

—Tenías razón —afirmó él—. Naciste para ser madre.

Elena se pasó una mano sobre el abultado vientre y él la imitó. Después de tantos años de esterilidad, el embarazo había supuesto una conmoción. Estaba convencida de que no podía tener hijos, sobre todo después de saber por algunos compatriotas que Styr y Caragh tenían varios hijos. Jamás se había imaginado recibir tal bendición.

Pero en unos pocos meses tendría en sus brazos al hijo de su sangre.

—Rezo a los dioses para que no te pase nada cuando nazca el bebé —añadió Ragnar.

—No me pasará nada —ella lo miró a los ojos—, aunque ya había perdido la esperanza de engendrar un hijo propio.

—Los dioses te han recompensado porque te hiciste cargo de unos niños a los que nadie más quería.

Elena intensificó el abrazo. A lo largo de los años había acogido a niños enfermizos, algunos prácticamente incapaces de caminar o correr, y también a un niño ciego.

—Son una bendición —admitió ella—. Todos y cada uno de ellos.

Pero la mayor felicidad no provenía del amor que la rodeaba a diario. Ni del asentamiento que habían construido a unos veinte kilómetros de Gall Tír. Su mayor felicidad provenía del hombre que le había regalado un amor que sobrepasaba todo lo que ella hubiera podido soñar. Era la tranquila presencia a su lado. El que la había amado incluso en los peores tiempos. Y cuando ya había renunciado a tener hijos propios, se había visto sorprendida por ese embarazo cuando menos se lo había esperado.

Ragnar la besó y el familiar afecto le caldeó el corazón. Su primer matrimonio había nacido de un deber y los sueños de una jovencita.

Pero el hombre al que estaba destinada a amar estaba ante ella en esos momentos. Y tenía la intención de amarlo el resto de sus vidas.

MICHELLE WILLINGHAM

El silencio del vikingo

Caragh O'Brannon se había defendido valientemente ante la llegada del enemigo. Y, al final, se había encontrado a solas con un vikingo. Un vikingo furioso…

Styr Hardrata había navegado hasta Irlanda con la intención de comerciar, pero jamás se habría imaginado a sí mismo hecho cautivo y encadenado por una hermosa doncella irlandesa.

El salvaje y atractivo guerrero aterrorizaba y atraía a Caragh a partes iguales, pero le estaba totalmente prohibido. Era un enemigo, y además estaba casado. Aun así, Styr poseía muchos secretos por desvelar…

La tentación del vikingo

El guerrero vikingo Ragnar Olafsson había sido testigo de cómo su mejor amigo había reclamado a la mujer que más deseaba.

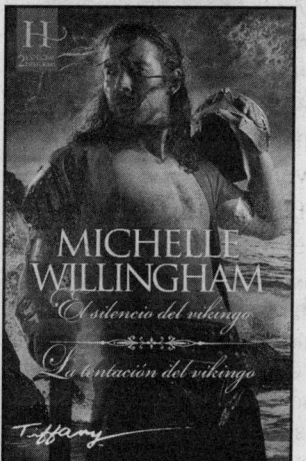

Solo había un modo de ahogar la profunda oscuridad que habitaba en su interior: convertirse en un despiadado guerrero.

Elena había sido hecha prisionera y Ragnar lo había arriesgado todo por salvarla. Aislados, sin nada más que su respectiva compañía, cada deseo, cada mirada, cada caricia se volvería de repente prohibida. Elena podría haber tentado a un santo, y el pecador Ragnar sabía que no iba a poder aguantar mucho tiempo…

No. 81

¡YA EN TU PUNTO DE VENTA!

JAZMÍN™

JUDITH McWILLIAMS
ENAMORADA DE SU JEFE

Poco podía imaginar el director general de la empresa que aquella mujer que lo miraba con cara de amor no era otra que su secretaria, Jocelyn Stemic. Cuando empezó a recuperar la memoria, Lucas Forester se dio cuenta de que nada de lo que recordaba hacía pensar que Jocelyn fuera su esposa... Lo que sí sabía era que deseaba ser el marido de aquella encantadora dama por encima de todo.

REBECCA WINTERS
EL HÉROE DE SUS SUEÑOS

El millonario Payne Sterling estaba acostumbrado a ser famoso, pero no esperaba encontrarse su foto en la portada de varias novelas románticas. Jamás había posado para tal retrato y estaba empeñado en localizar a quien tanto lo había avergonzado. Rainey Bennett había visto la fotografía de Payne entre las que había tomado su hermano en las vacaciones; ahora aquel hombre quería llevarla a juicio... hasta que le propuso otra manera de compensarle por el daño.

N.º 575

CAROLINE ANDERSON
AMOR VERDADERO

Tras la muerte de su hermana, Claire Franklin se había quedado al cuidado de su pequeña sobrina y pensaba que Patrick Cameron era el padre de la niña, por mucho que él lo negara. Con la sospecha de que tal vez su difunto hermano fuera el padre, Patrick insistió en ayudar a Claire y a la pequeña Jess. A medida que iba formando parte de sus vidas, Patrick se dio cuenta de que la obligación se había convertido en devoción por Jess... y atracción hacia Claire.

STELLA BAGWELL
AMOR TRAIDOR

La periodista Juliet Madsen había sufrido varios desengaños amorosos y, de hecho, había huido de Dallas y se había instalado en un pueblecito de Texas huyendo del amor, pero no contaba con conocer al ganadero Matt Sánchez.

Matt era inteligente, sensual, leal a su familia y muy entregado a su hija adolescente, cualidades que ella siempre había buscado en un hombre.

El problema era que su jefe le había pedido que escribiera un artículo sacando a la luz ciertos trapos sucios de la familia de Matt y Juliet sabía que si él se enteraba, ella perdería lo que siempre había querido tener: una familia.

N.º 470

TERESA HILL
CARICIAS MUY ÍNTIMAS

Para Lily Tanner los hombres atractivos eran como los dulces: deliciosos, irresistibles y peligrosamente adictivos. Como Nick Malone, su nuevo vecino, toda una tentación para chuparse los dedos...

Sin embargo, después de un matrimonio horrible, Lily no quería saber nada más de los hombres. Aunque no le quedó más remedio que ayudar a Nick cuando éste se vio acosado por todas las mujeres del vecindario. El plan de Nick era muy simple: hacerse pasar por su pareja para contener a sus admiradoras. Pero sus métodos, a base de íntimas y profusas caricias, estaban causando estragos en la férrea determinación de Lily.

¡YA EN TU PUNTO DE VENTA!

Secretos de verano
Maureen Child

Esperando un hijo tuyo

El cirujano Sam Lonergan tenía una vida sin ningún tipo de ataduras… hasta que conoció a Maggie Collins, la joven y atractiva ama de llaves del rancho de su familia. Tuvieron un encuentro increíblemente apasionado, tras el cual Maggie descubrió que estaba embarazada.

Aunque se estaba enamorando, Maggie sabía que él no era de los que se casaban…

Seducida por el jefe

Harta de que el hombre del que llevaba años enamorada ni siquiera la viera, Kara Sloan decidió hacer las maletas y marcharse. Pero justo cuando estaba a punto de irse, Cooper Lonergan, su adorado jefe, la sorprendió con una noche de pasión.

No podía dejar que se le escapara la única mujer que ponía orden en su caos. El plan de Cooper era hacer todo lo que estuviera en sus manos para que Kara no saliera de su vida… incluyendo llevársela a la cama.

Ahora y siempre

No se habían vuelto a rozar desde aquella noche de hacía quince años, pero Donna Barreto aún reconocía el deseo en los ojos de Jake Lonergan. El deseo y la culpa. Tenía remordimientos por haber tratado de hacerla suya mientras ella era la novia de su primo. Aquel había sido su secreto… hasta que ella se había marchado de la ciudad con un secreto aún mayor.

Ahora Jake pretendía darle al hijo de Donna el apellido que merecía por derecho, el honor le obligaba a hacerlo. Pero era la pasión la que lo impulsaba a luchar por la mujer con la que solo había estado una vez.

MATRIMONIO DE CONVENIENCIA

SHARON KENDRICK

Luna de miel griega

Finn Delaney era un tipo muy guapo; un irlandés alto y moreno que la londinense Catherine Walker encontraba irresistible. Entre ellos había surgido una pasión irrefrenable... y semanas después Catherine había descubierto que estaba embarazada. No se imaginó que el millonario Finn le hiciera una proposición de matrimonio, pero no se hacía la menor ilusión de que fuera por amor; no, aquello no era más que el típico matrimonio de conveniencia. Sin embargo, no les disgustaba lo más mínimo tener que compartir el lecho...

LINDSAY ARMSTRONG

Perlas de amor

Alex Constantin aceptó aquel matrimonio de conveniencia con Tatiana Beaufort porque se sentía intrigado por aquella mujer bella e ingenua. Pero la noche de bodas Tatiana le pidió un año antes de consumar su unión... Hasta entonces dormirían en camas separadas.

Un año después, el deseo estaba haciéndose irresistible y Tattie se sintió tentada cuando su guapísimo y enigmático marido le sugirió que se convirtieran en amantes de una vez por todas. Pero ella estaba empeñada en no convertirse en una verdadera esposa hasta que él no estuviera locamente enamorado de ella.

N.º 88

BIANCA™

MICHELLE REID
LEGADO DE PASIONES

Anton estaba furioso. Como hijo adoptivo de Theo Kanellis, se suponía que iba a heredar su vasta fortuna. O al menos así lo creía todo el mundo, hasta que el patriarca descubrió que tenía una heredera legítima: la atractiva Zoe Ellis.

A Zoe, su origen griego le resultaba indiferente, pero lo quisiera o no, el destino iba a llamar a su puerta en la forma del atractivo Anton Pallis.

CAROL MARINELLI
CORAZÓN DEL DESIERTO

El príncipe Ibrahim se negaba a doblegarse a las normas que habían destruido a su familia. Por eso ocultaba sus emociones y rehuía sus responsabilidades.

Georgie era precisamente la clase de mujer que debía evitar según los dictados del deber. Mundana, atormentada y nada interesada en ser reina. Todo un reto para Ibrahim.

N.º 478

SUSANNE JAMES
ESCRITO EN EL ALMA

Cuando Sabrina Gold se ofreció como secretaria del encantador y famoso escritor Alexander McDonald, no esperaba sentirse tan atraída hacia su nuevo jefe. A pesar de ello, decidida a no perder su profesionalidad, se concentró en no dejar que nada la distrajera de sus tareas... Él se había jurado no mezclar los negocios y el placer, ¡pero las largas jornadas de trabajo con Sabrina le impulsaron a romper sus propias reglas!

¡YA EN TU PUNTO DE VENTA!